낙 落
화 花
유 流
수 水

# 낙落화花유流수水 2

김다함 장편소설

초판 1쇄 찍은 날 | 2021년 07월 02일
초판 1쇄 펴낸 날 | 2021년 07월 09일

지은이 | 김다함
발행인 | 이진수
펴낸이 | 황현수

펴낸곳 | 주식회사 카카오페이지
등록번호 | 제2015-000037호
등록일자 | 2010년 8월 16일
주소 | 경기도 성남시 분당구 판교역로 221 6(일부)층

제작·감수 | KW북스
E-mail | cl_production@kwbooks.co.kr

ⓒ 김다함, 2021

ISBN 979-11-385-0002-9 04810
        979-11-385-0000-5 (set)

낙화유수
落花流水

2

김다함 장편소설

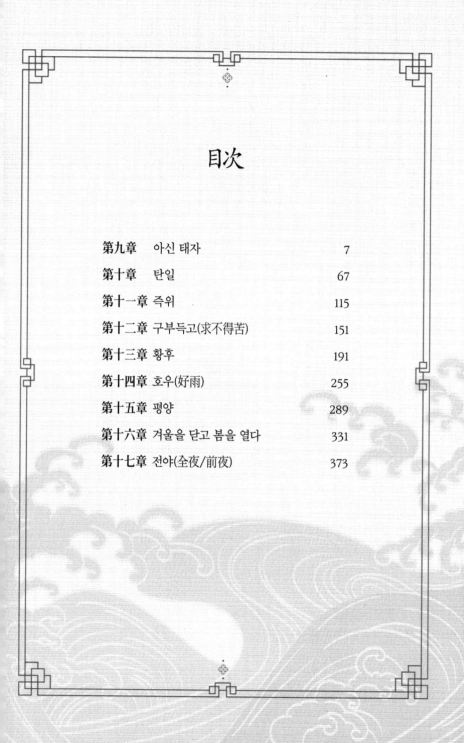

# 目次

第九章

**아신 태자**

아신 태자를 치료할 사람이니 몸을 정결히 해야 한다는 의원의 주장에 따라 나는 오랜만에 제대로 된 목욕을 하게 되었다. 평소 달래가 준비해 주던 것처럼 호화로운 목욕은 아니었지만, 나는 감옥에서 뒹구느라 더러워진 몸을 씻어 내는 것만으로도 감지덕지했다.

묵은 때를 벗기고 개운하게 밖으로 나왔더니 처음 보는 옷이 준비되어 있었다. 준비된 옷은 이곳 저택에서 일하는 시녀들이 입는 것과 비슷했다. 인질로 잡혀 온 내가 새로이 갈아입을 옷이 없다는 것을 안 의원이 따로 준비해 준 것 같았다.

백제의 복식은 고구려의 것과 큰 차이는 없었다. 다만 북쪽에 치우쳐 추위가 매서운 고구려의 옷은 방한에 특화된 데 비해, 백제의 옷은 조금 더 가벼운 감이 있었다.

어쨌거나 기본적인 형태는 비슷했기 때문에 나는 별다른 어려움 없이 옷을 갈아입을 수 있었다.

준비를 마치고 나서니 의원이 서둘러 나를 아신 태자에게로 안내했다. 아신 태자가 머무르는 곳은 성안의 저택에서도 가장 깊은 곳이었다. 나는 한참을 걸어 아신 태자의 숙소에 도착할 수 있었다. 나와 의원은 천으로 코와 입을 가린 채 아신의 숙소 안으로 들어섰다.

들어선 방은 한 나라의 태자가 머무르기에는 소박한 공간이었다. 크기며 분위기에 화려한 느낌이 전혀 없었던 것이다. 하지만 내게 주어진 방에 비하면 으리으리한 수준이었다. 아마 석현성에서도 이곳이 제일 좋은 방일 터였다.

"전하께서는 안쪽에 계시네."

의원이 방 안에서도 가장 안쪽에 있는 침상으로 나를 안내했다. 아직 가까이 가기 전인데도 벌써부터 주변이 소란했다.

"꺼져! 꺼지라고!"

발작에 가까운 소리와 함께 침상에서 약사발이 날아와 발치에 떨어졌다. 바닥에 떨어지며 산산조각이 난 사발이 사방으로 튀었다.

나는 반사적으로 팔을 들어 얼굴로 튀어 오르는 조각을 막아 냈다. 다행히 조각은 막았지만 조금 전에 갈아입은 옷은 함께 튄 약으로 엉망이 되고 말았다. 약을 가져왔을 시녀는 비명조차 지르지 못한 채 바닥에 납작 엎드려 있었다.

"전하."

그 소란을 뚫고 의원이 조심스럽게 아신에게 다가갔다. 그의 뒤를 따라 침상 가까이 붙으니 아신의 얼굴이 보였다. 아신은 침상에 앉아 이불을 두른 채 덜덜 떨고 있었다. 얼굴은 창백했고 눈은 퀭하게 꺼져 있었다.

"의원."

"예."

"아무리 약을 먹어도, 나아지지가, 않는다. 어찌 된 거냐."

의원을 향하는 매서운 눈이 질책을 담고 있었다. 의원은 황급히 고개를 숙여 아신의 눈을 피했다. 덜덜 떨고 있는 탓인지 매서운 눈에 비해 아신의 말투는 어눌했다. 열린 입 사이로 발음이 새고 있었다.

"전염병이란 놈이 본디 상당히 고약하여……."

하지만 눈빛 하나만으로도 의원을 위협하기는 충분했다. 변명을 쏟아 내는 의원은 목소리에 두려움이 가득했다.

"그래서 고칠 수 없단 말이, 우욱!"

아신이 소리를 버럭 지르다 말고 입에서 토사물을 쏟아 냈다. 놀란 의원이 황급히 아신에게 다가가 수건으로 입을 닦아 주었지만 아신은 신경질적으로 그의 손을 쳐 내며 몸을 뒤틀었다.

"내 몸을 건들지 마라!"

"송구, 송구합니다."

태자의 신경질적인 반응에 의원이 몸을 바짝 엎드렸다.

"이보게, 어서 살피게!"

의원이 바닥에 엎드린 채로 고개만 돌려 작은 목소리로 내게 속삭였다.

나는 그제야 정신을 차리고 아신 앞에 섰다. 포악함을 온몸으로 내뿜고 있는 아신의 눈이 나를 향했다.

"너는 또 뭐냐?"

"오늘부터 제가 전하의 병을 돌봐 드릴 겁니다."

진맥을 하기 위해 손을 뻗었지만 아신에게 닿기 전에 그가 내 팔을 밀어냈다.

"네가 뭔데 내 병을 돌봐?"

나를 누구라고 말해야 할까. 난처함에 의원을 바라보니 바닥에 납작 엎드린 그가 고개만 들어 나를 소개했다.

"이번에 잡혀 온 고구려인들 중 하나입니다."

"고구려인?"

"예. 그간 고구려인들을 감옥에 가둬 두었는데 그곳에서 전염병이 돌기 시작했지요. 한데 이 여인이 전염병이 번지는 것을 막아 달솔이 눈여겨보았습니다. 저 또한 대화를 나눠 보았사온데 병에 대한 지식이 보통이 아닌 것이 필시 전하의 병을 고치리라 생각했습니다."

의원의 긴 설명에 아신의 시선이 나를 훑었다. 눈빛에 의아함이 가득한 것을 보니 의원의 설명이 영 의외인 모양이었다.

"이 계집이 말이야?"

"예, 그 계집이 말입니다."

나는 비아냥거리는 아신의 말을 받아넘기며 그의 손목을 잡았다. 진맥을 위해서였다.

그런데 내 손이 닿자마자 아신이 몸을 떨며 경련했다. 나는 당황해서 손을 뗐다.

"왜 그러십니까?"

"병을 잘 안다는 네가 그걸 내게 물어? 사람의 손이 닿을 때마다 몸이 뒤틀려 죽을 것 같다."

아신이 이를 바드득 갈며 나를 바라보았다. 그 눈빛에 나는 조금 혼란스러워졌다.

어째서? 괴질에 이런 증상은 없는데.

나는 찬찬히 아신을 살폈다. 창백한 얼굴에 퀭한 눈, 열이 심하고 오한이 들어 몸을 떨며, 구토를 심하게 하고 경련이 계속된다. 전형적인 괴질의 증상이었다. 하지만 손이 닿을 때마다 경련이 심해지는 건 이상했다.

나는 의원이 아신의 토사물을 닦기 위해 사용했던 천을 살폈다. 토사물은 음식의 형태가 거의 그대로 남아 있었다. 애초에 제대로 씹어 삼키지 않아서 소화가 되지 않았다는 뜻이었다.

고개를 들어 아신의 얼굴을 살피니 그의 입매가 묘했다. 안면 근육이 뻣뻣하게 굳어 입술이 양옆으로 퍼져 있었다. 발음이 계속 새던 것도, 음식물을 제대로 씹어 삼키지 못한 것도 모두 그래서였을 것이었다.

무엇인가 이상했다. 석현성 전체에 괴질이 돌고 있고, 아신의 증상은 괴질 환자들과 크게 다르지 않았다. 그런데 사소한 부분에서 미묘하게 증상이 어긋나고 있었다.

나는 아신의 손목을 붙잡았다. 이번에도 아신의 몸이 경련했지만 무시했다.

부맥(浮脈:가볍게 손을 대기만 해도 움직임이 느껴지는 맥)과 긴맥(緊脈:힘이 있으면서 긴박하게 뛰는 맥)이 동시에 나타나고 있어. 이건⋯⋯.

나는 아신의 손목에서 손을 떼고 그를 바라보았다.

"전하, 혹 근래에 턱이 뻣뻣해지고 입을 벌리는 것도 힘들어 음식을 제대로 먹지 못하셨습니까?"

"그랬다."

"누군가 뒤에서 잡아채는 것처럼 머리가 뒤로 당겨지는 듯하고, 어깨도 결리진 않으세요?"

"⋯⋯그것 역시 맞다."

"작은 소리에도 몸이 뒤틀려 짜증이 나고, 불빛만 보아도 경련이 일어 몸을 주체할 수 없는데, 사람이 몸에 손을 대기까지 하면 아주 죽을 것처럼 몸이 덜덜 떨리시죠?"

"그걸 모두 어찌 알았지?"

아신이 몸을 덜덜 떨며 눈을 크게 떴다. 그는 내 말에 크게 놀란 눈치였다.

"최근에 사냥을 가셨다 들었는데요."

"그래."

대답하는 아신의 기세가 처음보다 많이 누그러졌다. 내가 그의 상황을 꿰뚫어 본 것이 큰 영향을 준 것 같았다. 그 모습을 지켜보던 의원이 나서서 아신의 짧은 대답을 보충했다.

"사냥을 나갈 때 병사들을 몇 명 대동하셨는데, 그중에 전염병에 걸린 자가 나왔네. 아마 그때 전하께 전염병이 든 것 같아."

하지만 내 귀에는 이미 의원의 대답이 들리지 않았다. 나는 코와 입을 막고 있던 천을 벗어 내리고 아신이 두르고 있는 이불을 벗겨 냈다.

"이게 무슨 짓이야!"

"뭐, 뭐 하는 건가!"

아신은 물론이고 의원도 깜짝 놀라 펄쩍 뛰었다. 아신은 추위에 떨고 있는 자신에게서 이불을 뺏어 간 나를 죽일 듯이 노려보았고, 의원은 내가 그전에 말한 것과는 달리 전염병 환자를 앞에 두고 코와 입을 노출하자 미친 사람 보듯 했다.

하지만 해야 할 일이 있었다. 나는 그대로 손을 뻗어 아신의 상의를 벗겼다. 거침없는 손길에 아신이 짜증을 내며 나를 밀어냈지만, 지칠 대로 지친 환자의 힘을 이겨 내는 건 어렵지 않았다.

"자네, 이게, 이게 지금 뭐 하는 짓인가!"

갑작스런 나의 행동에 의원은 금방이라도 자지러질 기세였다. 그러나 지금 내게 의원의 반응은 중요하지 않았다. 나는 내게 확신을 줄 흔적을 찾고 있었다. 내 생각이 맞는다면 아직 그의 몸에 흔적이 남아 있을 것이다.

나는 훤히 드러난 아신의 상체 곳곳을 살폈다. 어깨, 팔, 가슴, 복부. 하지만 모든 곳을 훑어도 내가 찾는 흔적은 나오지 않았다.

그렇다면 하체를 살펴야 했으나 아무리 급해도 바지를 벗길 수는 없었다. 나는 아신의 바지를 허벅지까지 걷어 올렸다.

훤히 다리가 드러나자 의원이 멍한 얼굴로 넋이 나갔다. 그건 아신도 마찬가지였다. 그는 내 손이 닿을 때마다 경련을 일으키면서도 정신 나간 여자라도 보는 양 입을 벌리고 있었다.

아신의 양다리를 살피던 나는 곧 원하는 흔적을 찾아냈다. 종아리 뒤편 안쪽의 예민한 살에 선명한 이빨 자국이 있었다. 나는 그 자국을 매만지며 아신을 바라보았다.

"이거 뭡니까?"

"……뭐?"

넋이 나가 있던 그는 내 말을 한 번에 알아듣지 못했다.

"이 상처 뭐냐고요."

"사냥을 나갔다가 늑대에게 물려서……."

"치료는요? 치료는 제때 받으셨어요?"

"겨우 늑대에게 물린 것으로 무슨 치료를 받아? 살짝 깨물린 상처라 피도 나지 않아 그냥 두었다."

영문을 몰라 더듬더듬 흘러나오는 아신의 말에 나는 긴 한숨을 내쉬었다. 이제야 모든 조각이 맞춰졌다.

"전하께서는 전염병에 걸리신 게 아닙니다."

"허, 자네 지금 무슨 헛소리를 하는 건가?"

확신에 찬 나의 말에 의원이 헛웃음을 흘렸다. 내가 별 우스운 흰

소리를 한다고 생각한 모양이었다.

"얼핏 보기엔 병사들 사이에 돌고 있다는 전염병과 다를 바가 없지만 묘하게 증상이 다릅니다. 몸에 경련이 심한 것이나, 몸이 뻣뻣하게 굳어 입이 벌어지는 것, 작은 소리와 빛에도 민감하게 반응하는 것. 이건 병사들의 증상과 다릅니다."

나의 말에 의원이 고개를 저으며 반박했다. 그로서도 나름의 확신이 있어 아신이 전염병에 걸렸다고 판단을 내린 것인데, 그것을 내가 뒤집으려 하고 있으니 그의 입장에선 반박할 수밖에 없을 것이다.

"하지만 구토를 하셨고, 열이 높았으며, 오한으로 떨림이 멈추지 않았네. 전염병의 전형적인 증상이지."

"예, 그렇습니다. 전염병의 걸린 자들의 흔한 증상이지요. 그래서 의원께서도 전하의 병을 그들과 같은 전염병이라 판단하셨을 겁니다. 하지만 전하께서는 설사를 하지 않으셨잖습니까."

"그런 그랬지만 전염병에 걸린 자들 중에도 설사를 하지 않는 이들이 있어. 전염병도 형태가 조금씩 다르지 않나."

"맞습니다. 하지만 토사물조차 병사들의 것과 너무 다르지 않습니까? 병사들의 토사물은 속에서부터 올라와 완전히 소화된 상태였기 때문에 음식의 형태가 보이지 않았을 겁니다. 하지만 전하의 토사물을 보십시오."

나는 아신의 토사물이 묻어 있는 천을 의원에게 내밀었다.

"쌀알이 그대로 살아 있습니다. 애초에 제대로 씹어 삼키지를 못하신 겁니다. 안면이 딱딱하게 굳어 버려서요."

의원의 눈이 내가 내민 천으로 향했다. 그곳에 나의 말처럼 음식물의 형태가 그대로 남아 있는 것을 본 의원이 미간을 찌푸렸다.

"하면 도대체 뭐란 말인가? 무엇이기에 태자님께서 이러셔?"

"파상풍(破傷風)입니다."

"파상풍?"

"예. 늑대에게 물린 상처로 좋지 않은 기운이 흘러들어 몸이 상한 겁니다. 파상풍의 증상이 지금 돌고 있는 전염병과 일부 겹치니 의원께서 오해를 하신 겁니다."

"내가 진단을 잘못 내렸단 말인가?"

의원이 미간을 찌푸렸다.

"그럴 리가 없네. 전하의 병은 전염병이 확실해."

의원이 이런 식으로 반응할 수밖에 없는 상황이라는 건 나도 알고 있었다.

자신이 병을 고치는 방법을 몰라 태자의 병이 악화된 것이라면 변명의 여지가 있었다. 어차피 이 시대에서 전염병은 고치기 힘든 병으로 정평이 나 있었으니까.

하지만 처음부터 진단을 잘못 내렸다면 이야기가 달라진다. 그는 판단을 잘못 내려 태자의 병을 깊어지게 만든 대역 죄인이 되고 마는 것이다.

의원으로서는 자신의 진단과 처방이 맞다고 밀어붙일 수밖에 없는 상황이었다.

그러나 나도 물러설 수는 없었다. 나 역시 아신의 병을 고쳐야 무사히 고구려로 돌아갈 수 있는 입장이다.

"저도 확신합니다. 태자 전하의 병은 전염병이 아니라 파상풍입니다."

단호한 나의 말에 의원이 주먹을 꽉 쥐었다. 여태까지 호의적이던 그의 눈에 순식간에 적의가 가득 찼다.

"전하, 이자를 믿지 마십시오. 지금 보니 고구려인이 전하의 병을 일부러 방치하기 위해 이상한 병을 말하고 있는 듯합니다."

"사람의 목숨을 두고 거짓말은 하지 않습니다. 환자가 백제인이든 고구려인이든, 저는 사람을 살릴 판단만 합니다."

"고구려 계집이 별 우스운 소리를 다 하는구나."

그렇게 말하는 의원의 턱이 덜덜 떨렸다. 그는 애써 떨림을 속으로 삼키며 밖을 향해 소리쳤다.

"밖에 위병 있는가! 헛소리나 지껄이는 이 계집을 다시 감옥에 처 넣게!"

의원의 외침에 바깥문이 활짝 열렸다. 하지만 들어선 사람은 위병 이 아니었다.

"누구 마음대로 이 계집을 감옥에 처넣으라는 거지?"

진가모였다. 특유의 험악한 얼굴로 들어선 진가모가 의원을 노려보 았다.

그렇지 않아도 떨고 있던 의원의 떨림이 더 심해졌다. 어찌나 떨림 이 심했는지 그의 이가 딱딱 부딪히는 소리가 날 정도였다.

"쯧, 한심하구먼."

진가모가 그 꼴을 보며 혀를 끌끌 찼다. 그는 약한 자들을 비웃는 것에 망설임이 없었다.

"듣자 하니 전하의 병에 대해 의견이 다른 것 같은데······."

진가모의 시선이 아신을 향하는 순간 그의 몸이 크게 뒤틀렸다.

"크허, 윽!"

아신이 헛구역질을 하며 양손으로 자신의 목을 부여잡았다. 호흡 곤란이 오는 모양이었다.

"전하!"

황급히 아신의 곁으로 다가선 진가모가 그의 몸을 내리눌렀다. 아신이 자신의 몸에 상처를 내지 않도록 진정시키기 위해서였다. 하지만 아신의 경련은 쉽게 가라앉지 않았다. 발작에 가까운 움직임에 진가모가 이를 바드득 갈며 의원을 바라보았다.

"뭐 하고 있나? 뭐라도 해야 할 것 아닌가!"

"그, 저, 으......."

의원이 머뭇거리는 것을 본 진가모가 답답한 얼굴로 물었다.

"어찌하면 되나?"

"그것이......."

"어찌하면 되냐니까!"

진가모의 외침에 의원이 아닌 내가 앞으로 나섰다.

"단단히 붙들고 계세요."

나는 품속에서 침구를 꺼내 들고 아신 앞에 섰다. 경련은 심했지만 진가모가 강한 힘으로 그를 붙잡고 있었기에 침을 놓을 수는 있을 것 같았다.

경련이 심할 때는 사관(四關:손과 발에 두 개씩 있는 경혈)에 침을 놓는다. 대장경(大腸經)의 합곡혈(合谷穴)과 간경(肝經)의 태충혈(太衝穴)을 합한 네 개의 혈 자리. 이 자리에 침을 놓으면 어혈을 풀고, 열증을 가라앉히며, 경련을 진정시킬 수 있었다.

나는 빠르게 혈 자리를 짚어 침을 찔러 넣었다. 깊이는 오 푼에서 팔 푼. 너무 깊어도, 너무 얕아도 안 된다. 밀어 넣는 감각에 집중하여 부드럽게 침을 찔러 넣었더니 서서히 아신의 경련이 잦아들었다.

아신을 단단히 붙들고 있던 진가모는 그의 움직임이 완전히 멈추고 나서야 손을 놓고 몸을 일으켰다.

"의식을 잃으셨군."

급격한 경련으로 지친 아신의 의식은 더 이상 버티지 못했다. 혼절한 그를 내려다보며 나는 길게 한숨을 내쉬었다.

"경련을 심하게 하니 진이 빠져 의식을 잃은 겁니다."

"그렇군."

작게 고개를 끄덕인 진가모가 턱짓으로 아신의 몸에 꽂혀 있는 침을 가리켰다.

"무슨 수를 쓴 것이지?"

"혈 자리에 침을 놓아 경련을 진정시킨 겁니다."

"혈 자리?"

"쉽게 말하면 몸의 기운이 흐르는 자립니다. 자리마다 관장하는 몸의 영역이 다른데, 필요한 곳에 침이나 뜸을 놓아 몸을 다스리지요."

"참으로 신기하군. 고구려인들이 침술에 능하다는 소문을 들었지만 이런 것까지 가능할 줄은……. 감옥에서 전염병에 걸린 자의 죽음을 막은 것도 침술이었다지?"

진가모가 신기한 눈으로 침을 바라보았다.

침술은 고구려의 의술 중에서도 유명했다. 후에 왜(倭)에서 이 기술을 배우기 위해 사람을 청할 정도였고, 중국의 가장 오래된 의학서인 《황제내경》에도 동방의 침술이 대단하다는 기록이 남아 있었다.

"약을 함께 쓰면 효과가 더 좋습니다. 침술로는 한계가 있어요."

"아무래도 그렇긴 하겠지."

진가모가 납득했다는 듯 고개를 끄덕이며 아신에게 이불을 덮어 주었다. 나는 그 모습을 보며 상황을 설명했다.

"침으로 경련을 진정시켜 놓기는 했지만, 경련을 일으키는 원인을 해결하지 못했으니 또 발작에 가까운 경련이 올 겁니다."

"다시 이런 경련이 온다고?"

"한 번이 아닐 겁니다, 이대로 계속 두면."

나는 슬쩍 시선을 돌려 멍하니 선 의원을 바라보았다. 진가모의 시선 역시 나를 따라 의원을 향했다. 자신을 향하는 시선에 의원이 움찔거렸다.

"의원."

"예."

"자네가 내린 판단과 처방이 정확하다 확신하나?"

"저는 주어진 것을 보고 제대로 판단했습니다. 전하의 증상은 분명 비사성에 돌았던, 지금 다시 석현성에 돌고 있는 그 전염병입니다."

"그리 확신한단 말이지."

턱을 매만지며 잠시 생각하던 진가모의 시선이 이번에는 내게 향했다.

"너 역시 네 판단을 확신하나?"

"물론입니다. 전염병과 증상이 유사하기는 하나 파상풍이 틀림없습니다. 다리의 상처도 확인했고요."

"만약 파상풍이 맞는다면 전하께선 어찌 되나?"

"이미 전신경련이 왔습니다. 사실 여기까지 왔다면 치료가 쉽지 않아요. 지체하면 할수록 완치할 수 있는 확률이 더 낮아질 겁니다. 한시라도 빨리 치료를 시작해야 합니다."

내 말까지 모두 들은 진가모는 썩 곤란한 눈치였다.

"한 사람은 전염병이라 하고, 한 사람은 파상풍이라 하는데 둘 모두 자신의 판단을 확신한다……."

진가모가 팔짱을 낀 채 손가락으로 제 팔뚝을 두드렸다. 한참의 고민 끝에 팔뚝을 두드리던 그의 손가락이 멈추었다. 고민이 끝난 것이다.

의원을 한 번 바라본 진가모의 눈이 그를 지나쳐 내게서 멈추었다.

"만약 치료하지 못하면 어쩔 것이냐?"

"전 인질로 백제에 잡힌 몸입니다. 전하의 병을 고치지 못했을 때 어떤 일이 벌어질 것인지 잘 알고 있습니다."

"목숨도 걸 수 있다는 거냐?"

"제 목숨을 건다고 한들 무슨 의미가 있습니까? 아픈 사람을 치료하는 일에 조건은 없습니다. 목숨을 건다고 더 열심히 치료하는 것도, 목숨을 걸지 않는다고 가벼이 치료하는 것도 아닌 것을요."

나는 의식을 잃은 아신을 바라보았다. 그는 백제의 태자였지만, 그를 진맥한 순간부터 내게 아신은 한 사람의 환자일 뿐이었다.

"제 눈앞에 아픈 사람이 있고, 전 치료법을 압니다. 그럼 그 사람을 살려야지요. 다른 건 상관없습니다."

내 말에 진가모가 입을 꾹 다물었다. 잠시 말이 없던 그가 내 눈을 똑바로 바라보며 다시 입을 뗐다.

"그래도 나는 받아야겠다. 네가 실패하면, 네 목숨으로 책임을 져라."

"달솔! 어찌 고구려인의 말을 믿습니까!"

가만히 대화를 지켜보던 의원이 소리치며 진가모의 앞을 막아섰다. 그가 내게 아신의 치료를 맡기로 했다는 걸 깨달은 것이다. 진가모가 손을 들어 의원의 반박을 제지했다.

"오늘로부터 정확히 닷새를 주마."

진가모가 창밖을 바라보며 말했다. 이미 밖은 어두워져 달이 떠올라 있었다.

"닷새 후 이 시간, 달이 하늘에 떠오르는 때. 그때까지 태자님의 병을 고쳐 낸다면 인질을 모두 고구려에 돌려보내 주마. 하지만 실패하면 감히 거짓 병을 지껄여 우리를 농락하고 태자 전하를 위험에 빠뜨린 네 목을 치겠다."

나는 아신을 보며 시간을 가늠해 보았다. 닷새라면 결코 길지 않은 시간이다. 그 안에 전신경련까지 온 파상풍을 고치는 건 쉬운 일이 아니었다.

하지만 내가 여기서 포기하면?

의원은 아신의 병을 전염병이라 끝까지 주장할 것이다. 결국 그는 제대로 치료받을 기회조차 얻지 못한 채 죽음을 맞이할지도 모른다. 그것을 두고 볼 수는 없었다. 한의사로서의 양심이었다.

그렇게 생각하니 문득 우스워졌다. 내가 언제부터 한의사로서의 사명이니, 양심이니 하는 것들을 생각했다고.

하지만 병에 고통스러워하는 자들을 눈앞에서 보고 있자면 내가 아는 것을 세상에 펼치지 않는 것이 큰 죄악처럼 느껴졌다. 이 시대는 혼란하고 혹독하여 나 같이 사명감 없는 한의사의 도움이라도 간절했다.

나는 주먹을 꽉 쥐며 진가모를 바라보았다.

"조건이 있습니다."

"말해라."

"닷새 동안은 무조건 제 뜻대로 두십시오. 내어 달라는 것은 모두 내주고, 해 달라는 것은 모두 해 주십시오."

"필요한 것을 내주는 것은 어렵지 않지. 좋다. 다른 것은?"

"치료 방법에 대한 의심과 간섭은 사양하겠습니다. 무슨 일이 있어도 제 방식에 따라 주셔야 합니다. 이것만 지켜 주신다면 한번 해 보겠습니다."

잠시 생각하던 진가모가 곧 고개를 끄덕였다.

"그것 역시 동의한다. 닷새 동안은 네 치료 방식에 무조건 따르는 것으로 하지. 이처럼 완전히 네 의사에 따르는 대신 그 책임은 무거울 것이다."

위험한 협상의 성립이었다.

"하면 먼저 약재를 구해 주세요. 감초, 천궁, 황금이 필요합니다. 방풍과 천남성도요."

❖ ❖ ❖

아신의 파상풍은 진행 속도가 빠른 편이었다. 상처를 얻은 지 얼마 지나지 않아 빠르게 파상풍이 발병하고 전신경련에까지 이르렀다. 나빠지는 것이 빠를수록 치료는 어렵다. 나는 병이 나빠지는 것보다 빠르게 그의 증상에 대처할 필요가 있었다.

가장 먼저 할 일은 상처를 직접적으로 다스리는 일이다. 방풍과 천남성으로 가루를 내어 옥진산(玉眞散)을 만든 뒤 이를 상처에 바르는 게 첫 번째였다.

다음은 탕약이다. 파상풍은 열이 있는 경우와 없는 경우로 나뉘어 약을 쓰는 법이 달라지는데, 아신의 경우는 발열이 있으므로 차가운 성질의 약을 써야 했다. 그렇다면 처방은 감초, 천궁, 황금을 쓴 소궁황탕(小芎黃湯)이 적당했다. 파상풍의 사기(邪氣:사람의 몸에 병을 일으키는 나쁜 기운)가 몸 안에까지 들어가 열이 나는 경우 쓰는 약이었다.

아신의 병세가 심상치 않은 것을 본 진가모는 빠르게 필요한 약재를 구해 주었다. 백제의 끄트머리인 이곳 석현성에서 어찌 그리 빠르게 약재를 구해 왔는지. 나는 새삼 진가모의 수완에 감탄했다.

그의 빠른 일 처리에 힘입어 나는 날이 밝자마자 소궁황탕을 달이고 옥진산을 만드느라 분주했다. 잠도 제대로 자지 못하고 아신의 거처 바로 옆에 딸린 부엌에 쪼그려 앉아 약탕기의 불을 살피고 있자니 절로 졸음이 몰려왔다.

"흐아암."

나는 길게 하품하며 졸음을 쫓기 위해 고개를 저었다. 하지만 그렇게 달아날 잠이 아니었다. 석현성에 잡혀 온 이후 줄곧 고된 노동을 한 데다, 어제 아신의 병을 살핀 이후 급하게 약재를 구하고 손질하느라 잠을 자지 못했다.

잠들면 안 돼.

나는 애써 눈을 부릅뜨며 부채를 든 손에 힘을 주었다. 제대로 약을 달이려면 은근한 화롯불에 오랫동안 약탕관을 올려 둬야 하는데, 조금만 방심하면 불이 꺼지기에 십상이라 쉬지 않고 부채질을 해주어야만 했다.

불이 꺼져서 탕약을 시간 안에 달여 내지 못하면 먹일 때를 놓쳐 예상했던 것보다 치료 기간이 더 길어지게 된다. 환자를 고쳐 내야만 하는 기간이 촉박한 내게는 곤란한 상황이었다.

그러니 잠이 들면 절대 안 되는데.

그렇게 다짐하는 것과 달리 눈꺼풀이 너무 무거웠다. 눈을 깜빡이는 횟수가 점차 적어지고, 부채질을 하던 손도 조금씩 느려졌다. 그것을 죄 느끼고 있으면서도 저항할 수 없다는 것이 우스웠다.

인간의 가장 강한 욕구가 수면욕이라더니.

나는 거스를 수 없는 욕구에 굴복해 고개를 휘청이기 시작했다. 목에 힘이 빠져 머리가 앞으로, 또 뒤로 사정없이 흔들렸다. 힘 빠진 머리가 순간 앞으로 고꾸라졌다. 몸의 균형이 완전히 무너져 앞으로 기울고 있다는 것을 깨달은 순간 잠이 확 달아났다.

하지만 몸의 중심을 제대로 잡기도 전에 머리가 숯불 위에 올려 둔 약탕관에 가까워졌다.

부딪히는 건가?

그렇게 생각하는 순간 커다란 손이 뒤에서 내 어깨를 끌어안았다.

"너는 어찌 사람이 이리 허술해?"

잠이 덜 깨 얼떨떨한 눈으로 뒤를 바라보니 담덕이 길게 한숨을 내쉬며 나를 바라보고 있었다.

"담⋯⋯."

"가륜."

멍하니 담덕의 이름을 부르려 했더니 그가 가짜 이름으로 내 입을 막았다. 주변에 듣는 귀가 있을 수도 있다는 뜻이었다.

"여긴 어찌 왔어, 가륜?"

나는 일부러 '가륜'이라는 가짜 이름을 강조하며 담덕에게 물었다. 그는 가볍게 어깨를 으쓱거리며 내 옆에 자리를 잡고 앉았다.

"네가 아신 태자의 병 문제로 이곳 의원과 싸웠다는 이야기를 듣고 왔지."

담덕이 내 손에 들려 있던 부채를 가져가 대신 흔들며 대답했다.

"싸운 것은 아니야. 병에 관한 견해가 달랐을 뿐이지."

"그래. 네가 태자의 병이 전염병이 아니라 했다며? 그 문제로 의원과 언성을 높였다 하던데.”

벌써 담덕에게까지 그 이야기가 흘러 들어간 모양이었다. 나는 고개를 끄덕이며 상황을 설명했다.

“아무리 증상을 살펴도 석현성 병사들이 앓는 전염병이 아니었어. 하지만 이미 전염병이라 진단한 의원의 입장에서는 판단을 뒤집기가 어려웠을 거야.”

내 설명에 담덕이 피식 웃음을 흘렸다.

“네가 틀렸을 가능성은 전혀 생각지 않는 말투네.”

“하지만 그만큼 확실하단 말이야. 바지를 걷어 종아리 안쪽에 짐승에게 물린 상처가 있는 것도 확인했어. 파상풍이 분명해.”

“바지를 걷어?”

“……내 말에서 중요한 부분은 거기가 아니었는데.”

“그 부분도 중요해. 넌 네 옷을 마구 벗어 던지다 못해 이젠 사내의 옷까지 벗기는 거냐?”

담덕이 미간을 찌푸린 채 손가락으로 내 이마를 툭 건드렸다. 나는 담덕의 손을 밀어내며 당당하게 반박했다.

“환자에게는 성별이 없어. 그러니 아신 태자는 사내가 아니라 그냥 환자야. 몸에 최근에 생긴 상처가 있는지 확인해야 하는데 상대가 사내라고 살펴보지도 않을 순 없잖아.”

“먼저 물어보지 그랬어? 최근에 생긴 상처가 있는지. 뭐, 너라면 그걸 물을 생각도 못 하고 옷부터 벗기려고 달려들었겠지만.”

정확한 예상에 나는 할 말을 잃었다. 입을 꾹 다문 나를 보고 담덕이 안 봐도 눈에 훤하다는 얼굴로 고개를 내저었다.

“넌 너무 행동이 앞서. 이제 곧 어른이 되는데 조금쯤은 진중해지는 게 어때?"

"그러려고 했는데 오라버닌 내게 진중함이 안 어울린대. 내가 생각해도 그런 면이 있는 듯하고."

오라버니를 존중해 주겠다고 높임말을 썼더니 어색함에 몸부림치던 제신이 떠올랐다. 그때의 기억에 절로 웃음이 나왔다가, 그때와는 너무 다른 지금의 처지에 얼굴이 굳었다.

열여섯의 탄일을 가족과 함께 보내기 위해 도압성으로 향했건만. 도압성은 함락당하고 나는 제신과 포로가 되어 백제 땅에 있다. 같은 석현성에 있으면서도 노역에 동원된 젊은 사내들과는 갇혀 있는 곳이 달라 잡혀 온 날 이후로는 제신을 보지도 못했다.

나는 담덕에게 제신의 안부를 물었다.

"오라버니는 보았어?"

내 질문에 담덕의 얼굴이 어두워졌다.

"보았어. 밤에 은밀히 찾아 이야기를 나눴는데, 날 보자마자 화를 내더라."

"위험할까 봐 도압성에도 못 오게 한 사람이 석현성에 나타났으니 당연히 화를 냈겠지. 거기서 어찌 보냈는데……. 몸은 괜찮아 보였어?"

"아무래도 노역에 동원되어 험한 일을 하다 보니 많이 지쳐 보였다. 그래도 노역장이 성 외곽이라 전염병은 돌지 않았으니 너무 걱정은 하지 않아도 돼."

직접 살필 수 없는 곳에 병이 돌지 않았다니 그나마 다행이었다. 게다가 제신이라면 어떤 상황에서든 잘 버틸 거라는 믿음이 있었다.

"그럼…… 아버지는?"

나는 담덕을 만나자마자 묻고 싶었던, 한편으로는 두려워 묻고 싶지 않았던 질문을 겨우 꺼냈다. 혹시라도 듣고 싶지 않은 말이 나올까 봐 나는 담덕을 본 이후 계속 이 질문을 입안에 꼭 묶어 두고 있었다.

"넌 다지홀에서 왔다 했지. 그럼 그곳에서 살아남은 도압성 사람들을 확인했을 것 아냐? 거기에 내 아버지가 있었어?"

"네 아버지는……."

담덕이 내 표정을 살피며 말을 삼켰다. 좋지 않은 징조였다.

"다지홀에서 보지 못했다."

결국 담덕의 입에서 내 예상과 크게 다르지 않은 말이 흘러나왔다. 입술을 질끈 깨무는 나를 보고 담덕이 위로하듯 내 등을 쓸어내렸다.

"하지만 장군은 강한 사람이니 쉽게 무너지지 않았을 거야. 상황이 여의치 않아 다지홀로 오지 못한 것일 뿐 살아 있을 거라고, 난 그리 생각한다."

"나도 그랬으면 좋겠어."

"그럴 거야. 널 찾기 위해 도압성 인근을 모두 뒤졌을 때도 시신은 나오지 않았어. 도압성에 효수되지도 않았지. 전장을 지휘했던 장군이 도압성에서 죽었다면 그러지 않았을 리가 없어. 장군은 살아서 도압성을 빠져나갔을 거다."

이어진 말은 마냥 희망에 찬 추측이 아니라 근거가 있는 기대였다.

"게다가 살아남은 병사들 중 하나가 확실하지 않지만 장군을 본 것 같다고 했어. 화살을 맞은 채였고, 해운이 그를 부축해 도망쳤다는군."

"화살을 맞았다면……."

제신의 기억과도 일치했다. 아마 그 병사가 보았다는 사람은 아버지가 맞을 것이다.

나는 조금 더 마음을 놓고 고개를 끄덕였다. 그러다 무엇인가 마음에 걸리는 부분을 찾아내고 담덕을 바라보았다.

"해운? 그 사람도 다지홀에 나타나지 않았어?"

"그래. 그가 걱정되니?"

담덕이 나를 빤히 마주 보았다. 무심하게까지 느껴지는 눈에 어쩐지 어깨가 뻣뻣하게 굳었다.

얼굴도 제대로 모르는 병사들의 생사마저 걱정스러운 상황인데 운의 목숨이라고 걱정되지 않을 리 없었다. 운은 오라버니의 가장 가까운 친구였다. 나와도 자주 말을 섞어 친구까지는 아니라도 지인 정도는 된다고 말할 수 있는 사이였다.

"당연히 걱정되지."

"그렇구나."

담덕이 눈을 내리깔았다. 말없이 부채를 흔드는 그의 기분이 썩 좋지 않아 보였다.

나는 말없이 피어오르는 연기를 보며 입을 꾹 다물었다. 깊은 생각에 빠진 담덕을 방해하고 싶지 않았다.

그렇게 조용히 그의 곁을 지키고 있으니 담덕이 입을 뗐다.

"처음 보았어."

툭 던져진 말에 나는 담덕을 바라보았다. 하지만 그의 시선은 약탕관에 고정되어 있었다.

"늘 말로만 들었지 전쟁을 보는 건 처음이야. 여태까진 왜 전쟁에 이겨야 하는지 몰랐거든. 그저 그러는 것이 당연하니까, 다들 그렇다고 하니까 그것에 의문을 품지 않았지. 그런데……."

담덕이 말끝을 흐리며 부채를 꽉 쥐었다.

"적이 휩쓸고 간 전장은 잔혹해. 자비가 없고 희망도 없어. 사람들은 죽고, 살아남은 자들도 포로로 잡혀 미래를 잃지. 패배하는 순간 패배자들은 모든 것을 박탈당해. 그것이…… 전쟁이었어."

혼잣말처럼 이어지는 담덕의 목소리에는 괴로움과 결의가 동시에 섞여 있었다.

"우희, 난 절대 지지 않는 사람이 될 거다. 내 생에 다시는 이런 일을 겪고 싶지 않으니까."

비로소 담덕의 시선이 나를 향했다.

"누구도 미래를 잃지 않는 세상을 만들 거다. 나의 사람들은 그런 세상에서 살아야 해. 내가 그리 만들 거야."

담덕이 그 말을 현실로 만든다는 걸 나는 누구보다 잘 알고 있었다.

"그래. 넌 그럴 수 있어."

나는 진지하게 반짝이는 담덕의 두 눈동자를 보며 가만히 미소를 지었다.

파상풍은 주변의 자극에 몸이 예민하게 반응하므로 환경을 고요하게 만드는 것이 무엇보다 중요했다. 때문에 나는 아신의 방에서 시녀들을 모두 물리고 홀로 남았다. 최대한 아신을 자극하지 않기 위해서였다.

주변을 밝히던 불도 최소화하고 발걸음 소리도 조심했지만 치료에는 난관이 많았다.

상처 부위에 옥진산을 바르는 건 어렵지 않았다. 문제는 탕약을 먹이는 일이었다.

정신을 잃는 동안에는 의식이 없어 약을 삼키지 못하고, 의식이 있는 동안에는 경련 때문에 온몸이 뒤틀려 입에 제대로 약을 대기도 힘든 경우가 많았다. 그 탓에 입안에 들어가지도 못하고 흘리는 약이 반 이상이었다.

약을 먹어야 경련이 나아질 터인데 약조차 제대로 먹지 못하고 있으니 회복이 생각보다 훨씬 더뎠다.

경련이 계속되면 호흡 곤란이 와 목숨이 위험할 수도 있고, 더 심해지면 근육 강직과 수축까지 일어난다. 강직과 수축으로 몸이 뒤로 휘어 등과 바닥 사이에 공간이 커지면 더는 손을 쓸 수 없었다. 병이 너무 많이 진행되었다는 방증이기 때문이다. 몸과 바닥 사이의 공간에 모로 세운 손이 들어가면 끝이다. 거기까지 가기 전에 빠르게 치료를 진행해야만 했다.

초기에 태자의 병을 전염병으로 착각하는 바람에 좋은 시기를 놓쳤어. 경련이 시작되기 전에 치료를 시작했으면 좋았을 텐데.

시간적 여유가 있는 상황이라도 치료가 급한 상황인데 내게 주어진 시간은 고작 닷새뿐이었다. 그 안에 병을 고치려면 무슨 수라도 내야 했다.

"차도가 없군. 이리 약조차 제대로 먹이지 못해서야…… 어디 전하를 치료할 수 있겠나?"

감시라도 하듯 아신의 방을 어슬렁거리던 의원이 혀를 끌끌 찼다.

나는 대답 없이 숟가락으로 탕약을 떠 눈을 감고 늘어져 있는 아신의 입안에 넣었다. 하지만 역시 입 밖으로 흐르는 약이 반 이상이었다.

열은 떨어졌고 경련도 조금씩 나아지고 있지만, 회복 속도가 너무 더뎠다. 이대로 계속 치료를 하면 병이 나을 것이라는 확신은 있었으나 닷새 안은 무리였다.

이래서는 안 돼.

나는 입술을 질끈 깨물었다. 오늘로 하루 하고도 반이 더 지났다. 해가 떨어지고 밤이 찾아오면 이틀이 지나는 것이다.

그리하면 겨우 사흘이 남아. 이 상태라면 그 안에 태자가 온전한 모습으로 눈을 뜨긴 힘들 거야. 호전되더라도 여전히 병이 깊겠지.

"파상풍이니 뭐니 온갖 잘난 척을 하더니 꼴이 우습구나."

"아직도 당신의 처방이 맞는다고 생각하는 건가요?"

나는 빈 탕약 그릇을 들고 자리에서 일어서며 의원을 바라보았다.

"열이 떨어지고 구토가 멈췄어요. 때때로 심한 경련이 일긴 하지만 조금씩 나아지고 있고요."

내 말에 의원이 주먹을 꽉 쥐었다.

"누가 뭐래도 전하께서는 전염병에 걸리신 거야."

"당신이 그렇게밖에 말할 수 없는 이유는 알아요. 감히 태자의 병을 잘못 진단해 그를 죽음 가까이 몰았으니 전염병이라고 끝까지 우겨야 안전하겠죠."

"나는 잘못 진단하지 않았다."

"의원으로서의 책임감은 없나요? 만약 내가 제시간 안에 전하를 고치지 못해도 이분이 전염병에 걸렸다고 말하며 계속 전염병을 다스리는 처방을 내릴 건가요?"

"네가 신경 쓸 일이 아니지."

"아뇨, 한번 맡은 이상 이분은 제 환자예요. 나을 수 있도록 끝까지 돕는 것이 제 일이고요."

"……그리 말해 봤자 네게 남은 시간은 고작 사흘이야. 그 안에 못 고치면 감히 우스운 파상풍 이야기로 혼란을 준 네 목이 달아날 거다."

의원의 눈이 창밖을 향했다. 어느새 해가 떨어지고 있었다.

"쓸데없는 짓은 하지 않는 게 좋을 거야. 책임을 피하기 위해 수를 쓰지는 않는지 내가 잘 지켜보고 있을 테니까."

엄포를 놓은 의원이 씩씩대며 밖으로 나섰다.

의원의 말에 강하게 반박하긴 했지만 나도 걱정이 많았다. 시간이 너무 부족했다.

약을 많이 먹지 못하니, 조금만 먹어도 효과가 큰 약, 더 강한 약이 필요해.

나는 비어 있는 약사발을 바라보며 생각에 빠졌다. 머릿속에 떠오르는 약이 몇 가지 있었지만 모두 쉽게 쓰기는 힘든 것들뿐이다.

그래도 지금은 답이 그것뿐이야.

나는 그대로 방을 나서서 문 앞을 지키고 선 시녀에게 아신의 상태를 봐 달라고 부탁했다. 태자의 난폭한 성정을 잘 아는 시녀들은 홀로 그의 병을 돌보는 나를 안쓰럽게 여겨 많은 도움을 주고 있었다.

"잠시 부엌에서 탕약을 보고 올 테니 전하의 상태가 이상하면 바로 불러 줘요."

"예, 그리하지요. 걱정 말아요."

시녀가 웃으며 안으로 들어서는 것을 확인한 나는 그대로 옆의 부엌으로 걸음을 옮겼다.

부엌에는 태림이 나를 대신해 약을 달이고 있었다. 덩치도 큰 사람이 좁은 부엌에 쪼그려 앉아 부채를 흔들고 있는 모습이 어쩐지 처량해 보였다.

"태림."

"우희 님."

내 부름에 태림이 고개를 숙였다. 담덕이 다시 태림을 내게 보내 준 덕에 내가 자리를 비울 때마다 태림이 탕약을 봐 주고 있었다.

"별다른 문제는 없었죠?"

"예."

"다행이네요. 고구려 제일의 용사에게 이런 걸 시켜서 미안해요. 이런 일을 할 사람이 아닌데."

내 말에 자신의 모습을 내려다본 태림이 머쓱하게 웃었다. 검 대신 부채가 들린 제 손이 어색하긴 한 것 같았다.

"아닙니다. 우희 님께 필요한 일이 있다면 무엇이든 해야지요. 원래 그게 호위를 맡은 자의 도리입니다. 비록 정식이 아닌 임시지만."

그렇게 말한 태림이 다시 부채질에 집중하기 시작했다. 투박한 손으로 혹여나 불이 꺼질까 조심스럽게 부채를 흔드는 모습을 보고 있자니 이 커다란 사내가 조금 귀엽게 느껴졌다.

나는 웃으며 태림의 옆에 자리를 잡고 쪼그려 앉았다. 좁은 공간에 가까이 붙은 탓인지 태림이 흠칫 놀라며 나를 보았다.

"그때 나 놓쳐서 곤란하지 않았어요?"

"도압성에서 말입니까?"

"네."

"곤란했다기보다는……."

태림이 말끝을 흐렸다. 무엇인가 생각하는지 부채질을 하는 손이 조금 느려졌다. 나는 그의 손목을 잡아 느려지는 부채질의 속도를 다시 높였다. 그 순간 태림이 팔을 비틀어 손목을 빼내며 내 손을 밀어냈다.

"아."

무의식적으로 한 행동이었는지 자신의 행동을 뒤늦게 깨달은 태림이 입을 쩍 벌렸다.

"저……."

뭐 그리 큰 실수를 했다고 안절부절못하는 태림의 얼굴에 웃음이 나왔다.

"뭘 그리 당황하고 그래요? 부채질이 또 멈췄네."

"아."

태림이 다시 입을 벌리며 손을 움직이기 시작했다. 어느새 제 손이 멈췄다는 것도 몰랐던 모양이었다.

"다시 만난 날, 우리 도련님께서 아주 크게 화를 내셨잖아요. 그래서 태림도 그간 벌을 받은 것은 아닌가 걱정했어요."

의도적으로 담덕의 이름을 부르지 않고 '우리 도련님'이라고 말하는 나를 보며 태림의 입가에 미소가 걸렸다.

"그걸 걱정하시는 분께서 절 두고 가셨습니까?"

"따라오지 그랬어요. 우리 도련님이라면 몰라도 태림은 안 막았을 텐데."

"그러려고 했습니다. 제 생각보다 우희 님의 기마술이 뛰어나셔서 따라잡지 못했지만요."

"지금 내가 고구려 최고의 용사보다 기마술은 더 낫다고 인정받은 거죠?"

장난스럽게 턱을 치켜들었더니 태림의 입에서 웃음이 흘러나왔다.

"예, 저보다 기마술이 더 대단하시던걸요."

"그 말 무르기 없기예요! 국내성에 돌아가면 제 기마술을 무시하던 서에게 태림이 인정해 줬다고 자랑을⋯⋯."

별생각 없이 튀어나온 국내성 이야기에 금세 기분이 가라앉았다. 서에게 자랑하기는커녕 그곳으로 무사히 돌아갈 수 있을지도 모르는 상황이었다.

풀이 죽은 내 모습을 보았는지 태림이 무심하게 위로를 건넸다.

"너무 걱정 마십시오. 담⋯⋯ 아니, 우리 도련님께서 어떻게든 하실 겁니다. 만약 일이 잘 안 풀린다고 해도요."

"우리 도련님을 너무 믿는 거 아니에요? 여긴 백제 땅인데."

어디를 둘러봐도 백제군뿐인 이곳 석현성에서 무슨 수를 쓸 수 있을까. 제아무리 담덕이라도 신묘한 계책을 생각해 내기는 힘들 것이다.

아무리 머리를 굴려 봐도 야반도주를 하는 것밖에는 떠오르지 않았다. 이 방법은 나와 제신을 제외한 다른 포로들의 목숨은 버리는 것과 다름없었다.

하지만 담덕은 그럴 사람이 아닌걸.

"분명 수를 찾으실 겁니다."

태림이 생각보다 단호하게 대답했다. 흔들림 없는 그의 눈을 보고 있자니 괜히 희망을 주겠다고 없는 소리를 하는 것 같지는 않았다.

"생각해 둔 수가 없다면 애초에 이곳에 발을 들이지도 않으셨을 분입니다. 그 수를 제가 감히 짐작할 수는 없지만 생각하고 계신 바가 분명 있으실 겁니다."

"확실히 우리 도련님이 그런 성격이긴 하지만요."

그래도 상황이 너무 좋지 않았다. 일이 쉽게 풀리려면 내가 잘하는 수밖에 없었다.

"태림."

내가 조용히 이름을 부르니 태림의 시선이 내게 닿았다.

"부탁할 것이 하나 있는데 들어줄 수 있어요?"

"말씀하십시오. 우희 님께 필요한 것이면 무엇이든 하는 것이 호위의 역할이라 말씀드렸잖습니까."

"하면 전갈을 구해 줄 수 있을까요? 정확히는…… 전갈의 꼬리가 필요해요."

담담하게 내 말을 듣고 있던 태림의 표정이 묘하게 굳었다.

"우희 님, 전갈의 꼬리에는……"

거기까지 말한 태림이 주변을 살피며 한층 목소리를 낮추었다. 거의 속삭임에 가까운 목소리였다.

"전갈의 꼬리에는 맹독이 있습니다. 잘못 닿으면 죽을 수도 있는 강한 독입니다."

"나도 알고 있어요."

"한데 전갈의 꼬리가 필요하다고 말씀하시는 것은……."

태림이 난처한 얼굴로 입을 다물었다. 그는 의문에 가득 찬 눈으로 내 표정을 살피고 있었다. 내가 무슨 생각을 하는지 어떻게든 읽어 보려는 것 같았다.

"아가씨께서 전갈의 꼬리를 구하고 있다는 이야기가 알려지면 어찌 되는지 아십니까?"

"한바탕 난리가 나겠죠. 그러니 태림에게 부탁하는 거예요. 전갈의 꼬리, 구해 줄 수 있겠어요?"

"구하는 것은 어렵지 않습니다만 어찌 그것을 원하시는지 물어도 되겠습니까?"

어쩐지 긴장된 눈이었다. 나는 태림의 두 눈을 똑바로 바라보며 입을 열었다.

"먹일 겁니다."

"누구에게 말입니까?"

"아신 태자에게."

"……예?"

태림이 믿을 수 없다는 듯 되물었다.

"나는 아신 태자에게 전갈의 독을 먹일 겁니다. 그래서 전갈의 독이 든 꼬리가 필요해요. 구해 줄 수 있겠어요?"

나는 다시 한번 분명하게 나의 뜻을 그에게 전달했다.

백제의 태자에게 독을 먹인다니. 아무리 태림이라도 놀랄 만한 일이겠지.

다시 물어도 변하지 않는 나의 뜻에 태림이 입을 꾹 다물었다. 한참 동안 생각에 빠져 침묵을 지킨 끝에 태림이 자리에서 일어섰다. 일어선 태림이 내게 부채를 내밀었다. 반사적으로 그것을 받아 드니 머리 위에서 그의 말이 울렸다.

"내일 날이 밝기 전까지 구해 오겠습니다. 부디 다른 사람들 앞에서는 우희 님의 뜻을 입에 올리지 마십시오."


❖ ❖ ❖

약속대로 태림은 날이 밝기 전 돌아왔다.

"이 정도면 충분하겠습니까? 구할 수 있는 만큼 다 구해 온 겁니다."

태림이 내민 주머니에 전갈 꼬리가 가득했다. 이 정도면 사흘은 충분히 먹일 수 있는 양이었다.

"충분해요. 고생 많았어요."

"아닙니다. 그리 구하기 어려운 것도 아니고……. 한데,"

나의 감사 인사를 사양하며 고개를 저은 태림이 주변을 살피며 낮은 목소리로 물었다.

"이걸 정말 아신 태자에게 먹일 겁니까?"

내가 구해 달라 말해 움직이기는 했지만, 오는 도중에도 계속 의문을 가졌던 듯했다.

"네."

단호한 대답에 태림이 묘한 얼굴을 했다.

"태자를 죽이실 겁니까?"

전갈의 꼬리에는 강한 독이 있었다. 한 마리의 독으로는 부족해도 이렇게 많은 전갈의 꼬리가 있다면 충분히 사람을 죽일 수 있다. 게다가 상대가 아파서 골골대고 있는 저 아신 태자라면 어려울 것도 없었다.

태림으로서는 당연한 의문이었다. 하지만 한의사인 내게 그보다 우스운 질문은 없었다.

"일부러 사람을 죽인다고요? 의술을 안다고 말하며 사람을 치료하고 다니는 내가요?"

내 말에 태림이 재빨리 사과하고 고개를 숙였다.

"······기분이 상하셨다면 죄송합니다. 전 그저 전갈의 독이 일반적으로 그러한 용도로 사용되기에."

"알아요, 전갈의 독이 원래 어찌 쓰이는지. 하지만 난 이걸 약으로 쓸 생각이에요."

"아신 태자를 고치기 위해 독을 먹인단 말입니까?"

내 말에 태림의 표정이 더 이상해졌다. 도무지 내 말이 이해할 수 없다는 듯한 얼굴이었다.

"독으로 어찌 사람을 구합니까?"

"독으로 사람이 아닌 독을 죽이는 거예요. 이독제독이라고나 할까요?"

"독으로······ 독을요?"

"이미 아신 태자의 몸에는 사기가 깊이 들어 있어요. 약을 써서 이 기운을 밖으로 밀어내려고 했지만······ 이미 기운이 깊이 스며들어 쉽지 않았죠. 그러니 안에서 죽이는 수밖에 없어요."

"독이 사기만 골라 죽일 수 있습니까? 사람은 상하게 하지 않고요?"

바로 그 부분이 문제였다. 나는 고개를 저으며 주머니 속 전갈 꼬리를 바라보았다.

"독은 그리 똑똑하지 않아요. 몸의 사기뿐만 아니라 다른 부분도 상하게 하니, 사기를 죽이길 기다렸다가 해독을 해 줘야 해요. 그건 침술을 이용할 거고요."

쏟아지는 복잡한 이야기에 태림이 질린 얼굴을 했다. 잔뜩 찌푸려진 미간에서는 염려도 함께 느껴졌다.

"단순한 방법은 아니로군요."

"사람 살리는 게 어디 쉽나요. 가벼운 병 하나 고치는 일에도 심혈을 기울여야 하는데, 하물며 이 정도까지 진행된 파상풍은······."

나는 일부러 어렵다는 말은 입에 올리지 않았다. 말이 씨가 된다는 이야기가 있으니 괜히 부정적인 말을 하지 않을 생각이었다.

긍정적으로 생각하자. 어떻게든 치료할 수 있어.

나는 다짐을 담아 태림을 보며 살짝 미소를 지었다.

"남은 시간은 사흘이에요. 태림도 나를 좀 도와줘야겠어요."

"어찌 도와 드리면 되겠습니까?"

"이곳 의원이 내가 어떤 치료를 하는지 눈에 불을 켜고 감시하고 있어요. 아신 태자에게 전갈의 독을 쓴다는 게 알려질 수도 있다는 뜻이죠. 그리하면 의원이 가만있지 않을 거예요."

내가 거기까지만 말했는데도 태림은 내가 하고자 하는 부탁을 금세 알아들었다.

"걱정 마십시오. 제가 아무도 치료를 방해하지 못하도록 하겠습니다."

"믿음이 가네요."

약재와 조력자 모두를 구했으니 이젠 치료를 시작할 시간이다.

❖ ❖ ❖

나는 전갈의 꼬리 일곱 개를 가루 낸 뒤 따뜻하게 데운 술에 넣어 약을 만들었다.

전갈산(全蝎散). 몸에 풍사(風邪:한의학에서 꼽는 여섯 가지 병인 중 하나로, 이로 인한 병은 경과가 매우 빠르며 증상이 잘 변한다)가 들어 경련이 있을 때 쓰는 약이었다.

익히 알려진 것처럼 전갈의 꼬리에는 사람을 죽일 수도 있는 위험한 독이 있다. 이를 백제의 태자에게 쓰는 것은 쉽지 않은 도전이다.

혹여 잘못되면 독살을 했다고 오해받기 딱 좋은 상황이었다. 그러니 무조건 아신의 파상풍을 잡아야 한다. 물러설 곳은 없었다.

나는 누워 있는 아신에게로 다가가 그의 상태를 살폈다. 열이 떨어지기는 했지만 여전히 목과 턱이 뻣뻣했다. 잊을 만하면 다시 찾아오는 경련은 말할 것도 없었다.

나는 아신의 옆에 자리를 잡고 앉아 그의 상체를 일으켜 세웠다. 손만 대도 경련이 일던 이틀 전과 달리 이제 이 정도 접촉은 무리가 없었다.

"오늘은 평소보다 조금 더 강한 약을 쓸 겁니다. 강한 약에도 몸이 버티려면 먼저 기력을 보충하셔야 해요."

상체를 벽에 기댄 아신이 물끄러미 나를 바라보았다. 투병으로 지친 얼굴에는 생기가 없었다.

"시녀들에게 부탁해 미음을 만들어 왔으니 이걸 전부 드셔야 합니다."

약과 함께 가져온 미음을 한 숟갈 떠 아신의 입에 가져갔지만, 그가 고개를 돌려 피했다.

"식욕이 없다."

"그래도 드셔야 합니다."

"먹기 싫대도."

"살고 싶으면 드십시오."

"싫다 하지 않았느냐!"

아신이 크게 소리치며 내 손을 쳐 냈다. 제법 힘이 실린 손길에 그에게 내밀었던 숟가락이 날아가 벽에 부딪혔다. 숟가락이 날아가며 미음이 얼굴에 튀었다. 나는 얼굴에 묻은 미음을 닦아 내며 아신을 바라보았다.

눈이 마주치는 순간 아신이 다시 한번 강하게 말했다.

"분명히 말했다. 난 안 먹는다고."

입매가 딱딱하게 경직된 탓에 아신이 말을 할 때마다 발음이 샜다. 그 모습을 보이기 싫었는지 그는 치료를 받는 내내 말을 거의 하지 않았다. 그럼에도 이처럼 명확하게 의사를 표현했다는 건 말을 하는 것보다 더 싫은 것이 있다는 뜻이었다.

소문을 듣기로 아신은 자존심이 강한 사람이라고 했다. 한데 파상풍에 걸려 수발을 받는 동안 자존심이 상할 일이 꽤 많았다.

식사부터가 그랬다. 근육이 경직되자 식사를 할 때마다 아신의 입가는 침과 미처 삼키지 못한 음식물이 뒤섞여 엉망이 되었다. 아신은 그 우스운 모습을 보이는 게 꼴사납다 생각했는지 식사를 할 때마다 기분 나쁜 기색이 역력했다.

"혹 미음조차 제대로 삼키지 못하고 줄줄 흘리는 모습을 보이기 싫으신 겁니까?"

아무래도 정곡을 찌른 것 같았다. 아신이 아무런 대답도 하지 않고 입을 꾹 다문 채 내게서 눈을 돌렸다.

아니, 이게 무슨 어린애 같은 이유래?

순간 머리에 열이 올랐다. 누구는 자기 목숨 살려 보겠다고 전전긍긍하고 있는데, 고작 더러운 모습 보이기 싫다고 미음을 안 먹어?

나는 아신의 턱을 붙잡고 사발에 든 미음을 그대로 그의 입속에 들이부었다.

"크억!"

예상치 못한 일격에 아신이 반항도 하지 못하고 쏟아지는 미음을 삼켰다.

나는 사발이 완전히 빌 때까지 손을 멈추지 않을 생각이었다. 중간에 정신을 차린 아신이 나를 밀어내지만 않았다면 분명 그리했을 것이다.

"이, 이, 이!"

아신이 엉망이 된 꼴로 씩씩거렸다. 이 상황이 너무 황당하고 어이가 없어 할 말을 잃은 모양이었다.

"이런 미친년을 보았나!"

한참 후에 나온 말도 길지 않았다.

나는 연신 헛웃음을 흘리는 아신을 두고 그가 밀어내며 떨어진 그릇을 주웠다.

"목숨이 달린 일입니다. 어린애도 아니고, 고작 더러운 모습을 보이기 싫다고 죽을 생각이십니까?"

차분한 나의 말에 연신 미친년, 정신 나간 년을 외치던 아신이 입을 꾹 다물었다.

"말씀이 없으신 걸 보니 죽기는 싫으신가 봅니다."

이번에는 내 입에서 헛웃음이 나왔다.

"살고 싶으시다면 알량한 자존심은 잠시 넣어 두십시오. 목숨이라는 건 그만한 가치가 있지 않습니까?"

"알량한 자존심? 네가 백제의 태자인 나에 대해 뭘 안다고 그딴 말을 지껄이지?"

아신이 이를 바드득 갈았다.

물론 나는 이런 상황에서도 자존심을 챙기려는 태자의 어리광을 받아 줄 생각이 전혀 없었다. 지금의 내겐 여유가 전혀 없었던 것이다.

"네, 전 전하의 입장 같은 건 모릅니다. 저는 백제의 태자가 아니니 평생을 모르겠지요."

"그걸 모른다면 어찌……."

나는 아신의 반박을 듣지 않고 그의 말을 막아섰다.

"하지만 전 목숨이 누구에게나 공평하다는 것은 압니다. 아무리 백제의 태자라고는 하나 목숨이 두 개인 건 아니시겠죠?"

신분제가 확고한 이 시대에서 유일하게 평등한 것이 있다면 그것이 바로 죽음이었다. 한 나라의 왕도, 길거리의 거지도, 목숨만은 모두 하나였다.

부귀영화를 누리는 권력자들의 마지막 관심사도 언제나 불로장생이었다. 천하를 호령했던 진시황제도 불로장생을 꿈꾸며 신비의 불로초를 찾아 나서지 않았나.

하지만 생명은 하늘의 뜻이었다. 인간의 힘으로 얻을 수 있는 것은 부와 권력뿐이었다.

"전하께서 태자라고 파상풍이 피해 가지 않은 것처럼, 죽음도 마찬가지입니다. 병 앞에선 만인이 무력하니까요."

온갖 권세를 누리며 떵떵거리던 사람도 죽으면 모든 것이 무의미해진다. 죽음은 곧 모든 것의 끝을 의미했다. 그래서 사람들이 똥밭에 굴러도 이승이 낫다고 하는 것 아니겠어?

"그러니 병을 다스리고자 한다면 무슨 짓이든 해야 합니다. 전하께서 죽어도 상관없다 하신다면 모를 일이나 지켜보니 그것은 또 아닌 듯하던데."

자신을 훑는 시선에 아신이 입을 꾹 다물었다. 옷을 쥔 그의 손이 바르르 떨리고 있었다. 아마 묘하게 비웃음이 섞인 내 말투 때문인 것 같았다.

"제가 착각을 한 것입니까? 백제의 태자께서는 이대로 병이 깊어져 죽어도 상관없나요?"

아신은 대답이 없었다. 하지만 나는 크게 개의치 않았다. 애초에 답을 바라고 한 질문도 아니었다.

"대답은 하실 필요 없습니다. 전하께서 '난 죽어도 상관없다'고 하셔도, 제가 상관이 있으니까요."

말 그대로였다. 나는 어떻게든 아신을 살려야 하는 입장이다. 아신이 죽겠다고 물에 뛰어들면 당장 그 뒤를 따라 들어가 그를 건져 와야만 했다.

"전 어떻게든 전하를 살려낼 겁니다. 전하를 살릴 수만 있다면 무슨 수라도 다 쓸 생각이에요."

나는 다시 아신의 앞에 서서 사발을 들었다. 이번에는 미음이 아니라 약으로 쓸 전갈산이 담긴 사발이었다.

"그러니 지금 제가 미친년처럼 보이시더라도 그러려니 하세요. 전하를 살리고 싶어서 반쯤은 미친 게 맞을지도 모르겠으니까요."

촉박한 시간과 어려운 병을 다스려야 한다는 압박은 생각보다 대단했다. 덕분에 지금 내게는 모든 것에 좋게 웃으며 넘어갈 심적 여유가 전혀 남아 있지 않았다.

나는 손에 든 사발을 아신 쪽으로 내밀었다. 그의 시선이 멀거니 사발에 닿았다.

"입 벌리세요. 탕약 드실 시간입니다."

사발을 바라보던 아신의 눈이 내게로 향했다. 두 눈이 마주치는 순간 아신의 눈동자가 흔들렸다.

"적어도……."

그렇게 한참 동안 말없이 내 눈을 바라보던 아신이 망설임 끝에 겨우 말을 내뱉었다.

"적어도 숟가락은 써라. 조금 전처럼 마구잡이로 들이붓는 건 사양이니까."

미음을 거부할 때와 달리 아주 작은 목소리였다.

❖　❖　❖

그날의 신경전 이후 아신은 치료에 협조적으로 변했다. 물론 성격까지 바꿀 순 없어서 까칠한 태도는 여전했다.

"쓰다."

"약은 원래 씁니다."

"도대체 뭘 넣었기에 이리 쓰지?"

하필 곤란한 질문이었다.

"……말씀드린다고 아실까요?"

나는 아신이 비운 약사발을 치우며 무심히 대답했다. 일국의 태자에게 취하기에는 조금 삐딱한 태도였지만, 미음을 먹일 때 이미 선을 넘은 뒤였으므로 이제 와 공손함을 논할 필요는 없었다.

아신의 생각도 비슷한 것 같았다. 그날 이후 그는 내게서 공손함을 포기했는지 객관적으로도 예의에 어긋나는 나의 태도를 전혀 문제 삼지 않았다.

"말해도 모르긴 하겠지만."

이번에도 마찬가지였다. 아신은 내가 약사발을 치우는 모습을 지켜

보며 대수롭지 않게 어깨를 으쓱거렸다.

그간 아신의 상태는 많이 호전되어 있었다. 전갈산이 그의 병증에 제대로 작용을 한 것이다.

"탕약을 다 비우셨으니 이제 상태를 볼게요."

나는 아신의 가까이 다가가 그의 몸을 살폈다. 좀 더 강한 약을 쓴 이후로 확실히 경련은 눈에 띄게 줄었다. 그러나 목과 어깨를 만져 보면 여전히 후두부가 뻣뻣하게 굳어 있었다.

경직된 근육도 이대로 남은 시간 동안 약을 쓰면 괜찮아질 거야.

"이제 경련은 거의 없으시죠?"

"그래."

"자극에도 크게 반응이 없으시고요?"

"그렇긴 한데…… 이 굳은 입은 언제 괜찮아지는 것이냐?"

아신이 제 뒷목을 매만지며 불만스럽게 물었다.

"남은 시간 동안 탕약을 열심히 드시고, 침도 잘 맞으시면 경직된 곳도 곧 풀릴 겁니다."

전갈산을 쓰기 시작한 뒤로 이틀이 지났으니 남은 시간은 이제 겨우 하루였다. 하루, 하루만 더 하면…….

무리수를 두긴 했지만 그 덕에 어떻게든 시간에 맞출 수 있을 것 같았다.

"하루 남았으니 함께 힘을 내죠. 내일이면 쾌차하실 겁니다."

"하루……."

아신이 눈을 내리깔아 작게 중얼거렸다.

"넌 고구려 사람이라 했지?"

잠시 생각에 잠겨 있던 그가 곧 나를 바라보며 입을 열었다.

"예. 도압성에 있다가 전투에 휘말려 이곳까지 끌려왔습니다."

"원래 고구려에서는 뭘 하던 사람이었느냐? 도압성에 살던 사람이 었어?"

"……그게 왜 궁금하십니까?"

혹시 무얼 알고 묻는 것인가?

의도를 알고 싶어 아신의 얼굴을 빤히 바라보며 물으니 그가 내게 서 시선을 돌리며 머리를 긁적였다.

"아니, 뭐…… 어쨌거나 날 고치는 사람인데 어디서 뭘 하던 사람 인지는 알아야 할 것 아니냐."

횡설수설하는 모습을 보니 그다지 심각한 이유로 물은 것은 아닌 듯했다.

하지만 그렇다고 해도 모든 것을 말할 수는 없는 상황이었다. 잡아 온 포로들 사이에 지체 높은 사람이 있다는 것이 알려지면 좋을 것 이 없었다.

"원래는 국내성에 삽니다."

"국내성? 고구려의 수도를 말하는 것이냐?"

"예."

"도압성과 국내성은 아주 먼 곳인데, 어찌하다 이곳까지 왔지?"

"아버지와 오라버니께서 도압성을 지키고자 몇 년 전부터 나와 계 셨습니다. 저는 가족들을 만나기 위해 얼마 전에 도압성으로 왔고요."

어두워진 내 표정에 아신이 입을 다물었다.

전쟁에서 패한 병사들의 처지란 뻔했다. 아신도 눈치가 있으니 내 아버지와 오라버니의 상황이 좋지 않다는 것은 분명히 알았을 것이다.

"······내일까지 내 병을 고치면 잡혀 있는 인질들과 함께 고향으로 돌아간다고?"

잠시 말을 아끼던 아신이 다시 입을 열었다.

내가 아신의 병을 고치는 것에 포로들의 귀환이 걸려 있다는 건 비밀이 아니었다. 석현성 사람들 모두가 알고 있는 일을 굳이 모른 척할 것도 없었다. 나는 선선히 고개를 끄덕였다.

"예. 달솔께서 그리 약조하셨습니다. 태자님의 목숨을 구하면 인질을 모두 고구려로 돌려보내 주겠다고요. 그러니 전하께선 꼭 나으셔야 합니다."

그렇게 대답하며 아신의 상의를 벗겼다. 탕약의 기운이 몸에 돌았을 테니 이젠 독기를 빼 줄 시간이었다. 아신은 얌전히 두 팔을 벌려 내가 옷을 벗기는 데 협조했다. 내게 눈을 부라리던 첫날을 생각하면 엄청난 발전이었다.

나는 아신의 옷을 옆에 개어 두고 빠르게 그의 몸에 시침했다. 망설임은 없었다. 하루 세 번 탕약을 먹은 뒤 정해진 수순처럼 침을 놓다 보니 이제는 눈을 감고도 혈 자리를 찾을 수 있을 정도였다.

그렇게 빠른 속도로 침을 놓아 막 마지막 혈 자리에 침을 찔러 넣은 순간이었다. 갑자기 문밖이 소란스러워지기 시작했다.

"비켜라!"

"안 됩니다. 아무도 못 들어갑니다."

의원과 태림의 목소리였다.

"하, 지금 보니 완전히 한통속이었군. 여태까지 안에 사람을 들이지 않는 이유가 뭘까 궁금했는데······ 이리 길을 막고 전하를 독살할 생각이었겠지!"

독살. 그 말에 침을 쥔 손이 멈칫했다.

"독살?"

아신도 분명히 그 말을 들은 것 같았다. 얌전히 누워 있던 그가 미간을 찌푸리며 몸을 일으켰다.

"누워 계십시오. 움직이시면 안 됩니다."

나는 아신의 어깨를 밀어 다시 그를 제자리에 눕혔다.

"침을 맞는 동안에 움직이면 혈이 뒤틀릴 수도 있습니다."

차분하게 상황을 정리하려고 했지만 바깥의 소란은 가라앉을 기미가 보이지 않았다.

"그래, 어디 한번 해 보자. 내가 달솔을 모셔 와도 이리 내 앞을 막을 수 있나 보라지."

태림을 향한 으름장 뒤로 의원이 한층 목소리를 높여 방 안을 향해 소리쳤다.

"네년의 속셈을 내가 모를 줄 알아? 다 알았다! 내가 알아내었다고!"

비로소 씩씩대는 의원의 목소리가 멀어졌다. 스스로 말한 것처럼 진가모를 데려올 모양이었다.

"우희 님."

소리가 사라진 지 얼마 지나지 않아 밖에 있던 태림이 굳은 얼굴로 방 안에 들어섰다.

"들킨 건가요?"

"그런 것 같습니다. 조심한다고 했는데…… 부엌에 남아 있던 약재를 본 모양입니다. 죄송합니다."

"아니에요. 가루를 내어 형체를 알아볼 수 없는 상태였어요. 그걸 알아볼 수 있으리라 생각하는 게 더 이상하죠. 끝까지 들키지 않았다면 편했겠지만, 이미 벌어진 일이니 잘 설명을 해야겠죠."

"설명이…… 잘될까요?"

태림이 걱정스러운 얼굴로 아신의 얼굴을 바라보았다. 이미 아신의 얼굴은 불신과 의심으로 복잡하게 일그러져 있었다.

"지금 이 말이 다 뭐지?"

아신이 침상에 손을 짚고 상체를 일으키며 나를 쏘아보았다.

"말씀드렸잖습니까. 시침하는 동안에는 움직이시면 안 되는……."

"지금 이딴 게 뭐가 중요해!"

내 말이 끝나기도 전에 아신이 몸에 꽂혀 있던 침을 뽑아 바닥에 던지며 소리쳤다.

"설명을 해 보라고. 독살이니 속셈이니 하는 게 전부 무슨 말인지."

아신이 씩씩대는 것과 동시에 바깥에서 문을 두드리는 소리가 들려왔다.

"당장 문을 열어라!"

의원의 목소리였다. 그 뒤에는 진가모의 목소리도 뒤따랐다.

"부수기 전에 스스로 여는 쪽이 좋을 거다."

태림이 문을 막아서며 내 얼굴을 바라보았다.

"어찌할까요?"

내가 막아 달라고 한다면 태림은 검까지 뽑아 들 기세였다. 하지만 백제 땅에서 그런 식으로 무력 충돌을 하면 우리만 손해였다.

나는 대답 없이 문 앞으로 걸어가 태림에게 눈짓했다. 옆으로 비켜서라는 뜻이었다.

내 뜻을 알아들은 태림이 고개를 숙이며 뒤로 물러섰다. 나는 그대로 문을 열었다.

문을 열자마자 굳은 얼굴의 진가모와 흥분으로 얼굴이 붉어진 의원이 보였다. 그 뒤로는 병사들이 줄줄이 따르고 있었다.

"아직 약속하신 하루가 남았습니다. 어찌 이리 오셨습니까?"

"의원이 이상한 말을 하기에 진위를 확인하고자 왔다."

진가모의 눈이 의원을 향했다. 그러자 의원이 기다렸다는 듯 앞으로 나서며 나를 향해 주머니를 집어 던졌다. 주머니가 몸에 맞고 떨어지며 사방에 흰 가루가 날렸다. 전갈 꼬리를 빻은 가루였다.

"이걸 전하께 먹였다지?"

"그렇습니다."

나의 빠른 대답에 의원이 헛웃음을 흘렸다.

"하, 참으로 뻔뻔하구나. 그럼 어디 이것의 정체가 무엇인지도 당당하게 이야기해 보거라."

"……이건 전갈 꼬리를 빻아 만든 가루입니다."

"전갈?"

내 대답에 진가모의 얼굴이 완전히 구겨졌다.

"전갈의 꼬리라 함은 치명적인 독을 품고 있지 않나?"

"맞습니다!"

의문 섞인 진가모의 말을 의원이 큰 목소리로 긍정했다.

"저년이 전하를 독살할 속셈이었던 겁니다!"

의원의 말에 뒤쪽에 도열해 있던 병사들이 숨을 들이켰다. 그것은 진가모도 마찬가지였다.

나는 일렁이는 주변의 분위기를 의식하지 않으려 애쓰며 최대한 차분하게 입을 열었다.

"제가 왜 전하를 독살해야 하죠? 전 집으로 돌아가고 싶고, 그러려면 전하를 살려야만 합니다. 전하를 독살할 이유가 없습니다."

"애초에 일부러 인질이 된 거겠지. 석현성에 무사히 들어오기 위해서 말이야. 전염병도 전하께 접근하기 위해 일부러 퍼트린 것 아니냐?"

"상상력이 아주 좋으시군요."

나는 피식 웃으며 진가모를 바라보았다. 어차피 결단을 내리는 건 의원이 아닌 진가모였다. 그러니 내가 설득해야 할 사람 역시 의원이 아닌 진가모였다.

"달솔께서 아시는 것처럼 전갈의 꼬리에는 치명적인 독이 있습니다. 하지만 독도 어찌 쓰느냐에 따라 약이 되기도 합니다."

나는 떨어진 주머니를 집어 들어 아직 안에 남아 있는 가루를 진가모에게 보여 주었다.

"이렇게 가루 낸 전갈 꼬리를 따뜻한 술에 섞으면 전갈산이 됩니다. 몸의 사기를 죽이는 데 쓰는 약입니다. 의서에도 나오는 내용이니 믿지 못하시겠다면 찾아보셔도 됩니다."

"그렇게 당당하다면 어찌 미리 말하지 않았지?"

진가모가 의심의 눈초리를 거두지 않으며 내게 물었다.

"닷새 동안은 어떤 처방이든 저를 따르겠다고 하셨습니다. 그러니 말씀드릴 필요가 없지요."

"그 말이 독을 쓰라는 의미는 아니었다."

"독이되 약이라 말씀드렸습니다. 전하의 상태를 보십시오. 첫날보다 훨씬 호전되시지 않았습니까?"

나는 진가모가 안을 볼 수 있도록 옆으로 살짝 비켜섰다.

진가모의 눈이 침상에 앉아 있는 아신을 향했다. 겉으로 보기에도 아신은 첫날보다 훨씬 좋아진 상태였다. 진가모의 의심스러워하던 기세가 조금 누그러졌다.

"……확실히 상태는 호전된 것으로 보이는군."

"일시적으로 나아진 것처럼 보이는 걸지도 모릅니다."

진가모의 말에 뒤에서 의원이 반박했다.

"어쨌든 독 아닙니까? 독을 먹였는데 어찌 사람이 중독되지 않았겠습니까?"

"그래서 독이 몸 안의 사기를 죽이길 기다린 후 다른 곳에는 해를 끼치지 않도록 침술로 해독했습니다."

"그러니 그걸 어찌 믿느냔 말이야! 그렇지 않습니까, 달솔?"

의원이 진가모의 동의를 구했다.

"과연…… 그 말도 일리가 있어."

턱을 매만지던 진가모가 안으로 걸음을 옮겨 입술을 질끈 깨물고 있는 아신 앞에 섰다.

"전하, 저는 잘 모르겠습니다. 어떤 이의 말을 듣는 것이 더 옳겠습니까? 그간 저 계집과 함께 지내신 전하의 판단이 저보다 더 정확하실 듯합니다."

진가모의 말에 아신의 시선이 내게 닿았다. 나를 바라보는 그의 눈동자가 복잡했다.

나는 눈을 질끈 감았다. 독이라는 이름의 효과는 컸다. 약인 것을 알고 먹어도 독성이 있다면 거부감이 있기 마련이었다.

하물며 아신은 태자였다. 그것도 백제에서 그다지 입지가 좋지 않은 태자. 일생을 위협에 시달려 왔을 그에게 독이 어떤 의미일지는 분명했다.

그런 아신에게 이 독을 써도 안전하다는 것을 증명하려면……

"제가."

침묵 속에 내 목소리가 울렸다. 나는 다시 눈을 떠 아신을 바라보았다.

"제가 먹겠습니다."

"무엇을?"

"이걸 제가 먹겠습니다. 그럼 이것이 해롭지 않다는 제 말을 믿으시겠습니까?"

나는 손에 든 주머니를 들어 보였다. 주머니 속에 든 하얀 가루의 정체는 이 자리에 있는 모두가 알고 있었다. 아신에게 먹인 전갈꼬리였다.

"그, 그, 그걸 먹겠다고?"

의원이 당황해서 물었다.

"네."

단호한 나의 대답에 모두의 표정이 경악으로 물들었다.

"안 됩니다."

가장 놀란 건 태림이었다. 그는 예상하지 못한 나의 말에 내 어깨를 잡아채며 단호하게 속삭였다.

"괜찮아요. 해독할 수 있으니까."

"하지만 몸에 사기가 든 사람과, 아무런 문제도 없는 아가씨의 상태가 다르잖습니까. 전하께는 이것이 약이 될 수 있으나 우희 님께는 그냥 독입니다."

모두 맞는 말이었다.

"그새 의원이 다 되었네요. 어찌 그걸 다 알아요?"

"지난밤 다 설명해 주셨으니까요. 전하의 상태가 어떠한지, 어째서 그분께는 독이 약이 되는지, 그런 것들 말입니다."

"태림에게는 그 설명이 통하였지만 이분들께는 그렇지 않은 듯하니 방법이 없잖아요?"

나는 주머니 속에 손을 넣어 가루를 한 움큼 집었다.

"보여 드리겠습니다. 제가 이 독을 제대로 잘 쓸 수 있다는 걸. 그럼 태자님을 온전히 치료하고자 했다는 제 의도를 믿으시겠습니까?"

진가모도, 의원도 말이 없었다. 그들도 내가 이렇게까지 나오는 것을 예상하지 못한 듯했다.

하지만 단 한 사람, 아신은 달랐다.

"그래, 먹어라."

"전하."

진가모가 놀라서 아신을 불렀으나 그의 입술이 바들바들 떨리는 것을 보고서는 입을 꾹 다물었다.

"어디 한번 먹어 봐."

아신이 턱짓으로 내 손의 주머니를 가리켰다. 그의 눈에는 분노가 가득했다.

"날 살리겠다느니, 그것만을 위한다느니 하기에 간악한 고구려인이라 했어도 믿어 보았거늘…… 허. 내게 감히 독을 먹여? 그리 자신 있다면 지금 당장 먹어 보거라."

"그리하지요."

손에 든 가루를 입안에 넣으려는데 태림의 손이 나를 막아섰다. 그의 표정은 단호했다.

"안 된다고 하였습니다. 이것만은 안 됩니다. 우리 도련님께도 면목이 없고, 저 역시 두고 볼 수 없습니다."

"날 못 믿어요? 이 독, 내가 다스릴 수 있어요."

전갈의 독이 치명적이라고는 하나 치사량을 피해 먹으면 충분히 해독이 가능했다.

내 고집을 꺾을 수 없다는 걸 알았는지 태림의 얼굴이 일그러졌다. 잠시 고민하던 그가 결국 다른 해답을 내놓았다.

"하면 제가 먹겠습니다."

태림이 고개를 돌려 진가모와 아신을 바라보았다.

"이분은 태자 전하를 고쳐야 할 의원입니다. 혹여 독이 퍼져 움직일 수 없게 된다면 치료도 늦어질 터. 이분이 독을 제대로 다스린다는 걸 확인하고 싶으시다면 저를 통해 시험하십시오."

"누가 시험을 하든 나로서는 상관없지만……."

진가모가 말끝을 흐리며 아신의 눈을 살폈다. 그의 분노가 향하는 곳이 다름 아닌 나라는 것을 진가모는 이미 눈치챈 것 같았다.

"그리 자신 있다면 본인이 먹어야지. 다른 사람에게 책임을 전가할 건가?"

아신이 비아냥거리며 나를 바라보았다.

이미 태림이 대신 나선다고 해서 해결될 상황이 아니었다. 나는 나를 막아선 태림을 밀어내고 하얀 가루를 입에 가져갔다.

"전하께는 하루 세 번, 전갈 꼬리 일곱 개를 빻아 가루를 내어 드시게 했습니다. 저 역시 지금 이 자리에서 그만큼의 가루를 먹겠습니다."

"우희 님!"

태림의 외침이 무색하게도 가루는 쉽게 내 입으로 넘어갔다. 그 모습에 뒤에서 지켜보던 병사들이 질린 얼굴로 침을 꿀꺽 삼켰다.

"혹 가루를 바꿔치기한 것은 아니겠지?"

너무 쉽게 독을 먹는 나를 믿을 수 없었는지 의원이 의심스러운 눈초리로 말했다.

나는 그에게 주머니를 내밀었다.

"그리 의심스러우시면 직접 드셔 보십시오. 이게 당신이 찾은 독이 맞는지 아닌지."

"그……."

내 말에 의원이 입을 꾹 다물었다. 의심스럽기는 해도 직접 시험해 볼 용기는 나지 않는 모양이었다.

"이제 되었지요? 제가 독을 먹었으니 여러분은 밖으로 나가 주십시오. 전하께 전갈산의 독기를 빼내는 침을 놓던 중이었습니다. 빨리 시침하지 않으면 독이 퍼져 위험합니다."

모두를 둘러보며 말했지만 사람들은 미동조차 없었다. 내 얼굴을 빤히 살피는 것이 독을 먹고도 정말 괜찮은지 궁금한 듯했다.

나는 다시 한번 그들을 재촉했다.

"나가시라고 했습니다. 내일까지는 저의 치료 시간이에요. 이제 누구도 제 치료를 방해할 수 없습니다."

단호한 나의 말에 진가모가 한숨을 내쉬었다.

"좋다. 내일 이 시간, 달이 떠오른 밤에 모든 것이 결정 나겠지."

뒤이어 진가모가 아신에게 고개를 숙였다.

"전하, 이자가 직접 독을 먹는 결의를 보였으니 내일까지는 믿고 맡겨 주심이 어떻겠습니까?"

진가모의 질문에 아신은 대답 없이 고개를 돌렸다. 애매한 의사 표현이었지만 거절의 말이 없었으니 진가모는 그것을 긍정으로 판단한 것 같았다.

"그럼 저희는 돌아가겠습니다, 전하."

진가모가 고개를 숙인 뒤 밖으로 나서자 의원이 머뭇대며 그를 따랐다. 함께 몰려온 병사들도 마찬가지였다.

결국 다시 나와 아신, 그리고 아직도 발을 떼지 못한 태림만 방 안에 남았다.

"뭐 해요? 태림도 나가요. 전하의 치료가 끝나지 않았어요."

"옆에서 지켜볼 수 있게 해 주십시오. 그거라도 하지 않으면 제 역할이 무엇인지 알 수 없을 겁니다."

태림의 표정이 도압성에서 나를 놓쳤을 때와 비슷했다. 그 얼굴을 보고 있자니 차마 나가라는 말이 나오지 않았다.

"……그렇게까지 말한다면, 그래요."

나는 한숨을 내쉬며 고개를 끄덕였다.

"태자 전하."

이제는 아신과 대화를 할 시간이었다. 하지만 그는 단호하게 고개를 돌린 채 내게 눈길조차 주지 않았다.

"미리 말씀드리지 못한 것은 죄송합니다. 하지만 독이라는 것을 알면 탕약을 거부하실까 봐 어쩔 수 없이 숨겼어요. 꼭 필요한 약이니 무슨 수를 써서라도 올리고 싶었습니다."

내 변명을 가만히 듣던 아신이 천천히 고개를 돌려 나를 바라보았다.

"변명이 길구나. 증명은 치료로 해라. 네 말은 이제 믿지 못하겠으니."

날카로웠지만 옳은 말이었다. 모든 것은 치료의 결과로 증명할 수밖에 없었다.

"기꺼이 그러겠습니다."

나는 고개 숙여 긍정을 표한 뒤 다시 침을 들었다.

"하면 하던 것을 마저 하겠습니다. 침을 놓아 전갈산의 독기를 빼는 것입니다."

"……그 말에 거짓은 없어야 할 것이다."

아신이 입술을 질끈 깨물고 자리에 누웠다.

◈ ◈ ◈

전갈의 독이 서서히 퍼져 손이 뻣뻣해지고 시야가 흐려졌다. 나는 눈을 깜빡여 애써 시야를 깨끗하게 하고는 아신의 치료에 집중했다. 다행히 몸이 끝까지 버텨 주었다.

나는 창밖으로 밝아 오는 아침 햇살을 맞으며 아신에게서 마지막 침을 빼내고 긴 한숨을 내쉬었다. 옆에서 그 모습을 지켜보던 태림도 나를 따라 한숨을 내뱉었다. 내 한숨이 지친 마음을 대변하는 것이었다면 태림의 한숨은 안도에 가까웠다.

"태자는 잠들었군요."

나는 고개를 끄덕이며 아신을 살폈다. 그는 지친 얼굴로 어느새 잠에 빠져 있었다.

"독기를 빼내는 건 환자에게 무리가 많이 가는 치료거든요."

혈 자리에 침을 놓으면 땀을 통해 독기가 흘러나오고, 이를 천으로 잘 닦아 주면 해독 치료는 완성된다. 이렇게 땀을 흘리는 과정에서 환자의 기력이 많이 빠졌다.

"이제 우희 님 차례입니다. 태자의 독은 다스렸는데, 아가씨의 것은 어찌 다스릴 생각이십니까?"

아신에게 쓴 것과 같은 방법은 불가능했다. 그를 해독하며 쓴 혈 자리 중에 혼자서는 시침할 수 없는 부분이 많았기 때문이었다. 하면 해독약을 써야 하는데, 당장 약재를 구해 오기는 힘들었다.

나는 질끈 눈을 감으며 태림을 불렀다.

"태림."

"네."

"아마 내가 곧 정신을 잃을 거예요."

"예? 그게 무슨……."

나는 당황한 태림을 향해 빠르게 말을 이었다. 정신을 완전히 잃기 전에 모든 것을 전달해야 했다.

"조금 전의 해독 치료로 태자의 병은 거의 고쳤어요. 경련이 완전히 사라졌으니 이젠 전갈산이 아니라 경직을 풀어 주는 약을 쓰면 돼요."

"우희 님."

"만령단(萬靈丹:땀을 내 사기를 풀고 경락의 운행을 돕는 약)이라는 환약인데 그건 부엌에 미리 만들어 두었어요. 하루 세 번, 그러니까 해가 산허리에 걸렸을 때 한 번, 해가 중천에 떴을 때 한 번, 해가 산 아래로 완전히 떨어졌을 때 한 번 태자에게 먹여요. 그리하면 태자는 깨끗하게 나을 거예요."

"우희 님!"

이어지는 설명을 태림이 조금 더 강한 어조로 막았다.

"제가 궁금한 건 태자의 병증을 어찌 다스리는지가 아닙니다. 아가씨께서 드신 독은 어찌합니까? 독을 다스릴 자신이 있으셨기에 망설임 없이 드신 것 아니었습니까?"

"맞아요. 이 독을 다스릴 자신은 있어요. 하지만 아신에게 한 것과 같은 해독 치료는 나 스스로 할 수 없어요."

"……그럼 어찌하면 됩니까?"

"해독약을 먹어야 하는데 내가 직접 만들어 먹을 시간은 없을 것 같아요. 생각보다 독이 퍼지는 속도가 빨라서……. 하니 태림이 도와줘야겠어요."

"제가…… 말입니까?"

태림은 자신 없는 눈치였지만 자신밖에 나설 사람이 없다는 건 그도 잘 알고 있을 터였다. 입술을 질끈 깨물고 고개를 끄덕이는 태림을 향해 나는 빠르게 설명을 덧붙였다. 말을 하는 도중에도 식은땀이 흐르며 눈이 흐려졌다.

"반하와 백반을 가루 내어 내게 먹여 줘요. 그럼 해독이 될 겁니다. 어렵지 않으니 태림도 쉽게 할 수 있어요."

"노력하겠습니다."

"내가 독으로 쓰러졌다는 건 아신 태자가 무사히 원래 모습으로 돌아오기 전까진 비밀에 부쳐야만 해요. 태자에게 만령단을 세 번 먹여야 이 치료가 완벽히 끝나요."

나의 당부에 태림이 긴 한숨을 내쉬었다.

"우희 님께서 일부러 독까지 드셨는데 그 일을 망칠 수는 없습니다. 제가 잘 막겠습니다."

"역시 든든하네요."

빈말이 아니었다. 주먹을 꽉 쥔 태림의 얼굴은 전쟁에 나서기 전 장수처럼 비장해서 썩 마음이 놓였다. 마음이 놓인다고 생각하자마자 정신이 아득해졌다.

"우희 님!"

멀어지는 의식 사이로 내 몸이 휘청이는 것과 태림의 다급한 목소리가 들려왔다.

하지만 그뿐이었다. 나는 더 이상 버티지 못하고 그대로 의식의 끈을 놓았다.

第十章

**탄일**

"괜찮······ 그런······ 왜······."

"저도······ 시키신······ 전부······."

아득한 정신 사이로 사람들의 목소리가 울렸다. 소리가 울릴 때마다 머리가 깨질 것 같았다.

"머리 아파······ 조용히 좀······."

내가 겨우 입을 열어 불만을 표현하자 귓가를 울리던 소리가 거짓말처럼 뚝 그쳤다.

그렇게 귀를 울리던 소리가 멈추자 이제는 목이 탔다. 극심한 갈증에 나는 어디 있는 줄도 모르는 물을 향해 무의식적으로 손을 뻗었다.

"무울······."

하지만 손에 잡힌 건 물 잔이 아니었다. 간절히 원하던 물이 아니라 물컹거리고 따뜻한 것이 손에 닿자 나는 짜증스럽게 눈을 뜨며 상체를 일으켰다.

눈앞에는 담덕이 있었다. 묘하게 일그러진 그의 얼굴에서는 어쩐지 현실성이 느껴지지 않았다.

"······꿈인가?"

나도 모르게 중얼거렸더니 금세 담덕의 손가락이 내 이마를 튕겼다.

"꿈이겠느냐?"

담덕의 손이 닿은 이마가 얼얼했다.

꿈이라면 이렇게 머리가 아플 리 없지.

"꿈이 아니구나……."

"그래. 꿈이 아니다."

담덕이 긴 한숨을 내쉬며 내 손을 꼭 잡았다. 내가 무의식적으로 잡은 것이 담덕의 손이었던 듯했다.

"우희 님, 여기 물입니다."

제대로 상황 파악이 되지 않아 멍하게 앉아 있으니 옆에서 태림이 물을 건넸다.

"고마워요."

하지만 내가 손을 뻗기도 전에 담덕의 손이 먼저 그릇을 받아 들고 내게 물을 먹여 주었다.

"이렇게까지 할 필요는 없는데……."

물을 받아먹으며 멋쩍게 웃었더니 담덕이 헛웃음을 흘렸다.

"너, 네가 얼마 만에 깨어난 줄은 알고 그런 말을 해?"

담덕의 얼굴이 심각했다.

나는 생각보다 예민한 담덕의 태도에 고개를 갸웃거렸다. 독을 먹기는 했어도 양이 얼마 되지 않았으니, 기절도 길어 봐야 하루를 넘지 않았을 것이다.

"하루 정도 지나지 않았어?"

태연하게 내 생각을 말했더니 다시 한번 이마에 담덕의 손가락이 날아들었다.

"하루? 하루우우?"

담덕이 기가 찬다는 듯 고개를 저으며 내게 말했다.

"나흘이다, 나흘!"

"나흘?"

담덕의 말에 되레 내가 놀라 눈을 크게 떴다.

"왜 나흘이나 정신을 못 차렸지?"

"지금 그걸 내게 묻는 거야?"

나는 어이없음을 온몸으로 표현하는 담덕의 눈을 피해 그의 등 뒤로 시선을 돌렸다. 누구든 내 편을 찾기 위해서였다. 하지만 뒤에 선태림과 지설의 눈빛도 담덕과 크게 다르지 않았다.

"무리를 많이 하신 탓에 독이 빠르게 퍼져 몸속 깊이 침투한 것 같다고 했습니다. 때문에 회복이 느려졌고요."

영문을 몰라 어색하게 웃는 내게 지설이 상황을 설명해 주었다. 그 이야기를 들으니 대충 상황이 어찌 된 것인지는 알 것 같았다.

확실히 몸 상태가 좋지 않기는 했다. 석현성에 잡혀 온 이후 제대로 잠을 자 본 적이 없었으니 몸의 면역력이 무척 떨어졌을 것이다. 그 상태에서 독을 먹었으니 소량이라도 크게 작용을 했겠지.

나는 고개를 끄덕이며 상황을 납득하다 곧 중요한 사실을 떠올렸다.

"맞다, 아신 태자는? 아신 태자는 어찌 되었어?"

내 질문에 지설과 태림이 묘한 표정으로 눈빛을 교환했다. 그건 담덕도 마찬가지였다. 그들의 반응에 심장이 덜컥 내려앉았다.

"왜? 혹시 잘못되었어? 태자의 병을 고치지 못한 거야?"

나는 입술을 질끈 깨물었다. 완벽하다고 생각했는데 어딘가 빈틈이 있었던 것일까? 어디에서 실수한 거지?

심각하게 지난 행동을 되새기는 나를 보며 담덕이 길게 한숨을 내쉬었다.

"잘되었어."

"응?"

"잘되었다고. 아신 태자는 깨끗하게 나았다. 그러니 지금 네 목이 제대로 붙어 있지."

담덕이 말해 주었지만 실감이 나지 않았다. 얼떨떨한 눈으로 지설과 태림을 바라보니 그들도 고개를 끄덕여 담덕의 말이 진실이라는 걸 확인해 주었다.

모두의 확인을 받고서야 긴장이 풀렸다.

"다행이다……."

긴장과 함께 무너지는 내 몸을 담덕이 재빨리 손을 뻗어 지탱했다.

긴장이 완전히 풀렸는지 도무지 담덕의 손에서 벗어날 힘이 없었다. 나는 그대로 그의 팔에 몸을 기대어 상황을 물었다.

"그럼 우리를 전부 고구려로 돌려보내 준대?"

"응. 그런 약속이었으니까."

"아무런 조건 없이? 지금 당장?"

"그렇다니까."

믿을 수 없다는 듯 몇 번이고 되묻는 나를 보며 담덕이 내 머리를 헤집었다.

"이미 다른 인질들은 고구려로 돌아갔어. 도압성이 함락당했으니 우선 다지홀로 보냈다. 우리 일행만 네가 정신을 차리지 못해서 여기 남았고."

"오라버니는? 오라버니도 다지홀로 갔어?"

내 질문에 담덕이 고개를 저었다.

"제신은 연 장군의 행방을 찾기 위해 떠났다. 네가 깨어나는 걸 확인하고 출발하겠다 했는데 생각보다 늦어져서…… 계속 네 곁을 지키다가 오늘 아침에 떠났다."

"아버지의 행방……."

"도압성 인근을 비롯해서 백제 땅까지 수색할 생각인가 봐. 꼭 아버지를 찾아올 테니 걱정하지 말고 국내성에서 기다리라 했어."

그렇게 말한 담덕이 등 뒤에 선 지설에게 눈짓했다. 그러자 지설이 품속에서 서찰을 하나 꺼내 내게 내밀었다.

"그가 남기고 간 서찰입니다. 우희 님께 전해 달라 부탁하더군요."

나는 재빨리 손을 뻗어 제신의 서찰을 받아 들었다.

「우희야.

이 서찰을 보고 있다면 네가 무사히 깨어났다는 뜻이겠지.

깨어나는 것을 보고 떠나고 싶었지만, 함께 석현성에 잡혀 있던 병사 하나가 아버지를 보았다는 곳이 마음에 걸려 출발을 서둘렀다.

나는 아버지를 찾아 무사히 국내성으로 돌아갈 터이니 그곳에서 다시 만나자.

도압성에서처럼 또다시 나를 쫓아왔다가는 크게 혼을 낼 테니 부디 태자님을 따라 집으로 돌아가거라.

더 많은 이야기는 우리의 집, 따뜻하고 안온한 그곳에서 나눌 수 있을 테니 길게 적지 않겠다.

네 탄일이 오기 전 다시 만나자. 그간 건강히 지내길 바란다.

제신.」

제신의 성격답게 할 말만을 적은 간략한 서신이었다.

오늘 아침에 떠났다 했으니 이 서신 역시 조금 전에 쓴 것이 분명할 터. 나는 남아 있는 제신의 기운을 느껴 보고자 서신의 글씨를 손으로 쓸어내렸다. 그러자 느껴질 리 없는 온기가 남아 있는 것도 같았다.

"빨리 국내성으로 돌아가고 싶어."

국내성을 떠난 뒤로 너무 많은 일들이 있었다. 어서 집으로 돌아가 제신의 말처럼 그와 아버지가 돌아오길 기다리고 싶었다.

담덕도 내 말에 동의하는지 곧장 고개를 끄덕였다.

"나야말로 국내성이 아주 그립다. 하지만……."

담덕이 조금 곤란한 얼굴로 등 뒤의 지설을 바라보았다. 나도 덩달아 무슨 일인가 싶어 지설을 바라보니 그가 길게 한숨을 내쉬었다.

"아신 태자가 아가씨를 기다리고 있습니다."

"아신 태자가요? 날 왜요?"

나는 영문을 몰라 눈을 깜빡였다.

내가 나흘 만에 깨어났다고 했으니 아신 태자는 사흘 전에 이미 쾌차했을 것이다. 몸이 나으면 당장에 석현성을 떠나 백제의 수도 위례성으로 돌아갈 줄 알았는데, 그가 아직도 이곳에 남아 있는 것이 의아했다. 나 같으면 파상풍에 걸린 기분 나쁜 성 따위 곧장 떠나고 싶었을 텐데.

"그의 생각을 저희가 어찌 알겠습니까. 하지만 백제의 태자가 만남을 청하는데 거절할 명분도 없어, 아가씨께서 깨어나는 대로 기별을 주겠다 했습니다."

"그렇죠, 백제 태자의 요청을 어찌 거절하겠어요. 만나 보죠."

내가 당장에라도 그를 만날 기세로 침상에서 내려오자 담덕이 내 어깨를 잡고 눌러 다시 나를 침상에 앉혔다.

"어찌 이리 급해? 이제 막 깨어났으니 조금 더 쉬어라. 태자에게는 잠시 후에 기별할 테니까."

담덕의 말을 듣고 보니 아직 몸에 힘이 제대로 들어가지 않았다. 그 사실을 깨닫고 멋쩍게 웃으니 담덕이 찌푸린 얼굴로 길게 한숨을 내 쉬었다.

"하아, 너는 너무 행동이 앞선다. 제발 몸을 사리라고 내가 몇 번을 말해?"

"하지만 이게 나인 걸 어떡해."

"그래. 그게 너인 걸 어쩌겠니. 넌 아무 문제 없다. 그런 네가 좋다고 곁에 머무는 내가 문제겠지."

픽 웃은 담덕의 손이 다시 한번 내 머리를 헤집었다.

❖ ❖ ❖

기력을 보하는 약을 먹고, 든든하게 오찬까지 든 후에 나는 아신을 찾았다.

아신은 방이 아닌 정원에서 나를 기다리고 있었다. 늘 어두운 방에 서만 보던 사람을 밝은 정원에서 보니 기분이 남달랐다.

"왔군."

늘 병에 지쳐 있던 아신의 모습은 완전히 달라져 있었다. 얼굴에는 아직 투병의 흔적이 남아 있었지만, 깔끔하게 차려입은 옷과 멀끔하 게 정리된 얼굴이 그를 완전히 다른 사람처럼 보이게 했다. 병상에서 일어선 그는 내 생각보다 훨씬 인상이 강하고 몸집이 컸다.

"……전하."

낯선 모습에 어색하게 인사를 했더니 아신이 피식 웃음을 흘렸다.

"내게 당당하게 소리치던 모습은 어디 가고, 이제 와 그러지?"

"이제 전하께선 제 환자가 아니시니까요."

"너의 그런 모습을 다시 보려면 또 환자가 되어야 하는 거로군."

"그건 제가 사양하겠습니다. 전하처럼 대단한 환자는 힘들어서요."

"그랬나? 힘들긴 했겠지."

아신이 힘없이 웃으며 내 앞으로 다가왔다.

"절 보자고 하셨다고요."

"그래."

"치료는 무사히 잘 끝났습니다. 독에 대한 의문은 이미 풀리신 줄 알았는데요."

나의 말에 아신이 미간을 찌푸렸다.

"그걸 묻고자 부른 것이 아니다."

"그럼 무엇을 묻고자 하십니까?"

내 말에 아신이 잠시 머뭇거리더니 곧 입을 열었다.

"……네 이름."

"예?"

"네 이름 말이다. 그걸 물어보려고."

"고작 제 이름을요?"

황당해져서 물으니 아신은 대답이 없었다. 내 이름 정도야 몇 번이고 들었을 텐데, 고작 그걸 묻겠다고 사람을 불렀다니. 긴장했던 것이 무색했다.

"다른 사람을 통해 들으셨겠지만 제 이름은 우희입니다."

"우희?"

"예. 밝아 오는 햇살을 만난다는 뜻입니다."

"그렇구나. 너와 썩 잘 어울려."

그렇게 말한 아신이 입을 꾹 다물고 나를 바라보았다. 어째서인지 모르겠으나 그는 내 눈치를 살피고 있었다.

"사실 오늘 만나고자 한 것은……."

한참이나 머뭇거리던 아신이 겨우 입을 열었다.

"변명을 하기 위해서다."

"변명이요?"

"그래. 그리고 청하고자 하는 것이 있어서이기도 해."

"변명과 청이라."

나는 웃으며 아신을 바라보았다.

"어떤 것부터 먼저 하시겠습니까?"

"먼저 변명부터 하지."

"어떤 것에 대한 변명입니까?"

"내가 독에 예민하게 반응한 이유."

웃고 있던 내 입가에서 미소가 사라졌다. 사람이 독을 먹는 일에 예민하게 반응하는 것은 이상하지 않았다. 하지만 태자가 다시 그 이야기를 꺼내는 것이 나로서는 불안했다.

그런 내 기분을 눈치챘는지 아신이 재빨리 손을 내저었다.

"널 탓하고자 하는 것이 아니다."

"하면 어찌 그 이야기를 다시 꺼내십니까?"

"그것이 후에 할 청과 관련이 있다."

아신이 길게 한숨을 내쉬며 나를 바라보았다.

"고구려에도 내 이야기가 많이 들리는 것으로 안다. 내 처지가 어떤 지는 알고 있겠지?"

"예."

나는 고개를 끄덕였다. 고구려의 주적인 백제의 망나니 태자에 관한 이야기는 저잣거리에 나선 이야기꾼들의 좋은 소재였다.

어린 나이에 선왕이 죽어 그 뒤를 잇지 못하고 숙부에게 왕위를 빼앗긴 태자. 그 현실을 견디지 못해 망나니처럼 포악하게 산다고 했다. 딱 이야기꾼들이 좋아할 만한 이야기 아닌가.

실제로 만난 아신도 그런 면이 없잖아 있었다. 성내에서 일하는 시녀나 하인은 물론이고 진가모를 비롯한 백제군까지 아신을 대하는 것을 어려워했다.

"그걸 모두 알고 있다면 이야기가 쉽겠군."

아신이 그렇게 말하며 걸음을 옮기기 시작했다. 나는 멀어지는 아신의 목소리를 쫓아 그의 뒤로 따라붙었다.

"나는 선왕의 핏줄로, 지금의 왕은 내 숙부다. 본디 태자인 내가 왕위에 올랐어야 옳으나 나이가 어려 숙부께서 그 자리를 차지했지. 이것이 얼마나 많은 분란을 일으키는지는 말하지 않아도 알 것이다."

지금 백제의 상황은 미묘했다. 정통성은 태자인 아신에게 있지만, 왕위는 이미 현왕인 진사왕이 차지해 버렸다. 갈등이 생길 수밖에 없는 상황이었다.

"지금 우리 백제는 왕인 숙부를 지지하는 자, 선왕의 핏줄인 나를 지지하는 자로 나뉘어 왕위를 둘러싼 갈등이 심각해. 이 상황에서 가장 편하게 혼란이 수습되는 경우는 무엇이겠나?"

나는 답을 알고 있었다. 하지만 그것은 입에 담을 수 없는 답이었다. 그런 나를 대신해 아신이 그 답을 입에 올렸다.

"둘 중 한쪽이 죽으면 된다."

한 치 망설임도 없이 나온 대답에 놀라서 눈을 크게 떴다.

왕이 죽는 것도, 태자가 죽는 것도. 어느 쪽이든 위험한 말이었다. 하지만 그런 말을 꺼낸 사람치고 아신은 지나치게 태연했다.

"철이 들고서부터 줄곧 죽음의 위협에 시달렸어. 대놓고 자객이 오는 경우는 말할 것도 없고, 교묘하게 독살을 시도하는 경우도 많았지. 죽을 고비를 넘긴 적도 많았다. 어떻게든 살아남긴 했지만 괴로웠던 기억만은 선명히 가지고 있어. 내가 독에 민감한 것은 이 때문이다."

"짐작은 했습니다. 그래서 제가 독을 약으로 쓰겠다고 말씀드리지 못했던 것이고요."

"그래, 그랬겠지. 지금 와서 생각하면 그래. 하지만 그때는 다른 생각이 들지 않았다. 오로지 내가 독을 먹었다는 것, 또다시 그 위험에 빠졌다는 것만 떠올랐지. 꼴사나운 모습이었어."

아신이 비죽 웃었다. 스스로를 향한 비웃음이었다.

"당연한 반응입니다. 그 모습을 꼴사납다 하실 이유는 없어요."

"그래? 하지만 너는 일부러 독을 삼키지 않았나. 내게 신뢰를 주기 위해서. 참으로 강심장이었다."

"전 의원이니까요. 말씀드렸다시피 환자를 고치기 위해서라면 무엇이든 합니다."

"그래. 그런 태도. 그것이 마음에 들었다."

아신이 웃으며 나를 보았다.

"하여 이런 청을 하는 것이다. 백제에, 아니, 내 곁에 남지 않겠느냐?"

"예?"

전혀 생각지도 못한 말이었다. 놀라서 눈을 크게 뜨니 아신이 멋쩍은 얼굴로 고개를 기울였다.

"그리 노발대발해 놓고는 이런 제안을 하는 것이 우습겠지. 하지만 진심이다. 내게는 너 같은 사람이 필요해. 어떤 상황에서도 흔들리지 않고 내 목숨을 지켜 줄 사람."

"의원이 필요하신 겁니까? 백제에도 훌륭한 의원이 많다 들었습니다. 궁성에는 더 많을 것이고요."

궁에서 일하는 의원들은 그 나라에서도 최고의 실력자들이었다. 그들을 두고 굳이 고구려인 내게 이런 청을 할 이유가 없었다.

하지만 아신은 단호하게 고개를 저었다.

"네 말대로 이미 내 곁에 훌륭한 의원은 많다. 하지만 내게는 훌륭한 의원이 아니라, 믿을 만한 의원이 필요해."

"제가 믿을 만한 의원입니까? 고구려 사람인데도요?"

"네가 그러지 않았어? 넌 그냥 의원이고, 난 그냥 환자라고."

"했습니다. 그것이 사실이니까요."

"그렇게 말한 사람은 여태까지 너 하나뿐이다. 다들 나를 그냥 환자로 보지 않아. 그래서 날 그저 환자로 봐 줄 사람이 필요하다. 백제의 아신 태자가 아니라, 한 사람의 환자로 봐 줄 사람. 그리하여 어떤 정치적 입장에도 흔들리지 않고 환자인 나를 치료해 줄 사람. 그런 사람이 내겐 필요해."

"전하께선 제가 그런 사람이 되리라 생각하시는 거고요."

"그래."

아신이 확신에 찬 얼굴로 고개를 끄덕였다.

"청을 받아들이기만 한다면 무엇이든 내주마. 좋은 집, 좋은 옷······ 그 어떤 것이든."

"그리 말씀해 주신 것은 감사하나 그럴 수가 없습니다."

"······백제에 살아야 하는 것이 마음에 걸려 그러느냐?"

"그것도 한 이유입니다만 전부는 아닙니다."

"하면?"

"그런 식으로 지켜 주고 싶은 사람이 이미 있습니다. 어떤 위치 때문이 아니라, 그저 그 사람이라서 곁을 지켜 주고 싶은 사람이요. 그래서 전하의 제안은 받아들일 수가 없습니다."

나는 오래전 아이답지 않게 많은 짐을 짊어진 한 소년의 곁을 지키겠노라고 다짐했다. 하니 지금 아신이 어떤 대가를 준다고 하더라도 그를 따라갈 수는 없었다.

말을 이어 가는 내 표정을 보던 아신이 아쉬운 얼굴로 고개를 저었다.

"그 생각이 쉬이 바뀌지는 않을 것 같구나."

"그렇습니다."

"후에 난 백제의 왕이 될 것이다. 그때 이 대단한 연줄을 잡지 못한 것을 후회할 것인데."

아신은 자신이 왕이 될 것을 확신하고 있었다. 숙부와 목숨을 건 기 싸움을 하고 있으면서도 그랬다.

아신 역시 삼국시대 속에서 이름을 알렸던 영웅 중 하나겠지? 내가 소진이었던 시절 미처 보지 못했던 후대의 기록 속에 분명 아신에 대한 것들도 많으리라는 생각이 들었다.

하지만.

"제가 후회할 일은 없을 겁니다. 제가 잡은 연줄도 너무 대단하여

서요."

나는 오늘 아침 눈을 뜨자마자 보았던 내 대단한 연줄의 얼굴을 떠올리며 싱긋 웃었다.

❖ ❖ ❖

"아신이 뭐라고 했어?"

국내성으로 돌아갈 준비를 하며 담덕이 슬쩍 물었다. 관심 없는 척을 하더니 궁금하기는 한 모양이었다.

"자기 옆에 남으라던데."

"뭐?"

담덕이 짐을 정리하던 손을 멈추며 고개를 번쩍 들었다.

놀란 사람은 담덕뿐만이 아니었다. 옆에서 검을 손질하던 태림, 돌아갈 길을 파악하기 위해 지도를 살피던 지설도 눈을 동그랗게 뜨고 나를 바라보았다.

"……다들 왜 그렇게 봐요?"

과한 반응에 영문을 몰라 눈을 깜빡이자 세 사람이 눈빛을 교환하더니, 결국 지설이 손을 들고 나섰다.

"어떤 의미로요?"

"어떤 의미냐고요?"

"예. 어떤 의미로 옆에 남으라고 하던가요, 아신 태자가?"

"믿을 만한 의원이 필요하대요. 내 치료가 상당히 인상적이었나 봐요."

내 대답에 지설의 얼굴이 조금 풀어졌다. 그건 담덕도 마찬가지였다. 평소보다 두 배는 커졌던 그의 눈이 어느새 평소와 같은 크기로 돌아온 것이다. 태림의 시선은 아예 검으로 돌아가 있었다. 완벽한 일상의 모습이었다.

"좋은 옷도, 좋은 집도, 아무튼 원하는 건 다 줄 테니까 곁에 있으랬어요. 의원이 꼭 필요한 것 같더라고요."

하지만 이어진 나의 말에 세 남자가 다시 펄쩍 뛰었다.

"예? 그건 마치……."

지설이 미간을 찌푸린 채 담덕의 눈치를 살폈다.

말을 꺼낸 건 나인데 왜 담덕의 눈치를 살펴? 의아하게 지설과 담덕을 훑으니, 의외로 멀리 앉아 있던 태림이 나섰다.

"그건 마치 청혼 같군요."

"청혼이라고요?"

어이없는 말에 나는 웃음을 터트리며 손을 저었다.

"닷새예요. 겨우 닷새 본 사람에게 청혼은 무슨. 게다가 내게 의원이 필요하다고 몇 번이나 강조했는걸요."

"그렇다면 다행이지만……."

이제는 태림까지 담덕의 눈치를 살피기 시작했다. 두 사람의 눈빛을 받으면서도 담덕은 말이 없었다. 입을 꾹 다문 채 다시 짐 정리에 집중하는 담덕의 곁으로 다가간 지설이 팔꿈치로 그의 옆구리를 쿡 찔렀다.

"어쩌실 겁니까?"

"무엇이?"

"백제의 태자가 생각보다 행동이 빠르지 않습니까. 우리 전하께선 이렇게 느린데."

지설의 말에 담덕의 얼굴이 완전히 구겨졌다.

"말조심해라. 아직 백제 땅을 벗어나기 전이다. 누가 들으라고 전하래?"

"지금 그런 것을 걱정하실 때가 아닌 듯한데요."

"내가 알아서 할 테니 거기까지만 해라."

"지금까지 지켜본 바로는 갈 길이 먼 것 같아 드리는 말씀입니다. 제가 얼마나 답답하면 이럽니까?"

"갈 길이 멀어도 내 길이 멀지, 네 길이 멀어? 그만 입 다물어라."

나는 투덕거리는 두 사람을 보며 고개를 갸웃거렸다.

"어디 가는 길이 그리 멀다는 말이에요?"

내 질문에 두 사람의 시선이 나를 향했다.

"……이쪽이 더 머네."

지설의 입에서 길고 긴 한숨이 흘러나왔다.

❖ ❖ ❖

드디어 국내성으로 출발하는 날이 밝았다. 굳이 그럴 필요가 없는데도 아신은 직접 성문 앞까지 나와 우리 일행을 배웅했다.

국내성으로 떠날 준비를 하는 동안 아신은 우리 일행이 불편하지 않도록 많은 편의를 봐주었다. 그의 적극적인 도움에 진가모가 곤란해했을 정도였다.

돌아가는 길에 탈 말을 찾아 준 것도 아신이었다. 도압성에 가륜을 두고 온 탓에 내게는 국내성까지 타고 갈 말이 없었다. 이 시기에는 말이 귀해 군대의 중요한 재산으로 분류되었으므로, 수완이 좋은 지설도 타국에서는 말을 쉽게 구하지 못했다. 그 사정을 알고 아신이 나섰다. 그는 석현성의 마구간을 열어 주인 없는 말 하나를 내게 주었다.

그렇게 마음을 쓴 탓인지 아신은 떠나는 우리를 보고 상당히 아쉬운 눈치였다.

"혹시라도 마음이 바뀌면 언제든 와라. 내 생각은 변함없으니까."

"그럴 일 없습니다. 말씀드렸잖아요, 제가 잡은 연줄이 대단하다고요."

"혹 그 연줄이 저자인가?"

아신의 시선이 못마땅한 얼굴로 삐딱하게 선 담덕을 향했다.

"왜요? 저 사람이 그리 대단해 보입니까?"

"그보다는……."

아신이 묘하게 웃으며 말끝을 흐렸다. 잠시 고민하던 그가 품 안을 뒤져 작은 옥패를 꺼냈다.

"받아라."

"이게 뭡니까?"

"나를 증명하는 옥패다. 혹 백제 땅에서 곤란한 일이 생기거든 이걸 보여 줘. 그럼 잘 해결될 것이다."

"이 귀한 걸 제게 주셔도 됩니까? 이미 말까지 받았는데……."

생각보다 대단한 물건이라 차마 받지 못하고 있으니 아신이 억지로 내 손에 옥패를 쥐어 주었다.

"귀하기는. 여기저기 뿌리고 다니는 것이니 감격할 것 없다. 생명의 은인에게 이 정도는 줘야 내 마음이 편하지."

"생명의 은인이라고 하기엔…… 치료하는 내내 그다지 좋은 대접을 해 주신 건 아니었지만……."

"그러니 지금 이걸로 보답하겠다잖아."

아신이 투덜거리며 제 머리를 헤집었다. 말은 그렇게 하고 있지만 척 보기에도 귀해 보이는 패였다. 하지만 생명의 은인 운운하는 그의 사례를 거절하기도 힘들었다.

"그럼 감사히 받겠습니다."

결국 나는 그가 내민 패를 품 안에 챙겨 넣었다. 그것을 본 아신의 얼굴에 미소가 걸렸고, 어쩐 일인지 담덕의 얼굴은 더욱 일그러졌다.

"보세요. 어찌하실 겁니까, 예?"

잔뜩 기분이 상한 담덕 옆에서 지설이 연신 그의 옆구리를 찔렀다.

❖ ❖ ❖

우리는 백제 땅을 지나 다시 다지홀로 방향을 잡았다. 백제의 성들을 피해 갔다면 한참이나 시간이 걸렸을 텐데, 아신이 준 패 덕분에 그럴 필요가 없어 여정이 훨씬 편해졌다.

"그 태자가 준 패, 상당히 쓸모가 많은데요."

지설이 패를 바라보며 휘파람을 불었다. 으레 새로운 성에 들어갈 때면 검문검색이 있기 마련인데 그때 이 패를 보이면 더 물을 것도 없이 통과를 시켜 주었다.

"이거 전쟁에서 쓰면 크게 유용할지도."

지설은 금세 머리를 굴려 이 패의 쓰임을 찾아냈다. 하지만 나는 이 패를 그렇게 사용하게 할 생각이 전혀 없었다.

"안 돼요. 그런 뜻으로 받은 게 아니니 사람에게 해가 되는 일에는 쓸 수 없어요."

나의 단호한 반응에 지설이 아쉽다는 듯 입맛을 다셨다.

"아가씨라면 그런 말을 하실 줄 알았지만…… 역시 아깝군요. 이곳 남쪽 전선은 백제와의 싸움으로 항상 골머리를 앓는 곳이니 무슨 수라도 써야 하는데 말이지요."

"그래도 이건 아니에요."

나는 재빨리 옥패를 품 안에 집어넣었다.

지금의 나는 고구려 사람이니 고구려에 좋은 일이라면 무엇이든 할 생각이었다. 그렇지만 사람의 목숨을 살려 주고 좋은 뜻으로 받은 패를 누군가를 죽이는 일에 사용하게 할 수 없었다. 기본적인 양심의 문제였다.

"어?"

아쉬움에 몇 번이나 나를 힐끗대던 지설이 곧 하늘에서 날아오는 새를 보며 눈을 크게 떴다.

그것은 조용히 움직이던 태림도 마찬가지였다. 주변의 눈치를 살피던 태림이 하늘을 향해 손을 뻗자, 허공을 유영하던 새가 그대로 그의 손 위에 내려앉았다. 자세히 보니 새의 발목에 작은 종이가 묶여 있었다.

전령새인가? 호기심 어린 눈으로 새를 살피는 동안 태림이 익숙한 손길로 새의 다리에 묶인 종이를 풀었다.

종이는 곧장 담덕에게 흘러갔다. 얼핏 보니 검지보다 조금 긴 길이의 종이에 검은 글씨가 깨알같이 적혀 있었다. 일반적인 글씨는 아니었다. 내가 알아보지 못하는 것을 보면 암호화된 군사 언어인 듯했다.

"뭐라고 적혀 있습니까?"

맞은편에 선 지설이 담덕 앞으로 불쑥 고개를 내밀며 물었다. 하지만 담덕은 대답이 없었다. 의아해진 지설이 종이 속의 글씨를 자세히 읽기 시작했다. 곧 그의 얼굴이 딱딱하게 굳었다.

"담덕 님."

심각한 목소리였다. 지설의 목소리에 담덕이 손에 쥔 종이를 구겼다.

"휴식 없이 서둘러 달려야겠다."

"무슨 일인데?"

나의 질문에 담덕이 입술을 질끈 깨물었다.

"……폐하의 건강이 급격히 나빠졌다는군."

"하지만 국내성을 떠날 때까지만 해도 많이 좋아지셨어. 한데 어찌 갑자기 이렇게……."

"그건 국내성에 돌아가 봐야 알 수 있을 것 같다. 모두 서두르자."

담덕의 말에 우리 모두 심각한 얼굴로 고개를 끄덕였다.

❖ ❖ ❖

태왕의 건강에 대한 급보를 받은 뒤 우리는 휴식도 없이 며칠을 급히 달렸다. 국내성으로 돌아가기 전 다지홀에 들러 상황을 살필 생각이었으나, 급보를 받은 이상 그 정도의 여유도 부릴 수 없었다.

도압성까지 가는 길도 여유가 없기는 마찬가지였지만, 이처럼 잠도 자지 못하고 달린 것은 처음이었다. 이렇게 길을 재촉하니 국내성에 닿는 시간이 예상보다 훨씬 많이 줄어들었다.

덕분에 국내성에 도착하자마자 우리 일행은 물론이고 우리를 태웠던 말까지 녹초가 되었다. 하지만 피곤함을 느낄 새가 없었다.

담덕은 국내성에 도착하자마자 곧장 태왕을 살피기 위해 궁으로 향했다. 나도 그 뒤를 따르고 싶었으나, 먼저 백부에게 안부를 전하는 것이 순서라는 담덕의 말에 일리가 있어 집으로 걸음을 옮겼다.

"우희야!"

내가 돌아왔다는 소식에 제일 먼저 서가 울 것 같은 얼굴로 문 앞까지 뛰쳐나왔다.

"도압성이 함락되었다는 이야기는 들었어. 네가 포로로 잡혀간 것도, 숙부의 행방을 모른다는 이야기도 전부."

울먹거리는 서의 얼굴을 보니 비로소 집에 도착했다는 실감이 났다. 나는 애써 미소를 지어 보이며 서를 끌어안았다.

"응. 그래도 돌아왔어."

"이 맹추 같은 녀석이, 그렇게 거길 왜 가? 가서 죽으면 어쩔 뻔했어?"

평소라면 반박을 했겠지만 걱정해 주는 사람과 괜히 싸우고 싶지는 않았다. 대꾸도 없이 조금 더 강하게 서를 끌어안았더니 결국 그의 눈에서 눈물이 터졌다.

"얼마나 걱정한 줄 알아? 도압성 이야길 듣고서부터 잠을 제대로 못 잤다!"

아예 통곡하는 서의 뒤로 백부의 모습이 보였다.

"우희야."

그는 딱딱하게 굳은 얼굴로 나의 이름을 불렀다.

"백부님."

백부의 등장에 서가 내게서 떨어지며 눈물을 훔쳤다. 짧은 시간에 벌써 서의 얼굴은 엉망이었다.

"대고구려의 용사가 어찌 쉽게 눈물을 보여! 하물며 우희가 돌아온 좋은 날이 아니냐."

"전 용사가 아니라 그런 거 모릅니다."

서가 입을 부루퉁하게 내밀며 고개를 휙 돌렸다. 백부는 그런 서를 보며 작게 한숨을 내쉬더니 곧 내 앞으로 다가왔다.

"무사히 돌아온 것을 보니 마음이 놓인다. 그간 얼굴이 많이 상했구나."

"백부님께 괜한 걱정을 끼쳤습니다. 송구합니다."

"가족끼리 송구할 것이 무어라고. 우선 안으로 들어가자. 씻고 휴식을 취해야지."

"예."

백부의 커다란 손이 내 손을 강하게 감쌌다가 떨어졌다. 덤덤한 척을 하고 있지만 내 손을 감싸 쥐었던 그의 손도 떨리고 있었다.

우리 연씨 가문 모두에게 힘든 시간이었다. 도압성은 함락당했고, 아버지는 아직 생사가 묘연했다. 거기에 제신은 아버지를 찾겠다고 남부를 떠돌고 있었다. 아마 그 모두가 이곳에 돌아오기 전까지 우리는 예전과 같은 밝은 분위기를 찾을 수 없을 터였다.

❖ ❖ ❖

국내성으로 돌아온 지도 며칠이 지나 다시 집에 익숙해져 갈 때까지도 담덕에게서는 기별이 없었다.

폐하의 상황이 많이 안 좋은 것일까? 하지만 그렇다면 더욱 나를 불렀을 것이다. 그간 내가 폐하의 병을 돌보았으니 말이다. 나는 무소식이 희소식이라는 말을 상기하며 최대한 긍정적으로 상황을 해석하기로 했다.

하지만 그렇게 생각한 지 얼마 지나지 않아 나쁜 소식이 들려왔다. 담덕이 아닌 백부로부터였다.

"우희야, 잠시 이야기를 좀 할까."

백부가 늦은 시각 내 방을 찾았다. 그간 좀처럼 없던 일이었다.

"예. 안으로 들어오세요."

나는 호기심과 불안함이 묘하게 섞인 기분으로 그를 맞이했다.

백부를 안으로 안내해 그에게 차를 한 잔 내고, 내 것까지 준비해 맞은편에 앉았더니 곧 그가 입을 열었다.

"너도 들었겠지? 태왕 폐하의 건강이 좋지 않다는 것 말이다."

"예, 워낙에 소문이 많이 퍼져서요."

담덕이 그토록 감추고 싶어 했던 태왕의 건강 문제가 온 고구려에 파다하게 퍼졌다. 담덕이 국내성을 비운 사이 벌어진 일이라 그가 손을 쓸 새가 없었던 것이다.

"하면 말하기 더 쉽겠다."

목이 타는지 백부가 차로 입술을 축이며 이야기를 시작했다.

"폐하께서 양위를 준비하고 계신다."

"예? 양위라면……."

"조금이라도 기력이 있으실 때 전하께 왕위를 넘겨주고자 하셔."

전혀 예상하지 못한 말이었다. 나는 머리가 복잡해 쉽게 백부의 말을 따라잡지 못했다.

"그게 무슨…… 그 정도로 폐하의 병이 심각합니까? 양위를 논의해야 할 정도로요?"

"병이 심각한 것도 문제지만…… 폐하께서는 급사했을 경우 일이 이상하게 돌아갈 것을 걱정하고 계신다."

"일이 어찌 이상하게 돌아갈 수 있단 말입니까?"

"……유언이란 마지막을 지키는 사람이 누구냐에 따라 조작하기가 쉽지 않더냐."

"거기까지 걱정을 하고 계신단 말입니까?"

백부가 씁쓸하게 웃으며 고개를 끄덕였다.

"궁 안은 모두 소노부가 장악했고, 그것을 아는 귀족들은 전부 소노부의 편에 붙었다. 그간 남부 전선에서 선전하여 폐하의 입지가 높았지만 이젠 그것도 아니지 않느냐. 앞으로 상황은 계속 나빠지기만 할 것이다."

도압성은 단순히 백제와의 전쟁터 그 이상의 의미였다.

그간 태왕은 백제와의 전선에서 승리를 이어 가며 위상을 높여 왔다. 유약한 왕, 무능한 왕이라는 그림자를 덧씌우려던 일부 귀족들의 검은 속셈이 통하지 않는 상황이었다는 뜻이다. 하지만 그 남부 전선이 무너졌다. 다시 돌아오기는 했으나 고구려인이 포로로 잡혀가는 수모까지 당했다.

고국원왕이 백제와의 전쟁에서 목숨을 잃은 이후로 백제는 고구려의 가장 큰 적이었다. 한데 그들과의 전쟁에서 밀렸으니 귀족들이 기다렸다는 듯 반발하기 시작한 것이다.

"병이 나아질 가능성은 없나요?"

가능성이 조금이라도 있다면 당장에라도 궁으로 달려갈 생각이었다. 하지만 백부는 단호하게 고개를 저었다.

"이미 병이 깊어지셨다."

폐하의 가장 큰 아군인 백부마저 이리 말하는 상황이라면 그의 병이 깊은 것은 거짓이 아닐 터였다.

그래서 담덕이 나를 부르지 않았구나. 이미 손을 쓸 수 없는 상황이라면 나의 의술은 필요 없었다. 나는 병을 고치는 사람이지 목숨을 붙잡아 주는 신이 아니었으니까.

"……떠나지 말았어야 했나 봐요. 계속 이곳에서 폐하의 곁을 지켰어야 했는데."

뒤늦게 후회가 밀려왔다. 담덕이 없으니 나라도 태왕을 지켜 주었어야 했다. 한데 내 아버지, 내 오라비가 보고 싶어 그를 외면했다. 여태까지 그가 내게 해 준 것이 얼마나 많았는데.

"죄스러우냐?"

백부나 물었고, 나는 고개를 끄덕였다. 그러자 백부의 표정이 묘해졌다.

"하면…… 태왕 폐하의 부탁을 들어줄 수 있겠느냐?"

"태왕께서 제게 부탁을 하셨습니까?"

"그래. 나를 통해 네게 전하라 하셨다. 들어줄 수 있겠느냐?"

"제가 할 수 있는 것이라면 할 것입니다."

나는 망설임 없이 대답했다. 나를 위해 여러모로 힘을 써 준 그에게 보답하고 싶었다.

게다가 살날이 얼마 남지 않으셨다니…… 어찌 거절할 수 있겠어.

결심이 선 나의 눈에 백부가 조심스럽게 입을 열었다.

"내 양녀가 되거라."

하지만 백부의 입에서 흘러나온 말은 내가 전혀 예상하지 못한 것이었다.

"예?"

놀라서 되물으니 백부가 다시 한번 말했다.

"내 양녀가 되라 하였어."

잘못 들은 것이 아니었다. 나는 혼란스러워 미간을 찌푸렸다.

"제가 백부님의 양녀가 되는 것이 어찌 태왕 폐하의 부탁을 들어 드리는 것이 됩니까?"

"우희야, 벌써 잊었느냐? 네가 내 양녀 되는 것의 의미 말이다."

"제가 백부님의 양녀가 된다는 말은……."

나는 눈을 내리깔아 과거의 기억을 떠올렸다.

분명 오래전 양녀에 대한 이야기가 나온 적이 있었다. 나는 그때의 이유를 분명히 기억했다.

"설마."

나는 놀라서 고개를 번쩍 들었다.

"혼인을 하라고요? 태자 전하와?"

백부는 대답이 없었다. 하지만 그보다 강한 긍정은 어디에도 없었다. 나는 주먹을 꽉 쥐어 치맛자락을 움켜쥐었다.

"그런, 이미 오래전에 그러지 않기로……."

"모두 무른 것이 아니었다. 두 사람이 자라 자연스레 이어질 수 있도록 기다리려고 했던 것이지. 태왕께서 왜 네가 궁에 자유로이 출입하도록 두었다고 생각하느냐?"

그러고 보니 확실히 이상했다. 궁에 출입할 수 있는 권리는 굉장히 특별한 것이었다. 그런 권리를 고작 열둘의 어린 계집애가 가졌다.

그때의 나는 내게 주어진 특권이 태왕의 병을 돌보기 때문이라고 생각했다. 하지만 그것도 지금 생각하면 옳지 않았다. 태왕은 너무 쉽게 내가 그의 병을 돌보는 것을 받아들였다. 내가 아무리 담덕의 친구이고, 절노부 연씨의 아이여도 그건 과했다. 내 의술을 어찌 믿고?

그는 내 의술을 믿은 것이 아니었다. 어설픈 의술이라도 자신의 몸을 내게 맡겨 조금이라도 더 담덕과 나를 가까이 두고 싶었던 것이었다.

"전부…… 오늘의 이 말을 위해서……."

충격으로 말을 잇지 못하는 나를 보며 백부가 눈을 질끈 감았다.

"더 기다려 주고 싶었다. 정말로 서로의 마음이 닿아 제대로 이뤄지기를 바랐어. 폐하께서도, 나도 너를 아끼니까. 정말로 그러길 바랐어."

백부의 목소리는 한탄에 가까웠다.

나는 어렵지 않게 그의 말이 진심이라는 것을 알 수 있었다. 하지만 마음이 상하는 것은 어쩔 수 없었다. 순수하게 나를 믿어 주었다고 생각했는데, 그 이면에 다른 이유가 숨어 있었다.

"일이 이리 긴박하게 돌아갈 줄 누가 알았겠느냐. 어느 누가 알았겠어."

백부가 긴 한숨을 내쉬며 다시 눈을 떠 먼 산을 바라보았다.

"전하께서는 곧 왕위에 오르실 거다. 다음 해 정월이다."

이미 가을에서 겨울로 접어들고 있는 시점이었다. 내년 정월이라면 몇 개월 남지 않았다.

"왕위에 오르시는 분의 곁이 빈자리라는 건 말이 안 되지. 즉위식과 함께 국혼이 열릴 것이야. 폐하께서는 태자 전하의 옆자리를 우리 절노부, 북부 연씨의 딸, 우희 네가 채워 주기를 바라고 계신다."

마지막에 이르러 백부의 두 눈이 똑바로 나를 향했다.

"담덕 님은요? 전하께서도…… 이걸 알고 계시나요?"

"양위에 대해서는 들으셨을 거다. 하지만 혼인에 대해서는 아직 전하지 않으셨어. 태왕께선 먼저 네 대답을 듣고 싶어 하신다."

"제 의사를 묻지 않고 차라리 강요하셨다면 미워하며 따랐을 겁니다. 하지만 어찌 제 의사를 물으시는지……."

상황이 난처했다. 나는 차마 백부의 눈을 볼 수 없어 두 눈을 질끈 감았다.

"조금만…… 조금만 생각을…… 하게 해 주세요."

"그래, 갑작스럽겠지. 네 생각이 정리되기를 기다리마."

쓸쓸함이 담긴 목소리였다.

나는 백부가 그대로 자리에서 일어나 내 방을 떠나고서도 한동안 눈을 뜨지 못했다.

❖ ❖ ❖

나는 멍하니 탁자에 앉아 생각에 빠졌다.

혼인이라고? 내가? 담덕과?

전혀 생각지도 못한 이야기였다. 언젠가 누군가와 혼인을 해 가정을 이루리라는 생각을 했지만 그게 담덕이라니.

내가 광개토대왕과 결혼을 한다고? 그런 게 가능해?

머릿속이 복잡했다. 어린애로만 봤던 담덕과의 혼인도 당황스러웠지만, 그와의 혼인이 역사적으로 중요한 일이 되리라는 것을 알기에 더욱 당황스러웠다. 나는 내가 그 대단한 역사의 한 줄을 차지할 수 있으리라고는 전혀 생각지 못했다.

담덕과 가까이 지내기는 했어도 친구 정도는 괜찮을 거라는 생각이 있었다. 역사서에 왕의 친구까지 자세히 적지는 않을 테니까. 하지만 황후는 달랐다. 역사에 선명하게 이름이 남는 것이다. 원래 이 자리는 누구의 것이지?

나는 혼란에 빠졌다.

내가 기억하는 역사 속의 담덕도 누군가와 혼인을 하고 아이를 낳았을 것이다. 그러니 그다음 왕위를 이은 장수왕이 나왔지.

그런데 만약 내가 담덕과 혼인하면, 나와 담덕의 후손이 장수왕이 아닌 다른 아이라면…… 고구려의 역사는 어찌 되는 거지? 아니, 우리나라의 전체 역사가 꼬여 버리는 거 아냐?

광개토대왕 못지않게 장수왕의 업적도 대단했다. 그는 이름만큼이나 오랜 세월을 살아가며 고구려의 역사에 지대한 공헌을 한 사람이었다.

아니, 아니지. 고구려는 일부일처지만 왕은 사정이 다르잖아. 황후가 아닌 다른 여인과의 사이에 낳은 아이가 장수왕일 수도 있어.

하긴 그래. 어차피 정략적인 결혼에 아이까지 생각하는 것도 우스워. 어차피 담덕이 여인을 더 곁에 둔다고 손가락질할 사람은 없으니까……. 하지만 그렇게 생각하면 내가 너무 억울하잖아? 난 담덕과 혼인하면 그걸로 끝인데!

"아냐, 그게 중요한 게 아니잖아, 지금……."

나는 그대로 탁자에 머리를 박았다. 아무리 생각해도 답이 나오지 않았다.

솔직하게 말하면 모든 것이 무서웠다. 어린 시절의 나는 역사를 바꾸는 것도 무섭지 않다고 생각한 적이 있었다. 내 소중한 사람들을 위해서 지금의 삶에 충실하겠다고 다짐까지 했다.

하지만 그때의 나는 내가 담덕과 가까워지고, 태왕의 치료를 자처함으로써 요동칠 역사가 이처럼 중대한 것이리라고는 생각지도 못했다.

두려웠다. 하지만 눈앞의 사람을 외면할 수도 없었다.

결국 결론은 제자리였다.

나는 연우희였다. 소진으로서의 기억을 가지고 있지만, 결국 이 자리에서는 우희로 숨 쉬고 있었다. 그러니 나는 열두 살의 내가 '우희'로서의 최선을 선택했듯, 지금 역시 '우희'로서의 최선을 따라갈 수밖에 없었다.

"연우희로서의 최선이라면…… 역시 답은 하나인걸."

나는 밀려드는 우울함에 탁자에 머리를 부볐다.

❖ ❖ ❖

"담덕, 활 쏘는 거 가르쳐 줄래?"

나는 오랜만에 궁을 찾았다. 국내성에 다시 돌아온 후로는 처음이었다. 처음에는 태왕의 병이 깊어 담덕이 바빴고, 그 이후엔 백부에게 들은 이야기가 마음에 걸려 내가 일부러 담덕을 피했다.

"한동안 잘도 피해 다니더니, 갑자기 무슨 바람이 불었어?"

담덕이 팔짱을 낀 채 나를 내려다보며 눈을 가늘게 떴다. 한동안 요리조리 피해 다니던 내가 갑자기 활을 가르쳐 달라며 나타났으니 그로서는 의아할 법도 했다.

"그냥 갑자기 활이 쏘고 싶었어. 그때 동굴에서도 말했잖아. 활 연습 열심히 해서 한 방에 늑대를 죽이는 사람이 될 거라고."

"그건 바라지도 않는다."

담덕이 픽 웃으며 개인 연무장으로 걸음을 옮겼다. 가르쳐 주겠다는 뜻이었다. 나는 담덕의 마음이 바뀌기 전에 재빨리 그의 뒤를 따랐다.

담덕은 활을 들어 익숙한 자세로 사대 앞에 섰다. 과녁은 멀리 있었지만, 거리가 그에게 큰 장애가 되지 않으리라는 것은 이미 알고 있었다.

"담덕."

나는 담덕을 따라 자세를 잡으며 조심스럽게 그를 불렀다.

"응."

담덕은 여전히 과녁을 바라보며 대답했다. 그는 화살을 쏠 때만큼은 어디에도 눈을 돌리지 않았다. 그래서 일부러 활을 쏘자고 나선 것이다. 아무래도 눈을 보고 말하는 건 민망하니까…….

"폐하의 상태는 어때?"

"알면서 뭘 물어? 좋지 않지."

생각보다 담덕의 대답은 가벼웠다. 그는 가볍게 활시위에서 손을 놓아 화살을 과녁의 중앙에 꽂았다.

"침울해 있을 줄 알았는데."

이번엔 내 차례였다. 담덕을 따라 활시위를 놓았지만 화살은 과녁의 끄트머리만 겨우 맞혔다.

똑같이 따라 하고 있는데 어째서 내 화살은 이리 형편없이 날아가는 거야?

속으로 불만을 토로하는 사이 담덕이 다음 화살을 시위에 걸었다.

"언젠가 이런 날이 오겠구나, 그런 생각을 하고 있었어. 돌아와서 처음 폐하의 얼굴을 뵈었을 때는 참담했는데, 갈수록 현실을 받아들이게 되더라. 어른이 된 거겠지, 이제."

담덕의 말투는 담담했다.

나는 힐끗 시선을 돌려 그의 얼굴을 바라보았다. 담담한 말투와 달리 그의 표정이 미세하게 일그러져 있었다. 역시 괜찮을 리가 없지. 나는 한숨을 내쉬며 다음 화살을 준비했다.

"나도 곧 어른이야."

"아, 네 탄일 말이야?"

담덕이 내 말의 의미를 알겠다는 듯 맞받아쳤다.

원래는 도압성에서 가족들과 함께 탄일을 맞이할 예정이었지만, 여러모로 사정이 어긋나 결국 국내성에서 맞이하게 되었다. 그것이 바로 닷새 뒤였다.

"지금 보니 탄일에 선물을 달라고 온 것이로구나?"

"뭐? 내가 선물이나 구걸하러 여기까지 올 것 같아?"

"그럼 뭔데? 한동안 뜸하다가 갑자기 여기에 온 건 이유가 있어서 아니야?"

"이유야 있지만……."

집을 나설 때까지만 해도 할 말을 모두 정해 두었는데 정작 담덕의 앞에 오니 말이 나오지 않았다. 어색해서 아무 말도 못 하겠는걸.

이러다가는 평생을 가도 입을 떼지 못할 것 같았다. 결국 나는 조금 더 말하기 쉬운 이야기부터 시작하기로 했다.

"폐하께서 양위를 생각하고 계신다며?"

"단순히 생각이 아니야. 내년 정월, 내게 왕위를 넘겨주시겠대. 내가 왕이라니, 믿어져?"

"응, 넌 왕에 잘 어울려. 누구보다 내가 잘 알아."

"어쩐 일이야? 네가 날 그리 띄워 주고."

"띄워 주는 것이 아니라 진심이야. 넌 누구보다 훌륭한 왕이 될 거야. 장담해."

지극히 진심이 담긴 말이었으나 담덕은 내 말을 흰소리로 들은 모양이었다.

담덕의 화살이 또다시 과녁의 중앙에 꽂혔다. 중앙을 맞히다 못해 이번에는 중앙에 꽂혀 있던 화살을 반으로 갈랐다.

"너한텐 활 귀신이 붙은 게 틀림없어."

"그 귀신이 네게 붙으면 얼마나 좋을까."

"활은 잘 쏘고 싶지만 귀신은 사양이야."

그렇게 말하고 다음 화살을 쏘았더니 이번에는 과녁의 끄트머리에 맞고 화살이 바닥에 떨어졌다.

"……역시 귀신의 힘이라도 빌리는 게 좋을까?"

"역시 그게 좋겠지?"

황망하게 화살을 바라보는 나에게 담덕의 유쾌한 웃음이 닿았다.

지금이다.

나는 담덕의 웃음에 묻어 조심스럽게 원래 하고자 했던 말을 꺼냈다.

"백부님이 그러시는데, 왕이 되면 혼인을 해야 한대. 왕의 옆자리는 비어선 안 된다고."

"아아, 그렇지."

나는 활을 만지는 척을 하며 담덕의 얼굴을 살폈다. 그는 대수롭지 않은 듯 대답하며 화살을 쏘는 데 집중하고 있었다.

다행히 담덕은 혼인에 별생각이 없는 모양이야. 나는 한시름 놓고 조금 편해진 마음으로 입을 열었다.

"어차피 해야 하는 거라면…… 그거 나랑 할까?"

내 말이 입 밖으로 나옴과 동시에 활시위를 붙잡고 있던 담덕의 손이 아래로 떨어졌다. 활시위를 떠난 화살은 형편없이 바닥에 처박혔다. 담덕이 이런 실수를 하는 것은 처음이었다.

"으하하! 야, 너 이렇게 실수를 하는 건 처음……."

박장대소하며 담덕을 바라보았더니 그가 딱딱하게 굳은 얼굴로 나를 보고 있었다.

"어……."

나는 조금 당황했다.

"너 원래 활 쏠 때는 절대 다른 곳 안 보잖아."

"무슨 말이야?"

담덕은 내 의문에 답하는 대신 내게 질문을 던졌다.

"뭐가?"

"방금 너랑 하자고 한 거. 그거 뭐냐고."

"아…… 혼인?"

내가 고개를 갸웃거리며 물었더니 담덕의 얼굴이 멍해졌다.

"혼인…… 그, 내가 아는 그 혼인?"

"아마 그게 맞을 것 같은데…… 혼인이라는 게 여러 개야?"

"그러니까, 사내랑 여인이랑 하는 그 혼인? 같이 부부가 되어 아이도 낳고, 평생을 함께하자고 언약하는 그거?"

"응. 그거."

내 확답에 담덕의 얼굴이 순식간에 굳었다. 그 얼굴이 마치 '내가 왜 너랑 그딴 걸 해야 해?'라고 말하는 것 같았다.

나는 황급히 손을 저으며 담덕의 오해를 막아섰다.

"아니, 아니! 오해하지 말고!"

"내가 무슨 오해를 하는데."

"내가 혼인을 하자 말한 게 평생 나만 사랑하라거나, 서로를 닮은 애를 낳자거나 그런 게 아니거든."

이어지는 내 설명에 담덕이 미간을 찌푸렸다.

"그게 아니면 뭔데?"

"그…… 정략혼이라고 해야 하나……."

"뭐?"

"폐하께서 내게 부탁하셨거든. 내가 너와 혼인했으면 한다고."

의아함이 섞여 있던 담덕의 얼굴이 또다시 굳었다.

"폐하께서 그런 부탁을 하셨다고? 네게?"

담덕이 이를 바드득 갈았다. 그의 과격한 반응에 나는 내가 죄라도 지은 것처럼 고개를 푹 숙였다.

"상황이 그렇잖아. 폐하께선 네게 든든한 배경을 주고 싶어 하셔. 그러기엔 우리 절노부가 제일이지. 그런데 너도 알다시피 절노부의 수장인 백부님께는 딸이 없어. 그나마 제일 가까운 조카가 나라서……."

"그래서, 네가 내 배경이 되어 주겠다고?"

"응."

"어째서?"

"넌 내 친구잖아. 난 네가 힘들지 않은 왕이었음 좋겠어. 지금의 폐하처럼 힘들게 자리를 지키려고 하지 않아도 되는, 그런 왕이었으면 해."

그것이 지난 시간 동안 이어 온 내 고민의 결론이었다.

나는 담덕이 좋았다. 이성으로서의 애정은 아니지만, 한 사람의 인간으로서 담덕이 좋았다. 그래서 담덕을 돕고 싶었다. 최대한 그가 편안하게 왕위를 지킬 수 있도록 내가 할 수 있는 일이 있다면 기꺼이 할 생각이었다.

혼인이야 뭐가 어렵겠어? 어차피 좋아하는 사람도 딱히 없고, 열렬하게 사랑을 하고 싶은 것도 아니었다. 이 한 몸 우리 광개토대왕 폐하와 고구려의 미래를 위해 바치지 뭐.

거기까지 결론을 내리는 데 시간이 꽤 걸렸다. 나로서는 굉장한 결심을 한 셈이었다.

하지만 담덕은 나의 노력이 가상하지도 않은지 시종일관 굳은 얼굴이었다. 차갑다 못해 무섭게까지 느껴지는 얼굴에 괜히 민망해졌다.

"야…… 아무리 나랑 혼인하는 게 싫다고 해도 그렇지, 그런 반응일 것까지는 없잖아? 말한 사람 민망하게."

나의 투덜거림에도 담덕의 표정은 달라지지 않았다.

"연우희 너."

담덕이 짓씹어 내듯 내 이름을 불렀다.

"혼인이 뭔지는 알아?"

"알아. 그러니까 하자고 한 거야."

"난 지금 혼인한 남녀가 어찌 지내는지 아느냐고 묻는 거야. 난 왕이 될 거고, 왕에게는 후사가 필요해. 그러려면 뭘 해야 하는지 알아?"

"그……."

노골적인 말에 얼굴이 붉어졌다. 내 얼굴이 달아오르는 꼴을 지켜보던 담덕이 더 어이가 없다는 듯 헛웃음을 흘렸다.

"하, 그 얼굴을 보면 모르는 것도 아닌데."

담덕이 손에 들고 있던 활을 던지듯 바닥에 내려놓으며 내 앞에 다가왔다.

"너, 날 아주 우습게 보는구나."

순식간에 가까워진 거리에 반사적으로 뒤로 물러서려니 담덕이 내 어깨를 붙잡아 걸음을 막았다.

"넌 나랑 그런 거 할 수 있어?"

"그…… 꼭 해야 하나?"

너무 가까운 거리가 어색해 시선을 피하며 물었더니 담덕이 코웃음을 쳤다.

"뭐?"

"아니, 나만 품어야 하는 건 아니잖아. 후사는 진짜 네가 원하는 다른 여인에게서 얻으면 돼. 나는 네게 배경을 주기 위한 사람이니까 꼭 그러진 않아도……."

담덕이 횡설수설 이어지는 내 말을 자르며 분명하게 자신의 의사를 전달했다.

"난 황후에게서 난 자식이 필요해. 그래야만 후계가 안정되니까."

담덕의 큰 손이 내 턱을 붙잡았다.

"난 내 황후랑 모든 걸 할 거야. 네가 그걸 할 수 있어?"

내가 시선을 피하지 못하도록 붙든 손은 크고 뜨거웠다. 나는 어쩔 줄 몰라 활을 쥔 손에 힘을 줄 뿐이었다.

"그런 각오도 없으면서 내 황후가 되겠다 했어? 그런 가벼운 마음이라면 이런 이야긴 꺼내지 마. 아무리 태왕 폐하의 부탁이라도."

"가벼운 마음 아니야."

지난 시간 나의 고민을 폄하하는 듯한 담덕의 말을 듣자 머리에 열이 몰렸다.

"내가 얼마나 고민했는지 알아? 나라고 정략혼을 좋아서 하자고 한 게 아니란 말이야."

"좋아서 한 말이 아니면 그냥 하지 마!"

담덕의 외침이 귓가를 울렸다. 그는 조금 흥분한 것 같았다. 나를 똑바로 바라보는 그의 눈이 분노로 붉게 충혈되어 있었다.

"누가 너한테 내 배경이 되어 달래? 그딴 거 필요 없어. 그런 없이도 난 제대로 왕이 될 테니까."

담덕이 이를 바드득 갈았다. 하지만 나도 쉽게 내린 결심이 아니었다. 이대로 물러설 수는 없었다.

"싫어. 난 너한테 힘이 될 거야. 너와 혼인해서 황후가 되고, 절노부의 힘을 온전히 너에게 실어 줄 거라고."

"그럴 필요 없다고 했잖아!"

"내가 그렇게 할 거라니까?"

덩달아 내 목소리도 높아졌다.

"내가 황후가 되는 게 싫으면 그냥 그렇다고 해!"

"뭐?"

담덕이 미간을 찌푸리며 바람 빠지는 듯한 소리를 냈다.

"네게 안정적인 배경이 필요하다는 건 태왕 폐하도, 백부님도, 나도 알아! 이 세상 모두 아는 사실을 부정할 정도로 내가 황후가 되는 게 싫으니?"

자존심이 너무 상했다. 여인이 먼저 마음을 전하는 일이야 많이 있다고 들었지만, 이렇게 매달려 혼인을 구걸하는 건 듣도 보도 못했다. 아마 이 고구려 땅 모두를 뒤져 나 하나뿐일걸.

나는 눈을 질끈 감으며 담덕에게 소리쳤다.

"난 너랑 혼인할 거야! 네가 무슨 말을 하더라도……"

하지만 내 외침은 완성되지 못했다. 무엇인가 부드러운 것이 닿아 내 입을 막은 탓이었다.

나는 깜짝 놀라 눈을 번쩍 떴다. 그러자 담덕의 얼굴이 바로 코앞에 있었다. 이게 뭐지?

내가 제대로 상황을 파악하기도 전에 담덕이 내 입술을 깨물었다. 여린 곳에 닿는 낯선 감각에 놀라서 입을 벌리니, 안으로 순식간에 물컹한 혀가 들어왔다. 생경하고 기묘한 감각이었다. 나도 모르게 손에 힘이 풀려 쥐고 있던 활을 바닥에 뚝 떨어트렸다.

동시에 어깨를 붙잡고 있던 담덕의 손이 아래로 내려와 등을 쓸었다. 척추를 타고 흐르는 손을 따라 몸에 힘이 쭉 빠졌다. 비틀거리는 나를 담덕의 손이 받쳤다. 나의 갈 곳 잃은 손은 그대로 담덕의 가슴팍 옷자락을 쥐었다.

담덕은 집요하게 내 입안을 건드렸다. 입천장, 볼 안쪽의 살, 말캉한 혀. 누구에게도 닿지 못한 모든 곳을 담덕이 훑고 지나갔다. 나는 말할 수 없는 기분에 휩싸여 담덕의 옷자락을 단단히 붙들었다.

그 순간 굳게 닫혀 있던 담덕의 눈이 뜨였다. 서로의 시선이 마주치는 순간 이상한 전율이 몸을 타고 흘렀다.

담덕은 똑바로 내 두 눈을 바라보며 마지막으로 내 입술을 깨문 뒤 내게서 떨어져 나갔다. 나는 멍하니 눈을 뜬 채 그 모습을 모두 지켜보았다. 도대체 지금 무슨 일이 일어난 것인지 알 수가 없었다.

"감당할 수 있겠어?"

담덕이 내 등을 받치던 손을 놓으며 손가락으로 제 입술을 쓸었다. 번들거리던 타액이 한순간에 닦여 나가는 모습을 보자 그제야 나는 담덕과 내가 무엇을 했는지 깨달았다.

"이, 이, 이, 입을 맞췄어? 나한테?"

당황해서 어쩔 줄 모르는 나를 담덕이 싸늘한 눈으로 바라보고 있었다.

"나와 혼인하면 이런 걸 수도 없이 해야 하는데. 아니, 이보다 더한 것도 수없이 해야 할 텐데. 네가 감당할 수 있겠냐고."

나는 아무런 대답도 할 수 없었다. 그런 걸 감당해야 하는지에 대한 것은 전혀 고민하지 않았다. 담덕이 내게 이런 걸 원할 거라는 건 생각지 못했으니까.

아무런 말도 못 한 채 멍하니 선 나를 보며 담덕이 턱을 붙잡고 있던 손을 놓고 한 걸음 뒤로 물러섰다.

"그러니 네가 혼인하자는 말을 가볍게 꺼낸 거라고. 이제 알겠어?"

담덕이 그대로 몸을 돌려 개인 연무장을 빠져나갔다.

그제야 긴장이 풀린 나는 그대로 바닥에 주저앉아 아직까지 화끈거리는 입술을 매만졌다.

나 담덕이랑 입 맞춘 거야? 연인들이나 하는 그런 거?

하지만 중요한 것은 그게 아니었다.

*"나와 혼인하면 이런 걸 수도 없이 해야 하는데. 아니, 이보다 더한 것도 수없이 해야 할 텐데. 네가 감당할 수 있겠냐고."*

"……혼인하면 나랑 진짜 부부처럼 이런 거 저런 거 다 하겠다는 거야?"

지난날의 고민이 순식간에 무위로 돌아갔다.

❖ ❖ ❖

담덕과 그렇게 헤어진 후로 다시 이야기할 기회는 찾아오지 않고 그 대로 나의 탄일이 되었다.

내게는 여러모로 우울한 탄일이었다. 성인이 되는 중요한 탄일에 아버지와 제신이 없는 데다, 담덕과 크게 다툰 후여서 기분 자체도 저조했다.

그나마 위안이라면 제신이 서신을 보내왔다는 것이다. 내용도 썩 희망적이었다. 제신은 최근 동음홀을 지나 내미홀(內米忽)에 도착했는 데, 이곳에서 아버지와 인상착의가 비슷한 사람에 대한 이야기를 듣 고 옹천(甕遷)으로 이동 중이라고 했다. 그러면서 제신은 내게 탄일에 같이 축하하지 못해서 미안하다는 말과 함께 그곳에 산 머리꽂이 비 녀를 보냈다.

이 중요한 시기를 아버지와 제신 없이 보낸다는 건 서운했지만 어 쩔 수 없는 상황이었다. 제신과 나 모두에게 나의 탄일보다 아버지의 행방을 수소문하는 게 먼저였다.

아버지의 빈자리를 채워 주고자 백부가 신경을 많이 써 주었다. 아 침부터 내가 여태껏 보지 못한 화려한 탄일상으로 입을 떡 벌어지게 하더니, 중원에서 들여왔다는 고운 비단으로 만든 옷을 선물해 기어 코 나를 웃게 만들었다. 덕분에 나는 아침부터 백부가 선물해 준 예쁜 옷을 차려입고, 제신이 보내 준 비녀로 머리를 장식한 채 즐거운 하루를 보냈다.

하지만 그것도 잠시뿐이었다. 해가 떨어지고 밤이 깊어질수록 나는 점점 더 우울해졌다. 괜찮다고 자신을 다독였지만 이런 날 누구도 곁에 없이 혼자인 것이 너무 싫었다. 소진일 때도, 우희일 때도 이런 날 나는 결국 혼자로구나.

나는 예쁘게 옷을 차려입은 채 어울리지 않는 성벽 위를 찾았다. 원래라면 일반인의 출입을 허락하지 않는 곳이었지만, 아침부터 떠들썩하게 축하연을 한 절노부 고추가의 조카를 알아본 자가 있어 겨우 자리를 잡을 수 있었다.

나는 국내성 밖 먼 땅과 별이 쏟아지는 하늘을 바라보며 성벽에 턱을 괴었다. 어른이 되는 순간이 이리 허무하다니. 이 순간을 기념하는 수많은 사람들도 나와 같은 기분일까?

그렇지 않을 거라는 생각이 들자 나는 더욱 우울해졌다. 모두 이날만큼은 소중한 사람들에게 둘러싸여 행복한 하루를 보내겠지. 하지만 나는 아니었다.

아버지의 안위가 걱정되고, 제신이 보고 싶고, 담덕과 다툰 것이 속상해서, 모든 복잡한 감정이 뒤섞여 눈물이 찔끔 났다. 한번 눈물이 흐르자 그 뒤는 쉬웠다. 홍수라도 난 것처럼 눈에서 눈물이 줄줄 쏟아지기 시작했다.

이렇게 울 수 있으리라고는 생각지 못했다. 도압성의 그 잔혹한 풍경을 보고서도, 석현성에 잡혀가 감옥을 뒹굴 때도, 아신 태자의 매서운 눈을 마주할 때도 절대 울지 않았는데.

그제야 나는 그간 울고 싶지 않았던 것이 아니라 억지로 눈물을 참고 있었다는 걸 깨달았다. 여태까지의 나는 뭐가 그리 무서워서 마음 편하게 울지도 못하고 살았지? 지금도 그랬다. 울 거면 소리라도 내서 시원하게 울지, 목에서 무엇인가가 턱 막힌 듯 아무런 소리도 낼 수 없었다.

"왜 울어, 이 좋은 날?"

지금 이곳에서 들릴 리가 없는 목소리였다. 나는 화들짝 놀라 눈물을 닦으며 돌아섰다.

그곳에는 담덕이 서 있었다. 성벽을 밝히는 불빛에 그의 얼굴이 일렁였다.

"그냥 울었어. 혼자라서, 그게 싫어서."

"혼자라서……."

담덕이 눈을 내리깔았다. 잠시 생각에 빠져 있던 그가 곧 내게로 시선을 돌렸다. 눈이 마주친단 생각이 들자마자 담덕이 걸음을 옮겨 내게 가까이 다가왔다.

"내가 왔으니 이젠 혼자가 아니네."

"그래. 그러니 이젠 안 울어도 되겠다."

나는 웃으며 눈물을 닦아 냈다. 담덕의 얼굴을 보자마자 이상하게 서러운 마음이 사라져 눈물이 뚝 그쳤다.

"전에는 미안."

눈물을 닦는 나를 보며 담덕이 사과의 말을 건넸다. 짧은 말이었지만 그가 말한 '전에는'이 언제인지 알 수 있었다. 나는 담덕과 혼인을 하겠다고, 담덕은 그런 말 하지 말라고 다투다 입맞춤을 한 날이다.

"나도 미안. 깊이 생각을 못 했어."

사과를 끝으로 우리는 다시 말이 없어졌다. 문득 떠오른 그날의 기억이 몰고 온 어색함 때문이었다.

"오늘은 내 탄일인데…… 선물은 없어?"

나는 어색함을 피하기 위해 일부러 밝게 웃으며 담덕에게 물었다. 매년 생일마다 그는 내게 선물을 주었으니, 올해도 무엇인가 준비를 했을 터였다.

아주 가벼운 질문이라고 생각했는데 담덕은 한참 말이 없었다.

"담덕?"

내가 의아한 얼굴로 담덕을 불렀을 때야 그의 입이 열렸다.

"매년 네 탄일마다 선물을 줬었지. 선물은 모두 마음에 들었어?"

"그럼. 넌 내 취향을 아주 잘 알잖아. 지금까지 마음에 들지 않는 선물은 하나도 없었어."

"그렇다면 다행인데…… 올해 선물은 네 마음에 들지 않을 수도 있어."

"도대체 뭘 준비했기에 그래?"

의아하게 고개를 갸웃거리니 담덕이 설핏 웃으며 한 걸음 더 가까이 다가왔다. 서로의 숨결이 닿을 만큼 가까운 거리였다.

그때 성벽 아래에서 무엇인가가 떠올랐다. 밝게 빛을 발하는 풍등이었다. 심지어 하나가 아니었다. 하나, 둘, 셋, 넷…… 하늘로 떠오르는 풍등의 수는 점점 늘어났다.

"와!"

나는 감탄하며 담덕을 바라보았다.

"준비한 선물이 이거야? 이게 어떻게 마음에 들지 않을 수가 있어?"

활짝 웃는 나를 보면서도 담덕은 미동도 없었다. 의아해진 내가 그의 이름을 부르려는 순간, 담덕이 먼저 입을 열었다.

"날 줄게."

"응?"

"올해 네 탄일에는 날 주겠다고."

그의 말은 선뜻 이해하기 어려웠다. 의미를 알 수 없어 눈을 깜빡이니 담덕이 말을 이었다.

"혼인에 대해서 너무 내 생각만 밀어붙인 것 같아. 배경이 필요하다는 네 말도 옳았는데, 네가 배경을 위해 혼인해 주겠다 하니 내가 너무……."

담덕이 미간을 찌푸리며 입술을 질끈 깨물었다.

"네가 말한 혼인은 내가 생각하던 혼인과 아주 달라. 나는 평생 그런 혼인을 하겠다고 생각해 본 적이 없어. 아마 이런 제안을 한 사람이 네가 아니라 다른 사람이었다면, 난 절대 받아들이지 않았을 거야. 하지만…… 너잖아, 그 말을 한 사람이."

담덕이 웃으며 내 어깨에 손을 얹었다.

"그러니까 난 네 뜻대로 할래."

나를 향하는 미소가 어쩐지 애달팠다. 가슴을 짠하게 울리는 그 미소와 함께 담덕이 내게 말했다.

"우리 혼인하자. 넌 내 황후가 되고, 난 네 왕이 될게."

"담덕."

"네가 평생을 손대지 말라 하면, 그리할게. 다른 부인을 들여 후사를 보라고 해도, 그리할게."

담덕이 담담하게 말했지만 이상하게 내 심장이 덜컥 내려앉았다. 놀라서 커진 내 눈을 보며 담덕이 힘없이 웃었다.

"네가 하지 말라는 건 안 하고, 네가 하라는 건 무조건 할 거야. 왜

냐하면 난 오늘 나를 네게 줬으니까."

담덕이 내 두 눈을 바라보며 다시 한번 분명하게 말했다.

"연우희, 나 고구려의 태자 담덕은 오늘부터 네 것이야. 그러니 무엇이든 네 뜻대로 해."

그 말에 가슴이 저릿해졌다.

간지러운 것도 같고, 숨 막히는 것도 같은 알 수 없는 기분. 그것의 정체를 끝내 알아채지 못한 채 나의 열여섯 탄일이 지나가고 있었다.

第十一章

## 즉위

해가 지나고 정월. 태왕은 건강상의 이유를 들어 태자 담덕에게 양위하고 왕위에서 물러설 것을 선언했다.

백부는 소노부의 반발이 있을지도 모른다고 걱정했으나, 그들은 왕위보다는 운의 행방을 찾는 일에 더욱 집중하고 있었다. 왕으로서의 정통성을 내세울 수 있는 인물은 담덕을 제외하면 운이 유일했다.

소노부는 한동안 조용히 숨을 죽이며 운의 행방을 찾아 나섰지만, 그다지 성과는 없었다. 아마 운을 찾을 때까지는 비슷한 상황이 계속될 터였다. 물론 운이 살아 있느냐, 죽었느냐에 따라 그 뒤의 행보는 완전히 달라지게 될 것이다.

그러는 동안 양위 준비가 착실히 진행되어 마침내 오월, 담덕이 열일곱의 나이로 왕위에 올랐다. 비로소 새로운 왕의 시대가 열린 것이다.

담덕은 왕위에 오르자마자 중원의 연호를 버리고 고구려만의 독자적인 연호를 사용하겠다 선포했다. 강력한 독립 국가로서의 위상을 바로잡고, 누구에게도 휘둘리지 않는 군건한 왕권을 세우겠다는 이유에서였다. 새로운 연호는 영락(永樂)으로 정해졌다. 그러니 올해부터는 영락 원년이 되는 셈이었다.

본래 즉위와 함께 담덕과 나의 국혼이 예정되어 있었으나, 건강이 급격히 악화된 선왕의 죽음으로 장례가 먼저 치러졌다. 선왕에게는 고국양왕이라는 이름이 바쳐졌다.

담덕은 한동안 슬픔에 빠졌다. 담덕은 아버지를 지키겠다고 일면식도 없는 소녀에게 손을 내밀었던 소년이었다. 그런 그가 아버지를 잃었으니 그 슬픔이 얼마나 깊을지는 분명했다.

그즈음부터 나는 절노부의 국내성 거처를 떠나 궁에서 지내기 시작했다. 혼인이 늦어지는 대신 나를 궁에 두어 절노부와 담덕의 관계를 보여 주려 한 것이다.

혼인을 약속해 놓고도 담덕과 나의 관계는 크게 변하지 않았다. 우리는 여전히 좋은 친구였고, 주변 사람들은 그 점을 신기하게 여겼다.

"참으로 이해가 되지 않습니다."

지설이 뚱한 얼굴로 내 뒤에 따라붙었다. 궁 밖에 과편을 사러 나간다고 하니 몇 번을 말려도 그가 기어이 따라나선 것이다. 궁에 들어온 이후 지설과 태림은 돌아가며 담덕과 나를 호위하고 있었다. 오늘은 지설이 나를 지키는 날이었다.

"무엇이요?"

"폐하와 아가씨 두 분 말입니다. 분명 약혼을 하셨다 들었는데, 어찌 도압성에 가실 때와 달라진 것이 없습니까?"

"달라져야 할 이유가 있나요? 약혼이 뭐가 그리 대단한 것이라고."

"완전히 다릅니다. 약혼을 하면 곧 혼인을 한다는 뜻인데, 두 분께선 부부가 될 사이로는 전혀 보이지 않습니다."

내가 담덕과 약혼한 것이 알려진 후로 지설의 태도는 조금 더 깍듯해졌다. 그건 다른 사람들도 마찬가지였다. 심지어 백부마저도 나를 대할 때 더 이상 하대하지 않았다.

"어찌하면 부부가 될 사이처럼 보이는데요?"

"예를 들면……."

"예를 들면?"

주변을 둘러보던 지설이 저잣거리에서 사내 하나를 끼고 다정하게 웃고 있는 유녀를 가리켰다. 나의 시선이 지설의 손끝을 따라 움직였다.

"저렇게 다정히 팔짱도 끼고, 귓가에 이야기도 속삭이고 그리해야 부부가 될 사이처럼 보이는……."

눈에 보이는 유녀와 사내의 모습을 설명하던 지설의 말이 점점 느려졌다.

"왜 말을 하다 말아요?"

내가 의아해서 물으니 지설이 답지 않게 당황하며 내 앞을 가로막았다.

"……아무것도 아닙니다. 과편을 사러 가신다 했지요? 어서 갑시다."

눈에 띄게 당황하는 지설의 태도가 수상쩍었다. 나는 눈을 가늘게 뜨고 그의 얼굴을 살폈다.

"그리 본다고 뭐가 달라집니까? 어서 과편이나 사러 가자니까요."

"지설, 과편을 사려면 지설이 막고 있는 그 방향으로 가야 하거든요?"

"예?"

내 말에 지설이 낭패라는 듯 미간을 찌푸리며 뒤를 힐끗거렸다.

"다른 쪽으로 가시죠. 다른 쪽에도 과편 정도야 팔 겁니다."

"과편 정도야 팔겠지만, 내가 제일 좋아하는 집은 저쪽이란 말이에요."

"사람이 살면서 다양한 걸 시도해 봐야지 하나만 계속 고집하는 건 좋지 않은 태도입니다."

"세상에. 겨우 과편 하나에 그런 대단한 가르침을 받을 줄은 몰랐네요."

나는 어깨를 으쓱거리며 지설을 지나쳤다. 하지만 금세 그가 내 앞을 다시 막아섰다. 나는 가려 하고, 지설은 막아서고. 몇 번이나 그것이 반복되니 나도 황당해졌다.

"빨리 사서 돌아가요. 왜 이러는데요? 도대체 뭐가 있기에 날 못 가게 막아요?"

나는 지설의 몸을 붙잡고 고개만 쭉 빼 그가 그토록 가리고 싶어한 풍경으로 눈을 돌렸다. 하지만 별다른 것이 없었다. 여전히 지설이 가리켰던 '부부란 이래야 한다'는 유녀와 사내만 있을 뿐이었다.

"아무것도 없는데 왜 나를……."

한숨과 함께 말을 잇던 내 목소리가 점점 줄어들었다. 그것을 느낀 지설이 올 것이 왔다는 양 제 머리를 짚었다.

"닮은 사람입니다."

"난 아무 말 안 했어요."

"예, 압니다. 그래도 그냥 닮은 사람입니다."

"그래요? 우리 도련님과 꼭 닮은 사람이 국내성에 있는 줄은 몰랐네요."

나는 유녀의 어깨에 손을 얹고 있는 사내의 얼굴을 빤히 바라보았다. 이리 보고 저리 보아도 담덕이었다.

그러고 보니 운이 그런 말을 한 적이 있었다. 국내성 유녀들 사이에서 유명한 난봉꾼이 있는데 그 사람의 이름이 가륜이라고. 설마 그게 정말 담덕이었단 말이야? 나는 생각지 못한 사실에 얼떨떨해졌다.

"오늘 정무가 바쁘시어 오찬은 함께하지 못하겠다 하시더니…… 그 정무가 바로……?"

담덕의 일정을 지설이 모를 리가 없었다. 의뭉스럽게 지설을 바라보니 그가 내게서 눈을 돌렸다.

"아가씨께서 생각하시는 그런 게 아닙니다. 제가 장담합니다."

"내가 무슨 생각을 하는 줄 알고요?"

내가 눈을 깜빡이며 묻자 지설이 묘한 얼굴을 했다.

"사내와 여인이 저리 다정히 있는데, 다른 생각이 전혀 안 드십니까?"

"우리 도련님은 여인을 많이 만나셔야 하는 분인걸요. 오히려 좋은 거 아닌가요?"

"허어? 그게 무슨……."

지설이 헛웃음을 흘리며 나를 보았다. 그 소리에 유녀가 우리 쪽을 바라보았고, 담덕의 시선도 그녀를 따라 움직였다.

나와 눈이 마주치는 순간 담덕의 눈이 크게 뜨였다. 유녀의 어깨에 얹고 있던 손을 황급히 내려놓는 그를 보며 내가 가볍게 손을 흔들었다.

그 순간 담덕의 얼굴이 딱딱하게 굳었다. 옆에 있던 유녀가 의아해져 그의 옷깃을 잡아당기는 것이 보였다. 뒤이어 우아하고 단아한 손길이 걱정스럽게 담덕의 얼굴을 쓸었다.

그 손길이 뭐라고 내 속에서 무엇이가 울컥 올라왔다. 웃으며 흔들던 손도 어느새 멈췄다.

"어……?"

이게 뭐지? 이건 무슨 기분이야?

속이 울렁거리며 이상했다. 나는 그대로 담덕에게서 등을 돌렸다.

"아가씨?"

갑작스러운 내 태도에 지설이 살짝 허리를 굽혀 내 얼굴을 내려다보았다.

"과편은 안 먹을래요."

"예? 오전부터 과편, 과편 노래를 부르시기에 일부러 나왔더니……."

"됐어요. 갑자기 안 먹고 싶어졌어."

나는 그대로 지설의 팔을 끌어당겨 저잣거리를 벗어났다.

❖ ❖ ❖

"우희."

늦은 저녁 방에서 서책을 읽고 있는 내게 담덕이 찾아왔다.

"담덕."

나는 웃으며 담덕을 맞이했다. 하지만 담덕을 볼 때마다 그의 옆에 찰싹 붙어 있던 유녀의 얼굴이 동시에 떠올라 기분이 묘했다.

난봉꾼 담덕이라니. 생각지도 못했단 말이야.

내가 고개를 휘휘 저어 머릿속에 떠오른 상상을 없애는 동안 담덕이 내 옆으로 다가왔다.

"무슨 서책을 읽고 있었어?"

"내가 읽을 서책이 뭐가 있겠어? 의술에 관련된 거야."

"이미 의술은 잘 알지 않아?"

"하지만 서책엔 내가 모르는 이야기가 더 많은걸."

이 시대의 의학에는 미처 현대까지 전해지지 못한 다양한 처방과 견해들이 많았다. 현대의 지식을 바탕으로 보면 허무맹랑한 것도 있었지만, 의외로 현대에도 활용할 수 있을 만큼 정확하고 색다른 시도도 있었다. 그래서 나는 시간이 날 때면 이 시대의 의서를 읽고 약재를 살피며 나의 지식을 넓히는 데 많은 시간을 할애하고 있었다.

단순히 지적 호기심 때문만이 아니었다. 지난 전쟁을 겪으며 나는 사람을 살리는 일이 얼마나 어렵고 무거운 일인지 다시금 깨달았다. 조금 더 많은 지식, 조금 더 정확한 지식이 있어야만 사람을 살릴 수 있었다.

"낮에 지설과 저잣거리에도 나왔었지."

내가 읽던 서책을 뒤적이던 담덕이 무심한 척 말을 던졌다. 그 말이 무어라고 이상하게 가슴이 철렁 내려앉았다.

"응. 과편을 사려고."

"날 보더니 급하게 돌아가던데."

"아하하. 내가? 널 보고?"

내가 들어도 어색한 웃음이었다. 스스로가 느껴질 정도인데 담덕이 이상한 것을 못 알아차릴 리 없었다.

"날 보고 돌아간 것이 맞구나."

담덕이 눈을 내리깔았다. 어쩐지 그의 기분이 좋지 않은 것 같았다.

"지설에게 그런 말을 했다며? 내가 여인을 많이 만나면 좋은 거라고. 정말 그리 생각해?"

"……넌 왕이야. 후사를 남겨야 하고, 그러려면 많은 여인을 만나는 게 좋아. 후사가 많을수록 네 입지가 더 탄탄해질 테니까."

내 대답을 예상했다는 듯 담덕이 피식 웃음을 흘렸다.

"그래. 넌 그렇게 생각하지."

담덕이 뒤적이던 서책을 내려놓고 나를 바라보았다.

"그래도 혹시나 질투를 해 주지 않을까 하고 물어봤다. 괜한 질문이었던 것 같지만…… 사실 나는 질투했었거든. 너와 지설을 보고."

"나와 지설? 도대체 왜?"

"너, 지설의 팔을 끌어당기더라?"

나는 가만히 시장에 나섰을 때의 풍경을 떠올렸다. 그때 지설의 팔을 잡아끌기는 했다. 이상하게도 속이 울렁거려 빨리 돌아가고 싶은 마음에 무작정 지설을 끌어당겼었지.

"나는 내 부인 될 사람이 다른 사내와 그러고 있는 거 아주 눈에 거슬리던데."

"지설은 네가 붙여 준 호위인데 무슨 질투를 해?"

"그러니까 말이야. 가장 믿을 만한 사람을 붙여 두었는데도 이러하니 내가 중증인 거지."

담덕이 선선히 고개를 저으며 내게로 다가와 허리를 굽혔다. 낮아진 키에 그와 눈높이가 같아졌다.

"내가 이처럼 중증인데 너만 멀쩡하다 이거지. 이것 참 억울한데…… 어찌하면 좋을까?"

"억울하면 너도 질투하지 않으면 되잖아."

"그건 싫은데 어쩌나."

담덕이 미간을 찌푸리며 잠시 생각하더니 곧 결론을 내린 듯 나를 빤히 보았다.

"그냥 너도 해 줄래? 질투."

"내가 질투를 하는 것이 좋아?"

"내가 다른 여인 가까이 설 때, 다른 여인을 바라볼 때, 다른 여인의 손을 잡을 때. 그럴 때마다 화를 내 주면 안 되나?"

"……내가 그러는 게 좋아?"

여인 가까이 서고 바라볼 때마다 화를 내라니. 일상생활이 불가능할 정도 아닌가?

"됐다. 내가 말을 해서 뭐 하겠어."

의아하게 눈을 깜빡이는 나를 보며 담덕이 웃음을 터트렸다.

"하지만…… 내게 하지 않으면 다른 사람에게도 하지 마라. 그거 하나만은 지켜 줘. 내 부인이 되려면 그 정도는 해 줘야지, 안 그래?"

그렇게 말하는 담덕의 두 눈이 묘하게 진지해서, 나는 그의 말뜻을 제대로 이해하지 못한 채 고개를 주억거렸다.

❖ ❖ ❖

담덕이 즉위한 이후 몇 개월이 순식간에 흘러 금세 새해가 밝았다. 즉위 초기 담덕의 관심은 백제와 대치하고 있는 남쪽에 향해 있었다.

고국원왕의 죽음 이후 백제를 치는 일은 고구려의 가장 큰 관심사 중 하나였지만, 담덕은 과거의 은원보다도 자신이 직접 보았던 풍경이 마음에 걸리는 듯했다. 도압성 전투로 죽어 나간 병사들과 석현성에 잡혀갔던 포로들의 처지까지. 담덕은 모든 것을 두 눈으로 똑똑히 보았다.

백제를 견제한다는 점에서는 신라와 우리의 뜻이 통했다. 선대왕인 고국양왕도 백제를 견제하기 위해 신라와 손잡기를 주저하지 않았다.

동맹 관계를 공고히 하기 위해 올해 초 신라에서는 이찬(伊飡: 신라의 십칠관등 중 두 번째) 대서지의 아들 실성을 국내성에 보냈다. 일종의 볼모였다. 왕족을 볼모로 보낼 정도였으니 고구려와 신라의 관계에는 분명한 위계가 있었다. 서로의 국력을 생각하면 당연한 일이었다.

하지만 담덕은 국내성에 지내는 실성을 홀대하지 않았다. 그에게 좋은 거처를 내주고 불편한 것은 없는지 세심하게 살폈다. 지난 도압성 전투에서 말갈과의 관계를 제대로 정립하지 못해 사달이 났던 것을 계기로 외교 문제에도 눈을 뜬 것이다.

"서를 실성의 말벗으로 붙여 줄까 하는데, 우희 네 생각은 어때?"

"서를?"

남부에서 올라온 장계를 읽고 있던 담덕이 지나가는 말처럼 내게 물었다.

서가 신라 왕족의 말벗이라. 서라면 심성이 밝아 사람을 즐겁게 하는 재주가 있는 녀석이니 실성과도 잘 지낼 것 같았다. 하지만 그에게 말벗 이상의 역할을 원한다면 무리였다.

"정말 '말벗'의 역할만 하면 되는 거야?"

내 질문에 담덕이 장계 너머로 나를 바라보았다.

"정말 함께 시간을 보내며 즐겁게 해 주기만 하면 되는지, 아니면 곁에서 그를 살피고 마음에 걸리는 것을 보고해야 하는지 묻는 거야."

서는 생각이 얼굴에 죄 드러나는 편이다. 그런 속셈을 가지고 상대를 대했다가는 금방 들킬 것이 뻔했다.

내 염려를 눈치챘는지 담덕이 고개를 저으며 웃었다.

"그런 역할을 할 사람은 따로 있어. 서는 말 그대로 말벗의 역할만 해 주면 된다. 신라에 대한 우리의 호의를 느낄 수 있도록 좋은 사람을 붙여 주려는 거야."

"그렇다면 서만 한 사람이 없어. 그 녀석은 굉장한 수다쟁이니까 지루할 틈이 없을걸."

"네가 그리 장담하니 안심하고 맡길 수 있겠어. 이른 시일 내에 고추가에게 말을 전해야겠다."

고개를 끄덕인 담덕이 다시 장계로 눈을 돌렸다.

나는 탁자에 턱을 괴고 일에 열중한 담덕을 바라보았다. 예정대로라면 함께 식사를 하고 있었어야 할 시간이었다. 하지만 담덕은 쌓인 일거리를 해결하는 데 정신이 팔려 있었다. 일이 이런 식으로 흘러간 것이 하루 이틀이 아니었다. 담덕은 내 생각보다 더 심각한 일 중독이었다.

이렇게 열심히 일하는데도 일거리는 줄어들 기미가 보이지 않았다. 담덕의 성격 탓이었다.

담덕은 만족과 안심을 몰랐다. 모든 것을 의심하고 확인하지 않으면 손을 놓지 않았다. 그 때문에 나라의 모든 현안이 담덕의 손을 몇 번이나 거쳐 갔고, 일거리는 날이 갈수록 증식해 갔다.

나는 아직도 한참이나 쌓여 있는 장계들을 바라보며 한숨을 내쉬었다. 태림이나 지설이 나를 이곳, 담덕의 집무실에 데려오는 이유는 딱 하나뿐이었다. 담덕을 그만 일에서 해방시켜 달라는 뜻이었다.

내 역할은 이랬다. 일에 열중한 담덕을 방해할 수 없어 조용히 그의 곁을 지키다, 해가 떨어지면 더 이상 참지 못하고 그의 손에서 장계를 뺏어 드는 것이다.

지설이 슬쩍 일러 주기를, 담덕은 오늘도 이른 새벽부터 일을 시작했다고 했다. 그 이후 한 번도 자리를 뜨지 않고 이 시간까지 장계만 보고 있었다.

"오늘은 여기까지."

나는 해가 떨어지는 것을 확인하고 그의 손에서 장계를 빼냈다. 담덕이 무슨 반응을 보일지는 뻔했다. 이 일중독자는 끝이라는 걸 모르기 때문에, '조금 더 봐야 한다'는 말이 입버릇이었다.

"조금 더 봐야……."

역시나 내 예상은 틀리지 않아서, 곧 담덕이 미간을 찌푸리며 반박했다. 물론 나는 이 못된 버릇을 막는 법도 알고 있었다.

"배고파. 나 아직 아무것도 못 먹었어."

"먼저 먹지 않고."

"네가 먹어야 나도 먹고, 네가 안 먹으면 나도 안 먹어. 그러니 네 미래의 부인이 굶어 죽지 않길 바란다면 어서 식사하러 가자고."

그렇게 말하며 담덕의 팔을 끌었더니 그가 픽 웃으며 내 손에 끌려왔다. 체격 차이가 있으니 담덕이 끝까지 버틴다면 나로서도 그를 끌고 나올 힘은 없었다. 하지만 나는 단 한 번도 담덕을 끌고 나오지 못한 적이 없었다.

"드디어 나오셨습니까."

집무실 입구를 지키고 있던 지설과 태림이 내가 담덕을 끌고 나오는 것을 보며 안도의 한숨을 내쉬었다.

"제발 쉬면서 좀 하십시오. 처음부터 이렇게 빨리 달리면 금세 지치십니다."

즉위 이후 담덕이 일에만 계속 매달리니 지설의 걱정이 깊었다. 몸이 상할까 봐 걱정이라며 몇 번이나 말렸지만 도무지 들을 생각을 않는다고 했다. 이번에도 담덕은 지설의 말을 흘려들었다.

"일이 많은 걸 어찌하겠어? 시간은 정해져 있고, 할 일은 많으니 조금 더 깨어 있는 수밖에 없지."

"다른 사람에 맡기셔도 됩니다. 그 많은 걸 어찌 다 혼자 보려고 하십니까?"

"그건 마음이 놓이지 않아. 일을 많이 해 피곤한 것보다, 마음이 놓이지 않아 피곤한 것이 더 괴롭다. 그러니 염려는 거기까지만 하자."

담덕의 단호한 말에 지설이 답답한 얼굴로 한숨을 내쉬었다.

담덕이 이처럼 일에 매달리는 이유는 지금 고구려의 상황과 연관이 있었다. 선대왕 시절 고구려는 상당히 힘든 시간을 보냈다. 북쪽과 남쪽의 전선 모두에서 땅을 잃었고, 내적으로는 흉년이 계속되어 백성의 삶이 팍팍해졌다. 그런 상황에서 왕위에 올랐으니 손봐야 할 부분이 한둘이 아니었다.

담덕은 선대왕이 못해서 나라 꼴이 엉망이 되었다는 말을 질색했다. 때문에 그런 소리가 더는 나오지 않도록 하루라도 빨리 국내외의 혼란을 수습하고자 했다.

그 첫 번째 관문은 도압성 탈환이었다.

"차라리 전쟁을 좀 미루는 것이 어떻습니까? 아직은 즉위 초기이니 내치에 집중하시는 것도 나쁘지 않습니다."

담덕이 눈치를 준다고 잔소리를 멈출 지설이 아니었다. 꿋꿋하게 할 말을 늘어놓는 그를 보며 담덕이 고개를 저었다.

"그건 불가하다. 선대왕 시절 잃은 땅을 하루빨리 회복해야 해."

"하면 내치를 제가 회의에 맡기시든가요. 폐하께서 내치와 전쟁을 모두 이끄는 건 무리입니다."

"준비를 마치고 남쪽으로 출병하면 자연스레 그리될 거야. 그전까지는 내가 직접 살필 것이고."

가만히 지설과 담덕의 대화를 듣고 있던 내가 깜짝 놀라 끼어들었다.

"잠깐, 남쪽으로 출병한다니? 직접 병사들을 이끌고 가겠다는 거야?"

"그리할 생각이야."

재작년 우리를 절망으로 이끌었던 전장으로 나간다는 말을 하면서도 담덕은 흔들림이 없었다.

"이제 겨우 왕위에 올랐어. 바로 국내성을 비우는 건 좋지 않을 터인데."

"국내성은 너와 고추가가 지켜 줄 거잖아."

"뭐?"

"혼인을 하여 황후가 된 상태였다면 더 마음이 놓였겠지만…… 사정이 여의치 않아 전쟁에 먼저 나서게 되었으니 어쩔 수 없지. 국혼은 백제와의 전쟁이 끝나면 그때 진행하자."

"잠깐, 잠깐만!"

나는 손을 휘휘 저어 담덕의 말을 막아섰다. 담덕이 뭐가 문제냐는 눈으로 나를 바라보았다.

"날 여기에 두고 가겠다는 거야? 네가 출병을 하는데?"

"그럼 따라나설 생각이었어?"

"당연한 거 아니야? 네가 전쟁터에 간다면 나도 따라갈 거야. 사람들이 다치면 내가……."

"우희."

담덕이 나를 부르며 미간을 찌푸렸다.

"넌 의원이 아니야."

"그래, 난 의원은 아니야. 하지만 사람을 살리는 데 도움이 되지."

도압성에서의 일은 담덕에게뿐만 아니라 내게도 큰 영향을 주었다. 그곳에서 나는 내 도움이 간절한 사람들을 보았다. 다치고, 아프고, 죽어 가는 사람들. 그들에게는 내가 필요했다. 나의 지식과 재능이 가장 필요한 곳.

전생에서는 그런 곳을 찾지 못했다. 어디에서나 적당한 자리를 찾아 그저 적당히 살았을 뿐이었다.

그러나 이곳 고구려의 전쟁터에서 나는 세상 누구보다 간절히 필요한 사람이었다. 백제 땅에서 극적으로 아신을 살려냈을 때는, 내가 어떤 사람인지, 내가 가야 할 길이 무엇인지 강한 확신마저 느꼈었다.

"……그래."

담덕이 길게 한숨을 내쉬며 입을 열었다.

"네 의술이 누구보다 뛰어나다는 건 나도 알아. 백제의 태자마저 살려내는 걸 내 눈으로 똑똑히 보았으니까. 하지만 이제 넌 고구려 황후가 되어야 해. 왕이 밖에서 싸울 때 안에서 중심을 잡아 줘야 하는 사람이라고. 나와 함께 밖으로 나돌 수는 없어."

나는 할 말을 잃고 담덕을 바라보았다. 도움을 청하기 위해 지설을 바라보았으나 그도 내 편이 아니었다.

"폐하의 말씀이 옳습니다. 황후의 역할은 왕이 전쟁에 나섰을 때 불안한 내부를 살피는 것입니다. 하니 아가씨께서는 여기 계셔야 합니다."

담덕과 지설의 말은 내가 생각하던 황후와 달랐다.

선대왕께서는 내게 담덕의 배경이 되어 주라 했다. 나는 기꺼이 그러기로 결심했다. 담덕의 힘이 되어 그를 돕고 싶었다. 하지만 담덕의 배경이 된다는 것이 그저 성안에서 기다리는 것뿐이라면…….

"황후가 된다는 게 그런 의미였어? 아무것도 하지 못하고 성안에 박혀 네가 돌아오기만을 기다리는, 겨우 그런 거였어?"

"내부를 단속하는 것도 중요한 일이야. '겨우 그런 거'라는 말로 설명할 수 없는 일이야."

"그래. 그럴 수 없는 일이라는 걸 알아. 내부를 단속하는 것도 중요하지. 하지만 나는 그렇게 살기 싫어, 담덕. 그러니 내게는 그 일이 '겨우 그런 거'야."

왕이 비운 자리가 보이지 않도록 내조하는 것. 당연히 중요했다. 하지만 내게 주어질 역할이 그것뿐이라면 납득할 수 없었다.

국내성이 아닌 바깥의 더 큰 세상에 내가 할 일이 있었다. 한데 그런 세상을 두고 내조만 하라고?

"불안한 마음을 안은 채 널 보내고, 홀로 안전한 곳에 남아 네가 무사히 돌아오길 기도하고……."

나는 고개를 저었다. 남편을 일터에 보내고 집에서 마냥 그를 기다리는 부인은 될 수 없었다.

이 시대를 사는 여자라면 납득할 수 있을지도 모른다. 하지만 내게는 현대인으로서의 기억이 있었다. 주체성을 가지고 자신의 미래를 꿈꾸는 일이 내게는 너무나 당연했다.

처음을 허무하게 끝내고 얻은 두 번째 삶. 그렇기에 더욱 간절히 하고 싶은 일이, 어떻게든 얻고 싶은 삶이 있었다.

"담덕, 넌 내가 그저 네 '여자'가 되길 바라니?"

담덕은 말이 없었다. 나는 입술을 질끈 깨물었다.

"난 네 '여자'가 아니라, 너와 함께 걷는 동반자가 되고 싶어. 그래서 황후가 되고자 했던 거야."

"네 마음은 알아. 하지만 황후는 그럴 수 없어."

"담덕, 말했잖아. 난 그렇게 살 수 없다고."

둘 사이에 침묵이 흘렀다. 날 선 분위기에 지설이 우리의 눈치를 살폈다.

"두 분의 마음은 알겠으니 너무 날을 세우지 마시고……"

"그럼 어쩌겠다는 거야?"

분위기를 풀어 보려는 지설의 말을 자르며 담덕이 내게 물었다.

"황후로는 못 살겠다는 거야?"

"네가 말하는 그런 게 황후의 삶이라면…… 그래, 난 그렇게는 못 살아."

내 대답에 담덕이 입술을 질끈 깨물었다.

"난 수없이 전쟁에 나설 거고, 그럴 때마다 안을 지켜 줄 수 있는 황후가 필요해."

"알아."

"네가 못하겠다고 하면 다른 사람이라도 그 자리에 세워야 해."

"그것도 알아."

"그럼 넌 내가 다른 사람과 혼인해도 상관없어?"

"……그런 말이 아닌 걸 알잖아."

"그럼 무슨 말인데."

담덕이 굳은 얼굴로 내 앞에 다가왔다. 나는 한숨을 내쉬며 담덕의 손을 잡았다.

"꼭 황후가 그런 사람이어야만 하는 건 아니잖아. 여태까지 황후가 모두 그런 일을 했다고 해서 나까지 그래야 할 필요가 있을까?"

보통 황후라고 하면 그려지는 인상이 비슷했다. 나라의 어머니라고 불리는 만큼 인자하고 따뜻한 사람. 차분한 말투로 사람을 다루며 모든 일에 어른스럽게 대처하는 이.

하지만 나는 나 자신을 잘 알고 있었다. 그런 사람이 되는 건 죽었다 깨어나도 불가능했다. 나는 어설프게 그런 사람이 되려고 노력하느니 내가 잘하는 일을 멋지게 해내는 사람이 되고 싶었다.

궁을 지킬 사람이 황후밖에 없는 것도 아니었다. 충분히 대안이 있었다.

"궁을 비운 동안의 내치가 불안하다면 제가 회의에 맡겨. 오히려 나에게 맡기는 것보다 그분들이 더 잘하실걸. 나는 정치를 배운 적이 없어서 잘못했다간 나라를 말아먹을지도 몰라."

"풉."

심각한 분위기에 굳어 있던 지설이 웃음이 터지려는 입을 손으로 막았다.

"뭐, 우희 님에겐 그럴 능력이 충분히 있으시죠."

지설이 내 말에 동조했다. 속으로 웃음을 삼키느라 그의 얼굴이 시뻘겋게 변해 있었다. 내 편이 하나 늘어난 건 기꺼웠지만 동조하는 내용이 영 마음에 들지 않았다.

나는 지설의 발을 꾹 밟아 응징하며 담덕에게 말했다.

"오래전에도 내가 그랬지. 넌 좀 더 다른 사람을 믿을 필요가 있다고. 혼자 짊어지려고 하다간 네 어깨가 무게를 감당 못 하고 부서질걸. 아무리 네가 강하다고 해도 말이야."

어느새 담덕의 얼굴이 조금 풀어져 있었다. 내 말을 납득했다는 증거였다. 나는 조금 편해진 마음으로 지설과 태림을 가리켰다.

"여기 지설이나 태림도 있고, 우리 절노부 사람들도, 또 나도 네 옆에 있잖아. 우릴 조금 더 믿어 보는 게 어때?"

"이미 넘칠 만큼 믿고 있어."

담덕이 피식 웃으며 내 머리를 토닥였다. 하지만 곧 들려온 말은 내 기대와 달랐다.

"그래도 전쟁터에 같이 가는 건 안 돼."

내 얼굴이 금세 실망으로 물들었다.

"어째서?"

"네가 위험하지 않길 바라니까. 지난번 석현성에 끌려가 고생한 것을 벌써 잊은 건 아니겠지?"

아무리 나쁜 일은 빨리 잊자는 주의인 나라도 그 정도로 가까운 과거를 벌써 잊을 수는 없었다.

"넌 무슨 일이 생기면 가만히 있지 못하고 나서야만 직성이 풀리니 전쟁터와는 어울리지 않는다. 또 마음대로 움직였다가 대단한 사고에 휘말릴 테니까 말이야."

"하지만……."

"우희."

담덕이 반박하려는 내 이름을 불렀다. 부드러웠지만 단호한 목소리였다.

"난 네가 하고 싶은 대로 살면 좋겠어. 그러니 네 행동을 강제하고 싶지는 않아. 황후로서의 답답한 삶이 싫다면…… 그래, 네 말대로 내치를 제가 회의에 맡겨도 좋겠지. 특히 절노부의 고추가께서는 제가 회의가 내가 원하는 방향으로 흐를 수 있도록 많이 도와주실 거야. 애초에 우리 혼인은 그걸 위해 논의된 거니까."

"그래. 그러니 나도 이번 전쟁에……."

"하지만."

이번에도 담덕은 내 반박이 시작될 틈을 주지 않았다.

"네가 하고자 하는 일이 널 다치게 하고, 위험에 처하게 한다면 난 너를 말릴 수밖에 없어. 이번 전쟁도 그런 이유야."

이제 납득했어? 담덕의 눈이 그렇게 묻고 있었다. 나는 아무런 대답도 할 수 없어 입을 꾹 다물었다.

❖ ❖ ❖

납득은 무슨. 그날 담덕의 앞에서는 아무 말 않고 돌아섰지만 납득할 수 있을 리 없었다.

내가 제일 앞에서 검을 휘두르겠다는 것도 아닌데.

담덕의 걱정을 이해할 수 없었다. 군대에는 검과 활을 쓰는 전투병만 있는 것이 아니었다. 후방에서 전투 병력을 돕는 보조 인원들도 있어야만 군대가 제대로 돌아갔다. 그런 후방의 사정이 더 중요하다고 말하는 자들도 있었다.

한번 전투가 벌어질 때마다 크고 작게 다치는 병사들이 수없이 쏟아진다. 군대 안에 의원이 있다면 다친 병사들을 수습하는 데 큰 도움이 될 터였다. 담덕은 크게 반대했지만 나는 무슨 수를 써서라도 이번 백제 원정에 따라갈 생각이었다. 그러려면 내 편을 만들어 둬야 했다.

나는 맞은편에 앉아 책을 읽고 있는 지설을 불렀다.

"지설."

"안 됩니다."

무엇인가를 말하기도 전에 거절당했다. 나는 어이가 없어 입을 벌렸다.

"내가 뭐라고 할 줄 알고요?"

"뭐라고 하시든 전 못 들어 드립니다. 제가 아무리 폐하를 안 무서 위해도 이번 일은 너무 커요."

백제 원정을 두고 충돌하는 나와 담덕을 모두 지켜보았던 지설은 이미 내가 할 부탁을 알고 있었다.

"하지만 지설도 인정하잖아요. 내가 함께 가면 병사들에게 많은 도움이 될 거예요."

"압니다, 많은 도움이 되시겠죠. 하지만 역시 제일 중요한 건 폐하의 의중입니다. 전 그걸 거스를 수 없습니다."

참으로 부하다운 말이었다. 하지만 내가 아는 지설은 무조건 담덕의 말에 따르기만 하는 자가 아니었다.

"갑자기 사람이 변했어요, 지설. 원래는 이렇게 충실한 신하가 아니었잖아요."

"말의 무게가 다르지 않습니까. 왕위에 오르셨으니 이젠 태자 전하가 아니라 폐하입니다. 태자 전하의 말은 무시할 수 있어도, 폐하의 말씀은 그럴 수가 없지요. 이제 우희 님도 현실을 받아들이십시오."

지설을 포섭하기는 틀렸다. 나는 고개를 돌려 태림을 바라보았다. 하지만 눈이 마주치기 무섭게 그가 내게서 눈을 돌렸다.

"정말…… 다들 이러기에요? 앞으로 황후가 되실 분이라고 말만 하지, 내 말은 하나도 들어주질 않잖아요."

"하면 먼저 황후가 되고 말씀하십시오. 그때는 고민이라도 좀 해 볼 테니."

지설이 얄밉게 웃으며 나를 바라보았다. 이렇게 나오는 이상 담덕의 사람들에게서 도움을 얻기는 틀렸다. 그럼 이제 어쩐다?

"아가씨!"

고민하는 내게 마침 익숙한 목소리가 들려왔다. 달래였다. 달래는 본디 절노부에 속한 종이었지만, 내가 궁성에 들어오며 함께 데려와 지금은 궁의 시녀가 되었다.

"무슨 일이야?"

"댁에서 서찰이 왔습니다. 제신 도련님께서 보내신 거래요."

달래가 반갑게 웃으며 서찰을 건넸다. 나는 자리에서 벌떡 일어나 당장에 서찰을 받아 들었다.

아버지의 행방을 찾아 고구려의 가장 남쪽부터 수색을 시작한 제신은 시간이 지나며 점차 국내성이 있는 북방을 향해 돌아왔다. 그는 지난번 서찰들에서 판마곶(板麻串)을 출발해 장연(長淵)으로, 장연을 출발해 구을현(仇乙縣)으로 향하고 있다는 소식을 전해 왔다. 해안을 따라 조금씩 북쪽으로 오고 있는 것인데, 결국 내가 있는 국내성과 점점 가까워지고 있다는 뜻이었다.

제신은 아직 아버지와 만나지는 못했지만 점차 그와 가까워지고 있다는 확신이 든다고 했다. 북을 향해 갈수록 구체적으로 변해 가는 사람들의 목격담 때문이었다.

다행인지 불행인지, 한쪽 눈을 잃은 아버지의 외모는 여러모로 사람들의 눈에 띄는 편이었다. 덕분에 전쟁을 치른 흔적이 역력한 외눈박이 남자에 대해 기억하고 있는 사람들이 많았다.

제신은 목격담 속 사내가 아버지임을 확신하고 있었다. 북쪽을 향하는 사내의 이동 경로 때문이었다. 도압성에서 살아남았다면 아버지는 우리 가족이 있는 국내성이나 절노부 쪽으로 귀환 방향을 잡았을 것이다. 사람들 말 속의 외눈박이 사내와 가는 길이 정확히 일치했다.

제신의 서찰 속에서 희망적인 말이 늘어날 때마다 내 마음도 들뜨기 시작했다. 아버지와 제신 모두 무사히 국내성에서 만날 수 있다면 내 탄일에 나타나지 않은 것쯤이야 가벼이 용서해 줄 생각이었다.

"도련님께서 뭐라고 하시나요?"

옆에서 달래가 눈을 빛내며 내 옆을 기웃거렸다. 열심히 제신이 쓴 서찰을 보고 있지만 글을 모르는 달래에는 흰 것은 종이, 검은 것은 글씨일 뿐일 것이다.

"곧 국내성 가까이에 온다는구나."

"예? 그럼 이제 도련님께서도 집으로 돌아오시는 겁니까?"

"여태까지 오라버니가 쫓고 있던 사람이 아버지라면 그분이 먼저 집으로 오시겠지. 하지만 그게 아니라면……."

제신은 아버지를 찾아 또다시 길을 떠날 것이다. 나는 그가 쫓던 사람이 아버지가 맞기를 간절히 바라며 제신의 서찰을 읽고 또 읽었다.

❖　❖　❖

담덕의 군대를 따라갈 방법을 제대로 찾지 못한 채로 시간은 점점 흘러갔다.

지설의 말대로 '태자 전하'의 말과 '태왕 폐하'의 말은 완전히 무게가 달랐다. 담덕이 내가 백제 원정에 따르는 것을 절대 금한다는 말을 사방에 전하고 다닌 탓에 누구도 나를 도와주려고 하지 않았다.

믿었던 백부마저도 담덕의 편이었다. 그는 미래에 황후가 될 몸이니 얌전히 국내성에 남아 국혼을 준비하는 것이 옳다고 나를 설득하기까지 했다. 용의주도하고 빈틈없는 우리 태왕께서는 이미 백부마저 포섭한 뒤였던 것이었다.

그에 대한 반항으로 나는 한동안 궁궐에서 나와 백부의 집에 머물렀다. 네가 내 말을 들어주지 않으니 난 너를 보지 않겠다는 유치한 반항이었다. 눈에 빤히 보이는 나의 시위에 담덕은 눈 하나도 꿈쩍하지 않았다. 담덕이 이처럼 내게 고집을 부리는 건 처음이었다.

나의 소심한 반항과는 상관없이 출병 준비는 순조롭게 진행되었다.

전쟁을 치르려면 중앙 태왕군의 병력만으로는 한계가 있었다. 하여 제가 회의의 승인을 받아 각 부의 병력과 물자를 지원받는 것이 필수적이었다. 지난 도압성 전투에서는 다른 부족들이 협조하지 않아 태왕군과 우리 절노부 병사들만이 전쟁에 나섰고, 그 결과가 썩 좋지 않았다.

한데 이번에는 제가 회의에서 소노부를 제외한 다른 부족들 모두가 순순히 병력과 물자를 지원하겠다고 나섰다. 절노부야 태왕의 편이니 당연했으나 순노부와 관노부(灌奴部)의 결정이 놀라웠다.

백부는 소노부가 후계자를 잃고 크게 휘청이고 있는 탓에 그들의 눈치를 보던 순노와 관노가 태왕의 편을 든 것 같다고 말했다. 그 때문에 소노부 고추가의 분노가 대단하다는 말도 덧붙였다.

담덕의 즉위 이후 귀족 사회의 질서가 빠르게 변하고 있었다. 모두 담덕이 만들어 낸 변화는 아니었지만, 이러한 변화의 시기를 타고난 행운 역시 그의 능력임은 분명했다.

새로운 태왕이 나라의 원수인 백제를 치기 위해 출병한다는 소식이 퍼지자 국내성의 저잣거리도 흥분으로 들떴다. 나는 평소보다 훨씬 떠들썩한 사람들 사이를 지나 약방으로 향했다. 전쟁터에 동행할 수 있을지와는 상관없이 병사들과 담덕에게 도움이 될 약재들을 마련해 두고 싶었다.

그런 마음으로 들른 약방에서 나는 의외의 사람과 마주쳤다. 해운의 누이이자 소노부 해씨의 여인, 영이었다.

이렇게 만나는 것은 도압성으로 떠나기 전 친분을 다진 이후로 처음이었다. 다시 만난 장소가 그때처럼 약방이라는 것도 놀라웠다.

"영!"

나는 반가운 마음에 영을 부르며 그녀의 곁으로 다가섰다.

그런데 그녀의 얼굴이 내가 기억하는 모습과 많이 달랐다. 내 기억 속의 영은 살포시 웃는 것이 예쁜 소녀였는데 지금 마주한 여인에게서는 웃음이 없었다. 그때의 하늘거리는 분위기는 사라지고 어쩐지 날이 바짝 서 있는 것 같았다. 반갑게 다가서던 나는 낯선 분위기에 당황해 걸음을 멈추었다.

"우희."

약재를 살피던 영이 고개를 들어 나를 바라보았다. 시선이 마주치자 미소를 짓기는 했으나 여전히 그녀의 얼굴이 서늘했다.

나는 그제야 영의 오라비 운이 실종되어 그녀의 집안 분위기가 말이 아니라는 사실을 떠올렸다. 여러모로 사정이 좋지 않으니 영이 이처럼 어두운 것도 비로소 이해가 되었다.

"약재를 보러 온 거야?"

나는 일부러 어두운 이야기를 꺼내지 않았다. 영도 그러기를 바랐는지 평범하게 흘러나온 내 화제에 동조해 주었다.

"응, 요즘 약재에 대해 공부하고 있거든. 서책을 열심히 읽고 있는데 글로만 보니 감이 잡히지 않더라고. 그래서 가끔 이리 나와 실물을 보는 거지."

"어찌 약재 공부할 생각을 했어?"

나야 전생의 기억이 있어 그렇다지만, 영은 정말 전형적인 귀족가의 아가씨였다. 승려나 무녀들이 주로 익히는 의술을 그녀가 공부한다는 건 평범하지 않았다.

"지난번 너와 약방에서 만난 뒤에 약재에 대해 알아 두면 좋겠다는 생각을 했거든."

"그럼 공부를 시작한 것이 꽤 오래되었구나?"

"이야기가 그리되나?"

"그럼, 해가 벌써 두 번은 바뀌었는걸."

"그렇구나. 벌써 시간이 그리되었어."

영이 약재를 매만지며 눈을 내리깔았다. 그녀의 눈에는 감출 수 없는 슬픔이 담겨 있었다. 나와 약방에서 만났을 때 운에 대한 이야기를 했으니, 그날의 기억을 떠올리고 있는지도 몰랐다.

나는 부러 밝은 미소를 지으며 약방을 두리번거렸다.

"한데 주인은 어디 갔어?"

원래대로라면 바쁘게 움직이고 있어야 할 주인이 보이지 않았다.

"잠시 자리를 비웠어. 새로운 약재를 들여와야 한다며 밖으로 나서던걸."

"그럼 약재를 사려면 한참을 기다려야겠구나."

시간을 생각하면 내일 다시 약방을 찾는 것이 옳았으나 오랜만에 만난 영을 혼자 두고 가기가 힘들었다. 슬픔에 잠긴 모습을 보니 더욱 그랬다.

"네 이야기는 들었어. 폐하와 혼약을 하였다고."

무슨 이야기를 꺼내야 하나 고민하는 내게 영이 먼저 말을 걸었다.

"거기까지 벌써 소문이 다 퍼졌구나."

"소문이랄 것도 없지. 절노부 연가의 아가씨가 황후가 되는 건 너무 당연한 일이잖아."

"그런가? 당연한 일인가?"

나는 멋쩍게 볼을 긁적였다. 내가 황후가 되는 것이 당연한 일이라기엔 그간 거쳐 온 일들이 만만치 않았다.

어색하게 웃으며 지난 일들을 떠올리고 있으니 약방 입구가 소란스러워졌다. 약방 주인이 생각보다 빨리 돌아온 것인가 싶었는데, 고개를 돌리니 새로운 손님이 들어오고 있었다. 그 손님의 얼굴이 내게는 너무 익숙했다.

"담덕."

별생각 없이 그의 이름을 불렀다가 나는 깜짝 놀라 영을 바라보았다. 과연 그녀가 눈을 동그랗게 뜨고 나와 담덕을 훑고 있었다.

"담덕?"

영이 작게 중얼거렸다. 그 소리를 들은 담덕의 미간이 찌푸려졌다.

"누구야?"

담덕이 나를 향해 물었다. 나는 어색하게 두 사람 사이에 서서 서로를 소개해 주었다.

"이쪽은 소노부 해씨, 고추가의 딸 영이야. 나와는 친구로 지내고 있어."

"소노부 해씨? 고추가의 딸?"

의외의 이름을 들은 탓인지 담덕의 눈이 커졌다.

"그리고 이쪽은……."

영의 소개를 마친 나는 말끝을 흐리며 담덕을 보았다. 그를 영에게 소개해도 될 것인지 감이 잡히지 않았던 것이었다.

하지만 담덕은 생각보다 선선히 자신의 정체를 밝혔다.

"나는 담덕이다."

"폐하."

설마 하던 것이 진짜로 밝혀지자 영이 화들짝 놀라며 예를 갖췄다.

"궁이 아닌 밖에서까지 그런 예의를 바라지 않는다. 지금은 우희의 친구로 나온 것이니 그리 대해라."

"감히 제가 폐하께 어찌……."

"우희는 내게 잘도 그러는데."

담덕이 피식 웃으며 나를 보았다.

"네 친구인데 너와는 너무 다르구나?"

장난기가 섞인 말에 나는 부루퉁하게 입을 내밀며 평소에는 하지도 않던 예를 갖추었다.

"그럼 저도 이리 인사를 올릴까요?"

"됐다, 어울리지도 않는 인사는."

담덕이 질색하며 손을 저었다. 별 우스운 것을 다 본다는 미소에 나는 예의 바른 행동을 그만두었다.

"여긴 어찌 왔어?"

"절노부 저택에 다녀오는 길이다. 고추가에게 물었더니 네가 약방에 있을 거라고 하기에."

"나는 왜 찾았는데?"

"얼마 후면 남쪽으로 출병한다. 그때까지 얼굴도 제대로 보여 주지 않을 셈이야?"

"그리 이 얼굴이 보고 싶으면 나도 데려가면 될 텐데."

"그건 안 된다 했지."

담덕이 손가락으로 내 이마를 튕겼다. 나는 쓰라린 이마를 문지르며 고개를 돌렸다.

"그럼 평생 보지 않으면 되겠네."

"그런 얄미운 말을 하는 입이 바로 이 입인가?"

담덕이 미간을 찌푸리며 내 입술을 두드렸다. 나는 담덕의 손목을 붙잡아 그의 손길을 막았다. 내게 손목을 붙잡힌 담덕이 길게 한숨을 내쉬며 나를 끌어당겼다.

"널 보러 여기까지 나왔는데, 계속 그런 소리나 할래? 궁에는 또 왜 안 들어오는데? 언제까지 시위를 할 셈이야?"

"……그러게 나도 데려가라니까."

"그 고집은 꺾일 줄을 모르지? 그래도 안 돼. 이번엔 내 고집이 더 세다."

이 땅에서 제일 높은 자리에 있는 왕이 고집을 부린다니 말릴 사람이 없었다.

"저……."

작은 소리에 고개를 돌리니 옆에 있던 영이 얼굴이 빨개진 채로 고개를 숙이고 있었다.

"아."

그제야 영이 있었다는 것을 깨달은 나는 후다닥 담덕을 밀어냈다. 혼약을 한 이후 틈만 나면 가까이 붙어 오는 담덕 탓에 이처럼 곤란할 때가 종종 있었다.

때와 장소는 좀 가립시다, 폐하.

나는 눈빛으로 담덕에게 그렇게 말한 뒤 영을 바라보았다.

"미안해, 영. 우리 이야기는 다음에 해야 할 것 같은데."

"그래, 그래야겠어. 나도 급한 일이 생각났지 뭐야. 다음에 만나."

영이 붉은 얼굴로 횡설수설하며 약방을 빠져나갔다. 정신없는 와중에도 담덕에게 예를 갖추는 것을 잊지 않았다. 그 모습을 바라보던 담덕이 피식 웃음을 흘렸다.

"정말 너와는 너무 다른데? 과연 소노부 해씨의 여식답다."

"태평하게 그런 말이나 할 때야? 사람들이 볼 때는 너무 가까이 붙지 마."

내 말에 담덕이 뚱한 표정을 지으며 고개를 모로 기울였다.

"하면, 사람들이 보지 않는 곳에서는 괜찮고?"

"보지 않는 곳에서도 마찬가지야!"

"그럼 난 언제 네 가까이 다가가는데?"

"꼭 가까이 와야 해?"

"내 부인이 될 사람 가까이 가는 건 당연한 거 아닌가?"

담덕이 손을 뻗어 내 머리카락을 매만졌다.

"내가 벌써 네 부인이 된 것처럼 구니까 문제지. 우린 아직 혼인도 하기 전이라고."

"흐음."

담덕이 묘한 웃음을 흘리며 나를 내려다보았다.

"그 말은 혼인한 뒤에는 내 마음대로 해도 괜찮다는 말인가?"

"도대체 마음대로 뭘 하려고……."

어이가 없어 웃음을 흘리며 담덕을 바라보다 입이 꾹 다물렸다. 나를 내려다보는 담덕의 분위기가 이상했다.

언젠가 이런 분위기로 흐른 적이 있었다. 담덕의 개인 연무장에서였다. 그때 우리는 입을 맞췄다. 하지만 거짓말처럼 그 이후 우리 사이에는 아무런 일도 없었다. 혼약을 했고, 내가 궁에 들어가고. 단지 그뿐이었다.

"말해 봐."

당황해서 고개를 숙이는 내 머리 위로 담덕의 목소리가 들렸다.

"혼인을 한 뒤에는 내 마음대로 해도 돼?"

나는 아무런 말도 할 수 없었다.

부부가 되면 입맞춤은 물론이고 그 이상의 것을 하더라도 이상한 사이가 아니었다. 아무리 정략적인 이유로 한 혼인이라도 마찬가지였다.

혼인을 하자는 내게 담덕은 그런 것까지 감당할 수 있겠느냐고 물었다. 하지만 내게는 아직 모든 것이 부담스러웠다. 담덕이 정말로 나와 그런 일을 하자고 하면……

나는 얼굴이 뜨거워지려는 것을 느끼며 눈을 질끈 감았다.

"……내 열여섯 탄일에 네가 그랬잖아. 내가 손대지 말라고 하면 그러지 않겠다고."

"그러니 지금 묻고 있는 거잖아, 네 의사."

"그런 걸 왜 벌써부터 물어?"

"벌써부터라니. 이번 백제와의 전쟁이 끝나면 국혼을 올리게 될 텐데……. 생각보다 얼마 남지 않았다고."

담덕이 그렇게 말하며 내 머리카락에 입을 맞추었다.

"그러니 열심히 고민해 봐. 내가 물은 것에 대한 답이 뭔지."

❖ ❖ ❖

영락 2년 칠월.

담덕은 사만의 대군을 이끌고 남쪽으로 떠났다. 결국 끝까지 고집을 부려 나를 국내성에 남겨 둔 채였다.

떠나기 전 담덕은 내게 이렇게 신신당부했다.

*"석 달. 딱 석 달 후에 돌아올 테니 사고 치지 말고 얌전히 기다리고 있어."*

담덕은 그렇게 장담했지만 나는 그의 말을 믿지 않았다. 석 달이라니, 정말 말도 안 되는 기간이었다.

제가 회의의 귀족들 역시 이번 백제 원정이 상당한 장기전이 될 것으로 예상하고 있었다. 이번 원정의 목표가 관미성(關彌城)을 치는 것이기 때문이었다.

관미성은 백제의 전략적 요충지로, 사면이 절벽과 바다로 둘러싸인 천혜의 요새였다. 백제는 이 관미성을 통해 서해를 장악하고 있었다. 그러니 관미성을 얻을 수만 있다면 지금까지 백제가 장악해 온 바다까지 고구려의 손에 떨어지게 된다.

전장에서 날고 긴다는 장수들은 이 성 하나를 함락시키는 데만 석 달이 넘게 걸릴 거라고 예상했다. 거기에다 관미성까지 가기 위해서는 다른 백제의 성들도 무너뜨려야 했다. 전략적으로 중요한 땅이다 보니 백제는 이 예성강 방어선에 상당한 공을 들이고 있었다.

결코 쉽지 않은 전쟁이다. 모두가 짧게는 반년, 길게는 몇 년이 넘는 전쟁이 될 것이라 입을 모아 말했다. 백부도 그중 한 사람이었다.

주인이 자리를 비운 궁성은 전보다 활기가 없었다. 나 역시 담덕이 없는 궁에 남아 있기가 허전해 백부의 집에서 지내는 날이 더 많았다.

그러던 와중에 반가운 손님이 집으로 돌아왔다. 아버지의 행방을 찾아 오랫동안 집을 떠나 있던 제신이었다.

"오라버니!"

"우희야."

오랜만에 만난 제신은 얼굴이 말이 아니었다. 앞서가는 아버지를 쫓기 위해 쉬지 않고 달렸으니 당연한 일이었다.

"아버지는? 돌아오셨어?"

집에 도착한 제신은 입구에 들어서면서부터 아버지를 찾았다. 나는 씁쓸한 표정으로 고개를 저었다.

"그래? 하면 국내성이 아닌 절노부 쪽으로 가신 걸까……."

제신이 어두운 얼굴로 중얼거렸다. 제대로 집 안에 들어오지도 않는 것이 당장에라도 절노부 쪽으로 갈 기세라, 나는 서둘러 제신의 팔을 잡아끌었다.

"하면 절노부 쪽에 연통을 보내 두자. 아버지께서 오시면 기별을 달라고."

그러니 절노부에 갈 생각은 말고 어서 들어오라는 말이었다. 내 말을 알아들은 것인지 제신이 씨익 웃으며 내 머리를 쓰다듬었다.

"걱정 마라. 오랜만에 누이를 만났는데 어찌 다시 길을 떠나겠어?"

그리운 손길이었다. 눈앞에 있는 이가 정말 제신이라는 게 그제야 실감이 났다. 가벼우면서도 다정한 제신의 말에 나는 겨우 마음을 놓았다.

第十二章

구부득고(求不得苦)

제신과 나는 수곡성에서 그러했던 것처럼 또다시 늦은 밤까지 이야기의 불을 밝혔다.

"아버지가 확실해."

제신이 단호하게 말했다. 그는 지난 몇 달간 아버지를 쫓으며 들은 이야기들을 내게 전하면서 몇 번이고 그렇게 확신했다.

"인상착의가 아버지와 완전히 똑같아. 큰 체격에, 외눈박이. 무엇보다 아버지의 검을 본 사람이 있어."

"아버지의 검?"

"너도 기억하지? 아버지의 검 자루에 달린 흑요석."

아버지의 검 자루에는 어른 엄지손톱만 한 크기의 흑요석이 달려 있었다. 검은색이 우리 절노부를 뜻하는 색이기 때문에 일부러 장식해 둔 것이었다.

절노부에서 그런 검을 쓰는 용사는 백부와 아버지, 제신을 비롯한 연씨의 직계들뿐이었다. 도압성 전투에 연씨의 직계는 아버지와 제신만 참여했으니 정말 그 검을 가진 사람이 도압성에서 북부로 향했다면 아버지가 틀림없었다.

"정말 그 사람이 아버지라면 어째서 곧장 국내성이나 절노부로 돌아오지 않고 이리 오랜 시간을 배회하신 걸까? 인근 성에 들러 우리에게 안부를 전하거나 도움을 청할 수도 있었을 텐데."

내가 줄곧 품고 있던 의문이었다. 제신도 비슷한 고민을 한 것 같았다. 그는 조금 어두워진 얼굴로 고개를 저었다.

"내가 어찌 아버지의 뜻을 알겠어? 다만…… 함께 싸운 병사들을 그렇게 잃고, 성까지 함락당했으니 자존심이 많이 상하셨을 거야. 곧장 돌아오기 힘드셨겠지."

우스운 이유였지만 가능성이 없지도 않았다. 고구려 용사로서 아버지의 자존심은 대단했다. 한쪽 눈을 잃고 자존심이 상해 한동안 앓아누웠던 분이니 더 말할 것도 없었다.

"하긴. 아버지라면 그럴 법도 해."

나는 웃으며 제신의 말에 동조했다.

"절노부 땅에 있는 하 형님께 연통을 넣었으니, 곧 소식이 들려오길 기다리는 수밖에."

길게 한숨을 내쉬는 제신을 보며 고개를 끄덕이고 있으니 그가 애써 미소를 지으며 내게 말했다.

"내 이야기는 이 정도로 되었으니, 이제 네 이야길 해 봐."

"내 이야기?"

"네가 태자 전하, 아니, 우리 폐하와 혼인할 거라는 소문이 파다하던걸. 어찌 이 오라비도 모르는 사이에 정인을 찾은 거냐?"

그렇게 묻는 제신의 얼굴이 짓궂었다. 그 얼굴을 보니 대단한 속사정이 없는데도 괜히 얼굴이 붉어졌다.

"정인이라니…… 나와 폐하가 어찌 그런 사이로 엮여? 태왕께는 절노부의 변하지 않는 충성이 필요하고, 그걸 확인하기 위해서는 혼인이 가상 좋잖아. 나는 견고한 동맹을 위한 고리에 불과한걸."

"뭐?"

당연한 설명이라고 생각했는데 제신의 얼굴이 굳어졌다.

"폐하와 너의 마음이 통하여 혼인을 약속한 게 아니란 말이야?"

"왜 그리 놀라? 어렸을 적에도 나와 폐하의 혼인 이야기가 나온 적이 있었잖아."

"정략혼이 싫은 거 아니었어?"

"싫어."

"그런데?"

"그래도 상대가 담덕이잖아. 애틋한 마음은 아니지만 그를 돕고 싶어."

"세상에 그런 마음도 있어?"

제신이 어이없다는 듯 헛웃음을 흘렸다.

"좋아하지도 않는데 그 사람 잘되라고 혼인을 해 준다고? 말이 되냐?"

혀를 차며 나를 훑던 제신이 곧 진지한 얼굴이 되어 목소리를 낮추었다.

"혹시 백부님께서 강요하신 거냐? 나와 아버지가 없다고 네게 그런 강요를 하신 거라면……."

제신의 생각이 이상한 쪽으로 흐르고 있었다. 나는 서둘러 손을 내저으며 그의 말을 부정했다.

"말도 안 되는 소리 하지 마. 백부께서 어디 그러실 분이야? 오라버니와 아버지가 안 계시는 동안 내게 얼마나 잘해 주셨는데. 내 열여섯 탄일상도 신경 써서 차려 주셨단 말이야."

열여섯 탄일이라는 말에 제신의 표정이 미묘해졌다. 그의 얼굴에서 중요한 날 함께 있어 주지 못한 미안함이 느껴졌다.

무사히 돌아오기만 한다면 특별한 날 함께 있어 주지 못했던 것도 용서해 주마 마음먹었던 참이었으므로, 나는 일부러 유쾌하게 웃으며 머리에 꽂은 비녀를 가리켰다.

"오라버니가 보내 준 비녀를 매일 하고 다녔어. 내 마음에 쏙 들더라니까. 어찌 이리 내 취향을 잘 알아?"

"누이의 취향도 몰라서야 어디 오라비라고 할 수 있겠니."

들뜬 내 목소리에 제신의 얼굴에도 미소가 걸렸다. 오랜만에 보는 미소였다.

그 모습이 썩 보기 좋아 나는 일부러 더 들뜬 목소리로 이야기를 떠들기 시작했다. 제신은 즐겁게 내 이야기에 귀를 기울였다. 석현성에서 풀려나 아신 태자의 옥패를 받은 이야기에는 놀란 눈을, 선대왕인 고국양왕의 장례 이야기에는 슬픈 눈을 했다.

"정말 많은 일들이 있었구나."

제신이 작게 중얼거리며 창밖을 바라보았다. 그의 시선 끝에 밝은 달이 걸려 있었다.

나는 제신을 따라 탁자에 턱을 괸 채 은은하게 빛나는 달을 바라보았다. 달은 어느 곳에나 뜨니, 이 밤 우리의 곁에 없는 이들 역시 지금 내 눈에 가득 찬 달을 보고 있을 것이다.

같은 달이 뜨는 하늘 아래 있다는 것. 그것만이 나와 제신의 작은 위안이었다.

◆　◆　◆

절노부에서는 아직도 소식이 없었다. 제신이 쫓던 외눈박이 사내가 아버지고, 그가 절노부로 향했다면 벌써 도착하고도 남았을 시간이었다.

아무리 기다려도 기별이 오지 않자 제신은 크게 실망한 눈치였다. 제신은 당장에라도 아버지를 찾아 다시 집을 나설 기세였지만, 백부가 그를 말렸다.

"아직도 성에 차지 않느냐? 그리 오랜 시간을 노력했으면 되었다. 이제 현실을 받아들여야지."

백부의 말이 옳았다. 백제에 함락당한 도압성에서 사라진 뒤 아직까지 행방이 묘한 사람. 죽었다고 보는 것이 옳았다.

하지만 머리로 생각하는 것과 마음으로 받아들이는 것은 달랐다. 나와 제신은 쉽게 백부의 말을 납득하지 못했다.

"하지만 제가 쫓았던 이야기 속의 남자가 아버지와 흡사합니다."

"네가 믿고 싶은 대로 조각을 끼워 맞춘 것이 아니라고 확신할 수 있느냐? 정말 네가 쫓던 자가 아비라고 확신해?"

백부의 질문에 제신은 아무런 말도 하지 못했다.

외눈박이, 큰 체구, 흑요석 장식이 달린 검. 아버지의 인상착의와 일치했지만, 그런 사람이 이 세상에 하나만 있으란 법도 없었다.

차마 그 사실을 제 입으로 인정할 수 없어 고개를 푹 숙인 제신을 앞에 두고 백부가 길게 한숨을 내쉬었다.

"이만했으면 되었다. 내일 성문사(省門寺)로 가 네 아비의 위패를 올리자."

"그럴 수는 없습니다. 정말 돌아가신 것이 맞다 하여도 시신조차 없이 어찌 위패를 올립니까?"

제신이 고개를 번쩍 들며 반박했다. 그러나 백부의 뜻도 완고하기는 마찬가지였다.

"하면 평생 위패도 올리지 않고 네 아비가 구천을 떠돌게 둘 것이냐? 그것이 네가 바라는 일이야?"

백부가 외침에 제신이 입술을 질끈 깨물었다.

"그럴 리가 없잖습니까."

제신의 목소리에 금세 물기가 서렸다. 옆에서 지켜보던 나의 목구멍도 시큰해졌다.

"네 아비이기도 하지만, 내 아우이기도 하다. 나 역시 마음이 무거워. 하지만 살아남은 자는 살아남은 자들의 길을 가야 한다."

아무 말도 하지 못하고 눈이 벌게지는 우리 남매를 보며 백부는 자리에서 일어서 우리의 손을 꼭 잡았다.

"다른 어떤 사람보다 너희들의 아버지가 그걸 바랄 것이다. 제신이 넌 찾을 만큼 찾았다. 우희 넌 기다릴 만큼 기다렸어. 이제는 그만 떨치고 나아가야 할 시간이다."

백부의 손은 다정한 말투만큼이나 따뜻했다. 사람의 온기를 전하는 이 손이 아버지의 것이 아니라는 사실이 너무나도 서러웠다.

❖ ❖ ❖

아버지의 위패를 올릴 성문사는 소수림왕 시절 지어진 절이었다. 소수림왕은 불교를 대대적으로 들여오며 국내성 인근에 절 두 개를 지었다. 하나가 이불란사(伊弗蘭寺), 다른 하나가 우리가 찾은 성문사였다.

흔히 생각하는 사찰이 그렇듯 성문사도 조용한 산중에 묻혀 있었다. 불교가 이제 막 싹을 틔우는 시기인 탓에 찾는 사람도 거의 없었다. 덕분에 우리는 무척이나 평온하고 고요한 가운데 아버지의 위패를 올릴 수 있었다.

위패는 성문사를 지키는 승려 순도 스님이 직접 써 주었다. 본래 순도 스님은 전진(前秦:중국의 오호십육국 중 하나로 저족이 세운 나라) 사람이 었는데, 소수림왕 시절 귀화하여 고구려인이 된 후 이곳 성문사를 지키며 사람들에게 불교를 전하고 있었다.

아버지의 위패를 모신 이후 나는 매일같이 성문사를 찾았다. 가장 큰 이유는 아버지의 위패 앞에 향을 피우기 위해서였으나, 한번 찾은 성문사의 고요함이 나의 마음을 끌었던 탓도 있었다.

"오늘도 오셨습니까."

아버지의 위패 앞에 향을 피우고 있는 내게 순도 스님이 다가왔다. 처음 고구려에 왔을 때 젊은 청년이었다는 그는 이제 어엿한 중년이 되어 있었다.

"스님."

나는 두 손을 모아 합장하고 고개를 숙였다. 그러자 그가 인자한 미소를 지으며 마주 인사를 해 왔다.

"아버님이 많이 그리우십니까?"

순도 스님이 연기가 피어오르는 향을 보며 내게 물었다. 나는 어색하게 웃으며 깊게 숨을 들이마셨다.

"그립다기보다는…… 아직 실감이 나지 않습니다. 마지막 눈감는 모습을 제대로 보지 못하였으니, 아마 평생을 이런 기분 속에 살겠지요."

"그리움에 향을 피우시는 줄 알았는데, 알고 보니 마음에 의심이 있으셨군요."

"마음에 의심을 안고 향을 피우면 하늘이 노여워하실까요?"

"하늘에 빌고자 향을 피우십니까?"

"그러는 것이 아닌가요?"

나의 질문에 순도 스님이 미소를 지었다.

"하늘의 뜻은 사람의 마음에 달려 있습니다. 마음을 다스리면 하늘이 그에 따라 움직이지요. 그러니 이 향을 피우는 것도 하늘이 아닌 사람의 마음을 다스리기 위함입니다."

순도 스님이 새로운 향을 태우며 나를 바라보았다.

"괴로움의 근원은 집착입니다. 그 근원을 태우고자 향을 피우는 것입니다. 하여 해탈향이라고도 하지요. 시주께서도 괴로움을 떨치고자 향을 피우신 것 아닙니까?"

"그리 말씀하시니 그런 것도 같습니다."

마음이 복잡할 때마다 이곳에 와 향을 피웠으니 그 말이 맞는 것도 같았다.

"향을 피우는 것이 저 자신을 위해서라면, 제 아버지의 평온은 어찌 빌어야 합니까?"

"사람의 평온은 누가 대신 빌어 줄 수 있는 것이 아닙니다."

"어째서 그렇습니까?"

"사람의 평온은 오로지 그 자신에게 달린 것이기 때문입니다. 흔히 자업자득이라 하지요. 스스로 쌓은 업은 다른 사람이 대신 덜어 줄 수 없습니다. 오로지 자기 자신만이 감당할 몫이지요. 시주께서는 윤회라는 말을 아십니까?"

윤회.

소진으로 죽고, 우희로 다시 태어난 뒤 이따금 생각했던 말이었다.

지금 내가 한 것이 바로 윤회가 아닐까?

생각에 잠긴 나를 보며 순도 스님이 입을 열었다.

"생명을 지닌 존재들은 모두 여섯 가지의 세상에서 태어나고 죽기를 반복합니다. 이를 육도윤회(六道輪廻)라 하지요. 현세에서 쌓은 업에 따라 내세에 태어나는 세상이 달라지고, 또다시 내세에서 쌓은 업으로 내내세의 세상이 결정되지요. 그러면서 우리는 축생이 되기도 하고, 인간이 되기도 하고, 천도에 이르기도 합니다."

"사람으로 죽어 다시 사람이 되기도 하나요?"

"물론입니다. 현세에 쌓은 업이 그러하다면, 내세 역시 인도(人道)일 수도 있지요."

"하면 내세에 다시 태어나, 지난 현세를 기억하는 사람도 있을까요?"

어째서 나는 전생의 기억을 갖고 있는 것일까?

우희로 다시 태어나며 줄곧 가졌던 의문이었다. 하지만 누구도 그 의문에는 답을 해 줄 수 없었다. 나 자신조차도 모르는 이유를 타인이 어찌 찾아 줄 수 있겠나.

그러나 윤회를 공부한 순도 스님이라면 답을 알 수도 있을 것 같았다. 물론 그 희망도 오래가지는 못했다.

"그런 이야기는 들어 본 적이 없습니다."

순도 스님이 어색하게 웃으며 말했다. 어찌 그런 이상한 질문을 하느냐는 듯한 얼굴이었다.

"하나 제 소견을 말하자면……."

실망감에 씁쓸하게 웃는 나를 보며 순도 스님이 다시 입을 열었다.

"꼭 그리해야 할 이유가 있어서가 아닐까요?"

"예?"

"이 세상에 이유 없이 일어나는 일은 아무것도 없습니다. 그러니 현세의 모든 것이 업인 것입니다. 누군가에게 지난 생에 대한 기억을 가진 채로 다시 태어나는 기이한 일이 생겼다면, 분명 그리해야만 하는 이유가 있어서일 겁니다."

"그 이유는 어찌 알 수 있을까요?"

"어리석은 중생이 어찌 그것까지 알겠습니까. 다만 모든 답은 자신에게 있으니, 기이한 일을 겪은 이는 곧 자기 안에서 그 이유를 찾을 수 있겠지요."

순도 스님이 두 손을 모아 합장하며 고개를 숙였다. 나도 서둘러 손을 모아 그에게 고개를 숙이니, 멀리서 밝은 아이의 목소리가 들려왔다.

"시주님!"

이제는 익숙해진 성문사 동자승 도림의 목소리였다.

올해 여섯 살이 되었다는 도림은 또래에 비해 똑똑한 구석이 있는 소년이었다. 도림과는 아버지의 위패를 올리러 왔을 때 처음 만났다. 이후 사찰을 찾을 때마다 얼굴이 보이기에 몇 번 어울려 주었더니, 이제는 내가 왔다는 소식만 들리면 이리 반갑게 마중을 나올 정도였다.

"애기 스님 오셨습니까?"

도림의 눈높이에 맞춰 몸을 숙이며 물었더니 그가 입을 비죽 내밀었다. 내 말과 행동이 어린 스님의 심기를 거스른 모양이었다.

"애기 스님이 아니라 도림입니다. 제게도 어엿한 이름이 있는데, 시주님께서는 어찌 저를 매번 애기 스님이라 부르십니까?"

여섯 살배기 어린 스님을 애기 스님이라 부르는 것은 이상한 일이 아니었다. 하지만 당사자에게는 그것이 꽤 자존심 상하는 일인 듯했다. 나는 어린 스님의 장단에 맞추어 큰 실례를 했다는 양 고개를 숙었다.

"제가 그만 실수를 했습니다. 앞으로는 도림 스님이라 부르지요."

"그리 부탁드립니다."

그제야 어린 도림의 얼굴이 밝아졌다.

나는 웃으며 그의 머리를 쓰다듬으려다가, 이것 역시 아이 취급을 한다며 싫어하겠지 싶어 서둘러 손을 내렸다.

"오늘도 제게 바둑을 한 수 가르쳐 주고자 오셨습니까?"

고요한 산속에 자리 잡은 사찰에서 할 수 있는 일은 몇 가지 없었다. 때문에 도림과 나는 공기 좋은 곳에서 마주 앉아 바둑을 두는 것으로 친구가 되었다. 승자는 대부분 도림이었다. 그는 어린아이였지만 바둑을 두는 머리가 비상했다.

하여 오늘도 바둑을 두자고 온 것인 줄 알았더니, 예상 밖으로 도림이 고개를 저었다.

"오늘 인사만 드리러 왔습니다."

"인사만요?"

"예. 오늘은 제게 선약이 있거든요."

나는 의아해져서 고개를 갸웃거렸다. 도림을 찾아올 만한 손님이 딱히 떠오르지 않았다. 어릴 적 부모를 잃고 그 길로 불교에 귀의한 어린 스님에게는 가까이 지낼 만한 핏줄이 하나도 없다고 했다.

의아해하는 내게 도림 대신 순도 스님이 상황을 설명해 주었다.

"저희 사찰에 머무르며 일을 도와주는 분이 계신데, 아마 그분과 선약이 있는 듯합니다. 도림이 요즘 그분에게 바둑을 배우고 있거든요."

"바둑이라면 날고 기는 도림 스님이 다른 이에게 바둑을 배워요?"

놀라서 물었더니 도림이 턱을 치켜들었다.

"그분의 실력이 보통이 아닙니다. 열 번을 두어 제가 열 번 다 졌다니까요. 그 후로 제가 바둑 스승으로 모시겠다 했지요."

"그 정도로 바둑을 잘 두는 분이 있단 말입니까?"

도림의 실력도 만만치 않은데, 그가 스승으로 모시겠다 할 정도라면 정말 대단한 실력자일 것이다.

그러고 보니 아버지께서도 바둑을 즐겨 두셨지.

문득 떠오른 기억에 얼굴이 절로 흐려졌다. 나는 아버지에 대한 기억을 억누르기 위해 바둑이 아닌 다른 이야기로 화제를 돌렸다.

"한데 여기에는 두 분만 계신 것이 아니었나요?"

그간 성문사를 드나들며 본 사람이라고는 순도 스님과 도림 둘뿐이었다. 사찰의 규모도 그리 크지 않아 두 스님이 꾸려 가는 줄로만 알았는데 일을 돕는 사람이 하나 더 있는 모양이었다.

"원래부터 계시던 분은 아니고, 사정이 있어 잠시 머무르는 분이십니다. 그냥 계셔도 된다 했는데…… 신세를 지며 마음이 무거우셨는지 대신 저희 일을 도와주겠다 하셔서요."

"그렇군요. 한데 어찌 한 번도 뵙지를 못했습니다. 여기 계속 계셨다면 오가며 마주쳤을 법도 한데요."

내 말에 순도 스님도 의아하다는 듯 고개를 갸웃거렸다.

"듣고 보니 저도 참 신기합니다. 이리저리 잘 다니시는 분인데, 어찌 시주님께서 오시는 날에는 보이질 않으시네요."

"아무래도 그분과 저는 연이 아닌가 봅니다. 보름 동안 부지런히 드나들었는데도 지금껏 한 번도 마주치지 못한 것을 보면요."

"그거야 모르는 일이지요. 언젠가 연이 닿으면 만나실 수도 있지 않겠습니까? 연이라는 것이 원래 그런 것이니까요."

순도 스님은 그리 말했지만 지금껏 마주치지 못한 사람과 이제 와 만날 일이 있기는 할까 싶었다.

나는 말없이 웃으며 새가 지저귀는 숲을 바라보았다. 어느새 해가 떨어지고 있었다. 이제는 집으로 돌아갈 시간이었다.

◈ ◈ ◈

"아가씨, 어찌합니까? 길을 잘못 들어도 단단히 잘못 든 것 같습니다."

어둠이 짙게 내려앉은 산을 둘러보며 달래가 내 팔을 잡아끌었다. 그녀의 목소리에 걱정과 두려움이 가득했다.

"중간에 약초를 캐느라 시간을 허비하는 것이 아니었는데……. 곤란하게 되었구나."

나는 주머니에 잘 넣어 둔 약초를 바라보며 한숨을 내쉬었다. 흔치 않은 약초가 보이기에 욕심을 내었더니 생각보다 일찍 해가 떨어져 버렸다. 지난 한 달간 몇 번이고 오갔던 길이지만, 어둠이 내려앉은 길은 밝을 때와 완전히 달라 낯설게만 느껴질 뿐이었다.

추위도 만만치 않았다. 해가 떨어진 산은 낮과는 비교할 수도 없을 정도로 서늘했다. 나는 손으로 양팔을 비비며 주변을 둘러보았다. 하지만 노력이 무색하게도 어디를 둘러보나 키가 큰 나무들뿐이었다. 이래서야 방향을 가늠할 수가 없잖아.

어두운 산에는 위험 요소가 너무 많았다. 서둘러 빠져나가지 않으면 산짐승들이 달려들지도 모른다. 그런 생각을 하기 무섭게 멀리서 늑대 울음소리가 들려왔다. 한두 마리 우는 소리가 아니었다. 적어도 대여섯 마리는 넘을 것 같았다.

"아가씨……."

내 팔을 붙잡은 달래의 손이 덜덜 떨리고 있었다.

두려운 것은 나도 마찬가지였다. 연신 울리는 늑대 울음소리에 온몸의 핏기가 가시는 기분이었다. 재작년 도압성에 가는 길에 만났던 것과 같은 늑대들을 지금 다시 만난다면 대처할 방법이 전무했다. 지금 나와 달래의 손에는 무기로 쓸 만한 것이 하나도 없었다. 물론 무기가 있더라도 달려드는 늑대를 막기는 역부족일 것이다. 그러니 산짐승과 마주치기 전에 산에서 내려가야만 했다.

하지만 마음이 조급해진 탓인지 아무리 걸음을 옮겨 봐도 제자리 걸음이라는 생각이 들 뿐이었다. 이런 식으로 걸어서는 답이 나오지 않는다. 방법을 바꿔야 했다.

"이대로는 안 되겠어. 달래야, 우리 다시 올라가자."

"예? 내려가지 않고요?"

달래가 영문을 모르겠다는 듯 눈을 크게 떴다. 나는 단호하게 고개를 끄덕였다.

"내려가는 길은 여러 갈래지만, 올라가는 길은 하나야. 정상에 성문사가 있으니 어디로든 올라가다 보면 분명 절이 나오겠지. 순도 스님께서도 하루 정도 신세 지는 것은 허락해 주실 거야."

내 설명에 달래의 얼굴이 조금씩 밝아졌다.

"맞습니다, 맞아요! 그리하면 되겠어요, 아가씨!"

고개를 주억거리던 그녀가 앞장서서 산 위를 향해 걷기 시작했다. 조금 전까지 나에게 찰싹 붙어 떨던 사람이라고는 생각지 못할 위풍당당한 걸음이었다.

"어엇!"

그 모습이 우스워 작게 웃음을 흘리는데, 갑자기 달래의 모습이 아래로 훅 꺼졌다.

"달래야!"

나는 반사적으로 손을 뻗어 달래를 붙잡았다. 하지만 내가 위에서 붙드는 힘보다 아래로 떨어지는 힘이 더 강했다. 나와 달래는 그대로 아래를 향해 떨어졌다. 다행히 낙하는 길지 않았다.

"아이고!"

달래가 엉덩이를 문지르며 아프다고 호들갑을 떨어 댔다.

"그리 소란을 피웠다간 산짐승들이 죄 몰려올걸."

"산짐승!"

산짐승이라는 말에 달래가 입을 꾹 다물었다. 조용해진 그녀를 옆에 두고 위를 올려다보니 그리 높지 않은 절벽이 눈에 들어왔다. 길이 어두운 탓에 앞을 제대로 보지 못하고 아래로 떨어진 듯했다.

"달래야, 올라갈 수 있겠니?"

"예, 별로 높지 않으니 쉽게 올라갈 듯합니다."

"그래. 그럼 올라가자."

내 말에 몸을 일으킨 달래가 손을 뻗어 절벽 위를 붙잡았다. 위쪽에 손이 닿으니 탈출은 금방이었다. 달래는 절벽 중간의 돌을 적당히 밟아 손쉽게 위로 올라갔다.

이제는 내 차례였다. 그런데 별생각 없이 몸을 일으키는 순간 발목에 날카로운 통증이 느껴졌다.

"악!"

나도 모르게 소리를 지르며 다시 주저앉자 달래가 놀라서 나를 보았다.

"아가씨! 왜 그러세요?"

"발목이 갑자기……."

"제가 다시 내려갈게요!"

"아니야, 그러지 마."

나는 손을 들어 내려오려는 달래를 저지했다.

"네가 내려온다고 어찌 날 돕겠어? 어차피 너 혼자서는 날 끌어 올릴 수 없으니, 차라리 걸음을 서둘러 성문사에 가는 편이 좋겠다. 스님께 도움을 청하면 방법이 있을 거야."

"하지만 그러면 아가씨께선 여기 혼자 계셔야 하는데요?"

달래가 걱정스럽게 주변을 둘러보았다. 어둑한 산의 풍경이 무척이나 스산했다. 하지만 잠시 혼자 있기가 무섭다고 달래까지 붙잡아 여기서 아침을 맞을 수는 없는 노릇이었다.

"잠시뿐인걸. 괜찮으니 서둘러 다녀오기나 하렴."

잠시 고민하던 달래가 곧 고개를 끄덕였다.

"……알겠습니다. 최대한 빨리 올게요. 잠시만 기다리고 계세요!"

"그래."

달래가 결의에 찬 눈을 하고 사라지자 그제야 다리를 살필 여유가 생겼다. 기껏해야 발목을 접질린 거겠지 뭐. 나는 대수롭지 않게 생각하며 발목을 내려다보았다.

하지만 상황은 내 예상과 전혀 달랐다.

"……뱀?"

내 발 근처를 배회하던 커다란 뱀이 미끄러지듯 자리를 떠나고 있었다. 그제야 발목의 통증이 아릿한 것이 아니라 찌르는 듯 날카로웠던 것이 생각났다. 발목을 접질린 게 아니라 뱀에 물린 거였나?

자세히 보니 발목에 뱀의 이빨 자국이 선명했다. 물린 자리 근처로 발목이 빠르게 부어오르기 시작했다. 불에 데기라도 한 것처럼 화끈한 통증이 뒤따랐다. 아파서 눈물이 찔끔 나올 정도였지만, 한편으로는 안도의 한숨이 나왔다.

다행히 신경독이 아닌 출혈독이야.

신경독을 가진 뱀에게 물렸다면 호흡 곤란으로 빠르게 사망에 이를 가능성이 높았지만, 출혈독은 그에 비해 퍼지는 속도가 느렸다. 하지만 신경독에 비해 덜 치명적이다 뿐이지 출혈독도 빠르게 처치를 하지 않으면 목숨이 위험했다. 혹 목숨을 건지더라도 독에 당한 부위가 괴사해 잘라 내야 하는 경우도 있었다.

나는 독이 퍼지지 않도록 머리끈으로 상처 윗부분을 꽉 묶었다. 피가 통하지 않을 정도로 강하게 묶어 두면 이 위로는 독이 퍼지지 않는다. 임시방편이기는 해도 달래가 스님을 모셔 올 때까지 버티기에는 충분할 것 같았다.

승려들은 대체로 의술에 밝았다. 의술이라는 걸 모르더라도 약초에 대해서는 꿰고 있는 경우가 많았다. 순도 스님도 크게 다르지 않았다. 나는 절에 자주 들르며 그와 대화를 나누는 동안 약초에 대한 그의 지식이 남다르다는 것을 진즉에 눈치챘다. 그러니 성문사로만 가면 순도 스님께서 이 정도 독은 문제없이 해결해 줄 텐데…….

뱀은 이미 도망갔지만 주위에 무엇이 더 있는지 알 수 없어 바닥에 앉을 엄두가 나지 않았다. 나는 주변을 둘러보며 조심스레 절벽에 몸을 기댔다. 홀로 어두운 산속에 남자 달래와 있을 때보다 주변이 더 고요하게 느껴졌다. 간간이 들려오는 산짐승의 소리가 아직 멀리 있다는 것이 그나마 다행이었다.

시간이 얼마나 지나는지 파악할 수 있는 단서는 아무것도 없었다. 나는 그저 달래가 오기만을 기다리며 멍하니 발끝만 바라볼 뿐이었다. 단단히 묶은 발목 아래의 감각이 점점 둔해져 시간이 꽤 흘렀다는 것을 깨달았다. 생각보다 달래가 돌아오는 것이 늦었다.

혹 성문사에 가지 못하고 산짐승에게 당한 것은 아닐까? 좋지 않은 생각이 먼저 들었지만, 그런 일이 벌어졌다면 비명이 들렸을 것이다. 다행히도 산은 아직 고요했다.

그렇다면 내가 있는 곳을 찾지 못하는 건가? 그럴 가능성이 높았다. 산은 어두웠고, 달래와 나는 발길 닿는 대로 무작정 움직인 탓에 방향을 완전히 잃은 뒤였다.

더 오래 기다려야 하나?

나는 걱정스럽게 발목을 내려다보았다. 임시방편으로 독이 퍼지는 것을 막아 두기는 했지만 말 그대로 임시일 뿐이었다.

걱정이 깊어 가는 와중에 근처에서 이상한 소리가 들려왔다.

나뭇잎이 바스락거리는 소리, 바닥의 나뭇가지가 부러지는 소리.

수상한 소리가 점점 가까워졌다. 무엇인가 내 근처로 다가오고 있었다.

나는 주위를 두리번거려 눈에 띄는 나뭇가지 하나를 대충 집어 들었다. 급하게 집어 든 나뭇가지는 사나운 산짐승에게 작은 생채기조차 내기 힘들 정도로 빈약했다. 그래도 손에 아무것도 없는 것보다는 이거라도 드는 게 낫겠지.

나는 양손으로 나뭇가지를 단단히 틀어쥐고 소리에 귀를 기울였다. 예상대로 소리는 내 쪽으로 점점 더 가까워지고 있었다. 큰 짐승이라기에는 발소리가 가볍다. 하지만 나뭇가지가 부러질 정도였으니 완전히 작은 짐승도 아니다. 몸이 긴장으로 굳었다.

그냥 지나가라, 그냥 지나가.

나는 내게 가까워지는 소리가 이대로 나를 스쳐 가기를 바라며 주문처럼 같은 말을 반복했다. 하지만 소망이 무색하게도 바로 머리 위의 절벽에서 발소리가 멈추었다. 동시에 피 냄새가 코로 쏟아졌다. 두려움에 몸이 절로 떨렸다.

어떡하지? 도망쳐? 나뭇가지를 휘둘러?

다음에 취할 행동을 고민하는 그때, 머리 위가 확 밝아졌다. 뭐지?

나는 서둘러 절벽 위로 고개를 돌렸다. 그곳에 누군가가 횃불을 들고 서 있었다. 타오르는 불길에 가려진 탓에 서 있는 사람의 얼굴은 제대로 보이지 않았으나, 체격을 보면 어른 남자였다. 달래가 도움을 제대로 청했구나!

나는 안심하여 나뭇가지를 든 손을 아래로 내렸다.

"순도 스님이십니까?"

짐작되는 이름을 불렀으나 상대는 대답이 없었다. 의아해져서 살짝 고개를 트니, 불길에 가려져 있던 얼굴이 살짝 드러났다.

"……어?"

얼굴을 확인하는 순간 나는 그대로 얼어붙었다. 이 자리에 있을 수 없는 사람의 얼굴이었다. 나는 믿을 수 없어 눈을 비볐다. 하지만 몇 번이나 반복해도 눈앞에 선 사람의 얼굴은 변하지 않았다.

"……해운?"

나는 설마 하는 심정으로 운의 이름을 불렀다. 행색과 분위기가 내가 기억하던 것과는 많이 달랐지만, 얼굴은 분명히 그였다.

입에서 운의 이름이 나오는 순간 상대가 몸을 움직이기 시작했다.

그는 가벼운 몸짓으로 절벽을 타고 아래로 내려와 내 곁에 섰다. 나는 얼떨떨한 마음을 감출 수 없었다. 내가 지금 선 채로 꿈을 꾸나?

멍하니 눈을 깜빡이고 있으니 운이 횃불을 든 채로 몸을 숙였다.

"다쳤다던데."

놀란 내 모습은 보이지도 않는지 운의 목소리는 평온했다. 횃불을 들지 않은 손이 치마를 살짝 들고 내 발목을 살폈다.

"독사에 물렸구나. 이 꼴로 산짐승이 돌아다니는 산에 홀로 남았다니, 대책 없는 것은 여전해."

그렇게 말한 운이 고개를 들어 내 얼굴을 바라보았다.

눈이 마주치는 순간 내 눈이 크게 뜨였다. 절벽 위에 있을 때는 횃불에 가려 보이지 않던 운의 왼쪽 눈이 안대로 가려져 있었던 것이었다.

"빨리 돌아가서 순도 스님께 보여야겠다."

놀란 나를 빤히 보면서도 운은 횃불만 건넬 뿐이었다. 하지만 내 손에는 아직 빈약한 나뭇가지가 들려 있었다. 그것을 본 운이 피식 웃음을 흘렸다.

"그걸로 다람쥐나 죽이겠느냐?"

"······아무것도 없는 것보다는 나을 듯하여."

굳어 있는 입을 움직이니 겨우 목소리가 흘러나왔다. 스스로가 듣기에도 많이 억눌린 소리였으나 운은 대수롭지 않게 어깨를 으쓱거렸다.

"아무것도 없는 것과 매한가지다. 그러니 그건 버리고 횃불이나 들어."

그러나 놀라움으로 몸이 굳어 버린 탓에 손이 움직이지 않았다.

"버리는 것도 못 하느냐?"

결국 운이 내 손에서 나뭇가지를 빼내고 그 자리에 횃불을 쥐여 주었다. 나는 운이 하는 양을 멍하니 지켜볼 뿐이었다. 아직까지도 현실감이 없었다. 목소리도 들리고, 만져지기도 한다.

"그럼 귀신은 아닌데."

나도 모르게 입 밖으로 흘러나온 말에 횃불을 쥐여 주던 운이 피식 웃었다.

"그래, 나 귀신 아니다."

"하면 어찌 여기에 있습니까?"

귀신이 아니라는 운의 확답이 신호탄이었다. 멍하던 정신이 서서히 선명해졌다.

"행방이 묘연해 소노부에서 그리 찾아도 못 찾았다던 사람이, 다른 곳도 아닌 이곳 국내성에 있다고요?"

"소노부에서 나를 열심히 찾기는 하더구나."

"집에서 찾는 것도 알고 계셨군요. 한데 어찌 나타나지도 않고 여기에서 이러고 계십니까? 게다가 눈에 그것은 또……."

속으로 말을 삼키며 안대를 바라보니 웃고 있던 운의 미소가 굳어졌다.

"지금 이 자리에서 할 이야기는 아닌 듯한데."

확실히 가벼이 꺼낼 만한 이야기는 아니었다. 내가 고개를 끄덕이자 운이 등을 돌렸다.

"업혀라. 절벽을 타고 올라가야 하니."

"……절 업고 절벽을 오르겠다고요?"

"왜? 널 떨어뜨리기라도 할까 봐?"

"그것이 아니라……."

나는 불안한 눈으로 절벽을 바라보았다. 혼자 오르기에는 간단해도 누군가를 업은 상태에서는 쉽지 않아 보였다.

"시간 없다. 빨리 업히라니까!"

하지만 운의 태도가 단호했다. 나는 머뭇거리며 그의 등에 업혔다.

◆ ◆ ◆

괜찮다 장담했던 운의 태도는 허세가 아니었다. 운은 한 손으로 나를 받치고, 다른 한 손으로 벽을 짚어 거리낄 것도 없이 순식간에 절벽을 타고 올랐다.

무사히 절벽 위로 올라와 위를 향해 걷기 시작하자 이제는 다른 것이 마음에 걸렸다. 손에 든 횃불이었다.

"불을 꺼야 하는 거 아닐까요? 이걸 보면 산짐승들이 몰려올지도 모르는데……."

산짐승들은 불빛에 예민했다. 순식간에 사람의 위치를 알아차리고 공격을 할지도 몰랐다.

"내려오는 길에 보이는 녀석들은 죄 죽였으니 상관없을 것이다. 나타나도 내가 처리할 수 있으니 길이 잘 보이게 제대로 들고 있기만 하면 돼."

그제야 운의 허리춤에 검이 걸려 있다는 것을 알아챘다. 절벽 위에서 훅 끼쳐 왔던 피 냄새의 정체가 운이 죽인 산짐승의 것이었다는 것도 역시 알 수 있었다.

"지금 성문사에 신세를 지고 있다는 분이 그쪽이었습니까?"

"그래."

운은 짧게 말했지만 그 속에 얼마나 많은 사연이 들어 있을지 가늠이 되지 않았다.

"불가에 귀의하지는 않았다고 하나, 절에서 신세를 지고 계신 분이 함부로 살생을 저질러도 됩니까?"

나는 사정을 묻기 위해 몇 번이나 입을 오물거리다 결국 실없는 소리만 꺼내 놓았다. 원래 나와 운이 무거운 이야기를 하던 사이도 아니고, 다짜고짜 지난 사연을 묻기가 힘들었다.

우습지도 않은 질문에 산 위로 걸음을 옮기기 시작하던 운이 헛웃음을 흘렸다.

"지금까지 내가 쌓은 업이 이미 차고 넘치는데, 거기에 산짐승 몇 마리 더해 봐야 무슨 차이가 있다고."

"무슨 업을 그리 쌓으셨는데요?"

"글쎄, 무슨 업을 얼마나 쌓았는지 나도 모르겠다. 내가 모르는 사이에 일이 벌어지고, 사람들이 휩쓸리고, 다치고, 죽고……. 그러니 내가 어디 내 업을 가늠할 수나 있겠어?"

도압성 이야기를 하는 것일까. 나는 무어라 말하기가 힘들어 몇 번이나 말을 골랐다.

"태풍이 불었는데 그게 왜 그쪽 탓입니까? 그쪽도 그냥 휩쓸린 것뿐인데."

"내가 없었다면 오지 않았을 태풍이다. 결국 나의 업인 거지."

"그래서 여기에 이러고 있다고요? 집으로 돌아가지 않고?"

내 질문에 운이 소리 내어 웃었다.

"그거 묻지 않으려고 산짐승 이야길 꺼낸 거 아닌가?"

그랬다. 무거운 이야기를 꺼내지 않으려고 일부러 다른 이야길 꺼냈던 건데, 결국 얼마 가지도 못하고 곤란한 이야기였다.

"그건…… 그랬지만……."

당황해서 우물거리고 있으니 운의 웃음소리가 더 커졌다.

"해가 바뀌었다고 조금은 진중해진 것인가 했더니…… 그대는 여전하네. 여전히 대책 없고, 돌아서 가는 법도 몰라. 하지만……."

말이 이어질수록 운의 목소리가 작아졌다. 결국 입을 꾹 다문 그가 한참의 침묵 끝에 다시 입을 열었다.

"내가 태풍을 부른 것이 아니니 나의 업이 아니라 했지."

"네, 그랬습니다."

"그 태풍에 휩쓸린 사람 중에 그대의 아버지가 있다 해도…… 똑같이 말해 줄 건가?"

말투는 가벼웠지만 내용은 그렇지 않았다. 이상한 기분에 대답을 못 하고 있는 내게 운이 말했다.

"그대의 아버지가 나 때문에 죽었다고 해도, 똑같이 말해 줄 거야?"

아버지가 죽어? 그것도 운 때문에?

순간 머릿속이 멍해졌다. 아버지의 위패를 절에 모시고 나서도 나와 제신은 그의 죽음을 완전히 받아들이지 못한 상태였다. 한데 운이 아버지의 죽음을 입에 올렸다.

"나 좀 내려 줘요."

"네 다리가……."

"내려 달라고요. 얼굴 보고 이야기해요."

내 말에 운의 걸음이 우뚝 멈추었다.

니는 몸을 틀어 운의 등에서 내려왔다. 분명 발목이 아파야 하는데, 조금 전 들은 말로 머릿속이 복잡해 그쪽은 신경도 쓰이지 않았다. 나는 운의 어깨를 붙잡아 그를 돌려세웠다.

"똑바로 말해 봐요, 이상하게 말 돌리지 말고. 내 아버지가 죽었어요?

어찌 죽었는데요? 당신이 그걸 봤어요? 확실해요? 거짓말이 아니라?"

쏟아지는 의문과 함께 횃불을 쥔 손에 힘이 들어갔다. 횃불에 허공에서 흔들려 운의 얼굴을 비춘 불이 위태롭게 일렁거렸다.

"네 아버지는⋯⋯."

천천히 입을 떼는 운의 얼굴에는 표정이 없었다.

"연 장군은 도압성에서 죽었다. 빠져나가지 못한 병사들의 퇴로를 확보하려고 끝까지 버티셨어. 덕분에 많은 병사들이 무사히 도압성을 빠져나갔다. 하지만 결국 밀려든 백제군을 감당하지 못하고 당하셨어."

"성벽에 목이 걸리지 않았다 했어요. 성안에서 돌아가셨다면 분명 효수가 되었을 텐데, 그러지 않았으니 성을 안전히 빠져나가신 거라고 했어요. 다들 그렇게 말했어요."

"성은 빠져나오셨어. 하지만 성에서 입은 상처가 너무 깊었다. 다지 홀로 가 도움을 청하려고 했지만 움직일 수 있는 상태가 아니어서 성 근처를 벗어나지 못하고⋯⋯ 결국 그대로⋯⋯ 돌아가셨어."

화살처럼 날아든 선언에 몸에서 힘이 빠졌다. 중심을 잡지 못하고 휘청거리는 내 몸을 운의 팔이 받쳐 주었다. 나는 운의 손을 뿌리치고 스스로 중심을 잡았다. 누군가에게 기대고 싶지 않은 기분이었다.

"하면 시신은요."

"불에 태웠다. 들짐승의 먹이로 남게 할 순 없어서."

"마지막을 그쪽이 수습했다는 건가요?"

"⋯⋯그래."

단순히 전해 들은 이야기가 아니었다. 운은 아버지의 죽음을 가까이에서 지켜보고, 그의 시신을 수습하기까지 했다. 그런데도 여태까지 침묵하고 있었다. 이해가 되지 않았다.

"그리 잘 알면서 여태까지 왜 말하지 않았어요? 오라버니가 얼마나 아버지를 찾았는데, 내가 얼마나 아버지 생각을 많이 했는데. 왜 나타나지 않고 우리가 계속 미련 속에 살게 했어요? 도대체 왜요?"

의문과 원망이 뒤섞여 목소리가 엉망이었다. 운은 쏟아지는 내 비난을 들으며 고개를 숙이고 있었다.

"……죽은 사람처럼 살고 싶었으니까."

한숨처럼 작은 목소리로 중얼거린 운이 고개를 들어 나를 바라보며 조금 더 분명해진 목소리로 말했다.

"죽은 사람처럼 살고 싶었어. 누구에게도 모습을 드러내지 않고, 그렇게 서서히 기억에서 잊히고, 그리하여 다시는 태풍이 오지 않도록, 그렇게 살려고 했어."

아버지가 죽었다는 말을 들었을 때와는 다른 이유로 가슴이 덜컥 내려앉았다.

죽은 사람처럼 살겠다니. 그런 결심을 하는 것이 가능한가. 사람은 모두 죽지 않기 위해 사는데, 살면서도 죽은 것처럼 있겠다는 그 말이 가능하기는 한가.

운을 바라보는 나의 눈동자가 흔들렸다. 그런 생각까지 하게 된 운의 심정이 어떨지 상상하기 어려웠다.

입술을 질끈 깨무는 내게 운이 품 안을 뒤져 무엇인가를 내 앞에 내밀었다. 자세히 보니 흑요석 장식이었다. 흑색의 영롱한 보석 장식이 무척이나 눈에 익었다. 나는 금세 장식의 정체를 알아챘다.

"아버지의 검에 있던……."

운이 고개를 끄덕이며 내 손에 장식을 건넸다. 뻣뻣하게 펴진 손바닥 위에 장식이 떨어졌다.

"연 장군의 마지막 유품이야. 검은 용사와 한 몸이니 네 아버지를 태운 곳에 함께 두고 왔지만, 장식 정도는 전해 줄 수 있을 듯하여."

운은 굳은 내 손을 감싸 주먹을 쥐게 했다. 아버지의 유품이 내 손에 완전히 전해지는 순간이었다.

"이것만은 너희에게 전해야 했어. 그래서 국내성으로 온 거야. 한데 막상 국내성에 와 너희를 보니…… 차마 용기가 나지 않더라."

운이 힘없이 웃었다. 힘 빠진 미소에 말로 설명하기 어려운 감정이 담겨 있었다. 나는 눈앞의 이 커다란 남자가 금방이라도 사라질 것처럼 작고 위태로워 보였다.

"도압성이 그리되어 연 장군이 죽은 건 나 때문인데, 내가 그 가족에게 유품을 전해 줄 자격이 있기나 한가. 그걸 전해 주는 것마저 사실은 내 마음 편해지자는 욕심 아닌가. 혹여나 모습을 드러냈다가 내가 살아 있다는 것이 밝혀지면 또다시 태풍이 부는 건 아닌가."

나는 도압성 전쟁에서 아버지를 잃었는데, 이 사람은 자기 자신을 잃었구나. 문득 그런 생각이 들었다.

"그런 생각으로 머릿속이 복잡했어. 이것 역시 변명에 불과하겠지만."

빤히 자신의 얼굴을 바라보는 내 시선에 운이 어색하게 웃었다.

"때리고 싶으면 때려라. 내가 이 모든 일의 원흉이니, 아비를 잃은 넌 내게 그리할 자격이 있어. 네 마음대로 해라."

그렇게 말한 운이 두 팔을 벌렸다. 정말 무엇이라도 받아 주겠다는 얼굴이었다. 나는 입술을 질끈 깨물었다.

"죽이고 싶으면요?"

예상하지 못했던 말인지 어색하게나마 웃고 있던 운의 입매가 완전히 굳어졌다.

나는 그 얼굴을 똑바로 바라보며 말을 이었다.

"내가 당신이 원망스러워 죽이고 싶다고 하면요? 그래도 그리하라 할 건가요?"

"아니. 그건 내게 너무 편한 결말이잖아."

망설임 없이 대답이 돌아왔다.

"난 살아야 해. 살아서 기억하고, 감당하고, 더 이상은 이런 일이 없도록 막아야지. 그러니 죽어 주는 것은 못 하겠다."

"그렇게 대답할 줄 알았어요."

나는 헛웃음을 흘리며 그대로 바닥에 주저앉았다. 더 이상 두 발로 서 있을 힘이 없었다. 아래로 무너지는 나를 보며 운이 당황하며 몸을 숙이는 것이 보였다. 나는 두 손으로 얼굴을 감싸며 그를 향해 외쳤다.

"당신은 너무 이기적입니다. 모두 당신 탓으로 돌리고 미워하라는데, 죽은 사람보다 못하게 살겠다는 사람을 내가 어찌 미워합니까? 당신을 미워하게 하려거든 더 뻔뻔하게 나왔어야죠!"

"……그러지 못해 미안하다."

"그러니까 그렇게 미안해하지 말라고요. 도대체 뭐가 미안한데요? 당신이 왜 미안해하냐고?"

이번에는 대답이 없었다.

답답함에 씩씩대던 나는 그대로 운의 옷깃을 끌어당겨 그곳에 얼굴을 묻었다.

정말로 아버지가 죽었다는 것을 알아 슬프고, 눈앞의 이 남자가 답답하고, 그럼에도 누구 하나 원망할 사람이 없어서.

결국 나는 서럽게 울음을 터트렸다.

✦　✦　✦

　내 예상처럼 순도 스님은 능숙하게 뱀에 물린 내 상처를 치료해 주었다. 거머리를 써 독이 퍼진 피를 빨아내고, 물린 자리에 직접 만들었다는 하얀 가루를 뿌려 주었다. 가루의 정체를 넌지시 물었더니 말린 뚝새풀을 갈아 만든 가루라고 했다. 뚝새풀에는 독을 풀고 부종을 진정시키는 효능이 있었다. 나의 상황에 딱 필요한 효능이었다.

　치료를 마친 스님이 방을 나서자 나와 운만이 어색하게 남겨졌다. 운은 특별히 할 말이 없는지 입을 꾹 다문 채 자리만 지키고 있었고, 나는 조금 전 그의 옷을 붙잡고 엉엉 울어 버린 것이 민망해 말을 붙이기 힘들었다.

　이대로 있다가는 날이 밝을 때까지 어색한 상태로 있어야 할 것 같았다. 결국 내가 나서야 했다.

　"근래에 제가 여기 자주 왔던 거 전부 알고 있었죠?"

　"그래. 들키지 않게 잘 피해 다녔는데 결국 일이 이렇게 되었구나."

　"그렇게 열심히 피해 다녔으면서 아까 절벽에는 왜 온 겁니까?"

　"네 몸종이 달려와 우리 아가씨를 좀 살려 달라고 난리를 피웠다. 큰일이라도 난 줄 알고 더 이상 몸을 숨기고만 있어선 안 되겠다고 생각했지. 내 뜻대로 살겠다고 네 위험을 모른 척한다면 후에 장군을 뵐 낯이 없을 듯하여."

　"달래도 참······."

　달래가 상황을 과장해도 보통 과장한 게 아닌 모양이었다. 나는 민망함에 볼을 긁적이며 안대로 가려진 운의 눈을 가리켰다.

"그 눈은 어쩌다 그랬습니까? 안 보이는 건가요?"

"아, 보이지 않는 것은 아니다."

운이 멋쩍게 웃으며 안대를 풀었다. 왼쪽 눈과 눈썹 사이에 길게 흉이 나 있었다.

"도압성에서 싸우다가 검에 베였는데 다행히 상처가 깊지는 않았어. 하지만 제때 치료를 못 했더니 보기 나쁘게 흉이 남아서…… 마주칠 때마다 사람들이 놀라기에 흉터를 가리려고 안대를 하고 있었다."

"그럼 멀쩡한 눈을 그리 가리고 다녔단 말이에요?"

나는 놀라서 그의 손에서 안대를 빼앗아 들었다.

"그러다 멀쩡한 눈이 상합니다. 그다지 흉하지도 않은데 뭐 하러 가리고 다녀요?"

내 말에 운이 고개를 갸웃거렸다.

"흉하지 않아? 하지만 만나는 사람마다 내 얼굴을 보면 놀라기에…… 심약한 아낙들이라 그랬나?"

"흉터가 크면 얼마나 크다고 그걸 보고 놀랐겠어요? 다른 이유가 있었을걸요. 시골에 훤칠한 사내가 나타나서 놀랐는지도 모르죠."

확실히 흉이 크기는 했지만 운의 인상이 강하지 않은 탓에 무섭다는 느낌은 없었다.

"오늘부터는 그냥 다녀요. 이건 제가 버릴게요."

나는 심드렁하게 말하며 안대를 화로에 던졌다.

"도대체 언제부터 이걸 하고 있었어요?"

"도압성에서 동음홀 쪽으로 이동하면서부터."

"그럼 한참이나 이러고 있었단 말이잖아요!"

나는 어이없다는 듯 운을 바라보았다. 사람들이 놀란다고 제대로 보이는 눈을 가리고 다니다니.

"불편하지도 않았어요? 거리가 제대로 잡히지 않았을 텐데."

"대단한 일을 하면서 다닌 게 아니니까. 그냥 바다를 보면서 무작정 걸었어."

"바다를……."

그 말을 들으니 제신이 편지에 썼던 말들이 떠올랐다. 해안을 따라 국내성으로 가까워지는 이동 방향, 외눈박이, 흑요석 장식.

"오라버니가 쫓던 사람이 아버지가 아니라 그쪽이었군요."

"제신이가 내 뒤를 따라왔어?"

"아버지인 줄 알고 그랬던 거지만…… 결과적으로는 그쪽을 따라간 것이 됐네요."

그 사실을 알게 되면 제신은 어떤 반응을 보일까? 비로소 아버지의 죽음을 확인하게 되어 슬퍼할까? 오랜 친구의 생환을 반가워하며 기뻐할까?

나는 한숨을 내쉬며 운에게 물었다.

"오라버니께는 어찌 말할 겁니까?"

"글쎄…… 어찌 말하면 좋겠느냐?"

"제 의견을 묻는 것입니까?"

"네 오라비이니 네가 제일 잘 알 것 아니냐. 어찌하면 그 녀석의 원망을 덜 듣겠어?"

"이제 와 원망이 무섭습니까?"

나는 코웃음을 흘리며 말했다.

"저한테 했던 것처럼 하십시오. 두 팔을 딱 벌리고, 때리고 싶은 만큼 때려라. 그렇게 하세요."

일부러 운의 목소리를 따라 하며 말했더니 그가 미간을 찌푸렸다.

"그럼 제신이는 정말로……."

"정말로 때리겠죠. 진짜 죽기 전까지 때릴지도 몰라요."

내 말에 운이 웃음을 터트렸다. 하지만 그 웃음도 어딘가 시원해 보이지 않았다.

나는 진지한 눈으로 그를 바라보며 말했다.

"내 말은, 그렇게 맞고 속 좀 시원해지라고요. 지금처럼 답답하게 웃지 말고. 보는 사람이 더 답답해요, 지금 모습은."

운이 여전히 어색하게 웃으며 나를 바라보았다. 그는 할 말이 있는 듯 몇 번이나 달싹였지만, 끝내 다른 말을 하지 않고 입을 다물었다.

❖　❖　❖

상황을 정리하자면 이랬다.

며칠 후 운은 정말로 내가 조언했던 것처럼 제신의 앞에서 두 팔을 벌린 채 '날 때리고 싶은 만큼 때려라'라고 말했고, 제신은 정말로 죽기 직전까지 운을 때려 곤죽을 만들어 놓았다.

그리고 지금이었다. 나와 제신은 아버지의 위패 앞에서 향을 피우며 멀리 사라지는 연기를 바라보았다. 그간 몇 번이나 아버지의 위패 앞에서 향을 피웠지만, 오늘처럼 진심인 것은 처음이었다. 나와 제신은 마음 깊은 곳에서 아버지의 명복을 빌었다.

그 옆에 운이 멀뚱히 서 있었다. 제신은 못마땅한 얼굴로 그의 옆구리를 쳤다.

"뭐 해?"

"뭘?"

"너도 피워."

"내가?"

"그럼 안 할 생각이냐?"

제신이 운의 손에 억지로 향을 쥐여 주었다. 잠시 머뭇거리던 운이 아버지의 위패 앞으로 다가가 향을 피웠다. 피어오르는 연기를 보며 운은 묘한 표정을 지었다. 슬픈 것도 같았고, 홀가분한 것도 같았다.

"계속 여기서 지낼 생각이야?"

제신의 질문에 운이 고개를 끄덕였다.

"사람들도 잘 찾지 않고 조용한 곳이다. 숨어 있기에 좋아."

"평생 숨어 살 수는 없잖아."

"내가 나타나면 아버지께서 또 쓸데없는 생각을 하실 거야. 이편이 모두에게 좋아."

"다른 사람에겐 모르겠지만, 너에겐 좋지 않은 결정이야. 그걸 보는 나도 마음이 편치 않고."

제신이 한숨을 내쉬며 운의 어깨를 붙잡았다.

"평생을 이렇게 살 수는 없잖냐. 네가 무슨 생각을 하는지는 알지만, 이것도 일종의 회피야. 부딪칠 생각이 있다면 더 제대로 부딪쳐야지 않겠어?"

"무슨 말을 하고 싶은데? 생각한 것이 있다면 그냥 말해."

"난 차라리 네가…… 폐하의 측근이 되면 어떨까 해."

"뭐?"

"네가 완벽한 폐하의 사람임을 알린다면 많은 문제가 해결될 것 같은데. 네 생각은 어때?"

일리가 있는 말에 운이 입을 꾹 다물었다. 고민하는 운의 모습에 제신이 말을 덧붙였다.

"너도 알지? 고구려에 태왕을 돕는 특별한 조직이 있다는 거."

"비로(祕艣)를 말하는 거야?"

비로는 태왕을 가장 가까이에서 지키는 친위대이자 뒤로는 비밀스러운 첩보를 수행하는 간자들이었다. 때문에 비로에 대해서는 알려진 바가 거의 없었다. 그런 조직이 있다는 소문만 자자할 뿐 누가 비로에 속해 있는지도 비밀에 부쳐졌다.

물론 개중에서도 대외적으로 알려진 자가 있기는 했다. 태림과 지설이었다. 두 사람처럼 태왕의 호위를 수행하는 자들은 어쩔 수 없이 비로라는 정체가 드러났다.

"그래. 네가 비로가 되면 어때?"

제신의 말에 운이 피식 웃었다.

"소노부의 장남이 어찌 비로가 돼? 말이 안 되잖아."

"누가 비로가 되느냐는 비로의 수장이 결정해."

"그러니 하는 말이야. 비로의 수장이 어찌 나를 믿고 태왕의 측근으로 받아 주겠어?"

"나야."

제신이 짧게 말했다. 운은 그의 말을 제대로 알아듣지 못하고 미간을 찌푸렸다.

"무엇이?"

"비로의 수장."

"뭐?"

"내가 비로의 수장이야."

"……언제부터?"

"아버지의 위패가 이곳에 모셔진 이후로."

"장군께서 비로의 수장이셨어?"

제신이 대답 대신 짧게 고개를 끄덕였다. 예상하지 못한 말에 운이 두 손으로 얼굴을 쓸어내렸다.

"그럼 네가 그렇게 열심히 장군의 행방을 찾아 나선 이유는 단순히 아버지의 행방을 찾기 위해서만이 아니라……."

"수장을 찾기 위해서라는 이유도 있었어."

제신이 그리 말하며 내 눈치를 살폈다. 나도 지금의 이야기는 처음이었다.

"전혀 몰랐어."

"원래 말하지 않는 것이 원칙이니까."

"하면 지금은 왜 말하는데?"

내 질문에 제신이 깊게 숨을 들이마셨다.

"난 지금 운이와 우희, 너희 둘 모두에게 비로가 되어 달라고 말하는 거야."

"뭐?"

나와 운이 서로를 바라보았다. 마주 본 운의 눈에 경악이 가득했다.

"운이 넌 수에 밝아. 다른 사람들이 한 수 앞을 볼 때, 넌 열 수 앞을 보지. 바둑을 잘 뒀던 것도 수읽기에 능해서잖아? 비로에는 그처럼 큰 그림을 보는 자가 필요해."

"나에게 제안하는 건 그렇다고 쳐. 하지만 네 누이에게도 비로가 되라고? 대책 없이 나서길 좋아하는 이 녀석에게?"

"전면에 나서서 첩보를 수행하는 역할을 맡기고 싶은 게 아니야."

어이없다는 듯한 운의 말에 대답한 제신이 이번에는 나를 바라보았다.

"우희, 너에겐 비로 사람들이 갖지 못한 놀라운 재주가 있어."

길게 듣지 않아도 무슨 재주를 말하는 것인지는 알 수 있었다. 내가 가진 놀라운 재주라면 하나뿐이었다.

"의술을 말하는 거구나."

내 말에 제신이 고개를 끄덕였다.

"임무를 수행하다 다쳐 오는 자들이 많아. 독이나 미약, 수면향에 당해 임무를 망치기도 하지. 우희 넌 이 모든 것에 대처할 수 있는 재능이 있어. 많은 도움이 될 거야."

제신의 목소리는 확신에 가득 차 있었다.

누군가가 나를 필요로 한다는 건 언제나 반가운 일이었다. 하지만 이 비밀스러운 이야기를 이처럼 환한 낮에 하다니.

"이런 이야기는 좀 더 어둡고 조용한 곳에서 해야 하는 거 아니야?"

"지금도 충분히 어둡고 조용한데?"

제신이 주변을 둘러보며 말했다. 향이 피어오르고 있는 경내는 그의 말처럼 어둡고 고요했다.

"그런 말이 아니잖아……."

머리를 짚으며 한숨을 내쉬자 제신이 낄낄거리며 웃었다.

"비밀 조직에 너무 큰 환상이 있는 거 아니야? 대단한 것도 아니라고."

귓가를 올리는 웃음소리에 운의 얼굴이 못마땅하다는 듯 일그러졌다.

"헛소리. 비로가 대단하지 않으면 뭐가 대단한데? 그 대단한 일을 이렇게 어이없이 제안해? 나나 우희가 거절하면 어쩌려고? 네가 수장이라는 것까지 밝혔으니, 혹 거절하기라도 하면 죽여야 하는 거 아니야?"

조금 흥분해서 높아진 운의 말을 제신이 짧게 잘랐다.

"알고 있으니까."

그가 한결 진지해진 얼굴로 나와 운을 바라보았다. 그의 눈은 강한 확신으로 가득했다.

"두 사람이 거절하지 않을 거라는 거, 난 알고 있으니까."

정말이지 어이없고 태평한 확신이었다. 하지만 그 말이 틀리지 않았다는 건 이 자리에 있는 모두가 알고 있었다. 태왕의 편에 서면 스스로가 안은 문제가 모두 해결되는 운이나, 전쟁터에까지 따라나서려고까지 하며 담덕의 곁을 지키고 싶었던 나. 제신의 제안을 거절할 이유가 없었다. 그는 나와 운을 너무도 잘 알고 있었다.

"우희야."

그 사실이 우스워 피식 웃음을 흘리는데 제신이 나를 불렀다.

"폐하의 곁에서 그분을 돕고자 한다면 이런 방법도 있어."

"무슨 뜻이야?"

"폐하를 돕는 방법이 혼인만 있는 건 아니란 뜻이야."

"백부님이 들으면 펄쩍 뛰시겠는데."

"백부님은 그러시겠지. 하지만 난 집안 사정보다는 네가 중요해. 어쩌면 폐하보다도…… 네가 중요하고."

"난 정말 고마운데…… 그거, 비로의 수장으로선 실격 아니야?"

내가 의아하게 묻자 제신이 웃음을 터트렸다.

"맞아. 그래도 난 네게 선택할 길을 하나 더 주고 싶었어. 폐하를 돕고 싶다면 이 방법도 있으니 혼인에 대해서 제대로 고민해 봐. 난 네가 떠밀려서 원치 않는 사람과 혼인하는 건 싫다. 아버지도 너가

행복하길 바라실 테고. 혼인을 하게 되든 아니든, 정말 네가 그것을
원하는지 깊이 생각해 봤으면 좋겠어."

제신이 그렇게 말하며 아버지의 위패를 바라보았다. 단지 글자 몇
개 적힌 위패일 뿐인데, 아버지의 앞에서 이야기를 나누는 것 같은
묘한 기분이 들었다.

第十三章

# 황후

어느새 완연한 겨울이 되었다.

비밀스러운 조직에 들어왔다는 생각에 두근거리던 것도 처음의 며칠뿐, 비로가 된 후에도 나의 일상은 크게 다를 바가 없었다. 이따금씩 제신의 입에서 임무에 대한 이야기가 흘러나오지 않았다면 내가 비로가 되었다는 것도 진즉에 잊어버렸을 것이 분명했다.

그사이 담덕의 군대는 백제군과의 대치 끝에 전투를 시작했다.

지난 몇 개월간 저 멀리 남쪽에서 들려온 소식은 놀라웠다. 담덕이 순식간에 백제 열 개 성을 함락시켜 고구려의 땅으로 만든 것이다. 사람들이 헛소문은 아닐까 의심할 정도로 들려오는 이야기들은 현실성이 없었다.

지난 이십 년간 예성강을 사이에 두고 벌인 백제와의 전투는 지지부진했다. 백제가 우리 성을 하나 먹으면, 그다음엔 우리가 백제의 성을 하나 먹는 식의 지겨운 공방이 무려 이십 년간이나 이어져 왔다.

한데 담덕이 즉위 일 년 만에 남쪽으로 사만의 군사와 함께 떠나더니 첫 전투에서 한 번에 열 개의 성을 쓸어 담은 것이다.

놀라운 속도에 백제의 진사왕이 혼비백산했다는 이야기도 함께 들려왔다. 고구려 사람들은 백제 왕이 우리 태왕 폐하의 용맹함에 꼬리를 말고는 그대로 궁 안에 숨어 버렸다며 진사왕을 조롱해 댔다.

담덕은 거기에서 멈추지 않고 최종 목표였던 관미성을 향해 가고 있었다. 관미성은 지금까지 함락한 성들과 환경이 전혀 달랐다. 사면이 절벽으로 바다에 둘러싸인 관미성의 위치는 해전에 약한 고구려군에게 큰 악재였다.

하지만 승승장구, 연전연승을 이어 가고 있는 태왕군의 기세가 워낙 매서웠다. 귀족들은 이대로 가면 정말 관미성이 고구려의 손에 떨어질 수도 있다며 큰 기대를 하고 있었다.

이 분위기를 못마땅해하는 사람은 소노부의 고추가뿐이라고 했다. 사람들이 태왕의 용맹을 찬양할수록 그의 입지가 줄어드니 당연한 일이었다.

그렇게 소노부의 고추가가 제가 회의에서 늘 뚱한 표정으로 앉아 있다는 말이 공공연하게 흘러나오기 시작하던 그즈음.

담덕이 관미성을 함락했다는 소식이 국내성에 닿았다. 먼 곳에서 전해진 승전보에 국내성은 축제 분위기였다. 관미성 전투에서 보여 준 태왕의 놀라운 용병술에 대한 이야기가 전해지자 분위기는 더욱 뜨거워졌다.

담덕은 병력을 일곱 갈래로 나누어 관미성의 사방을 공격했다고 한다. 수성의 이점을 가진 백제군을 혼란에 빠뜨리기 위해서였다. 담덕의 전략은 정확하게 먹혀들었다.

백제군은 사방에서 쏟아지는 공격에 어느 쪽으로 병력을 집중해야 할지 결정하지 못하고 우왕좌왕했다. 병력을 이곳으로, 또 저곳으로 이동하는 동안 병사들은 지쳐 갔다. 병사들이 지치니 방어선을 구축하는 속도도 날이 갈수록 느려졌다. 그에 비해 고구려군은 동에 번쩍

서에 번쩍이었다.

방어하는 측의 이동 속도가 느려지자 결국 방어선에 구멍이 생겼다. 당연한 수순이었다. 담덕은 그 틈을 놓치지 않고 병력을 집중시켰다. 한번 흔들린 방어선은 다시 견고해질 시간도 없이 한순간에 무너져 내렸다.

그렇게 천혜의 요새 관미성은 쏟아지는 사만 고구려군에 굴복했다. 관미성에서 첫 합을 벌인지 불과 이십 일 만의 일이었다.

관미성을 함락하는 동안 태왕군의 피해는 미미했다. 담덕은 처음 출병했던 사만의 군대를 거의 손실 없이 유지하고 있었다. 그에 비해 백제군은 풍비박산이 났다. 한동안 전력을 회복하기 힘들 정도라고 했다.

기세를 몰아 더 남쪽으로 가자는 쪽과 이제는 그만 돌아와야 한다는 의견이 대립하기 시작한 것도 그때부터였다.

하지만 담덕은 다른 모든 의견을 물리치고 국내성에 돌아오는 쪽을 택했다. 그가 내게 귀환을 약속했던 시월의 어느 날이었다.

❖ ❖ ❖

귀환을 결정한다고 바로 국내성에 돌아올 수 있는 건 아니었다. 관미성과 국내성은 상당히 먼 거리에 있었기 때문에, 사만이라는 대규모의 군대가 다시 돌아오는 데도 상당한 시일이 소요되었다.

그렇게 담덕이 국내성을 향해 돌아오고 있던 즈음, 백제의 진사왕이 급사했다는 소식이 들려왔다. 절대 잃어서는 안 되는 전략적 요충지인 관미성을 잃고 전의를 완전히 상실한 그가 행궁에 사냥을 나갔다가 사망해 버린 것이다.

진사왕의 정확한 사망 원인은 알려지지 않았으나 땅을 제대로 지키지 못한 무능한 왕을 누군가가 죽여 버린 것이 아니냐는 묘한 소문이 돌았다.

소문이 진실인지 아닌지는 중요하지 않았다. 결국 백제는 땅과 왕을 모두 잃은 것이다. 연이은 비보로 백제 전체가 실의에 빠졌다.

죽은 진사왕의 뒤를 이은 자는 아신 태자였다. 이제는 아신 태자가 아니라 아신왕이 되는 것이다. 이제 아신은 숙부와 그의 부하들로부터 목숨을 위협당하지 않을 것이다. 나는 옛 환자의 처지가 나아졌음을 마음으로나마 축하했다.

담덕의 고구려와 아신의 백제.

새로운 왕들의 즉위와 함께 삼국의 질서도 새롭게 재편되고 있었다. 한때 고구려의 왕을 죽이며 기세등등하던 백제는 관미성을 빼앗기며 크게 위세가 죽었고, 신라는 여전히 고구려의 눈치를 보고 있었다.

아마 이때가 삼국 중 고구려의 힘이 가장 강한 시기겠지. 앞으로 고구려는 지금의 광개토대왕과 미래의 장수왕으로 이어지는 황금기를 맞이하게 될 것이다.

한 나라가 황금기를 맞이하면 다른 나라는 자연스레 그 기세에 눌려 힘을 잃을 수밖에 없다. 아마 아신은 죽는 날까지 담덕의 그늘에 가려 빛을 발하지 못할 것이다. 나는 어려운 시기에 왕위에 오른 그가 조금 안쓰러워졌다.

❖ ❖ ❖

해가 바뀌기 전 담덕이 국내성으로 돌아왔다.

태왕의 군대가 도착하기 며칠 전부터 국내성 사람들은 좋은 자리를 차지하기 위해 야단법석이었다.

제일 앞에서 당당하게 들어오는 태왕 폐하의 얼굴을 볼 수만 있다면!

사람들은 그런 바람을 가지고 며칠 전부터 노숙하는가 하면, 온 가족이 번갈아 가며 자리를 지키기도 했다.

그런 틈바구니에 휘말릴 수는 없는 노릇이라 나는 일찌감치 밖에서 담덕을 맞이하는 것을 포기했다. 대신 나는 궁에서 고운 옷을 차려입고 담덕의 귀환을 기다렸다. 돌아오면 가장 먼저 따뜻한 물에 씻고 싶을 테니 목욕물을 준비하고, 욕조 안에 피로 회복에 좋은 약초와 꽃을 띄워 놓았다.

기다리는 동안 몇 번이나 물이 식었다. 나는 시녀들과 함께 조금씩 따뜻한 물을 부어 물이 식지 않도록 주의를 기울였다. 장정 열 명이 들어가도 남을 정도로 욕조가 컸기 때문에 물이 식지 않게 하려면 분주하게 움직여야 했다.

시녀들은 내가 자신들 틈에 섞여 물을 데우기 위해 부엌을 오갈 때마다 곤란함에 발을 동동 굴렀다. 어쩔 줄 모르는 시녀들이 안쓰럽긴 했지만 그래도 양보할 수는 없었다. 오랜만에 돌아오는 담덕의 목욕물이니 내가 직접 챙겨 주고 싶었다.

"아가씨! 지금 막 궁에 들어오셨답니다!"

다시 따뜻한 물을 한가득 가져와 욕조에 붓고 있으니 시녀 하나가 뛰어 들어와 담덕의 소식을 알려 주었다.

드디어 담덕이 오는구나!

나는 신이 나서 담덕의 방으로 달려가 맛있는 음식이 가득 차려진 탁자 앞에 앉았다.

자리를 잡은 지 얼마 지나지 않아 방문이 열리고 담덕이 들어섰다. 거의 반년 만에 보는 얼굴이었다. 그새 담덕은 더욱 자라 사내다운 모습을 하고 있었다.

키는 원래도 컸고, 선은 조금 더 굵어졌네. 전쟁터에서 고생을 많이 해서 그런지 살은 더 빠진 것 같은걸.

내가 찬찬히 담덕의 얼굴을 살피는 사이 무표정한 얼굴로 방 안에 들어선 그가 길게 한숨을 내쉬며 두 손으로 제 얼굴을 쓸어내렸다. 담덕은 아직 나를 발견하지 못한 것 같았다. 나도 구태여 그를 부르지 않았다. 나는 조용히 담덕을 관찰했다.

담덕이 검을 내려놓고 갑옷을 벗기 시작했다. 혼자서는 벗기 힘든 갑옷이었지만 전쟁터에 나선 동안 수없이 혼자 했는지, 그는 제법 요령 좋게 갑옷을 벗어 냈다. 그는 갑옷을 대에 걸고 제 몸에 코를 박아 냄새를 맡기 시작했다. 지독한 냄새가 났는지 담덕의 얼굴이 괴상하게 일그러졌다.

이제 담덕의 걸음이 내가 있는 탁자 쪽으로 향했다. 이곳을 지나야 침상이 나오고, 갈아입을 옷은 그쪽에 있었다.

여전히 무표정한 얼굴로 탁자를 스쳐 가던 담덕이 별안간 걸음을 멈추었다. 잠시 그 자리에 굳어 있던 담덕이 뻣뻣하게 고개를 돌려 나를 바라보았다. 눈이 마주치자 나는 가볍게 손을 흔들며 웃었다.

"우희?"

나를 부르고서도 담덕은 움직임이 없었다. 그는 느리게 눈을 두어 번 깜빡이다 무엇인가를 깨달았다는 듯 헛웃음을 흘렸다.

"여기서까지 헛것을 보는군."

스스로를 향해 혀를 끌끌 찬 담덕이 다시 고개를 돌려 침상 쪽으로 향했다.

더 이상 참을 수가 없었다. 나는 활짝 웃으며 담덕에게로 달려가 뒤에서 그를 껴안았다.

"담덕!"

담덕이 양팔을 어색하게 벌린 채로 주위를 두리번거렸다. 그런다고 뒤에서 그를 껴안은 내가 보일 리 없었다.

담덕이 서둘러 내 팔을 풀어내고 뒤돌아섰다. 경악에 찬 그의 시선이 내게 닿았다.

"헛것이 아냐?"

"왜 멀쩡한 사람을 헛것으로 만들어?"

"……정말 헛것이 아니라고?"

"아니라니까!"

나는 그렇게 외치며 다시 담덕을 꽉 껴안았다. 나의 기세에 담덕이 뒤로 살짝 밀려났다.

"진짜구나…… 진짜 우희야."

작게 중얼거린 담덕이 나를 마주 안았다. 어찌나 강하게 안았는지 숨이 턱 막힐 정도였다.

하지만 내가 숨이 막힌다며 투덜거리기도 전에 담덕이 화들짝 놀라며 내 어깨를 붙잡아 나를 밀어냈다. 영문을 몰라 눈을 깜빡이니 담덕이 민망한 듯 고개를 모로 기울였다.

"그…… 냄새가 심하게 나서……."

"그게 걱정이었어?"

나는 크게 웃으며 담덕의 팔을 끌었다.

"그럴 줄 알고 내가 목욕물을 준비해 뒀어. 물도 따뜻해. 너 목욕하는 거 좋아하잖아. 전쟁터에 나가 있는 동안 목욕도 제대로 못 했지?"

사실 담덕뿐만이 아니라 고구려인들은 하나같이 목욕을 즐겼다. 고대인들은 잘 씻지 않았을 거라던 막연한 나의 편견이 틀린 것이다.

고구려의 목욕 문화는 건국 신화에도 잘 드러나 있었다. 고구려의 건국 신화는 물의 신 하백의 딸 유화가 목욕을 하다가 하느님의 아들인 해모수를 만나는 것으로 시작된다. 이 유화에게서 태어난 이가 바로 고구려의 시조 주몽이었으니, 신화대로라면 고구려인들에게는 물의 신 하백의 피가 흐르는 셈이었다.

그래서인지 고구려인들은 냇가에서 몸을 깨끗이 하는 일에 익숙했다. 남녀노소를 가리지 않고 잘 모르는 사람과도 얼굴을 보고 목욕을 하곤 했다.

물론 현대인으로서의 기억이 있는 내게 그 풍경은 목욕이라기보단 물놀이에 가까웠다. 이곳 사람들은 다른 이들과 함께 목욕을 할 때 의관을 벗고, 가장 안쪽의 속옷만 입었다. 현대로 치면 비키니를 입은 정도일까? 비키니보다 가려지는 부분이 많았으니 수영복을 입은 것보다 덜 부끄러운 차림이었다.

나는 담덕의 손을 끌어 그를 세욕장 안으로 밀어 넣었다. 내 기세에 담덕은 아무 말도 못 하고 세욕장 안으로 들어섰다.

"자, 어서 목욕하자!"

"목욕하자?"

담덕이 멍한 얼굴로 되물었다. 나는 고개를 주억거리며 담덕을 커다란 나무 욕조 앞으로 이끌었다.

"욕조에 꽃잎과 약재를 풀었어. 향도 좋고 피로를 푸는 데도 좋을 거야. 내가 등도 밀어줄게!"

그렇게 말하며 나는 겉옷을 벗기 시작했다.

고구려에 와서 친구와 물놀이라니. 대한민국에서도 못 해 본 일인데!

어쩐지 들뜨는 기분이었다. 소진일 때는 자주 어울려 지내는 친구가 없었기 때문에 워터 파크는커녕 동네 수영장에도 가 보지 못했다. 하지만 이제 내게는 친구가 있지 않은가.

눈앞의 나무 욕조는 워터 파크에 비교하면 한참 작았지만, 객관적으로 보면 성인 남자 열 명이 들어가도 거뜬할 정도로 컸으니 담덕과 함께 물놀이를 하기에는 충분할 터였다.

내가 옷을 훌렁훌렁 벗으니 굳어 있던 담덕이 손을 뻗어 어깨를 눌렀다. 벗으려던 옷이 담덕의 손에 걸려 다시 내 몸에 내려앉았다.

"너도 벗어. 안 벗고 뭐 하니?"

"너야말로 뭐 하는 거야?"

담덕이 미간을 찌푸리며 내게 물었다. 나는 커다란 욕조와 담덕을 번갈아 보며 고개를 갸웃거렸다.

"응? 목욕하자는 거잖아?"

"너랑, 나랑, 같이?"

그렇게 묻는 담덕의 말이 뚝뚝 끊어졌다. 나를 바라보는 담덕의 기세가 심상치 않았다.

그 눈빛에 들떴던 마음이 조금 가라앉았다.

"왜? 나랑 목욕하는 게 싫어?"

"싫고 좋고의 문제가 아니라⋯⋯."

내 질문에 담덕이 골치 아프다는 듯 머리를 짚었다.

"너랑은 못 해."

'안 된다'거나 '싫다'가 아니라 '못 한다'였다. 어감이 완전히 다른 말에 나는 눈을 깜빡였다.

"왜?"

내 질문에 담덕은 대답이 없었다. 그저 곤란해서 어쩔 줄 모르는 얼굴로 나를 바라보며 길게 한숨을 내쉴 뿐이었다.

"……말로 설명하기는 힘든데. 아무튼 조금 곤란해, 너랑은."

"지설이나 태림이랑은 같이 목욕했다며? 나도 서나 오라버니랑 같이 목욕했었는데?"

"그거야, 후, 아무튼 사정이 다르다고. 너와 그 녀석들은."

"도대체 뭐가 다르다는 거야? 제신 오라버도 내가 네 목욕물을 준비해 줄 생각이라 했더니 아예 같이하는 게 어떠냐고 했는걸."

"……제신이?"

"응."

"……제신이 말이지……."

담덕이 어쩐지 스산한 얼굴로 몇 번이나 제신의 이름을 중얼거리며 이를 갈았다.

"나와 목욕하는 게 싫어?"

나는 다시 한번 담덕에게 물었다. 처음으로 친구와 물놀이를 하게 되어 신이 났던 기분이 대번에 축 가라앉았다. 그러자 저주라도 하는 것처럼 연신 제신의 이름을 씹어 삼키던 담덕이 당황한 얼굴로 나를 바라보았다.

"네가 친한 사람들이랑은 다 목욕을 함께한다기에 나도 그럴까 싶어서……. 사실 나 가족 말고 다른 사람하고는 목욕을 해 본 적이 없거든. 별로 친구가 없어서……."

달래가 몇 번 냇가에 목욕하러 가겠느냐고 물은 적이 있었지만 내키지 않아 거절했다. 모르는 사람들 사이에서 섞여 홀로 물놀이를 할 정도로 낯이 두껍지는 않았기 때문이었다.

"아, 세상에."

시무룩하게 고개를 숙이는 나를 보며 담덕이 손을 들어 제 눈을 가렸다. 손으로 얼굴을 쓸어내리는 담덕의 얼굴에 답답함이 가득했다.

"국내성에 돌아오자마자 이게 무슨 시련이지? 내가 무슨 죄를 지었다고 이런……."

혼자서 의미 모를 말을 중얼거리던 담덕이 곧 결의에 찬 눈으로 나를 바라보며 입을 열었다.

"우희."

"응."

"하자."

"응?"

"목욕, 같이하자고."

❖ ❖ ❖

결국 나와 담덕은 같은 욕조에 몸을 담갔다. 담덕의 강력한 주장에 따라 상의를 그만 벗고, 나는 가장 바깥의 포만 벗은 상태였다.

욕조 안에 들어와서도 담덕은 나와 가장 먼 곳에만 골라 앉았다. 내가 조금만 가까이 다가가도 움찔거리며 자리를 옮겼다.

"네 목욕을 도와주려고 온 건데."

나는 혼자서 열심히 몸에 물을 끼얹고 있는 담덕을 보며 작게 중얼거렸다. 오랜 여정으로 피곤해 혼자 목욕하기 힘들 것 같아서 돕겠다고 나선 것인데, 그저 멀뚱히 담덕이 목욕하는 모습을 바라보고 있을 뿐이었다.

"시중은 원래도 받지 않는 편이야. 혼자 하는 것이 편해."

'그러니까 다가오지 마'라는 말이었다.

본인이 그렇게까지 말하니 어쩔 수가 없었다.

나는 홀로 씻고 있는 담덕을 두고 물놀이를 즐기기 시작했다. 소진일 때의 기억을 되살려 한쪽 끝에서 다른 쪽 끝까지 수영도 해 보고, 욕조 안으로 잠수했다가 떠오르기도 했다.

생각보다 재미있는데?

뜻밖에도 즐거운 물놀이에 나는 함께 목욕을 하러 가자던 달래의 제안을 몇 번이나 거절한 것을 뒤늦게 후회했다. 혼자 수영만 해도 꽤 재미있구나. 이렇게 재미있는 줄 알았으면 진즉에 나가 보는 건데.

신이 나서 물장구를 치는 내게 담덕이 어이없다는 듯 물었다.

"좋으냐?"

목욕을 도와주려고 왔다는 녀석이 혼자 신이 나서 놀고 있으니 어이없기도 하겠지.

나는 멋쩍게 웃으며 고개를 끄덕였다.

사실 이 세상에는 즐길 거리가 많지 않았다. 말을 타거나, 책을 읽거나, 활을 쏘거나. 그것이 전부였다. 재미있는 일도 일주일이면 질린다는데, 나는 벌써 십팔 년째 같은 것만 하고 살았다.

이곳 고구려는 매일 새로운 것이 쏟아지는 현대에 비하면 너무 단조로운 세상이었다. 그런 와중에 물놀이라는, 제법 취향에 맞는 놀이를 발견했으니 나로서는 기꺼운 일이었다.

고개를 주억거리는 나를 보며 담덕이 피식 웃음을 흘렸다.

"다음에는 더 큰 호수에 가자."

"호수?"

"국내성에서 멀지 않은 곳에 사람들이 잘 모르는 호수가 있어. 예전에 사냥을 나갔다가 보았는데, 수영하고 놀기에 좋을 거야."

"벌써 기대되는데."

"그러니 오늘은 이만 나가자. 얼굴이 다 익었어."

담덕의 말에 나는 손을 뻗어 내 얼굴을 만졌다. 따뜻한 물속에 있었으니 얼굴이 달아오르긴 했을 것이다.

"참, 너 배도 고프지? 음식도 한 상 가득 차려 두었는데."

그제야 나는 정신을 차렸다. 목욕은 빨리 끝내고 맛있는 것을 잔뜩 먹일 생각이었는데, 물놀이에 정신이 팔려 모두 잊고 있었다.

나는 자리에서 벌떡 일어나 욕조를 벗어났다. 그 순간 눈앞이 깜깜해지며 머리가 핑 돌았다.

"우희!"

앞에서 물이 요란하게 튀는 소리가 나더니 담덕이 나를 붙잡았다. 나는 제대로 중심을 잡기 위해 그의 어깨를 맞잡으며 가볍게 고개를 저었다.

"갑자기 일어서니 그렇지."

한숨 섞인 타박과 함께 서서히 두 눈의 시야가 돌아왔다. 선명해진 눈앞에는 살짝 그을린 살이 가득 펼쳐져 있었다. 담덕의 가슴팍이었다. 예상하지 못한 풍경에 나는 얼떨떨해 눈을 깜빡였다.

멀리서 봤을 땐 아무렇지도 않았는데, 가까이에서 보니 기분이 묘한걸.

순간 알 수 없는 이유로 얼굴에 열이 확 몰렸다. 당황한 나는 담덕의 어깨에 얹었던 손을 후다닥 떼어 내며 뒷걸음질을 쳤다.

하지만 여전히 담덕이 내 허리를 붙들고 있는 상태였다. 몸이 뒤로 가지 못하고 발이 헛돌자, 내 몸이 다시 앞으로 튕겨 나가 담덕의 가슴팍에 머리를 부딪쳤다.

코와 입술이 담덕의 가슴팍에 부딪히자, 이번에는 그가 화들짝 놀라 뒷걸음질을 쳤다. 그 순간 담덕이 발을 헛디뎠다. 평소라면 절대 그럴 일이 없겠지만, 이곳은 미끄러운 세욕장이었다. 나는 앞으로 넘어지고, 담덕도 뒤로 넘어갔다. 요란한 소리와 함께 우리는 바닥에 처박혔다.

고통을 예상하며 눈을 질끈 감았는데 생각 외로 몸이 멀쩡했다. 나는 어리둥절한 기분으로 상체를 일으켰다. 그러자 엉덩이에 닿은 느낌이 확실히 이상하다는 것이 느껴졌다. 바닥보다는 부드럽고, 그런데 또 마냥 부드럽지만은 않은……

나는 물이 뚝뚝 떨어지는 얼굴을 닦아 내며 내가 밑에 깔고 앉은 것의 정체를 확인했다. 그건 담덕이었다. 내가 담덕의 배를 깔고 그 위에 앉은 것이다.

놀라서 입을 쩍 벌리니 내 밑에 깔린 담덕도 넋이 나가 나를 바라보고 있었다.

"……우희."

담덕이 겨우 내 이름을 불렀다. 그 소리에 번뜩 정신을 차리니 담덕의 얼굴이 몹시 곤란하게 일그러져 있는 것이 보였다.

"미안. 바로 일어, 일어날게."

하지만 말뿐이었다. 놀라서 다리에 힘이 풀렸는지 몇 번이나 일어서려고 해도 다시 담덕의 배 위에 주저앉을 뿐이었다.

담덕이 제 눈을 가리며 길게 한숨을 내쉬었다.

"가만히 있어 봐."

그렇게 말한 담덕이 상체를 완전히 일으키자 순식간에 담덕의 얼굴이 코앞에 다가왔다. 숨결이 닿을 듯 가까운 거리였다.

어쩐지 긴장해 숨을 흡 들이켰더니 어깨가 절로 굳었다.

내 눈을 바라보던 담덕의 시선이 얼굴 가까이 올라온 어깨로 향했다.

"긴장했네."

혼잣말로 작게 중얼거리던 담덕이 다시 내 눈을 바라보았다.

"왜?"

"……응?"

"왜 긴장했어? 조금 전까진 아무렇지 않게 옷을 벗어 던질 기세더니, 갑자기 왜 이렇게 긴장하고 있냐고."

나는 아무런 말도 하지 못하고 입을 꾹 다물었다. 왜 이렇게 긴장한 것인지는 나조차도 몰랐다. 사정이 그랬으니 담덕에게 알려 줄 수 있는 이유도 없었다.

곤란해서 눈을 굴리는 나를 보며 담덕이 짙은 미소를 지었다.

"흐음…… 긴장했단 말이지."

담덕이 묘한 웃음을 흘리며 조금 더 내게 가까워지는 순간, 잊고 있던 힘이 속에서부터 올라왔다.

"나, 나가자. 여긴 너무 덥고, 어지럽고, 답답하고…… 아무튼, 그래, 여기서 나가야 해."

나는 본능이 시키는 대로 자리에서 벌떡 일어서 도망치다시피 세욕장을 벗어났다.

뒤쪽에 남겨진 담덕에게서는 아무런 소리도 들려오지 않았다.

❖ ❖ ❖

태림과 지설이 국내성에 돌아왔으니 비로의 새로운 대원인 나와 운을 소개하는 자리가 만들어졌다.

만남의 장소는 비로 본부였다. 비밀스러운 조직답게 국내성 외곽에 본부가 있을 것이란 나의 예측과 달리, 비로는 소란스러운 저잣거리 한가운데 있는 작은 주막을 본부로 삼고 있었다. 평소에는 평범한 주막처럼 장사를 하다가, 비로 사람들이 모이는 날에는 문을 닫는다고 했다.

"폐하께서는 아십니까?"

본부에 도착한 지설이 내 얼굴을 보자마자 미간을 찌푸렸다.

태림도 말은 않지만 내가 이곳에 있는 것이 썩 마음에 들지 않는 눈치였다.

"대원을 선발하는 건 수장의 몫이야."

제신이 짧게 설명했다. 원칙적으로야 옳은 말이었지만 지설은 납득하지 못했다.

"그래도 어찌 황후가 되실 분을 비로의 대원으로 씁니까? 비로는 쓰고 비리는 데 거리낌이 없는 패여야 합니다. 한데 폐하께서 이분을 그리 쓰실 수 있겠습니까."

"전면으로 나서는 일은 하지 않을 거야. 뒤에서 우리를 보조하는 역할이다. 게다가 폐하께서 비로의 모든 대원을 아시는 것도 아니잖아.

여기 있는 녀석들 중에서도 반은 폐하께서 모르는 이들이고…… 우희도 그렇게 뒤에서 일할 것이다."

밖에서는 서로 높임말을 쓰는 사이였지만, 비로 안에서의 제신은 수장으로서 지설을 대했다. 거침없는 하대에도 지설은 익숙한 듯 한숨을 내쉴 뿐이었다.

"뭐, 그건 그렇다고 칩시다. 한 명 정도야 어찌 감당할 수도 있겠죠. 한데 다른 한 사람은 또 소노부 해씨의 장남이라고요?"

지설의 눈이 뻔뻔하게 웃고 있는 운을 향했다.

제신에게 죽기 직전까지 두들겨 맞은 이후 운은 조금이나마 예전의 모습을 되찾았다. 종종 어두운 얼굴로 생각에 잠길 때도 있었지만 내가 이름을 부르면 언제 그랬냐는 듯 예전과 같은 장난스러운 미소를 짓곤 했다.

"해씨와는 연을 끊을 겁니다."

짧고 단호한 운의 말에도 지설은 고개를 저었다.

"끊는다고 끊어질 인연입니까? 물보다 진한 피라고 했습니다. 말은 그렇게 하지만 중요한 순간에는 피에 이끌릴 겁니다."

"지설."

제신이 투덜거리는 지설의 이름을 불러 경고했다. 지설은 못마땅한 얼굴을 지으면서도 입을 꾹 다물었다.

"백제나 신라 등 다른 나라에 첩자로 가 있는 자들, 지방에 분위기를 살피기 위해 파견된 자들을 빼면 국내성에 남아 있는 비로는 여기에 있는 사람들이 전부다. 자리에 없는 사람이 하나 있긴 하지만…… 그 녀석도 곧 올 거야."

어수선하지만 분위기가 어떻게든 분위기가 정리되자 제신이 둘러

앉은 사람들을 하나씩 소개하기 시작했다.

"지설과 태림은 대외적으로도 알려진 이들이니 잘 알 것이고……."

소개는 지설과 태림으로 시작해 신입 대원인 나와 운에서 끝났다. 나와 운은 대원들에게 인사한 후 신입으로서 간단한 포부를 밝히고 비로의 일원이 된 것을 축하하는 의미로 모든 대원들이 주는 술을 받아 마셨다.

"어머나, 벌써 시작해 버린 건가요?"

어느 정도 분위기가 무르익었을 때, 주막 안으로 여자 하나가 들어섰다. 화려한 차림의 유녀였다. 술기운이 올라 벌겋게 익은 얼굴로 유녀를 살폈더니, 어딘가 모습이 눈에 익었다.

"어!"

나는 곧 유녀가 눈에 익은 이유를 알아챘다. 오래전 저잣거리에서 담덕과 함께 있던 여자였다.

내가 손으로 가리키자 유녀가 요요히 웃었다.

"우희 아가씨지요? 이렇게 비로에서 뵐 줄은 몰랐습니다."

무례할 수도 있는 내 손가락질에도 유녀는 우아한 여유로운 동작으로 내게 인사를 건넸다.

"저는 다로입니다. 아가씨께서는 저를 잘 모르시겠지만, 저는 수장님과 폐하께 아가씨의 이야기를 많이 들었답니다."

"내 이야기를요?"

"예. 더분에 전 아가씨가 무척이나 친근해요. 지금껏 비로의 홍일점이라 쓸쓸했는데 이리 동료가 생기니 좋습니다. 아가씨께서도 아시겠지만 사내들은 눈치도, 재미도 없거든요."

"다로!"

다로의 말에 대원 하나가 항의하듯 그녀의 이름을 불렀다. 하지만 다로는 눈도 깜짝하지 않았다.

"보세요. 저리 무례하게 사람의 이름을 부른다니까요."

"다로. 놀리는 건 그만하고, 다녀온 일이 어찌 되었는지나 말해 봐."

내 귓가에 속삭이는 다로를 향해 제신이 말했다. 그러자 다로가 우아하게 미소를 지으며 고개를 숙였다.

"그리해야지요. 우리의 새로운 수장님께서는 제가 가져오는 이야기에만 관심이 있으시니……."

"다로."

"예, 예. 쓸데없는 이야기는 더 안 합니다."

다로가 고개를 내저으며 내 옆에 자리를 잡고 앉았다.

"소노부의 해사을과 시간을 보내고 오는 길입니다."

"해사을?"

익숙한 이름이었는지 운이 그 이름을 반복하며 미간을 찌푸렸다. 내가 누구기에 그러느냐는 눈빛으로 운을 보니 그가 떨떠름한 얼굴로 입을 열었다.

"사을이라면 내 육촌 형님이다. 어려서부터 아버지가 곁에 두고 키웠는데, 많은 가솔들 중에서도 심복 중의 심복이라 할 수 있지."

"맞습니다. 그런 사람과 시간을 보내고 왔으니 아주 재미있는 이야기를 가져오지 않았겠어요?"

"다로."

제신이 다시 한번 다로의 이름을 불러 재촉했다. 그녀는 못 말린다는 듯 어깨를 으쓱거리며 이야기를 시작했다.

"아시다시피 지금의 소노부는 상당히 곤란한 상황입니다. 폐하께서 백제에게 대승을 거둬 입지가 높아진 데다, 그렇지 않다 하더라도 왕으로 내세울 사람의 행방이 묘연하지요."

그렇게 말한 다로의 눈이 잠시 운을 향했다가 떨어졌다.

"하여 방법을 바꿨다 합니다."

"어떤 방법을 쓰겠다 했는데?"

"혼인입니다."

"혼인?"

제신이 이해가 되지 않는다는 듯 미간을 찌푸리자 다로는 미소가 사라진 얼굴로 입을 열었다.

"고추가는 제 딸을 우 황후처럼 만들고자 합니다."

우 황후. 그 이름 하나가 많은 이야기를 함축하고 있었다.

운이 탁자를 주먹으로 내리치며 자리에서 벌떡 일어섰다.

"영이를 패로 쓰겠다고요? 내 아버지가 정말 그리 생각한다고요?"

운은 믿을 수 없다는 듯 중얼거렸다. 다로는 씁쓸한 눈으로 그를 바라보며 고개를 끄덕였다.

"그에게 우 황후로 쓸 만한 패는 한 사람뿐이지요. 해씨의 도련님께서 생각하시는 그분이요."

"그 아이는 우 황후처럼 될 수 있는 아이가 아닙니다."

운이 단호하게 고개를 저었다. 영과 우 황후를 모두를 아는 내게도 그리 생각되었다.

우 황후는 고구려 사람이라면 모르는 이가 없는 인물이었다. 특히 귀족들이라면 그녀의 대단한 사연을 모두 꿰고 있었다.

우 황후는 소노부에 속한 우씨 가문의 딸로 고국천왕의 황후였다. 본래 소노부는 해씨를 중심으로 움직였으나, 당시에는 황후의 입김으로 우씨의 힘이 막강했다.

하지만 우 황후를 필두로 국정을 휘어잡고 권력의 단맛을 누리던 우씨 가문은 곧 다가온 고국천왕의 죽음으로 큰 위기를 맞게 되었다. 우 황후와 고국천왕 사이에 후사가 없다는 것이 문제였다.

고민하던 우씨 가문은 묘책을 떠올렸다. 우 황후로 하여금 고국천왕의 여러 동생 중 하나인 연우를 남편으로 맞게 해 그를 태왕으로 만든 것이다. 그가 바로 산상왕이었다. 태왕이 될 사람을 선택한 황후. 사람들은 우 황후를 그렇게 불렀다.

한편 이 대에 걸쳐 외척이 된 우씨 가문은 동천왕이 왕위에 오르기 전까지 어마어마한 권력을 누렸다. 소노부 해씨는 그때 우 황후와 우씨 가문이 그랬던 것처럼 외척으로서 권력을 휘어잡을 생각인 걸까?

내가 그런 예상을 하고 있다는 것을 알아채기라도 했는지 운이 고개를 저었다.

"아버지께서 그럴 리 없습니다. 저는 패로 써도, 영이는 그러지 못할 거예요. 그 아이를 더없이 아끼십니다. 몸도 약해 안에서만 돌리는 아이를 어찌 험한 정치에 끌어들이신다고……."

"해씨의 도련님."

연신 고개를 젓는 운을 보며 다로가 묘한 미소를 지었다.

"당신 아버지는 생각보다 권력욕이 강한 자입니다. 그가 권력을 잡기 위해 어떤 일까지 벌였는지…… 이미 아시잖아요?"

다정한 목소리였지만 그 안에는 날카로운 진실이 들어 있었다. 이미 소노부의 고추가는 말갈을 흔들어 도압성을 무너지게 한 전력이 있었다.

운이 대답을 못 하고 입술을 질끈 깨물자 이번에는 제신이 내 눈치를 살피며 입을 열었다.

"하지만 외척의 강한 힘에 휘둘렸던 계루부는 이 일을 거울삼아 이후 소노부 출신의 황후를 단 한 번도 들이지 않았어."

하지만 귀족의 도움 없이 왕권을 유지하는 건 힘들었다. 해서 계루부는 절노부와 손을 잡고, 절노부에게 왕비족의 이름을 허락하며 동반자가 되기를 제안했다.

"소노부 출신의 황후를 원치 않는 건 귀족들도 마찬가지일 거야. 제가 회의에서도 소노부에게만 강한 권력이 가는 것은 옳지 않다고 하여 이후 소노부에서 황후 후보를 내세워도 승인해 주지 않았다. 그런데 소노부가 이제 와 무슨 수로?"

"조금 다르게 생각해 보십시오. 제가 회의의 승인만 얻어 낼 수 있다면 누구나 황후가 될 수 있습니다. 전 소노부의 고추가께서 사람을 회유하는 데 대단한 재능이 있으시다고 들었는데……"

"소노부의 고추가가 아무리 사람을 잘 다룬대도 폐하의 의중까지 흔들 수는 없을 텐데."

"하지만 태왕께서도 제가 회의의 의견은 무시하기 힘듭니다. 어쨌든 우리 고구려는 다섯 부족이 힘을 합쳐 세운 나라니까요."

살포시 웃은 다로가 절노부 사람인 제신과 순노부 출신의 지설을 번갈아 보며 의미심장한 목소리로 말했다.

"절노부야 당연히 소노부의 꾀임에 넘어가지 않겠지만, 순노와 관노는 어떨까요? 이번 백제 원정에 도움을 준 것을 보세요. 그들은 언제나 더 많은 것을 줄 수 있는 쪽에 붙을 준비가 되어 있답니다."

다로의 말에 자리에 앉은 모두의 얼굴이 굳었다. 나도 마찬가지였다.

해영이 담덕과 혼인하여 황후가 되고, 소노부는 외척의 지위를 갖는다고?

지금 상황만 두고 보면 말도 안 되는 생각이었다. 하지만 소노부의 고추가는 이미 상상 이상의 행동을 한 적이 있었다. 그것을 고려하면 아예 불가능한 상상도 아니었다.

도압성을 일부러 무너뜨린 자가 국혼이라고 마음대로 못할 것 없어. 하지만 만약 그렇게 된다면…….

만약을 상상하는 것만으로도 이상하게 가슴이 답답했다.

❖ ❖ ❖

다로에게서 우 황후에 대한 이야기를 들은 지 얼마 지나지 않아, 제가 회의에서 황후에 대한 이야기가 흘러나왔다.

담덕이 즉위한 이후 백제와의 전쟁에 집중하느라 국혼을 올리지 못하였으나, 이제 그 전쟁이 마무리되었으니 황후의 자리를 논의할 시기라고 했다.

가장 먼저 이름이 오른 사람은 나였다. 어쩌면 당연한 수순이었다. 담덕이 즉위하기 전부터 절노부와의 혼인 이야기가 오갔던 데다가, 즉위 이후에는 내가 궁에서 지내며 담덕과 가까이 지낸 탓에 우리가 혼약을 나누었다는 사실이 공공연하게 퍼져 있었다.

때문에 백부는 나와 담덕의 혼인이 매우 순조롭게 진행되리라 생각한 것 같았다. 하지만 현실은 달랐다. 제가 회의에서 큰 반발이 있었던 것이었다.

"소노부가 크게 반대를 하더구나. 거기에 관노부가 동조했어."

다로의 이야기를 통해 어느 정도 예상했던 상황이었다.

나와 제신은 눈빛을 주고받으며 백부에게 제가 회의의 상황을 물었다.

"관노부는 이미 폐하의 쪽으로 돌아선 것 아니었습니까? 어찌 갑자기 소노부의 편을 드는 것인지……?"

제신의 말에 백부가 피곤한 얼굴로 고개를 저었다.

"관노부야 원래부터 소노부와 인연이 깊은 곳 아니냐. 지난 백제 원정에 병력과 물자를 내어놓은 일이 특이했던 게지. 다시 원래대로 돌아간 것일 뿐이니 이상하게 여길 필요도 없다."

"그 말씀은 곧 순노부 역시 소노부 쪽으로 돌아갈 가능성이 높다는 뜻입니까?"

"순노부는 관노부에 비해 소노부와 연이 적다. 하지만 여태까지 그들에게 동조했던 과거가 있음은 분명해. 순노부 역시 언제든 돌아설 수 있다고 생각해야겠지."

백부의 말에 제신이 질린 얼굴로 한숨을 내쉬었다.

"소노부 출신의 황후라니, 말도 안 될 일입니다. 관노부와 순노부는 어찌 소노부에게 그리 큰 권력을 주려는 겁니까? 지금도 다른 부족에 비해 많은 힘을 가진 소노부인데요."

"그들의 입장에서는 소노부가 권력을 잡으나, 폐하가 권력을 잡으나 달라질 것이 없다. 언제나 옆으로 밀려나 있던 자들이 아니냐."

고구려는 오부, 즉 다섯 부족이 함께 모여 만든 나라였지만 그 안에서는 묘하게 서열이 나뉘어 있었다.

계루부는 왕족으로, 절노부는 왕비족으로, 소노부는 한때 왕을 배출했던 부족으로 목소리를 높였지만 관노부와 순노부는 상대적으로 목소리가 작았다.

부족의 수장에게 '고추가'라는 호칭이 주어진 곳도 절노부와 소노부뿐이었다. 관노부와 순노부의 수장은 '고추가'라는 호칭을 받지 못해 단순히 '대가'라고만 불렸다.

"상황이 이러하니 폐하께서는 순노부마저 돌아서기 전에 국혼을 서두르자고 하신다."

"폐하의 뜻이 그렇더라도 소노부 쪽에서 강하게 나온다면 힘들 텐데요. 예전보다 힘이 조금 꺾였다고는 해도 여전히 제가 회의를 장악하고 있는 곳은 소노부잖습니까. 제가 회의에서 승인이 떨어지지 않으면 국혼은 무슨 수를 써도 불가능합니다."

제신의 염려에 백부가 턱을 매만지며 고개를 끄덕였다.

"제신이 네 말이 옳다. 그러니 방법을 고민해 봐야지."

❖ ❖ ❖

제가 회의에서 국혼 문제가 지지부진하게 논의되는 사이 영락 3년이 밝았다.

백제의 아신왕은 새해가 밝자마자 고구려에 빼앗긴 관미성을 되찾겠노라고 천명했다. 이를 위하여 아신은 외숙인 진무를 좌장에 임명하고 관미성을 비롯한 북부의 땅들을 되찾아오라 명했다.

진무가 그 뜻을 받들어 고구려 침공 준비에 열을 올리고 있다는 소문이 돌자 우리 고구려도 분주해졌다. 다시 물자를 모으고 병력을 훈련해야 할 시간이었다.

흔히 외부의 침략이 내부의 결속에 도움이 된다는 말이 있는데, 이번에도 그 말이 정확히 맞아떨어졌다. 매일같이 국혼 문제로 삿대질을 해대던 제가 회의가 백제라는 공공의 적을 두고 하나로 뭉친 것이다.

그들은 국혼 문제를 잠시 내려 두고 마음을 합쳐 전쟁 준비에 돌입했다.

소누부가 무슨 생각을 하는지는 모르겠으나, 적어도 겉으로 보기에는 그들 역시 대단한 애국심으로 백제의 괴멸을 외치며 힘을 합하고 있었다.

물론 백부와 담덕은 그들을 믿지 않았다.

"무슨 수를 써서라도 다음 전쟁이 벌어지기 전까지는 국혼을 올려야 해. 한 번 더 전쟁이 벌어지면 또 얼마나 국혼을 미뤄야 할지……."

담덕은 눈으로 제 앞에 가득 찬 장계를 살피면서도 말을 멈추지 않았다.

"나는 지난 전쟁 때문에 한 번 국혼을 미룬 것만으로도 힘들었어. 그런데 여기서 또 미뤄? 말도 안 되는 소리."

"하지만 제가 회의는 벌써 전쟁 준비에 돌입했잖아. 국혼 이야기는 이미 물 건너간 거 아냐?"

태평한 내 말에 담덕이 미간을 찌푸리며 장계를 내려놓았다. 일에 빠지면 집중을 깨뜨리는 법이 없는 그로서는 흔치 않은 모습이었다.

"넌 나와 혼인을 하고 싶기는 해?"

"당연히 하고 싶지. 먼저 혼인하자고 한 사람도 나인걸."

"그건 '나'와 '너'의 혼인이 아니라, '태왕'과 '절노부'의 혼인을 말한 것이었지. 네 열여섯 탄일에 내가 제대로 혼인하사 청한 건 잊었어?"

"당연히 기억하고 있지만……. 누가 먼저 혼인하자 청한 것이 뭐가 중요해?"

"내겐 중요해, 아주 많이."

담덕이 한숨을 내쉬며 다시 장계를 손에 들었다.

"왜 그리 초조한데?"

"이러다 정말 순노부까지 소노부에 넘어가 버리면, 난 꼼짝없이 소노부의 여식과 혼인해야 해. 제가 회의의 뜻은 태왕인 나로서도 거스르기 힘든 것이니까. 하지만 그건 절대로 싫어."

"순노부도 소노부 출신 황후는 달가워하지 않아. 지설이 그랬어."

사실 지설이 아니라 비로에서 들은 이야기였다.

하지만 내가 비로에 들어갔다는 것은 담덕에게 비밀이었으므로, 애꿎은 지설의 이름을 팔 수밖에 없었다. 다행히 담덕은 지설에게 이야기를 들었다는 내 말을 의심하지 않았다.

"하지만 금방 또 뒤집히는 것이 귀족들의 태도라."

대신 담덕은 답답한 얼굴로 머리를 헤집었다. 그가 이처럼 예민하게 구는 모습은 처음이었다.

"어떻게 하면 제가 회의에서 우리의 혼인을 승인할 수밖에 없을까?"

나는 그의 고민을 덜어 주기 위해 턱을 괴며 생각에 잠겼다. 고구려인으로서의 지식뿐만 아니라 현대인의 지식까지 모두 끌어들여 고민해 보았지만, 쉽게 답이 나오지 않았다.

하긴, 쉽게 답이 나올 문제면 해가 지나기 전에 벌써 해결됐겠지. 현대에서처럼 속도위반을 해 놓고 배 째라 할 수도 없는 노릇이고.

나는 일부러 과장되게 한숨을 내쉬며 고개를 저었다.

"먼저 애라도 만들어 와야 하는 거 아냐? 그럼 제가 회의도 어쩔 수 없이 승인하겠지, 뭐. 이미 애가 있는데 어떡해?"

웃음과 함께 흘러나온 내 말에 담덕의 손에 들려 있던 장계가 툭하고 떨어졌다.

"……애를, 뭐 어째?"

딱딱하게 굳은 담덕의 얼굴이 내게 향했다. 나는 탁자 위를 구르는 장계를 바라보며 눈을 크게 떴다.

"지금 장계를 버린 거야?"

"버린 게 아니라…… 아니, 정말 버렸다고 해도 그게 중요해?"

"그게 중요하지. 다른 사람이 뺏어 들기 전까지는 일거리를 손에서 놓는 법이 없는 사람이 장계를 버렸잖아, 지금."

"버린 게 아니라 네가 황당한 소리를 하니 놀라서 놓친 거지!"

"황당한 소리인 걸 뻔히 알면서 놀라긴 왜 놀라? 상황이 답답하니 농담이나 해 본 것을 가지고."

나는 담덕의 곁으로 다가가 탁자에 떨어진 장계를 다시 그의 손에 쥐여 주었다.

"농담? 지금 그게 농담으로 할 말이야?"

얼떨결에 장계를 받아 든 담덕이 다시 장계를 탁자에 내려놓으며 나를 보았다. 그렇게 말하는 담덕의 눈이 제법 매서웠지만, 다른 부분이 더 놀라웠던 내게는 그의 눈빛이 큰 문제가 되지 않았다.

"세상에."

담덕이 한 번도 아니고 두 번이나 장계를 포기했다. 나는 놀라서 입을 쩍 벌렸다.

"앞으로 우리 폐하의 손에서 장계를 놓게 하려면 애 먼저 만들자는 이야기를 해야겠네."

"……너, 그 이야기 한 번만 더 했다간 봐. 무슨 일이 생기나."

담덕이 잠시 미간을 찌푸린 채 나를 보더니, 곧 신경질적인 손놀림으로 탁자에 내려놓은 장계를 들었다.

"특히 다른 곳에 가서 그런 농담 하지 마. 농담이 통하지 않는 상대도 있으니까. 지설에게 이야기하면 좋은 생각이라고 당장 실천하라고 할걸."

"그에 비해 태림은 얼굴이 새빨개져서 아무 말도 못 할 것 같은데? 음, 말하고 보니 정말 반응이 그럴까 궁금하네."

"너!"

겨우 장계에 집중하던 담덕이 짧게 소리치며 다시 장계를 내려놓았다가, 장난스럽게 웃고 있는 내 얼굴을 확인하고는 맥이 빠진 듯 한숨을 내쉬었다.

"진짜로 할 생각은 하지도 마."

"안 해. 너 말고 다른 사람한테 이런 이야길 어떻게 해? 네가 그렇게 반응하니까 재미있어서 더 그러는 거잖아."

나는 담덕의 어깨를 두드리며 작게 웃었다.

다른 사람들 앞에선 진중하게 명을 내리는 태왕을 이처럼 당황하게 할 수 있다니. 얼마나 재미있는 일인가.

"연우희. 너는 정말 내가……."

키득거리는 나를 보며 담덕이 질린 얼굴로 머리를 짚었다.

"너처럼 태왕을 우습게 보는 사람은 이 세상에 없을 거다. 감히 태왕을 놀려?"

대외적으로 담덕은 상당히 무서운 왕이었다. 모두 백제와의 전쟁에서 얻은 성과 덕분이었다.

아군은 몇 대를 걸쳐 지지부진하게 치고받았던 남쪽 성들을 순식간에 굴복시킨 것에 대한 경외심을 담아 무신(武神)이라고, 적군은 전쟁에서 무자비하게 칼날을 휘두르며 목숨을 앗아 가는 데에 대한 두려움을 담아 사신(死神)이라고 불렀다.

어느 쪽이든 무시무시하다는 점에서는 똑같았지만 내게 담덕은 그저 담덕일 뿐이었다. 열두 살 때부터 함께 지내 온 친구이자 앞으로도 그렇게 지낼 소중한 인연. 조금 더 후하게 쳐 준다면 미래에 대단한 업적을 쌓을 대왕님 정도는 되겠지.

"그게 싫으시다면 언제든 예의 바른 우희가 되겠습니다, 폐하. 말씀만 하세요."

나는 다른 시녀들이 담덕에게 하는 모습을 떠올리며 예의 바르고 상냥하게 인사했다. 그러자 금세 담덕의 못마땅한 시선이 따라붙었다.

"내가 널 봐주고 있으니 그런단 뜻이야?"

"아무렴요. 저는 폐하께서 허락하시는 만큼만 선을 넘고, 이해해 주시는 만큼만 무례할 수 있습니다. 그러지 말라 하시면 저는 당장에라도 그 뜻을 따라야만 하는 사람인걸요."

담덕은 이 나라의 태왕이고 나는 일개 귀족 가문의 여식일 뿐이다. 아무리 어릴 적부터 알고 지낸 친구라고는 하나, 그가 격의 없는 태도를 불편해했다면 아무리 막 나가는 나라도 이런 태도를 고수할 수는 없었다. 결국 누울 자리를 보고 발을 뻗었다는 의미였다. 그러니 누울 자리가 없다면 당장에라도 몸을 웅크리는 수밖에.

네가 원하는 대로 해 주겠다는 눈빛으로 담덕을 보고 있으니 그가 장계로 얼굴을 덮으며 의자에 몸을 기댔다.

"……넌 나를 다루는 법을 너무 잘 알아. 그러니 내가 당해 내겠어?"

혼잣말처럼 작게 중얼거리는 담덕의 목소리에는 한숨이 함께 실려 있었다.

"너만이 나를 태왕이 아닌 담덕으로 대한다. 돌아가신 선대왕께서도 날 아들이 아닌 태자로 대하셨는데……."

담덕이 얼굴을 가리고 있던 장계를 내리며 고개를 돌려 나를 보았다.

"그러니 넌 내 유일한 집이다. 마음 놓고 내 진짜를 보일 수 있는. 너도 그걸 믿고 내게 이러는 거지. 내가 그 집을 얼마나 소중하게 여기는지, 그 집이 내게 얼마나 간절한지 잘 아니까."

흔들림 없는 두 눈이 나를 바라보고 있었다.

내가 그토록 담덕을 휘두르고 있는 걸까?

그렇다기엔 나를 바라보는 담덕의 눈이 너무나도 평온했다. 원망도 소망도 없는 눈빛. 지나치게 무덤덤한 눈빛을 바라보기 힘들어 나는 담덕에게서 고개를 돌렸다.

"그리 말씀하시니 제가 대단한 사람이 된 기분입니다. 전 아무것도 없는 여자애일 뿐인데."

"넌 대단해. 내가 만났던 그 누구보다도 더."

담덕이 손을 뻗어 고개 돌리려는 나를 끌어당겼다. 예상하지 못한 힘에 순식간에 허리가 굽혀져 몸이 담덕 쪽으로 기울었다. 나는 탁자에 손을 짚으며 겨우 몸에 중심을 잡았다.

"갑자기 왜……."

갑작스러운 담덕의 행동에 항의하려고 고개를 들자마자 그의 얼굴이 바로 앞에 있다는 걸 깨달았다.

피하려던 눈이 오히려 더 가까워지자 나는 어쩔 줄 몰라 눈을 아래로 내리깔았다. 하지만 아무것도 보이지 않는데도 내 얼굴을 빤히 바라보는 담덕의 시선이 느껴져 얼굴이 달아오를 지경이었다. 곤란함에 눈동자만 이리저리 굴리고 있으니 담덕의 목소리가 들려왔다.

"넌 어찌 이리 말 하나로 나를 정신없게 할 수 있어? 때로는 나를 하늘에 올려놓았다가, 정신을 차려 보면 바닥에 처박아 버려. 이것마저도 내가 자처한 고초인가?"

담덕의 손가락이 내 입술을 매만졌다. 아랫입술을 쓸어내리는 손가락에 묘한 열기가 느껴졌다. 기분이 이상했다. 나는 눈을 질끈 감았다.

"놓아주면 안 될까?"

"왜? 내가 이러면 싫어?"

담덕이 분위기에 맞지 않는 여상스러운 말투로 물었다. 그 평온함에 나는 더욱 당황스러워졌다.

"싫다기보단…… 조금 당황스럽다고 할까."

내 말에 담덕이 피식 웃었다.

"애부터 만들자던 사람이 겨우 이런 게 당황스럽다고?"

"그러니까 그건 그냥 농담이라고 말을……."

변명을 쏟아 낼 새도 없었다. 말하려는 순간 무엇인가가 닿아 입을 막은 탓이었다.

익숙한 느낌이었다. 이미 닿았던 적이 있는 것.

놀라서 눈이 번쩍 뜨였다. 예상했던 것처럼 담덕이 내게 입을 맞추고 있었다. 그 모습을 눈으로 확인하자마자 나는 당황해서 그대로 굳어 버렸다.

담덕은 딱딱하게 굳은 내가 우습지도 않은지 한참 동안 아랫입술을 집요하게 물고 핥은 뒤에야 떨어져 나갔다.

담덕이 나를 붙잡고 있던 손을 놓아주었지만, 넋이 나간 나는 도무지 움직일 수가 없었다.

"그런 농담은 이런 것 정도는 감당할 수 있게 된 다음에나 하라고, 연우희. 이것도 감당 못 하면서…… 뭐? 애를 먼저 가져?"

굳어 버린 나를 보며 담덕이 무표정한 얼굴로 경고했다.

"나 우습게 보지 마. 네 눈앞에 있는 나 담덕, 고구려의 태왕, 이제 어엿한 사내야. 입 맞추는 것 정도로는 사내로 보이지도 않아? 언제까지 날 처음 만났던 그때의 열두 살 꼬마로 볼 건데?"

담덕이 자리에서 일어서 나를 똑바로 세웠다. 그가 흐트러진 머리를 정돈해 주고 구겨진 옷을 펴 주는 동안에도 나는 멍하니 서 있을 뿐이었다.

"내가 모를 것 같아? 언제나 넌 어린 동생 대하듯 날 위에서 내려다봐. 처음 만났던 그때 그 순간부터 단 한 번도 변하질 않았어. 말로는 친구니, 폐하니 하지만 내 눈은 못 속이지."

나를 바라보는 담덕의 눈이 깊은 머릿속까지 읽어 내릴 것만 같은 기분이 들었다.

"넌 그냥 내가 우스운 거야. 아직도 내가 너에게 손을 내밀던 그 어린 꼬마인 줄로만 아는 것 같은데……."

담덕이 몸을 숙여 내 귓가에 속삭였다.

"날 그런 꼬마로 보고 혼인을 하자고 한 거라면, 연우희 넌 제대로 실수한 거야."

❖ ❖ ❖

담덕을 꼬마로 보고 혼인을 하자 한 거냐고?

아니라고 말할 수는 없었다. 소진으로서 살아온 시간과 우희로서 살아온 시간을 합하면 담덕은 내게 한참이나 어린 녀석일 뿐이니까. 그래서 담덕에게 혼인하자고 하면서도 다른 부분은 크게 신경 쓰지 않았다. 담덕은 배경이 필요하고, 나는 그걸 도와주고 싶었다.

그런 단순한 생각만으로 결정해서는 안 되는 일이었을까?

그러고 보면 담덕도 그런 질문을 했었다. 자신과 '진짜 부부가 하는 일'을 할 수 있겠느냐고. 나는 그것이 단순히 황후가 되려는 나의 의지를 확인하는 질문에 불과하다고 생각했지만, 어제 담덕의 태도를 보면 꼭 그것만은 아닌 듯했다.

담덕은 정말 나랑 그런 걸 할 생각인가? 입맞춤만으로도 이렇게 머리가 혼란스러운데 그 이상의 것은 어찌하지?

"왜 그러고 있어?"

멍하니 생각에 빠진 나를 보며 운이 물었다.

"예?"

"아니, 왜 그러고 있느냐고? 약초를 구하러 왔다기에 또 길을 잃을까 싶어서 귀한 시간을 내 호위를 자처했더니…… 약초를 앞에 두고 멍하니 앉아 있기만 하잖아."

나는 운의 타박에 이곳이 어디인지, 내가 이곳에 온 이유가 무엇인지를 생각해 내곤 멈춰 있던 손을 움직이기 시작했다.

얼마 전 성문사에 왔다가 발견한 약초가 떨어져 채집을 하러 온 참이었다. 먼저 사찰에 들러 순도 스님과 도림에게 인사를 했더니 운이 그것을 보고 약초 채집을 돕겠다 나섰다.

"귀한 시간은 무슨…… 조용한 사찰에서 사람들 눈을 피해 휴양하고 있는 것을 누가 모르나요? 매일 무료한 와중에 제가 오니 옳다구나 하고 따라나선 거잖아요."

"너무 사실만 말하니 가슴이 아픈데."

운이 장난스럽게 자신의 가슴을 움켜쥐며 내 옆에 자리를 잡고 앉았다.

"그러지 말고 말해 주지 그래? 무슨 고민이 있는지. 예전에 내게 고민이 있을 땐 그대가 들어 주었으니, 이젠 내가 도와줄 차례 아닌가?"

나는 약초를 매만지며 운의 얼굴을 바라보았다. 답답해서 누구에게든 조언을 구하고 싶었지만, 운에게 할 이야기는 아닌 것 같았다.

사실 운이 아닌 어느 누구에게도 하기 힘든 이야기였다. 지나가는 사람을 붙잡고 '태왕께서 저와 이렇고 저런 걸 하고 싶다 하시는데 전 어찌할까요?'라고 물을 수는 없지 않나.

"이건 저밖에 해결 못 합니다. 그러니 혼자 고민할래요."

나는 고개를 저어 내 뜻을 알리고는 단검으로 약초를 잘라냈다. 그러자 운이 기다렸다는 듯 들고 있던 자루를 내밀었다. 나는 그 속에 약초를 넣으며 운에게 물었다.

"그러는 그쪽이야말로 새로운 고민거리가 있지 않습니까?"

"내 고민?"

"영이 말입니다. 이대로 두시려고요?"

내 말에 웃고 있던 운의 낯빛이 조금 어두워졌다. 비로에서 들었던 소노부의 계획이 역시 마음에 걸리는 듯했다.

"그 아이는 황후로 살 그릇이 아니야. 심약하여 능구렁이 같은 노인네들의 놀음에 휘둘리기만 할 거다. 어떻게든 그건 막아야 해."

"하지만 소노부의 고추가께서 강하게 밀어붙이신다면 어찌 될지 몰라요. 폐하께서도 걱정하고 계실 정도인걸요."

내 말에 운이 눈을 가늘게 떴다.

"지금 보니 폐하와 혼인을 못 할까 봐 걱정하고 있었던 게냐?"

"걱정을 해 주는데 어찌 그리 매도하세요? 폐하와의 혼인은 제게 중요한 문제지만, 그쪽과 영이가 걱정되는 것 역시 사실입니다. 영이와 는 짧지만 친분을 쌓았고, 그쪽과는……."

딱히 할 말이 생각나지 않아 말을 흐리니 운이 흥미로운 눈으로 나 를 바라보고 있었다.

"그쪽과는, 뭐?"

"그쪽과는……."

다시 한번 입을 열어 보았지만 뒷말이 쉽게 나오지 않았다.

운과 나의 사이는 제법 복잡했다. 처음에는 단순히 오라버니의 친 구이자 아버지의 부하로만 생각했으나, 이제는 그 두 사람을 제하고 서라도 인연이 만만치 않았다. 하지만 그런 사이를 정의할 단어가 있 느냐면 그것도 아니었다.

뭔가 애매한 사이지.

말로 표현할 방법이 없어 미간을 찌푸리는 나를 보며 운이 웃었다.

"그리 고민할 건 또 뭐라고. 어쨌든 네가 그냥 두고 보기는 힘든 사람이라는 거 아니냐. 그 정도라면 상당히 긍정적으로 들리는데. 어 떻게든 간섭하고 싶고, 도와주고 싶고…… 내가 너에게 그런 사람이 맞느냐?"

"예. 그쪽은 사람이 답답하여 그냥 두고 보기가 참으로 힘듭니다."

"내가 답답하다고?"

"하고 싶은 것도, 하기 싫은 것도 마음대로 못 하니 답답하지요. 영 이와 만나고 싶지 않으십니까?"

내 질문에 운이 입을 꾹 다물었다. 나는 굳어 버린 그의 손에서 자 루를 가져와 약초를 담고는 자리에서 일어섰다.

"아버지와 만나고 싶지 않은 까닭은 알겠습니다. 한데 영이는요? 아무엇도 모르고 오라비를 잃은 그 아이는 만나고 싶으시잖아요. 그래서 멀리도 못 가고 국내성 근처에 숨어 계시는 것 아닙니까?"

"딱히 그런 건……."

"얼마 전에 해씨의 저택에 가셨다던데요? 멀리서 지켜만 보다가 성문사로 다시 오셨다고."

내 말에 운이 미간을 찌푸렸다.

"그건 누가 그래?"

"비로에 보는 눈이 어디 한둘입니까? 특히 우리 오라버니는 그쪽한테 관심이 참 많거든요."

"연제신, 이 자식이."

운이 제신의 이름을 부르며 이를 바드득 갈았다. 나는 웃으며 제신이 성문사 가는 길에 전하라 했던 말을 꺼냈다.

"만나서 사정이라도 이야기하고 싶다면 비로 사람들이 나서서 돕겠답니다. 그 정도는 할 수 있다고요."

이를 바드득 갈던 운이 미간을 찌푸리며 나를 보았다.

"영이를 만나는 건 곧 아버지에게 내가 살아 있음을 알리는 것과 같아. 그분이 영이를 패로 쓰겠다고 생각하신 이상 감시를 붙여 두었을 테니까."

"그러니 그렇게 되지 않도록 비로가 돕겠다는 게지요. 새로운 식구에게 주는 선물이라나요? 어찌하시겠어요?"

내 말에도 운은 대답이 없었다. 갑작스러운 제안에 쉽게 결정을 내리기 힘든 것 같았다.

"어찌해요? 그러겠다 해요, 말아요?"

나는 다시 한번 더 운을 재촉했다. 조금 걱정스러운 표정의 운이 결국 고개를 끄덕였다.

❖ ❖ ❖

작전은 간단했다. 먼저 내가 영에게 편지를 보내 성문사가 있는 산에 약초를 보러 가지 않겠느냐고 제안한다. 요즘 약재에 대해 공부하고 있다는 영이라면 분명 이 제안을 기꺼이 수락할 것이다.

영이 제안을 받아들여 나와 함께 산으로 나서면, 그때는 숨어 있던 비로 사람들이 그녀를 뒤따르는 감시역을 도발해 따돌려 시간을 번다.

벌 수 있는 시간은 길어야 일각에서 이각 사이. 그래도 영과 운이 이야기를 나누기에는 충분한 시간일 것이다. 첩보가 주업인 비로 사람들에게 감시역을 따돌리는 것쯤은 식은 죽 먹기였다. 그러니 영을 밖으로 불러내는 것이 무엇보다 중요했다.

영과는 근래에 몇 번 서신을 주고받은 적이 있었다. 대체로 영이 먼저 서신을 보내 약재에 대해 궁금한 것을 물으면, 나는 답장을 보내 궁금증을 해소해 주는 쪽이었다.

때마침 며칠 전 영에게 온 서신이 있었다. 어째서 감초와 해조를 함께 쓰면 안 되는지를 묻는 서신이었는데, 다른 일이 급하여 아직 답장을 보내지 않은 상태였다.

영의 질문에 대한 답은 간단했다. 약재에는 각각의 성질이 있는데, 서로의 성질이 맞지 않으면 각 약재의 효능을 반감했다. 이보다 더 심하게 상성이 맞지 않으면 함께 쓰는 것만으로도 독이 되었다. 때문에 한의학에서는 약재를 배합하는 데 일곱 가지의 원칙을 두고 있었다. 이를 칠정(七情)이라고 불렀다.

칠정은 한 가지의 약재만을 쓰는 단행(單行), 서로 비슷한 성질의 약재를 배합해 효능을 강화하는 상수(相須), 한 가지 약재를 중심으로 보조 약재를 사용하는 상사(相使), 약재의 배합으로 독성이나 부작용을 억제시키는 상외(相畏)와 상쇄(相殺), 두 가지 약재를 사용할 때 하나의 효능이 사라지는 상오(相惡), 함께 사용하면 독성이나 부작용이 생기는 상반(相反)으로 나뉘었다.

이중 감초와 해조는 상반의 관계에 해당한다. 함께 쓰면 독성이 생기는 것이다. 나는 먼저 그에 대한 지식을 서신에 쓰고, 마지막으로 국내성 근처 산에서 희귀한 약초를 발견했는데 함께 보러 가지 않겠느냐는 제안을 덧붙였다.

달래를 시켜 영에게 서신을 전했더니 얼마 지나지 않아 영에게서 기쁜 마음으로 나의 약초 채집에 동행하겠다는 답신이 왔다. 하여 이틀 후 오전에 국내성 입구에서 만나 길을 떠나기로 약속을 정했다.

일이 그렇게 정해지자 비로 사람들은 바쁘게 움직이기 시작했다. 실수하면 목숨이 달아나는 대단한 첩보만 수행하다, 동료를 위한 작은 작전을 수행하려니 다들 말은 하지 않아도 들뜬 기색이 역력했다. 특히 이번 일에 적극적으로 나서지 않을 것만 같았던 지설이 의욕적으로 준비에 나선 것이 놀라웠다.

"그날은 제가 아가씨를 호위하는 날이군요. 어차피 아가씨를 따라 나서야 하니 해영 님의 감시역을 따돌리는 건 제가 맡죠."

지설의 말에 나를 비롯한 비로의 대원 모두가 의심스러운 눈초리로 그를 보았다. 운이 비로에 합류하는 것도 극구 반대했던 그가 이처럼 협조적인 태도를 보이는 것이 이해가 않았다.

"갑자기 왜 이래요?"

모두를 대신해 내가 의문을 입에 올렸다. 지설은 질문의 이유를 빤히 알면서도 모르는 척 어깨를 으쓱거렸다.

"뭐가 말입니까?"

"동료로 인정 못 하겠다며 길길이 날뛰었던 거 기억 안 나요?"

"날뛰긴 누가 날뛰었다고 그러십니까?"

"그게 날뛴 게 아니면 뭔데요?"

반박할 수 없는 지적에 지설이 입을 꾹 다물었다. 운과 내가 비로에 인사를 하러 왔을 때부터 운을 동료로 인정할 수 없다며 엄포를 놓았던 그가 이처럼 변해 버린 까닭이 무엇일까?

"그냥 동료 정도로는 받아들일 수 있겠다고 생각했을 뿐입니다. 다른 이유는 없어요."

"그러니까 갑자기 그런 생각을 하게 된 이유가 뭐냐는 거죠."

모두들 궁금해서 지설을 바라보고 있으니 옆에 있던 다로가 키득거리며 입을 열었다.

"얼마 전에 급하게 임무 하나를 받은 적이 있지요? 워낙 급한 일이라 투입할 인원이 따로 없어 저와 지설 님, 운 도령이 함께 나섰지요. 그때 운 도령이 지설 님의 목숨을 구해 주었답니다."

"다로."

지설이 얼굴이 벌게진 채로 다로를 불렀다. 하지만 이미 말을 꺼낸 다로는 이야기를 멈추지 않았다.

"지설 님이 배에서 떨어져 강물에 빠졌는데 그길 운 도령이 건져 주었지요. 어디 그뿐인가요? 물을 먹어 숨도 못 쉬고 기절해 있기에 입으로 숨까지 불어 넣어 줬는데요. 이 정도면 생명의 은인 아닌가요? 그러니 지설 님이 이번 일을 안 돕고 어찌 배기겠어요?"

다로의 폭로 아닌 폭로에 지설의 얼굴이 이제는 하얗게 질렸다. 그 꼴을 본 비로 대원들이 웃음을 터트렸다.

"그 자존심 강한 지설이 인정 못 하겠다 버티던 신참에게 도움을 받았어?"

"게다가 입으로 숨을 불어 넣어?"

대원들이 숨이 넘어갈 듯 낄낄대기 시작하자 지설이 제발 좀 말려 보라는 듯 수장인 제신을 보았다. 하지만 이 자리에 있는 누구보다 제신의 웃음소리가 크다는 걸 깨닫고는 두 손을 들었다.

"예, 예. 다들 마음껏 놀리십시오. 수영도 못하면서 배를 탄 제 죄가 큽니다."

지설이 신경질적으로 머리를 헤집으며 길게 한숨을 내쉬었다.

"아무튼 전 갚을 것이 있습니다. 이번 일로 빚을 갚고 부채감을 털어 버릴 생각이니 무엇이든 역할을 맡겨 주십시오."

"지설이 그리 말하니 하고 싶은 역을 시켜 주는 게 어때?"

제신이 주위를 둘러보며 동의를 구했다.

"정면으로 겨루는 건 불안해도 뒤에서 유인하는 거라면 지설만 한 전문가가 없기도 하니까."

"……수장님은 칭찬과 욕을 동시에 하는 재주가 있으시군요."

"흔치 않은 재주라고 자부하고 있어."

지설의 비꼬는 말을 요령 있게 받아넘긴 제신이 뒤이어 대원들을 바라보았다.

"아무튼 역할은 정해졌군. 우희가 운의 누이를 데려오면 지설이 감시역의 눈을 돌린다. 나머지는 혹시 모르는 상황에 대비해 주변을 지키고."

제신의 시선을 받은 대원들이 고개를 끄덕였다. 마지막으로 그의 시선이 다로 앞에 멈추었다.

"하지만 다로 너는……."

"알겠습니다."

제신의 말이 끝나기도 전에 다로가 웃으며 고개를 끄덕였다.

"저는 다른 임무가 있겠지요. 이번에는 무슨 정보를 얻어 올까요?"

다로는 나와 같이 후방에서 대원들을 돕는 역할을 하고 있었다. 주요 임무는 정보 수집이었다.

원래 다로는 전쟁고아였는데, 그녀의 아름다운 외모와 우아한 자태를 눈여겨본 그 당시 비로의 수장이 정보원으로 쓰겠다 생각해 국내성으로 데려왔다고 했다.

전쟁고아였다가 비로로 흘러들어 왔다는 점에서 태림과 다로의 처지는 비슷했다. 사실 두 사람뿐만이 아니라 비로의 대원 대부분이 비슷한 상황이었다. 제신이나 지설, 운, 나와 같은 귀족 출신들이 오히려 특이한 축이었다.

"해사을에게서 얻을 이야기가 더 있으니 그를 만나나요? 아니면 관노부 진씨의 사람을 꾀어낼까요?"

다로는 유녀였다. 그런 그녀가 정보를 얻는 방식이란 뻔했다.

열락의 순간에 이르면 인간의 이성과 경계는 사라진다. 모든 것을 내려놓고 본능만이 몸을 지배하는 순간. 다로는 귀족 사내들이 그 순간에 이르노록 만들고 그들에게서 필요한 이야기를 얻어 냈다.

그렇게 얻어 낸 정보는 신뢰도가 매우 높아 비로의 움직임에 큰 도움을 준다고 했다.

"말씀만 하세요. 어떤 이야기든 알아 올 테니까."

무덤덤한 다로의 말에 제신의 표정이 묘해졌다. 잠시 말을 속으로 삼키던 그가 고개를 저었다.

"……아니다. 너는 폐하께서 따로 부르셨어."

"폐하께서요?"

다로가 드물게 놀라서 눈을 크게 떴다. 그 표정마저도 아름답기 그지없어서 나는 속으로 감탄했다.

미인은 뭘 해도 미인이라더니. 아마 다로는 울고 화를 내도 미인일 것이다.

"그래. 그분께서 잠시 널 보자고 하신다."

"늘 그러셨던 것처럼 '가륜'으로 저희 집을 찾으시겠군요. 하면 그 시간에는 다른 약속을 잡지 않고 집에 있겠습니다."

다로가 익숙한 것처럼 가륜이라는 이름을 입에 올렸다.

"가륜으로요?"

내가 놀라서 눈을 깜빡이니 다로가 살포시 웃었다.

"이번 경우처럼 폐하께서 직접 제가 얻은 정보를 듣고 싶다 하실 때가 있답니다. 그럴 땐 태왕 폐하의 모습으로 오실 수 없으니 '가륜'이라는 청년이 되어 유녀인 다로를 찾아오시지요. 가륜이 나타나는 날이면 다른 유녀들도 난리가 난답니다."

"어째서요?"

"어째서긴요. 폐하의 외모가 출중하지 않으십니까. 잘난 얼굴에 몸마저 사내다우시니 유녀들 사이에서 아주 인기가 좋으십니다. 그분이 폐하라는 걸 알면 다들 놀라서 뒤로 넘어가겠지만요. 그분을 두고 유녀들이 어찌나 음담패설을 많이 하는지 모르실 겁니다."

다로가 짓궂은 표정을 지으며 내게 속삭였다.

그렇지 않아도 다로와 '가륜'의 모습을 한 담덕을 본 적이 있었다. 그때도 다로가 얻은 정보를 직접 듣기 위해 담덕이 '가륜'으로 나선 모양이었다.

궁금한 것이 이처럼 명확한 답으로 해결되었는데도 이상하게 마음 한구석이 답답했다. 뭐가 더 궁금해서 속이 이리 답답하지?

나는 잠시간의 고민 끝에 내 마음을 답답하게 했던 의문의 정체를 깨달았다. 생각할 것도 없이 그 질문이 입 밖으로 튀어나왔다.

"하면 폐하와 그리 만나면 다른 사람들과 하듯 함께……."

하지만 질문이 채 완성되기도 전에 본능이 입을 막았다.

담덕과도 다른 사람들과 그러듯 동침했냐고? 그걸 왜 물어? 답을 들어서 어찌하려고?

"폐하와 함께 무엇을요?"

갑자기 입을 닫은 나를 보며 다로가 고개를 갸웃거렸다. 고개를 갸웃거리는 움직임을 따라 다로의 머리카락이 사르르 흩어졌다. 나는 그 모습을 빤히 보았다.

저런 모습도 정말 곱구나.

담덕이 이미 다로와 그런 것을 했다면…….

나는 서둘러 고개를 저어 생각을 끊어 냈다.

◆ ◆ ◆

이틀 후는 금세 찾아왔다. 나는 이른 시간부터 분주히 움직여 외출 준비를 했다. 목적지가 산이니 최대한 가벼운 옷을 입고 신도 편한 것으로 찾아 신었다. 함께 나서는 지설의 복장도 비슷했다.

어차피 내가 태왕의 사람인 지설과 태림의 호위를 받고 있다는 건 널리 알려져서, 오늘 내 곁을 지킬 지설이 얼굴을 가리거나 위장을 할 필요는 없었다.

"다른 사람들은요?"

"수장님을 비롯한 비로 몇 명이 이미 산에 잠입 중입니다. 해씨의 도령 역시 만나기로 한 장소에서 대기 중이고요."

"그렇군요."

고개를 끄덕인 나는 긴장감에 깊게 숨을 들이켰다.

"이것도 작전이라고 떨리네요. 여태까지 뒤에서 지켜보기만 했지, 직접 작전에 참여하는 것은 처음이잖아요."

비로에 들어온 이후 다쳐서 돌아온 대원을 고쳐 주거나 작전 수행에 필요하다는 약을 만들어 준 적은 있었지만 후방 지원이라는 역할 탓에 오늘처럼 전면에 나서는 건 처음이었다.

덕분에 잔뜩 긴장한 나를 보고는 지설이 피식 웃음을 흘렸다.

"이게 작전 축에나 들어갑니까?"

"내게는 충분히 들어가요. 다른 사람을 속여서 우리의 목적을 달성한다. 충분히 작전이잖아요?"

"대원 놀이에 들뜨셨군요. 그 장단에 맞춰 드리죠."

그렇게 지설과 이야기를 나누고 있으니 멀리서 영의 모습이 보였다. 호위는 따로 없이 그녀보다 조금 어려 보이는 몸종 하나만을 대동한 상태였다.

"감시역을 하는 이가 따로 보이진 않는데요?"

내가 의아해져서 물었더니 지설이 왼쪽 건물을 가리켰다.

"저쪽에 몸을 숨기고 저 아가씨를 주시하는 자가 있습니다. 아마 그

자가 감시역일 것 같군요."

지설이 가리킨 곳을 보았지만 내 눈에는 그런 사람이 보이지 않았다. 그를 찾으려 눈을 부라리고 있으니 지설이 한숨을 내쉬며 내 어깨를 툭 쳤다.

"그렇게 보다가 들키겠습니다. 저쪽은 제가 알아서 할 터이니 나중에 저 아가씨의 몸종을 어찌 떼어 내실 건지나 생각하십시오."

지설의 말에 나는 황급히 건물에서 눈을 떼고 영을 바라보았다. 내가 평소에 몸종을 데리고 다니지 않는 편이라, 그녀가 몸종을 데리고 나올 거라는 것을 생각지 못했다.

더욱이 영과 몇 번 마주쳤을 때 그녀도 몸종을 데리고 있지 않았기에 이번에도 그러리라 여겼다. 하지만 국내성 바깥으로 나서는 것을 생각해 사람을 데려온 모양이었다.

"우희!"

영이 나를 발견하고는 활짝 웃으며 내 쪽으로 달려왔다. 나는 마주 웃으며 달려오는 영을 향해 손을 흔들었으나, 곧 내 앞에 도달한 그녀의 상태가 좋지 않았다.

"영, 괜찮아?"

나는 당황해 영에게 손을 뻗었다. 영은 가슴을 부여잡고 숨을 몰아쉬며 애써 미소를 짓고 있었다.

"놀라지 않아도 돼. 늘 이런걸."

"늘 이렇다고?"

"어려서부터 조금만 움직여도 숨이 차고 가슴이 답답해졌어. 잘못하면 쓰러지기도 하고……. 그러니 아버지께서 밖에 나가질 못하게 하셨지. 약을 계속 먹어 예전만큼은 아니지만 아직 이럴 때가 있어."

그렇게 말한 영이 천천히 심호흡을 하며 허리를 폈다.

"이제 됐어. 겨우 돌아왔네."

괜찮다며 웃고는 있었지만 연약하게 마른 그녀의 얼굴 전체가 눈에 띄게 창백했다. 하지만 이런 일이 익숙하다는 양 그녀 옆에 선 몸종은 물론이고 영 본인까지 무덤덤했다.

오래 치료를 했는데도 달라지는 것이 없으니 포기를 한 것이겠지.

나는 입술을 질끈 깨물고 영의 손목을 붙잡았다.

"우희?"

갑작스러운 행동에 영이 고개를 갸웃거렸다. 나는 대답 대신 영의 맥에 집중했다. 가늘고 미미한 맥이 깊은 곳에서 뛰고 있었다.

'침맥(沈脈)과 세맥(細脈)이 함께 나타나는 침세맥(沈細脈)이야.'

침세맥은 흔히 허열증(裏虛熱)에서 관찰되는 맥이었다. 허열이란 음(陰), 양(陽), 기(氣), 혈(血)이 부족해져서 나는 열인데, 이를 치료하려면 위의 네 가지 중 어떤 것이 부족한 것인지를 먼저 파악해야만 했다.

나는 영의 손목을 놓고 그녀의 얼굴을 관찰했다. 얼굴이 창백하고, 조금 뛰었을 뿐인데 여전히 숨이 밭았다.

'맥과 증상을 보면 기허에서 온 천식일 가능성이 높아. 천식은 만성 질환이니 오랫동안 병에 시달렸다는 것도 이해가 돼.'

하지만 꾸준히 약을 먹고 있는데도 이처럼 상태가 좋지 않은 것이 의아했다. 유명한 의원들에게 보여 좋은 약을 먹고 있다 들었는데, 그렇다면 이리 조금만 뛰어도 밭은 숨이 나올 정도로 상태가 나빠서는 안 되었다. 제대로 된 처방으로 약을 먹고 있는 걸까?

"우희, 왜 그래?"

빤히 쳐다보는 내 눈빛에 영이 불안한 얼굴로 물었다. 나는 서둘러 미소를 지으며 고개를 저었다. 우선 오늘은 운과 영을 만나게 해 주는 것이 먼저였다.

"아니야, 갑자기 다른 생각을 하느라…… 미안해."

"어찌 생각을 그리 깊이 하는지……."

영이 웃으며 내 옆에 있는 지설의 눈치를 살폈다. 묵묵히 선 그의 정체가 신경 쓰이는 모양이었다.

"이분은 지설이야. 순노부 사씨 가문의 도련님이고, 폐하의 호위를 맡으신 분인데 오늘은 우리를 지켜 주실 거야."

"폐하의 호위?"

영이 놀란 얼굴로 지설을 바라보았다. 지설이 나를 처음 만났을 때처럼 무뚝뚝한 얼굴로 그녀에게 고개를 숙였다.

"우희 님께서 다 설명하셨으니 더 이야기할 것도 없군요. 사지설입니다."

지설의 인사에 영도 서둘러 예를 갖추었다.

"소노부 해씨의 여식 영이라고 합니다. 폐하를 지키시는 대단한 분이 저희를 어찌 저희를…… 무어라 감사드려야 할지요."

"감사는 필요 없습니다. 폐하께서 무엇보다 우희 님을 지키는 일에 신경을 많이 쓰셔서요. 저는 할 일을 할 뿐입니다."

지설이 묘하게 지키는 대상을 '우리'에서 '나'로 축소시켰다. 영 역시 그것을 알아들었는지 민망한 표정으로 어색하게 웃고 있었다.

나는 팔꿈치로 지설의 옆구리를 찌르며 그를 노려보았다. 소노부가 담덕의 일에 훼방을 놓는 경우가 많아 지설이 그 집 사람인 영에게 호감이 가지 않는 것은 알겠으나, 이렇게 대놓고 배척할 이유도 없지 않은가. 소노부 고추가가 벌이는 모든 일은 영과는 무관한 것이었다.

내 눈빛에 담긴 이야기를 알아챈 것인지 지설이 귀찮다는 듯 머리를 헤집으며 국내성 바깥을 가리켰다.

"어쨌든 오늘은 제가 '두 분'을 안내하지요. 아, 거기 해씨 아가씨의 몸종까지 셋인가요? 어쨌든 저를 따라오십시오."

"예, 그리 부탁드리겠습니다."

지설이 그렇게 말하고 앞장서자 영의 얼굴이 한층 밝아졌다.

❖ ❖ ❖

"산까지는 말을 타고 갈 거야."

"말을?"

내 말에 영이 곤란한 얼굴을 했다.

"저…… 나는 말을 타지 못해."

"말을 못 탄다고?"

이번엔 내가 놀라서 되물었다. 고구려 사람들은 누구나 말을 탈 줄 알았다. 어린아이들도 능숙하게 말을 타고 다녔으니 어른은 말할 것도 없었다.

놀란 내 눈에 영이 멋쩍게 웃었다.

"어려서부터 몸이 약해 바깥 활동을 전혀 못 했어. 그래서 기마도 배우지 못했고. 그래서 말을 전혀 못 타는데 어떡하지?"

"걸어가기엔 거리가 조금 있으니 마차를 빌리거나……."

턱을 매만지며 고민하던 나는 신묘한 수를 생각해 내고 고개를 번쩍 들었다.

"지설이 영을 태워 주면 되잖아요. 말이 충분히 크니 두 사람이 타도 문제없어요."

"제 말을 함께 타요?"

지설이 영을 바라보았다. 그 시선에 영이 화들짝 놀라 손을 내저었다.

"아니, 아닙니다. 사람이 하나 늘면 불편하실 터인데……."

"아닙니다. 제 생각에도 그쪽이 나을 것 같군요. 저와 함께 말을 타시죠. 해씨의 아가씨께서 불편하지만 않으시다면."

"저야 당연히 괜찮습니다. 다만 사씨의 도련님께서 불편하신 것은 아닐까 하여……."

"전 불편하면 불편하다고 말하는 사람입니다. 제가 괜찮다고 하는 것은 정말 괜찮은 것이니 그리 사양하실 것 없습니다."

영이 지설의 말이 진실인지 확인해 달라는 듯 나를 보았다.

나는 고민할 것도 없이 고개를 끄덕였다. 지설은 싫은 것을 억지로 참으며 할 사람이 아니었다.

내 대답에 마음이 편해진 것인지 영의 얼굴에 안심한 기색이 서렸다. 그것을 확인한 지설이 먼저 말에 올라타 영에게 손을 내밀었다.

"등자에 발을 올려놓고, 제 손을 잡으십시오."

"등자요?"

"제가 발을 올려 둔 이 고리 말입니다."

영이 조심스럽게 등자에 발을 올리고 지설이 내민 손을 붙잡았다. 그러자 지설이 영을 끌어당겨 자신의 앞에 태웠다.

"앗!"

몸이 붕 떠오르자 영이 놀라서 소리를 질렀다가, 자신의 뒤에 앉은 지설의 얼굴을 확인하고 두 손으로 입을 가렸다. 그 모습에 지설의 미간이 꿈틀거렸다.

"일일이 무서워하지 마십시오. 제가 아가씨에게 무슨 짓이라도 합니까?"

"죄송합니다…… 제가 사람을 대하는 요령이 없어……."

"일일이 사과하지도 마시고요."

"죄송…… 아니, 알겠습니다."

영이 시무룩하게 대답했다. 나는 그 모습을 보고 한소리 더 하려는 지설의 말을 서둘러 가로챘다.

"지설, 그리 퉁명스럽게 말하면 심약한 여인들은 놀란다고요."

"처음부터 제게 할 말을 다 하신 우희 님은 여인이 아니란 말씀이십니까?"

"여인이죠. 단지 '심약한 여인'이 아닐 뿐."

나는 입을 비죽 내밀고는 멀뚱히 홀로 남은 영의 몸종을 바라보았다.

"일이 이렇게 되었는데 자네는 말을 탈 줄 아는가?"

"말이야 탈 줄 압니다만…… 일이 이렇게 될 줄 모르고 말을 가져오지 않았습니다."

"그래? 이를 어쩌면 좋지?"

나는 일부러 과장되게 눈을 크게 뜨며 안타깝다는 듯 말했다.

"내 말에 자네를 태워 가면 좋겠으나, 내 기마 실력이 형편없어 혼자 타고 가는 것도 겨우 하거든."

그 말에 지설이 기가 막힌다는 듯 내 얼굴을 바라보았다. 내가 말을 얼마나 잘 타는지는 도압성으로 가는 길에 모두 확인했으니 나의 뻔뻔함에 혀를 내두르는 것이 분명했다.

나는 그런 지설의 눈빛을 무시하고 그의 앞에 자리를 잡은 영을 바라보았다.

"영, 몸종이 없으면 많이 불편할까? 이 아이까지 말에 태워 가긴 힘들 것 같은데."

난처한 나의 목소리에 영이 재빨리 고개를 휘휘 저었다.

"아니야. 이런 상황에 내가 어찌 몸종을 데려가자 고집해?"

영은 말을 탈 수 없어 초면인 지설의 말까지 얻어 탄 입장이었다. 몸종을 집에 보내는 것이 어떻겠냐는 나의 이야기를 거절할 수 있을 리 없다.

"수인아, 너는 먼저 집으로 돌아가거라."

"예? 아가씨를 두고요?"

"여긴 내 친구 우희도 있고, 폐하를 지키는 대단한 무사님도 계시니 걱정할 것 없다. 다른 일이 생기지 않도록 두 분께서 잘 챙겨 주실 거다."

몸종이 고민하는 듯 나와 지설의 얼굴을 살폈다. 나는 서둘러 나서서 영의 말을 보강했다.

"너무 걱정 말거라. 내가 너희 아가씨를 잘 살필 터이니. 무슨 일이 생기면 나를 탓해도 좋다."

내가 그렇게까지 말하니 몸종의 얼굴이 조금 풀어졌다.

"아닙니다. 어찌 제가 귀한 아가씨 탓을 하겠습니까. 아가씨께서 이리 말씀하시니…… 저는 먼저 돌아가겠습니다."

"그래. 채집이 끝나면 다시 이곳에 와 해씨 저택에 사람을 보내마. 그때 너희 아가씨를 모시러 오거라."

"예, 그리하겠습니다."

몸종이 고개를 숙여 인사한 뒤 성문을 떠났다.

어때요? 내가 제대로 몸종을 떼어 냈죠? 의기양양한 눈빛으로 지설을 보니 그가 피식 웃음을 흘리면서도 고개를 끄덕였다. 현장 대원에게 제대로 작전 수행 능력을 인정받은 것이다.

"자, 그럼 이제 출발할까?"

나는 뿌듯한 마음으로 말 위에 올라탔다. 말에 오르는 유려한 동작에 영이 눈을 동그랗게 떴다.

"우희, 너 말을 잘 못 탄다고 하지 않았어? 모르는 내가 보기에도 자세가 아주 훌륭한걸."

아차.

영의 말에 지설을 보니 어느새 그가 한숨을 내쉬며 고개를 젓고 있었다. 지설에게 인정을 받은 지 삼 초 만에 다시 능력을 부정당한 것이다.

"으응…… 그냥 타는 자세만 좋아, 자세만."

나는 어색하게 웃으며 말의 옆구리를 걷어찼다.

❖ ❖ ❖

산에 도착한 우리는 입구에 말을 묶어 두고 산을 올랐다. 봄에 접어든 산은 초록으로 뒤덮여 보는 것만으로도 마음이 평온해졌다.

나는 지나가면서 보이는 약초들을 하나둘 짚어 가며 영에게 효능을 설명해 주었다. 그럴 때마다 영은 약초를 직접 만져 보고, 냄새도 맡으며 열심히 이야기를 들었다.

듣는 사람이 열심이자 나도 열의에 가득 차 본래의 목적을 잊고 신이 나서 약초에 대해 떠들기 시작했다. 이런 이야기를 나눌 수 있는 사람이 주변에 거의 없었기 때문에 내가 들뜨는 것은 당연했다.

"이건 머위야."

나는 한쪽을 가득 채운 푸른 잎을 가리키며 말했다. 끝부분이 뾰족하게 모양 난 머위는 번식력이 강해, 하나가 자리를 잡으면 주변이 모두 머위로 뒤덮이는 특성이 있었다.

"머위?"

영이 이번에도 호기심에 가득 찬 얼굴로 머위 앞에 쪼그려 앉았다. 나도 그 옆에 자리를 잡고 앉아 손으로 머위 하나를 캐 뽑아 들었다. 그러자 푸른 잎 아래로 긴 뿌리가 드러났다.

"약재로 쓸 때는 이 뿌리 부분을 사용해. 이름은 봉두채(蜂斗菜)라고 하고. 잎도 약재로 쓰는 사람이 있지만…… 대부분은 이 뿌리를 많이 써."

"그렇구나. 어떤 경우에 써?"

"가장 간단하게는 해독 작용이 있어. 종기가 나거나 벌레에 물렸을 때 쓰면 좋지."

"산에서 꼭 필요한 약초구나. 여긴 벌레가 많으니까 말이야."

그렇게 말한 영이 미간을 찌푸리며 손을 휘휘 저었다. 봄철이라 활동을 시작한 벌레들이 한참 전부터 우리 주변을 맴돌고 있었던 것이었다.

나도 덩달아 손을 휘휘 저어 벌레들을 쫓고 있으니 조금 떨어진 곳에서 지설이 나를 바라보고 있었다.

지금 뭐 하는 겁니까?

뚫어져라 나를 보는 눈빛이 그렇게 말하고 있었다. 그제야 나는 원래의 목적을 떠올리고 자리에서 벌떡 일어섰다.

"이⋯⋯."

의아한 영의 시선이 내게 닿았다. 나는 태연한 척 말을 이으며 걸음을 옮겼다.

"머위와 비슷하게 생긴 독초가 있어. 그러니 사용할 때 조심해야 해. 표면에 윤기가 나고 조금 더 색이 짙은 녹색이면 그건 털머위야. 독성이 있으니 사용해선 안 돼."

그러자 영이 고개를 끄덕이며 나를 따라왔다.

내가 향하는 방향이 운과 미리 약속한 장소라는 것을 알아챈 지설이 내게 눈짓을 보내고 몸을 감추었다. 제대로 상대를 따돌리면 약속된 새소리를 내 신호를 주기로 되어 있었다. 생각에도 없는 털머위 이야기를 하며 조금 걸었더니 미리 맞춰 두었던 새소리가 들려왔다. 무사히 시선을 끌었구나!

길어야 일각에서 이각이라고 했으니 서둘러야 한다. 나는 영의 손목을 붙잡고 그녀를 끌어당겼다.

"영, 잠시 속도를 낼 수 있겠어?"

"응?"

"잠시면 돼."

손목을 붙잡은 내가 빠른 걸음으로 걷기 시작하니 영이 끌려오다시피 나를 따라왔다. 그녀는 영문을 몰라 고개를 갸웃거리면서도 내 발걸음에 맞추기 위해 속도를 올렸다. 덕분에 약속한 장소까지 금세 닿을 수 있었다. 애초에 약속 장소 근처에서 배회하고 있었으니 당연한 일이었다.

"여기야."

내가 손목을 놓자 영이 숨을 몰아쉬며 가슴을 움켜쥐었다.

"여기에…… 무엇이…… 있는데?"

영이 힘겹게 말하며 주변을 둘러보았다. 주변은 온통 나무뿐이었다. 옆에 계곡이 흐르고 있었지만 약초 구경을 나온 영에게는 중요하지 않은 풍경이었다.

"도대체 무엇이 있는데 여기에……."

의아한 얼굴로 내게 묻던 영이 무엇을 발견했는지 입을 꾹 다물었다. 그녀가 무엇을 보았을지는 짐작이 갔다.

"내가 지금 무얼 본 거지?"

영이 경악에 찬 얼굴로 입을 쩍 벌리더니 그대로 자리에 주저앉았다.

"영아."

그 앞으로 나무 사이에 몸을 숨기고 있던 운이 나타나 영에게 손을 내밀었다. 영이 제 앞에 불쑥 나온 손을 잡을 생각도 못 하고 굳어 있자 운이 한숨을 내쉬며 그녀를 일으켜 세웠다.

다리에 힘이 풀려 몇 번이나 휘청거리던 영이 겨우 중심을 잡고 서며 운에게 말했다.

"오라버니예요? 진짜 오라버니예요?"

믿을 수 없다는 듯 운의 얼굴이며 몸을 만지던 영이 눈앞의 사람이 환상이 아니라는 것을 깨닫고 그를 껴안았다.

"오라버니!"

"영아."

운이 씁쓸한 얼굴로 영을 마주 안았다.

내가 있으면 이야기가 쉽지 않겠지. 남매와의 대화를 방해할 수는 없었다. 나는 운에게 눈빛으로 서둘러 이야기를 끝내라는 뜻을 전하고 자리를 피했다.

뒤로 나오니 제신이 먼저 자리를 잡고 있었다. 이야기는 들리지 않지만 두 사람의 모습은 선명히 보이는 곳이었다. 어느새 영은 엉엉 울고 있었다. 운은 이야기를 꺼내지도 못하고 누이를 달래기 바빴다.

"감격스러운 재회네."

죽었다고 생각했던 오라버니가 눈앞에 나타났으니 당연히 눈물부터 날 것이다. 영의 상황에 이입하니 나도 눈물이 날 것 같았다. 시큰해져 붉어진 눈을 보고 제신이 내 머리를 토닥였다.

"안 울어."

"알아. 그래도 울 것 같아서."

"이럴 때만 오라버니지?"

"평소에도 오라버니거든!"

부드럽게 머리를 토닥이던 손길이 거칠어졌다.

"으으, 아프니까 하지 마!"

응징의 뜻으로 머리를 꾹 누르는 제신의 손길을 피하려고 몸을 뒤틀고 있으니 어느새 영이 울음을 그치고 운과 대화를 나누고 있었다. 이야기가 들리지 않을 것을 알면서도 나는 입을 꾹 다물고 두 사람에게 집중했다.

영은 놀란 얼굴을 했다가, 심각한 얼굴을 하더니, 마지막에 이르러서는 딱딱하게 굳은 얼굴로 운을 바라보았다.

"싫어!"

그렇게 외치는 영의 목소리가 우리에게까지 들려왔다. 그녀를 달래는 운의 목소리는 들리지 않았지만, 이어지는 영의 외침은 선명했다.

"그게 싫으면 오라버니가 돌아와!"

다시 운이 무어라 영을 달랬지만 그녀는 여전히 고개를 저으며 그의 말을 거부했다.

"그럼 나도 싫어!"

영이 붙잡고 있던 운의 손을 놓으며 뒤돌아섰다. 잘 뛰지도 못한다는 영이 빠른 속도로 운에게서 멀어지고 있었다. 나는 서둘러 내 머리를 누르는 제신의 손을 밀어내고 영의 뒤를 따랐다.

한참 뛰어가던 영이 곧 걸음을 멈추더니 허리를 숙이며 숨을 몰아쉬었다.

"헉, 허억, 허, 헉!"

영의 입에서 거친 숨이 토해졌다. 나는 영의 등을 쓸어내리며 그녀가 진정할 수 있도록 도왔다. 다행히 갈수록 영의 숨이 안정되어 충분히 대화를 할 수 있을 정도로 가라앉았다.

"언제부터 알았어? 우리 오라버니가 여기 있는 거."

"……나도 오래되진 않았어."

내 말에 영이 허리를 펴며 헛웃음을 흘렸다.

"어찌 내게 알리지 않고 이곳에 숨어 계실 수가·있어? 게다가 내게 모습을 보이고도 집으로 돌아오지 않겠다니 말이 돼?"

나는 흥분하려는 영을 진정시키기 위해 그녀의 두 손을 붙잡았다.

"사정이 있어. 네 오라버니도 고심 끝에 내린 결정일 거야."

"그 사정이 가족에게 돌아오는 것보다 중해? 그런 이유가 존재하는지 난 모르겠어."

운이 자세한 내막까지 영에게 전하지는 않은 것 같았다. 하긴 소노부의 고추가가 한 일을 심약한 영에게 모두 말할 순 없었겠지.

하지만 그 탓에 살아 있으면서도 집으로 돌아가지 않는 이유는 설명하기 힘들었을 것이다. 때문에 영은 운의 말을 납득하지 못하고 있었다.

"내게 아버지를 조심하래. 오라버니도 없어서 내게 남은 사람은 오로지 아버지뿐인데, 그분을 믿지 말라 하면 난 누굴 믿어야 해?"

"영……."

"그런 말을 할 거면 내 곁에 있기나 하든지. 그것도 아니면서……."

영의 눈시울이 금세 붉어졌다. 영의 상황도 충분히 이해가 되는 나로서는 쉽게 위로의 말을 꺼내기가 힘들었다. 말없이 영의 손만 붙잡고 있는 내게 그녀가 물었다.

"우희 너는 숨겨진 사정을 아는 게지?"

운과의 만남을 주선한 상황에서 사정을 모른다고 발뺌할 수는 없었다. 나는 순순히 고개를 끄덕였다.

"네게도 말할 수 있는 것을 어찌 내게는 못 하시는 걸까? 역시 내가 의지가 되지 않는 아이라 그런 거겠지?"

영이 서글픈 얼굴로 고개를 떨구었다.

"아니, 그만큼 네가 소중하다는 거야. 말하는 것보다 숨기는 것이 더 어려운데, 네 오라버니는 널 위해 그러고 계시잖아."

"그러니 싫다는 거야. 난 오라버니가 날 위해서 어려워지지 않았으면 해. 그냥 쉬운 일을 했으면 좋겠어."

영이 고개를 저으며 내게서 손을 빼냈다.

"어깨에 진 짐이 무거워 죽은 사람처럼 살 작정이었다면 그냥 그리 살지…… 결국 내 걱정에 모습을 드러낸 거잖아. 아버지를 조심하라는 말을 전해 주고 싶어서, 내가 죽은 오라버니를 계속 그리워할까 봐 그러지 말라고 말하고 싶어서. 다 날 위해서야."

이번에도 아무런 말을 할 수 없어 나는 입만 꾹 다물 뿐이었다. 그

때 뒤에서 운이 나타났다.

"영아."

운의 목소리에 영이 고개를 들었다. 그녀는 소리 없이 울고 있었다.

"네가 믿을 사람이 왜 없어? 내가 있는데."

운이 입술을 질끈 깨물며 영의 어깨를 붙잡았다. 고개를 숙여 누이와 눈높이를 맞추는 그의 얼굴이 무척이나 진지했다. 그는 마치 대단한 결심을 한 사람 같았다.

"내가 집으로 돌아갔으면 좋겠어?"

운의 질문에 영은 고민할 것도 없이 고개를 끄덕였다.

"내가 돌아가는 것이 이 땅에 큰 파란을 몰고 온다고 해도?"

이번 질문에도 영은 망설임 없이 고개를 끄덕였다.

"네가 상상하던 것처럼 좋은 일만 있지는 않을 거야."

"좋은 일만 있을 거라고는 생각하지 않아. 그래도 오라버니가 함께 있었으면 좋겠어. 혼자서 좋은 일을 누리는 것보다 함께 나쁜 일을 견디는 편이 낫잖아."

영의 말에 운이 입을 꾹 다물었다. 잠시 생각에 잠겨 있던 그가 나를 지나쳐 내 뒤에 서 있던 제신에게로 다가왔다.

"상황이 조금 복잡해질 것 같은데, 그래도 괜찮을까?"

"폐하께서는 복잡한 상황을 잘 다루셔."

제신이 웃음기 섞인 목소리로 대답했다. 그 대답에 운이 허탈한 듯 긴 숨을 내쉬었다.

"애초에 날 집으로 돌려보내려고 영이와 만나게 한 거냐?"

"내 뜻이 아니야. 폐하의 뜻이지."

"폐하의?"

그 말에는 나도 놀라 제신을 바라보았다. 특별히 언질이 없기에 담덕에게는 운의 생존 사실을 알리지 않은 줄 알았다.

제신이 영을 의식한 것인지 한껏 소리를 낮추어 말했다.

"나는 비로의 수장이야. 세상 모든 정보를 태왕께 전하는 눈과 귀이자, 그분께서 직접 하실 수 없는 일들을 행하는 손과 발이지. 그런 내가 어찌 네 생존 소식을 알리지 않았겠어?"

"그래, 넌 그런 사람이지."

운이 헛웃음을 흘리며 고개를 저었다.

"그분은 무얼 믿고 날 소노부에 돌려보내시는 거야?"

"소노부가 아니라 네 집으로 보내시는 거지. 그분은 널 상당히 신뢰하고 계셔."

"어째서?"

"수곡성에서 검까지 풀어 주며 널 곁에 두라고 했다며? 그분께선 그때의 약속이 유효하다고 하셨어. 그러니 괜히 성문사에서 시간을 버리지 말고 이만 집으로 돌아가라고."

제신의 말에 운은 조금 멍한 얼굴이었다.

"수곡성에서의 약속…… . 그걸 여태 기억해 주고 계셨구나."

작게 중얼거린 운이 여전히 멍한 얼굴로 고개를 저었다.

"참으로 대단한 분이셔. 나라면 이런 상황에 놓인 자, 절대 믿지 못했을 텐데."

말을 마친 운의 눈에 어느새 생기가 돌아와 있었다. 그는 명확해진 눈빛과 말투로 입을 열었다.

"신뢰에는 신뢰로 보답하는 것. 그것이 고구려의 용사지. 나 해운, 그분의 신뢰에 꼭 보답하겠어."

기대했던 말이었는지 제신이 활짝 웃었다.

"그 말은 그분께 직접 해. 다로의 집에서 널 기다리고 계신다."

"뭐?"

운은 도무지 못 당하겠다는 듯한 표정으로 제신을 바라보다 피식 웃음을 흘렸다. 그러고는 제신이 더 말을 잇기 전에 앞장서 걸음을 뗐다. 방향은 산 아래, 다로의 집이 있는 쪽을 향하고 있었다.

第十四章

호우(好雨)

죽은 줄로만 알았던 소노부 해씨의 장남이 돌아왔다는 소식이 국내성에 퍼졌다. 도압성에서 전쟁이 벌어지고도 한참이나 지난 시점이었다. 그사이 태왕이 바뀌고, 빼앗겼던 성들은 다시 고구려에 돌아왔다.

사람들은 천지가 뒤집히는 동안에도 돌아오지 않았던 자가 이제와 귀환한 사연을 궁금해했다.

사람들의 호기심에도 소노부는 침묵으로 일관했다. 그에 관련해 묘한 소문이 계속 들끓자, 결국 '백제에 포로로 잡혀 있다가 얼마 전 겨우 탈출해 국내성으로 돌아왔다'는 짤막한 해명을 내놓았을 뿐이었다.

사정을 모두 아는 나조차도 납득하기 어려운 답변에, 뒷이야기를 전혀 모르는 사람들이 만족할 리 없었다. 하지만 감히 소노부 해씨 가문에서 내놓은 답변에 대놓고 의문을 표할 자는 없었다. 소노부는 이 땅의 귀족들 중에서도 가장 강한 세력이었다.

그렇게 다들 눈치만 보는 와중에 태왕이 해씨의 장남이 귀환한 것을 축하하며 집안에 커다란 선물을 보냈다. 태왕까지 의문을 접고 축하하니 더더욱 다른 말이 나올 수가 없게 되었다. 덕분에 운은 무사히 국내성에 귀환해 자리를 잡을 수 있었다. 구심점을 찾던 소노부에도 활기가 돌기 시작했다며 영이 슬쩍 귀띔해 주었다.

소노부가 중심을 잡고 힘을 차리기 시작했는데도 태왕과 소노부 사이에서 눈치를 보던 순노부는 여전히 두 세력 사이에서 줄을 타고 있었다. 소노부가 힘을 되찾으면 순노부가 당장 그쪽에 붙을 줄 알았던 나는 의외의 상황에 어리둥절했다. 하지만 담덕은 이런 상황을 예상한 것 같았다.

"소노부가 자신들의 황후를 세우려는 욕심을 보였으니, 순노부로써도 그들에게 권력을 몰아주는 것은 위험하겠다는 판단이 섰겠지. 한동안 나와 소노부 사이에서 상황을 지켜볼 거야. 처음부터 소노부의 편을 들었으면 모를까, 중간에 눈치를 보느라 심복의 자리를 관노부에 뺏겼으니 더욱 고민이 되겠지. 그렇다고 내게 붙기에는 절노부라는 오랜 동료가 있어 틈을 찾기 어려울 테고."

결국 순노부가 줄타기 끝에 내리는 결론에 따라 중앙 정치의 향방이 갈린다는 소리였다. 그 때문에 최근 순노부에는 소노부와 절노부 사람들이 끊임없이 드나들었다. 지설이 말하기를, 집안에 이처럼 손님이 많이 드나든 것은 처음이라고 했다.

중간에서 조금씩 이득을 취하는 것에 맛을 들였는지 순노부는 쉽게 결론을 내리지 않았다. 덕분에 제가 회의 역시 누구를 황후로 세워야 할지를 정하지 못하고 시간이 계속 흘렀다.

계절은 이느새 봄에서 여름을 향하고 있었다. 초여름에 접어들면서 가장 먼저 찾아온 손님은 비였다. 그것도 보통 비가 아니라 강한 바람과 천둥이 함께 몰아치는 장마였다.

담덕은 이 장마가 끝나면 백제가 정월에 선언했던 것처럼 관미성을 치러 오지 않을까 예상하고 있었다. 때문에 그는 비가 쏟아지는 와중에도 남부 전선을 정비하는 데 많은 신경을 기울였다.

담덕이 신경 쓸 것은 전쟁뿐만이 아니었다. 장마가 시작되면 자연스레 홍수에 대한 걱정이 늘어난다. 담덕은 각지에서 올라오는 장계를 읽으며 혹여나 큰 피해가 생기지는 않을까 걱정했다.

그 탓에 담덕의 수면 시간은 평소의 반의반 정도로 줄어들었다. 달리 말하면 거의 잠을 자지 않는다는 뜻이었다. 이번에는 내가 나서도 소용이 없었다. 제가 회의에 휘둘리지 않으려면 왕으로서의 힘을 가져야 하고, 그러려면 전쟁과 내치 양쪽 모두에서 빈틈을 보여선 안 된다고 했다.

말려도 도무지 듣지를 않으니 내가 담덕을 찾아갈 일도 줄어들었다. 이따금씩 그의 집무실에 찾아가 일에 열중하고 있는 모습을 지켜보다 돌아오는 것이 전부였다.

대신 나는 성문사를 자주 찾았다. 비가 오지 않는 날이면 산에 올라 국내성의 풍경을 바라보다 내려오기 전 몇 번이나 향을 피웠다. 순도 스님은, 향은 하늘에 빌기 위해 피우는 것이 아니라고 했지만, 나는 향을 피울 때마다 하늘에 고구려의 평안을 빌었다. 고구려가 사건 사고 없이 평안해야만 담덕이 평안할 테니, 그의 평안을 빌려면 고구려의 평안을 비는 수밖에.

오늘은 오전부터 날씨가 무척이나 맑았다. 나는 며칠째 비가 내려 찾지 못했던 성문사에 가기로 했다. 최근 들어 나의 호위를 전담하고 있는 태림도 동행했다.

약초를 채집하고, 작게 보이는 국내성을 바라보다 경내에 들러 향을 피우고 있으니 밖을 지키고 섰던 태림이 안으로 들어왔다.

"무슨 일이에요?"

그렇게 묻고 보니 태림의 머리가 물에 젖어 있었다. 바깥의 소리도 심상치 않았다.

"비가 옵니다."

"날씨가 그리 맑더니……."

"이 시기에는 비가 변덕스럽지요."

"금방 그칠까요?"

소나기일 수도 있겠다 싶어 밖으로 나섰더니 금방 그칠 빗줄기로는 보이지 않았다. 난처함에 태림을 보니 그도 나와 비슷한 얼굴을 하고 있었다.

"비가 그치기 전까진 내려가기 힘들겠어요."

내 말에 고개를 끄덕이던 태림이 곧 생각났다는 듯 내게 물었다.

"폐하께 말씀은 드리고 나오셨습니까?"

"……아마 그랬을걸요?"

확신이 담기지 않은 대답이었다. 태림도 그것을 알아챘는지 그의 미간이 찌푸려졌다.

"이야기하지 않으신 겁니까?"

"요즘 우리 폐하께서 너무 바쁘시잖아요. 말을 전하러 갔는데 너무 심각한 얼굴로 장계를 보고 있기에…… 나서기 전에 방에다 짧은 서신을 두고 오긴 했어요."

"서신을 남기셨다니 괜찮겠지요."

그제야 태림의 표정이 조금 풀어졌다. 나는 싱긋 웃으며 그의 어깨를 두드렸다.

"한두 살 먹은 어린애도 아닌데 뭐 어때요? 어딜 갈 때 허락받을 나이는 지났는데."

"허락을 받으란 것이 아니라 어디를 가시는지는 알리셔야 한다는 겁니다. 말씀은 안 하셔도 폐하께서 걱정이 크세요."

그렇게 말하는 태림의 표정이 심각했다. 그냥 하는 말은 아닌 것 같았다.

"무슨 걱정이요?"

"국혼 문제로 제가 회의에서도 말이 많잖습니까. 절노부와 소노부에서 각각 내세우는 사람이 다르니……."

"소노부에서 영을 황후로 세우려는 건 운 도령이 잘 막고 있잖아요?"

소노부로 돌아간 운은 빠르게 해씨 집안을 장악했다. 아버지에게 휘둘리느니 먼저 가문을 휘어잡는 쪽을 선택한 것이다.

운이 그런 결심을 한 데는 영의 문제가 걸려 있었다. 영이 정치 공작을 위한 패로 사용되는 것을 막으려는 그의 노력 덕분에 최근 제가 회의에서 영의 이름이 쏙 빠졌다고 했다.

"해운 님의 누이가 아니라도 소노부엔 여인이 많습니다. 우희 님의 경우처럼 소노부의 고추가가 그중 한 명을 양녀로 들일 수도 있고요."

"그럴 수는 있겠지만……."

나는 그렇다 하더라도 운이 담덕을 도와 소노부 출신의 황후가 생기는 일을 막아 줄 것이라는 막연한 기대를 하고 있었다. 영과 재회하던 날 그가 입에 올렸던 신뢰가 썩 진심처럼 보였던 탓이었다.

"한데 그 문제가 내 동선을 알리는 것과는 무슨 상관이 있어요?"

"소노부 쪽에서 나쁜 마음을 먹으면 어디까지 일을 벌일지 모릅니다. 폐하께서는 언제나 최악의 상황까지 대비하시는 편이니……."

태림이 차마 말을 잇지 못하고 나를 보았다. 그 눈빛 덕에 나는 미처 완성되지 못한 말이 무엇인지 알아챘다.

"소노부가 날 죽이려 들 수도 있다고요?"

"그런 일은 없을 겁니다. 제가 옆에 붙어 있으니까요."

"한동안 태림만 계속 내 호위를 맡기에 이상하다 싶었어요. 일이 많아져 지설의 머리를 빌려야겠다는 담덕의 말을 믿었는데……."

담덕이 참으로 태연하게도 거짓말을 했다 싶어 미간을 찌푸리니 태림이 그를 대신해 변명을 해 주었다.

"그 말도 사실입니다. 여러 가지 이유가 있어 그리 결정하신 것이니……."

"알아요. 우리 태왕께서 얼마나 많은 것을 고려하는 분인지."

나는 웃으며 처마 밑으로 손을 뻗었다. 굵은 빗줄기가 손을 때리는 느낌이 나쁘지 않았다.

그러고 보니 소진이 죽던 날도 이렇게 비가 쏟아지던 장마철이었지.

쓸데없는 감상에 빠지기는 싫었다. 나는 고개를 저어 죽음에 대한 기억을 떨쳐 버리고 태림을 바라보았다.

"언제 그칠지는 모르겠지만, 그때까진 이곳에서 신세를 져야겠어요."

"순도 스님께 잠시 쉴 곳을 내어 달라 청하겠습니다."

태림은 대답과 함께 내가 말릴 새도 없이 빗속으로 뛰어들었다.

아무리 건강한 사내라고는 해도 이런 비를 함부로 맞으면 좋지 않을 텐데.

걱정스러운 눈으로 사라지는 태림의 뒷모습을 보고 있으니 빗소리를 뚫고 익숙한 목소리가 들려왔다.

"시주님!"

옆으로 고개를 돌려보니 도림이 커다란 삿갓을 쓰고 처마 밑으로 뛰어들고 있었다. 나는 반가운 마음에 몸을 굽혀 삿갓을 뒤로 젖히는 도림에게 눈을 맞추었다.

"도림 스님. 어디를 그리 다녀오세요?"

"다녀오긴요. 시주님께서 오셨다는 이야기를 듣고 뵈러 온 것인데요."

"저를요?"

"예. 오랜만에 저와 바둑을 한 수 나누는 것이 어떻습니까? 오실 때마다 바쁘게 돌아가시는 바람에 함께 바둑을 둔 날이 오래전 일입니다."

도림이 퉁명스럽게 말하며 입을 비죽 내밀었다. 그 모습이 여간 귀여운 것이 아니었다.

"벌써 그런 날이 오래되었습니까?"

"그럼요. 근래에 시주님도 금방 돌아가시고, 절에 머물렀던 스승님도 집으로 돌아가신 뒤로는 발길이 뜸하시어……."

도림의 얼굴이 금세 어두워졌다. 나는 외로운 소년이 안쓰러워져 웃는 얼굴로 그의 어깨를 토닥였다.

"무슨 걱정이세요? 오늘은 비가 이리 내리니, 비가 그치기 전까진 돌아가지 못합니다. 도림 스님과 바둑 한 수 두지요."

"약속하셨습니다? 비가 그칠 때까지 저와 바둑을 두기로!"

"예, 약속했습니다."

내 말에 도림이 '와아!' 하고 두 손을 들었다.

"그러실 줄 알고 벌써 준비를 해 두었습니다! 저만 따라오세요!"

도림이 신나게 웃으며 나를 잡아끌었다. 나는 순순히 어린 스님의 손에 끌려가며 조금 전까지 내가 서 있던 빈자리를 바라보았다.

태림이 곧 돌아올 텐데. 말도 안 하고 도림 스님을 따라가도 되려나…….

하지만 어차피 사찰 안에 있을 터. 태림도 나를 금방 찾아낼 것이다. 순도 스님의 도움까지 받으면 더 걱정할 것도 없었다.

나는 한구석에 남은 찜찜한 마음을 몰아내고 밝게 웃는 도림의 뒤를 따랐다.

◆ ◆ ◆

도림은 나를 사찰 끝에 있는 작은 정자로 안내했다. 그와 바둑을 둘 때면 애용하는 장소였다. 미리 준비해 두었다는 말이 진짜였는지 정자 위에는 기반(棋盤:바둑판)은 물론 김이 올라오는 차까지 마련되어 있었다.

"비가 내리니 제법 운치가 있습니다, 스님."

나는 이동하느라 조금 젖은 옷을 털어 내며 자리에 앉았다. 도림이 재빨리 맞은편에 앉으며 고개를 끄덕였다.

"그 말이 옳으십니다. 빗소리와 함께 바둑을 두니 이보다 좋은 시간이 어디 있겠습니까?"

그러면서 도림이 돌을 쥐었다. 상수(上手)는 도림이니 그가 백돌을, 나는 하수(下手)니 흑돌을 잡는다. 우리는 익숙하게 기반 위에 돌을 얹으며 수를 주고받았다. 주변이 빗소리로 시끄러웠지만 바둑에 집중하니 소리는 금세 잊혔다.

수를 주고받을수록 형국은 내게 불리해졌다. 하지만 아직은 해 볼 만한 상황이다.

나는 슬쩍 도림의 눈치를 보았다. 즐겁게 웃으며 기반 위의 수를 살피는 그의 표정을 보니 아무래도 내가 어디까지 둘 수 있나 시험을 하는 듯했다.

나도 어디 한번 시험을 해 봐?

나는 잠시 고민하다 엉뚱한 곳에 돌을 내려놓았다. 자신이 예상하지 못한 곳에 돌을 두자 도림이 놀라서 눈을 동그랗게 떴다. 의도를 파악하려는 듯 도림이 내 얼굴을 보았다.

나는 재빨리 표정을 관리해 진중한 수를 놓은 척 연기했다. 그 표정을 본 도림의 얼굴이 금방 심각해졌다. 턱을 매만지고, 머리를 부여잡고, 초조하게 다리를 떨었다.

나는 웃음이 나오려는 것을 애써 삼키며 도림에게 말했다.

"스님, 너무 오래 고민하시는 것 아닙니까?"

"그…… 아닙니다! 지금 둡니다!"

도림이 그렇게 소리치며 엉뚱한 나의 수 근처에 돌을 놓았다. 내 진지한 표정에 넘어와 잘못된 판단을 한 것이다.

그 수 하나로 판세는 완전히 내게로 기울었다. 그것을 알아차린 도림의 표정이 갈수록 시무룩해졌다.

"역시 그 수, 실수지요?"

"실수가 아니라 도림 스님을 시험한 겁니다. 스님께서 늘 저를 시험하시니, 한 번 정도는 저도 스님을 시험해야 하지 않겠습니까? 실력을 전부 아는 우스운 상대라고 절 너무 무시하셨습니다."

"맞습니다. 방심이야말로 가장 큰 적이거늘……."

도림이 그렇게 중얼거리며 다음 수를 두려는 순간, 멀리서 저벅거리는 발걸음 소리가 들려왔다. 태림이 온 것일까?

하지만 시선을 돌려 본 곳에 있는 자는 태림이 아니었다. 옷차림이며 체격이 태림과는 완전히 달랐다.

누구지?

나는 다가오는 사람의 얼굴을 확인하려고 시선을 고정했다. 하지만 쏟아지는 비에 얼굴을 확인하기가 어려웠다.

"시주님? 왜 그러십니까?"

도림이 나를 따라 시선을 돌렸다. 그 역시 다가오는 사람을 발견했는지 의아하게 고개를 갸웃거렸다.

"어찌 비까지 맞아 가며 여기에 오시는 걸까요?"

"도림 스님께서 아시는 분입니까?"

내 손님이 아니라면 도림을 찾는 사람이 아닐까 했는데, 도림도 다가오는 사람을 모르겠다며 고개를 저었다.

"얼굴은 잘 안 보이지만 분위기가 낯섭니다. 처음 뵙는 분인 듯한데요."

나와 도림은 의아한 눈으로 서로를 바라보다 다시 다가오는 사람에게로 눈을 돌렸다. 거리가 가까워지니 점차 상대의 얼굴이 눈에 들어오기 시작했다.

조금씩 윤곽을 드러내는 얼굴이 눈에 익다는 것을 깨닫자마자 나는 자리에서 벌떡 일어섰다. 다가오는 사람은 분명 담덕이었다. 열심히 일하고 있을 사람이 왜 여기에 있지?

흠뻑 젖은 몰골을 보니 생각할 새도 없이 몸이 먼저 움직였다. 나는 포를 벗어 머리 위를 가리고 그대로 정자를 뛰쳐나갔다. 포가 순식간에 빗물에 젖어 묵직해졌다.

"담덕!"

얼마 지나지 않아 나는 담덕 앞에 섰다. 가까이에서 보니 그의 몰골이 더 엉망이었다. 이제 와 무슨 소용일까 싶었지만 그래도 더 비를 맞게 둘 수는 없었다. 나는 까치발을 들고 팔을 쭉 뻗어 내가 쓰고 있던 포를 조금 더 위로 끌어 올렸다. 떨어지는 빗물을 가려 주고 싶었지만 키 차이가 제법 나 쉽지가 않았다.

어떻게든 비를 막기 위해 낑낑대는 나를 빤히 보던 담덕이 내 팔목을 붙잡아 끌었다.

"우희."

담덕이 팔을 잡아끈 바람에 손에 들고 있던 포가 바닥에 떨어져 내렸다. 쏟아지는 빗줄기가 그대로 얼굴에 들이쳤다.

"어찌 여기에서 이러고 있어? 내리는 비를 다 맞고……."

걱정과 불만이 뒤섞인 목소리로 투덜거리며 땅에 떨어진 포를 바라보다 담덕이 손에 검을 쥐고 있다는 걸 발견했다.

"담덕?"

나는 놀라서 고개를 들었다. 담덕은 입을 꾹 다문 채 처음 이곳에 나타났을 때부터 계속 무표정한 얼굴이었다.

"무슨 일이야? 무슨 일인데 이래?"

무서운 일이라도 터진 걸까? 나는 다급하게 담덕의 몸 곳곳을 살폈다. 다행히 눈에 띄는 상처는 없었다.

"폐하."

내가 걱정스럽게 담덕을 보는 사이 그의 뒤편에서 태림이 나타났다.

태림은 혼자가 아니었다. 그의 뒤로 담덕의 집무실에 드나들며 안면을 익혔던 근위대 병사들이 따르고 있었다. 근위대까지 나설 정도라면 보통 일이 아니라는 소리인데.

상황을 묻는 눈으로 담덕을 보았지만 그는 여전히 굳은 얼굴로 침묵을 지키고 있을 뿐이었다.

"부근을 샅샅이 뒤졌지만 아무도 없었습니다."

그사이 태림이 담덕의 곁에 다가와 고개를 숙이며 상황을 보고했다. 담덕은 여전히 내게 시선을 고정한 채로 입만 열어 태림에게 지시를 내렸다.

"궂은 날씨다. 정말 나쁜 마음을 먹고 여기까지 왔다면 멀리 가지 못했을 거야. 혹 수상한 자가 보이거든 모두 잡아들여라. 감히 그런 더러운 수작을 부린 자가 누구인지 얼굴을 꼭 봐야겠다."

요란한 빗소리를 뚫고 나오는 목소리가 스산하게까지 느껴졌다. 그외의 결과는 용납하지 않겠다는 듯한 단호한 지시였다.

"예, 폐하."

한시가 급한 명에 근위대 병사들이 서둘러 흩어졌다. 하지만 태림은 차마 돌아서지 못하고 나와 담덕을 보고 있었다.

"폐하."

태림이 조용히 담덕을 불렀다. 그제야 그의 시선이 내게서 떨어져 태림에게로 향했다. 눈빛을 받은 태림이 내 쪽을 슬쩍 바라보며 입을 열었다.

"비가 거셉니다. 정자에라도 들어가 계시죠. 그자는 저희가 꼭 찾아내겠습니다."

태림의 시선이 아래로 떨어져 담덕이 쥐고 있는 검으로 향했다.

"주변이 안전한 것은 근위대 병사들이 모두 확인했으니, 검도 이만 거두시고요."

"아."

담덕은 그제야 자신이 검을 들고 있다는 것을 깨달은 듯 짧은 침음을 흘리며 미간을 찌푸렸다.

나는 담덕이 검을 검집에 넣는 것을 확인하자마자 그의 팔을 잡아 끌었다. 그러자 담덕이 멍하니 내 손에 끌려왔다. 정자로 담덕을 데려 가며 태림을 바라보니 그가 '잘 부탁드립니다'라는 눈빛을 보낸 뒤 빗 속으로 사라졌다.

"빗물을 닦으실 수건이라도 가져오겠습니다."

내가 담덕을 이끌고 정자에 올라서자 도림이 자리에서 벌떡 일어 났다. 그는 멍한 담덕의 눈치를 살피며 속사포처럼 말을 쏟아 내고 는, 내가 무어라 말하기도 전에 정자를 벗어났다.

결국 정자에는 나와 담덕만이 덩그러니 남았다.

"무슨 일이야? 네가 이러니까 무섭잖아."

나는 손으로 담덕의 얼굴에서 뚝뚝 떨어지는 빗물을 닦아 내며 그 렇게 물었다. 그 질문에 담덕이 입술을 질끈 깨물었다.

"다친 곳은?"

담덕이 이곳에 와 내 이름을 부른 후 처음으로 내게 한 말이었다. 나는 어리둥절해서 고개를 갸웃거렸다.

"다친 곳이 있을 리 없잖아?"

"정말이야?"

"그렇다니까. 어디 한번 확인해 볼래?"

나는 담덕이 내 모습을 잘 볼 수 있도록 두 팔을 벌리고 제자리에 서 빙글 돌았다. 정자에 앉아 얌전히 바둑만 두었으니 어느 곳 하나 상했을 리가 없었다. 멀쩡한 내 모습에 굳어 있던 담덕의 표정이 조금 풀어졌다.

나는 길게 한숨을 내쉬며 담덕을 위아래로 훑었다.

"오히려 내가 묻고 싶어. 어디 다친 곳은 없어? 무슨 큰일이 생겼기에 근위대까지 데리고 여기 온 거야? 게다가 검까지…….”

내가 허리춤에 걸린 검을 보며 말을 삼키자 담덕이 이를 바드득 갈았다.

“어떤 정신 나간 자식이 이딴 걸 보냈어.”

담덕이 푹 젖은 품 안을 뒤져 무엇인가를 꺼내더니 더 이상 들고 있기도 싫다는 듯 바닥에 내던졌다. 바닥에 떨어진 것을 자세히 살피니 내가 자주 입는 하얀 저고리였다. 다만 내가 기억하는 것과 모습이 아주 달랐다. 하얀 저고리는 곳곳이 붉게 젖어 예리한 것으로 난도질 되어 있었다.

“세상에.”

나는 숨을 들이켜며 손으로 입을 가렸다. 저고리를 물들인 붉은 것의 정체가 무엇인지는 분명했다. 비릿한 피 냄새가 코끝을 건드리는 것만 같았다.

“누가 이런 짓을…….”

“네가 자주 입는 옷을 빼냈을 정도니 너의 가까운 곳에 머무는 사람일 거야. 그런 이가 이딴 걸 보냈으니 내가 무슨 생각을 했겠어?”

“하지만 내 주변에 이런 짓을 할 사람은 없어.”

“너무 경계심이 없는 거 아냐? 사람 좋은 얼굴을 하고 있다가도, 한순간에 등을 돌리는 것이 인간이야. 어찌 그렇게 확신해?”

“그건 알지만…… 정말 짐작 가는 사람이 없어. 난 곁에 사람을 많이 두는 편이 아니라 가까운 사람이라고 해 봐야 손에 꼽을 정도인 걸. 전부 네가 아는 사람일 거야.”

절노부 땅에서부터 나를 따라온 몸종 달래와 핏줄이 이어진 친척을 제외하면 내 대부분의 인맥은 담덕과 연관되어 있었다. 당장 떠오르는 이름을 몇 외면 그중에 담덕이 모르는 사람이 없을 정도였다.

"하면 시녀는?"

"청소나 빨래 같은 사소한 일을 해 주는 시녀들이 있긴 하지만 날 전담해서 돌보는 사람은 달래뿐이야."

"……그 달래라는 아이는 믿을 만하고?"

담덕의 말에 나는 기분이 상해 미간을 찌푸렸다.

"날 걱정하는 마음은 알겠지만 달래까지 의심하는 건 실례야. 비록 몸종이긴 하나 그 아이 역시 우리 절노부 사람인걸."

내 단호한 말에 담덕이 머리를 쓸어 올리며 한숨을 내쉬었다.

"그래, 그랬지. 상황이 이러하니 내가 너무 성급하게 말했다. 하지만 가장 가까운 사람마저 의심해야 한다는 생각은 변함없어."

그러는 넌 나를 온전히 믿고 있잖아.

그런 생각이 머릿속을 스치고 지나갔으나, 나는 굳이 그 말을 입 밖에 내지 않았다.

그때 정자 입구에서 소란스러운 소리가 들려왔다. 고개를 돌리니 커다란 삿갓을 쓴 도림이 품에 안고 있던 마른 천을 입구에 내려놓고 있었다. 고맙다는 의미로 웃으며 고개를 숙이자 도림이 마주 인사하고 다시 빗속으로 사라졌다. 일부러 자리를 피해 준 것 같았다.

도림이 두고 간 수건은 끝이 조금 젖었을 뿐 물기를 닦아 내기에 부족함이 없을 정도로 보송보송했다. 그가 쓰고 있던 커다란 삿갓이 비를 잘 막아 준 모양이었다.

나는 수건을 들고 다시 담덕 앞에 섰다. 물기를 닦아 주기 위해 수건을 펴 담덕의 머리 위에 얹자, 그가 미간을 찌푸리며 수건을 끌어 내렸다.

"나보다 네가 먼저야."

담덕이 내게서 수건을 뺏어 가 내 얼굴과 몸의 물기를 닦기 시작했다. 커다란 체격에 어울리지 않게 그의 손길은 조심스럽고 섬세했다. 담덕은 미간까지 찌푸린 채 물기를 닦는 데 열심이었다. 내 몸에 있는 물기는 모두 없애 버리겠다는 듯 진지하게 자신의 일에 몰두하는 그를 보니 나도 모르게 웃음이 새어 나왔다.

"내가 부서지기라도 해? 왜 이리 조심스러워? 더 세게 해도 되는데."

"……잘 모르겠어. 얼마나 더 힘을 줘도 되는지."

담덕이 곤란한 얼굴로 손을 멈추었다. 나는 그런 담덕이 이해되지 않아 고개를 갸웃거렸다.

"네 몸을 닦을 때처럼 하면 되잖아. 뭐가 문제야?"

"그렇게 하면 안 될 것 같아. 넌 나랑 너무…… 다르잖아."

"눈 두 개, 코 하나, 입 하나. 손가락은 열 개고 발가락도 그렇고. 완전히 똑같은데? 너와 나."

"누가 그런 게 다르대?"

양손을 펼쳐 보이는 나를 보며 담덕이 미간을 찌푸렸다. 담덕은 수건을 내 머리 위에 얹어 두고 내 어깨로 손을 뻗었다. 그의 크고 단단한 손이 둥그런 어깨 끝을 붙잡았다.

"내 몸은 바위 같은데, 네 몸은 도자기 같아."

모양을 가늠하려는 양 몇 번 어깨를 쓰다듬던 손이 서서히 팔을 타고 내려가 손목에서 멈추었다.

담덕과 나의 눈이 허공에서 부딪쳤다.

"부드럽고 연약해. 그래서 내가 잘못 힘을 주면 그대로 깨져 버릴 것 같아. 난 그게 무서워."

순간 담덕의 눈에 불안이 스쳐 갔다. 나는 담덕이 무엇을 불안해하는지 알 수 없었다. 내가 담덕이 되지 않는 한 그 불안의 정체는 영원히 알 수 없을 것이다.

나는 알 수 없는 것을 궁금해하는 대신 담덕의 불안을 지워 주고 싶었다.

"안 깨져. 시험해 볼래?"

"어떻게?"

"더 강하게 잡아 보면 되잖아."

나는 두 팔을 활짝 벌리며 눈을 감았다.

"자, 시험해 봐. 내가 깨지나 안 깨지나. 장담하는데, 네가 아무리 강하게 잡아도 내가 깨질 일은 절대 없을걸!"

나의 장담에도 담덕은 아무런 반응이 없었다. 침묵 속에 쏟아지는 빗소리만 가득했다.

"담덕? 시험 안 해 볼 거야?"

눈을 감은 채로 고개를 모로 기울이니 바로 앞에서 한숨 섞인 웃음 소리가 들려왔다.

"내가 정말 미치겠다, 너 때문에."

말이 끝남과 동시에 내 몸이 커다란 몸에 파묻혔다. 담덕이 나를 껴안은 것이다.

"생각해 보니 네가 제대로 본 것 같아."

"뭘?"

"바위와 도자기 말이야."

나는 웃으며 담덕을 마주 안았다.

"오랜 세월이 지나면 바위는 흙이 돼. 도자기는 그 흙으로 빚어내는 거고. 그러니 우린 겉으로 보기엔 조금 다를지 몰라도, 본질적으로는 같은 사람인 거야. 그러니까 네가 불안해하지 않았으면 좋겠어. 네가 강한 만큼 나도 강해, 담덕."

"그 말이 그렇게도 풀린단 말이야?"

내 말에 담덕이 크게 웃었다.

❖ ❖ ❖

성문사 주변을 샅샅이 뒤졌지만 수상한 사람은 보이지 않았다.

담덕은 포기하지 않고 저고리를 보낸 사람을 찾아내라는 명을 내렸으나 날씨가 도와주지 않았다. 갑자기 찾아온 비는 그칠 줄을 모르고 온 종일 쏟아져 병사들의 이동을 어렵게 했다. 이 정도 비를 뚫고 산에서 움직이는 것은 아무리 훈련된 병사들이라도 위험했다.

상황이 그렇게 되니 오늘 안으로 궁에 돌아가려던 계획도 무위로 돌아갔다. 우리는 초조하게 비가 그치기를 기다리지 않고 하룻밤 사찰에서 신세를 지기로 했다.

사정을 설명했더니 순도 스님은 기쁜 마음으로 우리에게 방을 내주었다. 하지만 작은 사찰이라 내줄 수 있는 방이 두 개뿐이었다. 방 하나는 태림과 근위대 병사들이 차지하고, 다른 하나에 나와 담덕이 자리를 잡았다.

담덕은 근위대 병사들과 같은 방을 쓰겠다고 나섰지만, 이미 그들만으로도 방이 꽉 차 발 디딜 틈이 없는 상황이었다. 나는 담덕에게 병사들을 불편하게 만들지 말고 나와 한방을 써야 한다며 그를 억지로 끌고 들어왔다.

담덕을 끌고 들어올 때만 해도 별다른 생각이 없었는데, 정작 둘만 남고 보니 분위기가 미묘했다. 산사의 밤이 지나치게 고요했던 탓일까. 몸을 조금만 움직여도 바스락거리는 소리가 울리는 통에 손짓 하나에도 신경이 쓰였다. 쏟아지는 빗소리마저 없었다면 우리 둘을 가득 채운 이 침묵을 견디기 무척이나 힘들었을 것이다.

다행히 비는 그치지 않고 늦은 밤까지 이어졌다. 나는 화로 앞에 바짝 붙어 앉아 옷을 말리며 담덕을 바라보았다.

"춥지 않아? 좀 더 화로 가까이 와."

젖은 옷을 짜내긴 했지만 임시방편에 불과했다. 젖은 옷 때문에 체온이 떨어지고 있을 것이 분명한데도 담덕은 화로에서 멀찍이 떨어져 벽에 기대앉았을 뿐이었다.

"괜찮으니 난 신경 쓰지 마."

담덕이 피곤하다는 듯 눈을 감으며 손을 내저었다.

그러고 보니 근래에 일이 많아 잠을 제대로 못 잔다 했지. 더 정확하게 말하자면 잠을 '안' 자는 것이겠지만.

나는 두 무릎을 끌어안아 그 위에 턱을 괴고 눈을 감은 담덕의 얼굴을 살폈다. 늘 나를 빤히 쳐다보던 눈동자가 보이지 않으니 얼굴을 보기가 한결 편했다.

백제와의 전쟁이 끝난 후 겨우 원래대로 돌아왔다 싶었던 담덕의 얼굴이 다시 핼쑥해져 있었다. 워낙 체력이 좋은 사람이라 버티고 있으나 보통 사람이었다면 벌써 쓰러지고도 남았을 것이다.

담덕은 자신의 체력을 과신하는 면이 있었다. 물론 그의 체력이 객관적으로도 보통 이상인 것은 확실했지만, 아무리 그대로 한낱 인간일 뿐이었다. 인간의 몸은 무한대가 아니라 쉬지 않고 달리면 언젠가 지쳐 쓰러지게 되어 있었다. 체력 보충에 좋은 차를 매일 올리고 있지만 근본적으로 담덕은 휴식이 필요했다.

장마가 끝나면 전쟁이 다시 벌어질지도 모른다는데, 그때도 담덕은 친정(親征)을 고집할까? 이 상태에서 전쟁까지 나간다면 정말로 몸이 버티지 못할 것이다.

나는 어떻게 하면 저 일 중독자를 쉬게 할 수 있을까 고민했다. 말로 설득을 하거나 어설픈 협박을 하는 건 더 이상 통하지 않으니 다른 방법을 생각해 내야만 했다.

"뭘 그리 빤히 봐?"

한참 담덕의 얼굴을 보고 있었더니 그가 입을 열었다. 여전히 눈은 감은 상태였다.

"어찌 알았어? 내가 보고 있는 거."

"그리 빤히 보는데 당연히 시선이 느껴지지. 얼마나 열렬히 보았으면 얼굴에 구멍이 나는 줄 알았다."

웃음 섞인 타박에 나는 민망해져 담덕에게서 눈을 돌렸다.

"얼굴 좀 봤다고 너무 면박을 주는 거 아니야? 너도 매번 내 얼굴을 빤히 쳐다보면서."

"……내가 널 그리 빤히 봐?"

"그걸 몰랐어? 나야말로 얼굴에 구멍이 나는 줄 알았다고."

"흐음…… 내가 그랬구나."

담덕이 묘한 웃음을 흘리며 입을 다물었다.

"처음 만났을 때부터 느낀 건데, 담덕 넌 사람을 너무 빤히 쳐다봐. 꼭 마음속까지 전부 읽을 것처럼……."

때문에 나는 종종 담덕의 눈을 보는 것이 부담스러웠다.

감출 것이 없다면 속을 보여도 상관없을 터인데, 어째서 담덕의 눈을 보는 것이 부담스러울 때가 있을까? 그 의문을 해결해 줄 사람은 없었다.

나는 다시 담덕의 얼굴을 보았다. 그러자 기다렸다는 듯 얼마 전 다로가 내게 속삭였던 말이 떠올랐다.

*"폐하의 외모가 출중하지 않으십니까. 잘난 얼굴에 몸마저 사내다우시니 유녀들 사이에서 아주 인기가 좋으십니다."*

그 이후 이어진 다로의 짓궂은 미소까지 떠오르자 묘하게 기분이 가라앉았다.

"담덕, 네가 유녀들 사이에서 그리도 인기가 좋다며?"

나도 모르게 흘러나온 목소리는 스스로 듣기에도 퉁명스러웠다. 나는 화들짝 놀라 입을 다물었으나 이미 흘러나온 말을 주워 담을 수는 없었다.

나는 긴장해서 담덕의 입을 바라보았다. 하지만 아무리 기다려도 담덕의 입은 열리지 않았다.

"담덕?"

나는 조심스럽게 담덕의 이름을 부르며 그의 곁으로 다가갔다. 내가 바로 앞까지 다가갔는데도 그는 여전히 움직임이 없었다.

"……잠들었나?"

손가락으로 담덕의 이마를 살짝 찌르니 그가 짜증스럽다는 듯 미간을 찌푸리며 고개를 돌렸다.

"잠들었구나."

나는 맥이 빠져 손을 담덕의 옆에 주저앉았다.

하긴, 피곤해서 잠이 들 법도 하지. 그래. 그럴 법도 해. 그런데 왜 이렇게 짜증이 나는지.

나는 입을 비죽이며 손가락으로 담덕의 얼굴을 건드렸다.

"나와 단둘이 있으니 마음이 아주 편하지? 잠도 잘 오고?"

이마를 쿡 찌르고 미간을 툭 건드렸다. 그런데도 얼마나 깊게 잠든 것인지 담덕은 미동도 없었다.

밑바닥을 긁던 짜증이 점점 위로 올라오기 시작했다. 오래도록 잠을 이루지 못하던 담덕이 이처럼 깊게 잠든 것은 분명 환영할 일인데, 이상하게 그 사실이 마음에 들지 않았다.

미간을 두드리던 손이 이젠 코로 내려왔다. 그래도 담덕은 여전히 눈을 굳게 감은 채 규칙적으로 숨을 쉬고 있었다.

손이 조금 더 아래로 내려갔다. 이번에는 입술이었다. 손가락이 입술을 가볍게 두어 번 두드리는 순간.

"악!"

담덕이 내 양손을 잡아채 나를 벽에 밀어붙였다. 나를 빤히 바라보는 눈빛은 잠들어 있던 사람이라고 믿기 힘들 만큼 선명했다.

나는 그 눈빛이 부담스러워 또다시 담덕의 눈을 피하고 말았다. 옆으로 고개를 돌린 내게 담덕이 작게 속삭였다.

"하나도 안 편해. 일부러 잠든 척할 만큼."

그 소리에 정신이 번쩍 들었다. 잠든 게 아니었다고?

고개를 돌려 다시 담덕을 보니 그가 여전히 흔들림 없는 눈으로 나를 보고 있었다.

그럼 여태까지 했던 것을 전부⋯⋯.

순식간에 얼굴이 달아올랐다.

"내가 이러는 게 싫은 거 아니었어? 그래서 참아 주고 있잖아. 그런데 왜 날 건드려? 내가 유녀들에게 인기가 있는지는 왜 묻는데? 인기가 있으면 뭐 어쩌려고?"

내가 한 번도 듣지 못한 낮은 목소리였다.

무어라고 대답을 하고 싶었지만, 담덕이 묻는 말 중에 시원하게 답할 수 있는 것이 하나도 없었다. 이유는 간단했다. 나도 내가 왜 이러는지 모르니까!

답답해 죽을 것 같은 내 마음을 아는지 모르는지 담덕의 눈빛이 더욱 사나워졌다.

"말했지. 난 이제 열두 살 꼬마가 아니라, 하고 싶은 게 많은 어엿한 사내라고."

담덕이 고개를 숙여 내게 얼굴을 바짝 붙였다. 가까워진 얼굴에 숨을 들이마시니 그가 비죽 웃음을 흘렸다.

"이런 게 싫다면 여지를 주지 마. 내가 네 뜻을 오해하지 않게. 알겠어?"

이렇게 화난 담덕은 처음이었다. 얼마 전 분위기가 묘했을 때도 이 정도는 아니었다. 나는 어떻게 말해야 담덕의 화를 풀어 줄 수 있을까 고민하며 눈을 굴렸다.

"여지를 주려는 게 아니야. 그냥 난……."

무엇인가를 위해서 한 행동이 아니었다.

나는 그저…….

"네가 유녀들 사이에서 인기가 있다니 신경이 쓰였어."

담덕에게는 거짓을 말할 수 없었다. 결국 나는 솔직한 심정을 털어

놓기로 했다.

이런 말을 예상하지 못했는지 담덕의 두 눈에서 맥없이 힘이 빠졌다.

"……뭐?"

"네가 유녀들과, 다로와 밤을 보냈을까 봐 신경이 쓰였다고. 그걸로는 안 돼?"

내 질문에 담덕은 답이 없었다. 대신 그는 매서웠던 기세를 내려놓고 멍하니 나를 보고 있었다.

"네가 내게 이러는 게 싫은지, 좋은지…… 그런 건 아직 모르겠어. 그래도 네가 다른 사람에게도 이러는 건 싫어."

"잠깐만, 그건 또 무슨……."

"날 두고 마음 편하게 잠들어 버리는 것도 싫고…… 아무튼 전부 싫어. 너무 유치한 것 같아서 말 못 했어. 이유는 모르겠고, 그런데 싫기는 싫고…… 그래서 말을 하기가……."

날것의 마음은 무어라 꾸며내기 힘들었다. 하지만 이게 진심이었다. 내 진심이 보잘것없어 보인다면 그건 그것대로 어쩔 수 없는 일이었다.

이리저리 움직이던 눈동자가 담덕의 두 눈을 향했다.

"이걸로는 안 되는 거야? 이건 이유가 안 돼?"

두 눈을 빤히 보며 묻는 내 질문에 담덕이 헛웃음을 흘렸다.

"하."

작은 웃음이 점점 커지더니 담덕이 붙잡고 있던 내 손을 놓으며 박장대소했다.

도대체 뭐가 그리 웃긴 거야?

나는 부루퉁한 얼굴로 담덕을 보았다. 그 시선에 한참을 웃던 담덕이 두 손으로 내 머리를 헤집었다.

"넌 어디까지 나를 곤란하게 할 셈이냐? 이건 정말 상상도 못 했다."

"……역시 이유가 안 되나?"

풀이 죽어 담덕을 보니 그가 웃음을 멈추고 고개를 저었다.

"네 열여섯 탄일에 날 주었지. 그러니 이유가 된다. 무엇이든 네가 싫다면 그게 이유가 돼."

담덕이 두 손으로 내 뺨을 감싸더니 가볍게 입을 맞추었다.

"앞으로 다른 사람에게 이러지 않으면 되지?"

"응."

"너와 단둘이 있을 때 편하게 잠들어 버리지 않고?"

"응."

고개를 끄덕이며 대답하니 담덕이 다시 웃음을 터트렸다.

"그래, 네가 그렇게 하라니 난 그리할 거야. 지금은 이 정도로도 충분하다."

❖  ❖  ❖

대단한 비를 맞은 탓인지 사찰에서 돌아오고 난 후 나는 한동안 크게 앓았다. 몸에 열이 끓고 정신이 아득했다. 끙끙대며 대부분의 시간을 누워서 보냈지만 희미하게나마 주변 상황을 알 수 있었다.

때아닌 열병에 고생하는 동안 과분하게도 궁의 태의가 부지런히 나를 살피러 왔다. 나는 그가 주는 탕약을 먹고 잠들었다가, 깨어나면 다시 탕약을 먹고 잠들기를 반복했다. 덕분에 시간이 얼마나 흘렀는지도 알 수 없었다. 여전히 밖에서 빗소리가 들리니 아직 장마가 끝나지 않았구나 싶을 뿐이었다.

장마가 끝나기 전에는 일어나야 하는데.

장마가 끝나면 전쟁이 나고, 전쟁이 나면 누구보다 먼저 담덕이 국내성을 나설 것이다. 이번에도 따라나서는 것은 거부당하겠지만 배웅 정도는 하고 싶었다.

하지만 생각과 달리 열이 쉽게 떨어지지 않았다. 마음 같아서는 내 몸을 스스로 진맥하고 약을 처방하고 싶었다. 당연하게도 불가능한 이야기였다. 나는 무기력하게 타인의 손에 내 몸을 맡긴 채 도무지 가라앉을 줄을 모르는 열에 시달렸다.

"어찌 열이 떨어지지 않지?"

탕약을 먹고 잠이 들었는데, 정신을 차리니 누군가 태의에게 화를 내고 있었다. 태의에게 이렇게 화를 낼 수 있는 사람은 단 한 명, 담덕뿐이었다.

나는 그가 태의를 나무라지 않기를 바랐다. 태의는 나름대로 최선을 다했다. 열심히 진맥하고, 탕약도 신경 써서 올렸다. 그저 내 몸에 맞지 않는 처방이었을 뿐이다.

담덕을 말리기 위해 입을 열었지만 목소리가 나오지 않았다. 입안이 바싹 말라 듣기 싫은 숨소리만 목구멍을 타고 나올 뿐이었다. 나는 결국 그를 부르는 것을 포기하고 손을 뻗어 담덕의 옷자락을 끌어당겼다.

"우희!"

그제야 내가 정신을 차렸음을 발견한 담덕이 곧장 침상 앞에 붙어 몸을 숙였다. 겨우 눈을 떠서 본 담덕의 얼굴에 걱정이 가득했다.

담덕은 익숙하게 나를 부축해 물을 먹여 주었다. 하지만 힘이 들어가지 않아 버리는 것이 반 이상이었다. 내 입가를 닦아 주는 담덕의 입에서 긴 한숨이 새어 나왔다.

"다른 사람은 잘 돌보면서, 어찌 네 몸은 챙기지 못해?"

나도 그 부분이 제일 억울했다. 아신 태자를 치료하느라 독을 먹었을 때도 그랬다. 내 의술로 많은 사람을 치료해 줄 수 있지만, 정작 나 자신은 돌볼 수 없다.

스스로에게는 통하지 않는 재능. 그것이 나의 한계였다. 나는 새삼 그것을 실감했다.

"아프지 말고 내 곁에 있으라 했는데. 넌 참 말을 안 들어."

평소라면 당장에 반박했겠으나 몸이 축 늘어져 도무지 입을 열 수가 없었다. 돌아오지 않는 반응에 담덕의 얼굴이 더욱 어두워졌다.

담덕의 서늘한 손이 이마에 닿았다. 차가운 감각에 몸이 녹아내리는 기분이었다. 나는 본능적으로 시원한 것을 향해 몸을 움직였다. 담덕의 손을 붙잡고 그를 내게 끌어당겼다.

힘없는 손길에도 담덕은 순순히 내게 끌려왔다. 옆에 선 태의가 헛기침을 하는 소리가 들려왔지만 시원한 것을 놓칠 수는 없었다.

나는 다가온 담덕을 꼭 끌어안았다.

❖　❖　❖

이상하리만치 개운한 느낌에 눈을 뜨니 지난날들과 달리 몸이 가벼웠다.

나는 가벼운 마음으로 몸을 일으켰다가 허리에서 툭 떨어지는 손을 발견하고는 기겁해 옆으로 시선을 돌렸다.

"담덕?"

그곳에 담덕이 잠들어 있었다. 나는 순간 혼란스러워졌다.

이건 꿈인가? 담덕은 왜 여기 있지? 같은 침상에서 잔 거야?

머릿속에서 온갖 생각이 복잡하게 스쳐 가는 동안에도 담덕은 눈을 뜨지 않았다. 지친 얼굴로 깊은 잠에 빠진 그의 얼굴을 보고 있으니 입구에서 반가움이 가득한 목소리가 들려왔다.

"깨어나셨군요. 몸은 어떠십니까?"

내내 나를 돌봐 주었던 태의였다. 나는 고마운 마음을 담아 그에서 웃어 보였다.

"가벼워요. 열도 다 떨어진 것 같아요."

"다행입니다. 열이 계속 높아 폐하께서도 걱정이 많으셨습니다."

태의가 마주 웃으며 내 옆에 누운 담덕을 슬쩍 바라보았다.

"그랬군요. 한데 어찌 폐하께서 여기에……?"

많은 의미가 담긴 질문이었다. 태의는 그 질문이 나올 줄 알았다는 듯 웃는 낯으로 헛기침을 했다.

"아가씨께서 지난밤 폐하를 놓아주지 않으셔서……."

"……제가요?"

없는 정신에도 담덕을 끌어안았던 기억은 있었다. 하지만 그걸 놓지 못하고 끝까지 안고 있었을 줄은 몰랐지.

놀라서 담덕과 자신을 번갈아 보는 내게 태의가 웃으며 말을 이었다.

"예, 아가씨께서 그러셨습니다. 폐하께서 몇 번이나 벗어나려다가 실패하시고는, 결국 돌아가길 포기하시고 여기서 주무셨습니다."

"……제가 그런 짓을 했군요."

"오히려 잘되었습니다. 근래에 잠이 부족하셨는데, 아가씨 덕분에 오랜만에 숙면을 취하셨군요. 홀로 계실 때는 거의 주무시질 않거든요."

태의의 말에 담덕의 얼굴을 보니 과연 피로가 가득했다. 나는 손을 뻗어 담덕의 얼굴을 만져 보았다. 아직 십 대 소년인데 벌써부터 세상 모든 짐을 진 듯한 얼굴을 하고 있다니.

"아가씨께서 계속 곁에 계셔 주신다면 좋을 텐데요."

태의의 말에 담긴 의도는 명백했다. 담덕과 나의 혼인이었다.

하지만 그것이 내 뜻대로만 되는 것이 아니지. 담덕의 뜻대로 되는 것도 아니고…….

나는 답답한 마음에 긴 한숨을 내쉬며 창밖을 보았다. 어느새 비는 그쳐 있었다. 긴 장마의 끝이었다.

❖ ❖ ❖

예상했던 대로 장마가 끝나고 얼마 지나지 않아 백제군이 관미성 공략을 위해 출정했다. 영락 3년 팔월의 일이었다.

백제군의 선봉에는 아신왕의 외숙 진무가 섰다. 그는 일만이라는 적지 않은 수의 군사를 이끌고 고구려의 남쪽 전선으로 밀고 들어왔다. 진무의 기세는 매서웠다. 그는 단번에 관미성을 포위하고, 이를 발판 삼아 지난 전쟁에서 빼앗긴 성들을 되찾으려 했다.

이 소식을 듣고도 담덕은 직접 전쟁에 나서지 않았다. 무엇이든 직접 나서야 직성이 풀리는 그답지 않은 결정이었다.

물론 이유가 따로 있었다. 담덕은 직접 전쟁에 나서는 대신 지설을 대장군으로 임명해 남쪽으로 보내며 그에게 계책을 일러 주었다. 계책이란 간단했다. 일만이라는 대군이 움직이고 있으니 직접 검을 맞대지 않고 뒤에서 보급로를 교란하는 작전이었다. 그를 위해 치고 빠지는 기술에 능한 지설을 책임자로 보낸 것이다.

담덕의 기대처럼 지설은 계책을 훌륭하게 수행해 주었다. 원래부터 일행의 보급을 담당하던 지설은 누구보다 빠르게 백제군의 보급로를 파악해 그 길을 끊어 버렸다.

그러자 한 달이 채 지나지 않아 백제군에게 흘러가야 할 군량미가 뚝 끊겼다. 타지에 나와 고생하는 것도 서러운데 밥까지 제대로 주지 않으니 백제군의 사기는 날이 갈수록 떨어졌다.

결국 진무는 관미성을 포위하는 대단한 성과를 이루고도 끝내 퇴각을 결정할 수밖에 없었다. 이번에도 고구려가 승리한 것이다. 심지어 이번에는 제대로 된 전투조차 없었다. 이는 고구려의 태왕이 전면전뿐만 아니라 계책에도 능하다는 것을 알리는 계기가 되었다.

하지만 담덕은 승리에 취하지 않았다. 그는 전쟁이 벌어지는 동안 국내성에 머무르며 다른 일에 더욱 집중하고 있었다.

담덕은 불교의 전파를 위해 평양(平壤)에 아홉 개의 사찰을 지을 것을 명했다. 선대왕인 고국양왕이 불교를 널리 전파해 백성의 평안을 꾀하라고 하였으니 그 유지를 잇는 행보였다.

불교 전파에는 왕권 강화를 위한 포석이 담겨 있었다. 다양한 부족과 계층으로 나뉜 사람들을 하나의 공통된 믿음 아래 모음으로써 통치의 정당성을 확보하려 한 것이다.

고대 국가에서 종교가 왕권 강화의 수단으로 사용되는 경우는 셀수 없이 많았다. 후대의 역사서에는 인근의 백제와 신라 역시 불교를 통해 왕권 강화를 꾀했다고 기록하고 있었다. 왕권 강화를 위해 불교를 들여온 왕이 누구였는지 맞히는 건 학교 시험과 수능의 단골 문제였다.

담덕은 사찰을 창건하는 이유로 전쟁에 지친 백성의 마음을 달래기 위해서라는 뜻을 내세웠다. 귀족들의 반발을 최소화하기 위해서였다.

그러나 왕권을 견제하는 귀족들도 바보는 아니었다. 그들이 기저에 깔린 의도를 모를 리 없었다. 당연한 수순처럼 소노부를 중심으로 한 귀족들의 반발이 심해졌다.

담덕은 계획을 강행하기 위해 각 부의 귀족들을 이끌고 사찰 건설이 한창인 평양으로 시찰을 떠나기로 결심했다. 귀족들의 불참을 우려해 그들이 참석할 수밖에 없는 이유를 만드는 것도 잊지 않았다.

이번 평양 시찰은 백제와의 전쟁에서 승리한 것을 기념하는 사냥제로 둔갑했다. 이런 이유라면 귀족들이 불참할 핑계가 없었다.

그리하여 각 부의 우두머리인 대가들과 사냥제에 참여할 젊은이들이 한 무리를 이뤄 평양으로 향했다.

第十五章

**평양**

영락 3년 구월.

사냥제로 둔갑한 시찰을 위해 대규모의 인원이 국내성에서 평양으로 길을 나섰다.

각 부의 대가들은 냉랭한 얼굴로 말을 몰기 바빴지만, 젊은이들의 분위기는 그리 나쁘지 않았다. 이번 원행에는 비슷한 나이대의 유력 귀족가 자제들이 모두 모였다. 덕분에 평양으로 가는 길이 어느새 거대한 사교장처럼 변해 있었다.

귀족가 자제들은 곧 저마다 무리를 짓기 시작했다. 먼저 계루부와 절노부가 한 무리를 이루고, 소노부와 관노부가 또 다른 무리를 이루었다. 순노부는 여러 갈래로 쪼개져 앞서 언급된 두 개의 무리를 기웃거렸다. 각 부족 간의 상황이 그대로 드러나는 행태였다.

상황이 그러한 탓에 나란히 말을 몰고 가는 나와 운은 귀족가 자제들 사이에서 상당히 눈에 띄었다. 소노부와 절노부의 조합이라니.

한쪽은 태왕을 견제할 유일한 사람으로 평가받은 소노부 해씨의 장남이었고, 다른 한쪽은 태왕의 황후로 이름이 오르내리는 절노부 연씨의 여식이었다. 사람들의 의아한 시선이 따라붙는 것도 당연했다.

나는 사람들의 시선을 크게 신경 쓰지 않았다. 귀족가 자제들과 교

류가 거의 없었던 터라, 절노부의 친척들을 제외하면 내가 아는 얼굴이 운 하나뿐이었다. 모르는 사람과 어색하게 이야기를 나누며 긴 여정을 버티는 것보다는 주변의 시선을 받더라도 운과 동행하는 쪽이 내게는 더 편했다.

물론 그것은 내 사정일 뿐, 운은 여러 귀족가 자제들과 친분이 두터웠다. 다른 무리에 합류할 수도 있는 사람이 굳이 내 곁에 붙어 있는 이유를 몰라 얼굴을 보니 운이 고개를 갸웃거렸다.

"왜 사람을 그렇게 봐?"

"왜 다른 무리에 가지 않고 제 옆에 있는 것인지 궁금해서요."

내 말에 운이 피식 웃으며 떠들썩한 무리를 가리켰다.

"저쪽은 너무 시끄럽거든."

"요란한 걸 좋아하는 편 아니었어요?"

"요란한 것에도 정도가 있지. 저렇게 시끄러운 것은 나도 질색이야."

그리 시끄러운가?

나는 삼삼오오 모여 떠들고 있는 무리를 바라보았다. 남녀가 섞여 들떠 있는 모습을 보니 청춘이다 싶었다.

"그다지 시끄러워 보이지는 않는데요."

내 목소리에서 호의적인 분위기를 읽어 냈는지 운이 의외라는 얼굴을 했다.

"저런 분위기에 끼고 싶어?"

"그런 것은 아니지만…… 보기에 나쁘지는 않은데요? 누가 뭐래도 한창때 아닙니까. 남녀가 어울려 마음을 나누기 좋은 시기지요."

"그대는 가끔 말을 이상하게 하더라. 꼭 자기는 한창때가 아닌 것처럼 말이야."

나도 모르게 애늙은이 같은 말투가 나온 모양이었다. 나는 속으로 뜨끔한 것을 애써 감추며 괜히 대수롭지 않은 척 어깨를 으쓱거렸다.

"뭐, 저야 이미 갈 길이 정해진 몸이잖습니까."

"하긴, 넌 이미 폐하와 혼인을 약속하였으니……."

운이 슬쩍 눈을 돌려 가장 앞에서 가고 있는 담덕의 뒷모습을 보았다. 그의 옆으로 나의 백부와 운의 아버지를 비롯한 각 부의 수장들이 말을 몰고 있었다.

"후회 같은 건 없어?"

"폐하와 혼약한 것에 대해서요?"

내가 되묻자 운이 고개를 끄덕였다.

"그래. 혼약을 하였다지만 제가 회의에서 쉽사리 승인이 떨어지지 않고 있잖아."

"그게 전부 그쪽의 소노부 탓이라는 건 알고 있죠?"

내가 눈을 가늘게 뜨고 흘겨보자 운이 억울하다는 듯 두 손을 들었다.

"나는 빼 주지 그래? 난 적극적으로 폐하의 빠른 혼인을 주장하고 있다고. 내 누이를 보호하기 위해서는 폐하께서 빨리 다른 사람과 혼인해 버리는 게 좋잖아?"

"그 말은…… 아직까지도 고추가께서 영과 폐하의 혼인을 포기하지 않으셨다는 거군요."

"뭐, 그렇지. 내가 뜻대로 움직여 주지 않으니 아버지 입장에서는 방향을 돌릴 수밖에."

그간 운은 자신이 명백한 태왕의 사람이라는 것을 보여 주기 위해 갖은 노력을 기울였다. 처음에는 운의 마음을 돌리기 위해 노력하던 소노부의 고추가도 통제할 수 없는 그의 행보에 백기를 들었다.

운을 포기했다면 남은 선택지는 하나뿐이었다. 영을 우 황후처럼 만드는 것.

"그분에게는 영이 황후가 되는 것이 마지막 보루야. 나를 포기할 때는 다른 선택지가 있었지만, 이번에는 그렇지 않으니 쉽게 물러서지 않으실 거다."

운의 얼굴에 옅은 죄책감이 스쳐 갔다. 자신의 반항으로 누이인 영에게 무거운 짐이 넘어갔으니 여러모로 미안한 감정이 드는 듯했다.

"그러니 그쪽이 옆에서 잘 지켜 주셔야죠. 그럴 능력이 있는 분이시잖아요?"

"위로해 주는 거야?"

"그리 들으셨다면 위로겠지요."

턱을 치켜드는 나를 보며 운이 웃음을 터트렸다.

"그래. 그건 위로였다."

운의 웃음소리에 근처에 있던 소녀들이 얼굴을 붉히며 저들끼리 무어라 속삭이기 시작했다. 그들이 무슨 이야기를 할지는 뻔했다.

"인기가 아주 좋으십니다."

"갑자기 무슨 말이야?"

"저기, 저 아가씨들이 그쪽 이야기를 하고 있습니다. 얼굴 붉어진 거 보이시죠?"

내가 소녀들을 가리키며 말했지만 운은 시선을 돌리지 않았다.

"날 본 것이 아닐 거다. 얼굴에 흉한 상처까지 있는 자를 두고 뭐 하러 얼굴을 붉히겠어?"

"아닙니다. 그쪽이 웃으니 얼굴을 붉혔다니까요. 게다가 흉한 상처라니요. 상처가 조금 크긴 하지만 흉하진 않습니다. 얼굴이 워낙 잘나셔서 그 정도는 흠으로 보이지도 않아요."

"……얼굴이 워낙 잘나셨다고?"

운이 어이없는 소리를 들었다는 양 나를 보았다. 그의 표정에 나야말로 어리둥절했다.

"왜요? 그런 말 한 번도 듣지 못하셨습니까?"

내가 보기에 운은 미남 소리를 듣고도 남을 얼굴이었다. 현대에서 말하는 아이돌 상에 가깝지 않을까? 아이돌 그룹 중에서도 비주얼 센터를 맡을 만한 잘난 얼굴을 하고 있으면서도 그는 외모 칭찬이 영 익숙하지 않은 모양이었다.

"그런 말을 하는 건 그대가 처음이다. 잘난 건 폐하께서 잘나셨지."

"물론 우리 폐하께서도 잘나셨습니다만……."

둘은 서로 다른 부류의 미남이었다. 운이 아이돌 상이라면, 담덕은 배우 상에 가까웠다. 조금 더 선명하게 생긴 미남형이지.

고구려에서는 운과 같은 곱상한 미남은 통하지 않는 건가? 하지만 운을 보고 얼굴을 붉히는 아가씨들을 보면 그것도 아닌 것 같았다.

나는 운의 얼굴을 빤히 보며 고민하다 나름의 결론을 내렸다.

"말을 너무 얄밉게 하시니, 아가씨들이 칭찬하려다가도 울면서 도망가는 거 아닙니까?"

"뭐라고?"

"그게 아니라면 그 얼굴을 하고 어찌 잘생겼다는 말을 한 번도 듣지 못할 수가 있습니까?"

"그냥 네 눈이 이상한 것은 아니고?"

"아니라니까요! 잘생겼어요, 그쪽."

단호한 내 말에 운이 입을 꾹 다물었다.

"제가 좋아하는 분위기로 잘생기기도 했지만, 객관적으로도 절대 빠지지 않는 얼굴이에요. 장담해요. 지나가는 아가씨들을 붙잡고 물어도 열이면 아홉은 잘생겼다 할걸요?"

이어지는 내 말에 운이 고개를 획 돌렸다. 뒤통수만 보이는 얼굴에 귀가 새빨갛게 변해 있었다.

"……설마 지금 부끄러워하는 겁니까?"

"그런 말을 대놓고 하는 네가 이상하다."

운이 투덜거리며 앞으로 말을 몰았다. 나는 재빨리 그 옆으로 따라붙으며 키득거렸다.

"그리 수줍음이 많아서야 어디 연애나 제대로 하겠습니까?"

"연애?"

운이 별 우스운 말을 다 들었다는 양 픽 웃었다.

"그런 건 이미 포기한 지 오래다."

"왜요? 포기하지 말고 자신감을 가지세요. 연애란 좋은 거잖습니까. 명문가 도련님에다 얼굴도 잘나셨으니 아가씨들이 그냥 두지 않을 겁니다. 성격이 조금 모나긴 했지만 그 정도야 감당할 만하고요."

내 말에 운이 묘한 얼굴로 물었다.

"그리 괜찮으면 그대는 왜 날 그냥 둬?"

"아시다시피 저야 이미 정해진 길이……."

"꼭 가야 하는 길은 아니잖아?"

장난인 줄 알았더니 운의 얼굴이 썩 진지했다. 내가 입을 꾹 다물자 운이 고개를 돌려 정면을 보며 말을 이었다.

"절노부와 태왕의 결합을 위해서라면 다른 절노부 여식도 있잖아? 어차피 고추가께서는 양녀를 들이시는 거니까…… 네가 굳이 '희생'을 할 필요는 없는 거 아냐?"

"폐하와의 혼인을 희생이라고 생각해 본 적 없어요."

"왜 희생이 아니지?"

운의 목소리가 어쩐지 삐딱했다.

"네 말대로 연애란 좋은 거잖아? 그런 걸 제대로 해 보지도 못하고 폐하와 정략적인 혼인을 약속했는데, 그게 희생이 아니야? 억울하다는 생각은 한 번도 못 해 봤어?"

"그거야……."

그런 생각을 해 보지 않았다면 거짓말이었다. 처음 담덕과의 혼인을 고민할 때에도 그 부분이 억울하다는 생각을 했었다.

대답을 못 하고 우물거리는 나를 보며 운이 혀를 끌끌 찼다.

"그대도 제대로 된 연애를 못 해 봤으면서 내게 조언을 한 건가?"

"저와 그쪽은 상황이 다르지요. 연애를 건너뛰긴 했지만 전 혼인할 사람이 있으니 그쪽보다는 사정이 낫습니다."

"그래서 더 절망적인 거 아니야? 이대로 평생 연애는 못 하고 곧장 혼인해 버리는데."

"……말이 그렇게도 되나요?"

머릿속이 멍해졌다. 운의 말이 틀리지 않았다. 벌써 혼약을 한 나보다는 자유의 몸인 운이 연애를 해 볼 가능성이 훨씬 높았다!

충격을 받아 입을 쩍 벌린 나를 보며 운이 웃었다.

"혹 혼인을 하기 전에 짧은 외유를 하고 싶다면 내가 도와줄 수도 있고. 연애를 할 수 있는 마지막 기회잖아?"

대단한 은혜를 베풀어 주겠다는 듯한 그 얼굴에 나는 손을 휘휘 내저었다.

"됐습니다. 무슨 놀림을 당하려고……. 외유를 해도 다른 사람과 하지 그쪽이랑은 절대 안 할 겁니다."

단호하게 말하고 고개를 돌리려는데 바로 옆에서 담덕의 목소리가 들려왔다.

"뭘 안 한다는 거야?"

"담덕!"

나는 주변의 눈치를 보며 목소리를 낮췄다.

"이쪽으로 와도 돼? 고추가와 대가는?"

"내가 내내 붙어 있으면 그들도 피곤할 거야. 쉴 시간 정도는 줘야지."

일리 있는 말에 나는 고개를 주억거렸다. 그 사람들 입장에서는 어린 상사와 함께 주말 등산을 하는 기분이겠지.

"저는 이만 자리를 피해 드리겠습니다. 이야기 나누시죠."

담덕이 오자마자 운이 인사를 하고 소노부 자제들이 모여 있는 곳으로 떠났다.

나름의 신뢰 관계를 확인한 뒤에도 둘 사이는 여전히 껄끄러운지, 지금처럼 한 사람이 나타나면 다른 한 명이 사라지기 일쑤였다. 어린 시절부터 쌓아 온 불편한 관계가 하루아침에 달라질 리는 없으니 여전히 어색한 것은 이해할 수 있었으나, 언제까지 이렇게 지낼 수도 없었다.

"언제까지 이럴 셈이야?"

내 질문의 의도를 알아차린 담덕이 운을 힐끗거렸다. 시끄러운 것은 싫다더니, 어느새 그는 소노부의 자제들 사이에서 떠들썩하게 웃고 있었다.

"아마 평생? 해운과 나는 성향이 안 맞아."

"그래도 잘 지내는 게 좋지 않겠어? 어쨌든 같은 배를 타기로 한 거잖아."

"한배에 탔다고 모두 손잡고 하하 호호 웃으며 지내는 건 아니지. 아마 해운도 나와 비슷한 생각일 거다. 애초에 그는 자신을 믿어 달라고 하지 않았어. 필요하다면 곁에 두고 감시하라고 했지. 그게 우리의 최선이야."

나로서는 이해하기 힘든 관계였다. 믿는 것도, 믿지 않는 것도 아닌 애매한 관계는 무엇이든 끝장을 내고 보는 나로서는 견디기 힘들었다.

그렇게 생각하는 내 표정을 읽었는지 담덕이 피식 웃음을 흘렸다.

"확실히 너에겐 힘들겠지만, 세상에는 이런 관계도 있어."

"어찌 그리 복잡하게 살아? 너도, 해운도."

"시작이 복잡했으니 끝도 복잡할 수밖에."

"하면 나와는 시작도 단순했으니 끝도 단순하겠네?"

"단순하다라……."

내 말에 담덕이 잠시 생각하더니 웃으며 고개를 끄덕였다.

"어떤 의미에서는 단순하지. 처음 만난 순간부터 난 너를 옆에 두고 싶었으니까. 이유야 달라졌지만, 결론이 동일하다면 단순한 것으로 생각해도 되겠지."

"이유가 어찌 달라졌는데?"

"처음에는 절노부의 유능한 꼬마 의원이 필요했던 것이고, 지금은 그 이상의 의미로 네가 필요하지."

나는 그 이상의 의미가 무엇인지 묻지 않았다. 아마 그 의미란 말로 다 설명하기 어려운 것일 테니까.

나는 담덕의 얼굴을 보며 다 이해한다는 듯 웃어 보였다. 그런 내 표정을 보는 담덕의 얼굴이 복잡하고도 미묘했다.

◆ ◆ ◆

후에 고구려의 세 번째 수도가 되는 곳이지만 이 시기의 평양은 허허벌판이나 다름없었다. 평양성이 있기는 하지만 규모가 작고 초라해 누군가를 붙잡고 이곳이 훗날 고구려의 수도가 된다고 하면 절대 믿지 못할 정도였다.

그래서 사냥을 하기에는 더욱 좋았다. 사람의 발길이 닿지 않은 산 곳곳에 다양한 짐승들이 살고 있어 보지 못했던 짐승들도 많이 만날 수 있을 것이라 했다.

국내성에서 내려온 손님들 덕분에 조용하던 평양성은 오랜만에 떠들썩해졌다. 고국원왕이 이곳에서 백제의 화살에 맞아 죽음을 맞이한 이후 한동안 평양성은 아픔을 상징하는 땅이 되었다. 그런 탓에 근래에는 이처럼 떠들썩할 일이 없었다.

성에 도착한 첫날은 국내성에서부터 오랜 길을 달리며 쌓인 피로를 풀 수 있도록 특별한 일정이 없었다. 이후 둘째 날에는 평양성 인근을 시찰하며 사찰을 올릴 장소를 파악하고, 셋째 날에는 귀족가의 자제들이 참여하는 사냥제가 열릴 예정이었다.

실질적으로 내가 참여해야 하는 일정은 셋째 날의 사냥제뿐이었으니 둘째 날인 오늘은 제법 여유가 있었다.

그것은 나와 함께 온 귀족가의 다른 자제들도 마찬가지였다. 시간과 사람이 모두 많으면 자연스레 놀이판이 벌어지기 마련이었다. 덕분에 평양성에도 술과 음식이 함께하는 놀이판이 한창이었다.

나는 이 자리에서 처음으로 다른 귀족 자제들과 안면을 텄다. 국내성에 오자마자 담덕과 가까워지는 바람에 친분을 쌓지 못했던 사람들이었다. 사냥제에 참여하기 위해 오랜만에 절노부 땅을 나선 사촌 오라버니 하가 중간 역할을 잘해 주었다. 늘 절노부에서만 지내다 동맹제가 있는 날에만 국내성을 찾았던 하가, 몇 년간 국내성에서만 머물렀던 나보다 인맥이 더 넓다니.

그 사실에 자괴감을 느낄 새도 없이 귀족가의 자제들이 내 주변으로 몰려들었다. 그들은 대체로 나에게 친절했다. 담덕과 나의 혼인이 확정적이라는 소문이 한몫한 것 같았다.

특히 또래의 아가씨들은 담덕에 대해 관심이 아주 대단했다. 처음에는 장신구 이야기로 가볍게 시작했다가, 마지막은 담덕에 대한 질문으로 끝을 맺으니 나는 갈수록 대화가 피곤해져 금세 자리를 벗어날 수밖에 없었다.

대화 자리에서 얻은 거라고는 이 술 한 병뿐이구나.

나는 떠들썩한 사람들 사이를 빠져나와 회랑에 걸터앉으며 술을 들이켰다.

"청승맞게 혼자서 뭐 하는 거야?"

병을 통째로 들고 홀로 술을 들이켜는 내가 우스웠던지 담덕이 웃으며 옆에 걸터앉았다.

"청승이 아니라 여유라고 해 줘."

"여유로운 얼굴이 아닌데?"

"음…… 피곤한 대화를 했더니 그런가 봐."

만났던 사람들과 나누었던 이야기를 떠올리며 미간을 찌푸리니, 담덕이 내 손에서 술병을 빼앗아 술을 들이켰다.

"연우희, 넌 절대 술은 안 된다."

"얼마 마시지도 않았는데."

"그래도 안 돼. 또 지나가는 사람을 전부 붙잡고 토하려고?"

있지도 않았던 일을 꾸며내는 담덕의 말에 내가 발끈했다.

"또 그런 적 없어."

"내가 그냥 두었다면 그리했을 테니 일어난 일이나 다름없지."

말도 안 되는 궤변이었다. 하지만 내가 반박을 하기도 전에 담덕이 다른 이야기로 화제를 돌렸다.

"사람들과는 무슨 대화를 했는데?"

"잘 기억도 안 나. 그냥 장신구 이야기, 옷감 이야기, 그리고……."

"그리고?"

담덕의 질문에 나는 아무것도 아니라는 듯 고개를 저었다. '사람들이 너에 대해 묻더라'라는 말을 하는 건 아무래도 실례 같았다.

나는 담덕이 그랬던 것처럼 다른 이야기를 던져 화제를 돌렸다.

"그리고 보니 담덕, 네 술버릇은 본 적이 없는 것 같아."

"당연하지. 언제나 네가 먼저 취하니까."

"도대체 얼마나 마셔야 취하는 거야? 단 한 번도 네가 취하는 걸 본 적이 없어."

감탄하며 물으니 담덕의 얼굴이 미묘해졌다.

"너하고 있을 땐 취하지 않으려고 특히 조심하고 있으니까."

나와 마실 때는 일부러 술을 자제한다니. 완전히 반대였다.

"나하고 있으면 편해서 더 많이 마시게 되지 않아? 난 그런데."

"그래서 다른 사람 앞에서는 멀쩡했구나? 어쩐지 다른 사람들은 네가 취하면 어찌하는지 전혀 모르더라. 꼭 내 앞에서만 그 난리를 피우기에 왜 그런가 했더니……."

담덕이 질린 얼굴로 고개를 저었다. 하지만 담덕과 술만 마시면 자주 필름이 끊기는 나로서는 변명도, 반박도 할 수 없었다.

"좋은 거야. 내가 그만큼 널 믿는다는 뜻이니까."

"그런 의미라면 더더욱 좋지 않은데."

담덕이 미간을 찌푸리며 남은 술을 모두 들이켰다. 그 많은 술이 순식간에 사라지는 것을 보며 나는 눈을 빛냈다.

"오늘은 술에 취해 볼 생각이야?"

"꿈 깨시죠, 아가씨. 내가 네 앞에서 취하는 날은 절대 오지 않을 테니까."

담덕의 확신은 대단했다. 상대가 이렇게 확신하면 변덕이 끓어 그것을 깨부수고 싶은 건 나만이 아닐 것이다.

"어찌 그리 확신해? 술이라는 게 마시다 보면 취할 수도 있는 것인데."

"알아. 그러니 조절을 하는 거지."

"내 앞에선 그런 거 안 해도 돼. 네가 취해도 내가 잘 챙겨 줄 테니까."

물론 거짓말이었다. 담덕이 내게 술에 취한 모습을 보이는 날이면 그 모습을 하나부터 열까지 세세하게 기록에 남겨, 여태껏 나를 놀려 댄 대가를 톡톡히 치르게 할 생각이었다.

그러면 역사서에 광개토대왕 폐하의 술버릇이 아주 선명히 남겠지. 죽고 나서도 술버릇이 역사에 길이길이 새겨진다니. 이보다 더한 놀림이 어디 있을까.

복수 아닌 복수를 꿈꾸고 있는 나를 보며 담덕이 턱도 없다는 듯 비죽 웃었다.

"내가 그 말을 믿겠어? 무슨 속셈인지 빤히 보이니까 상상은 거기까지만 하지?"

"하지만 나도 보고 싶은데. 담덕이 흐트러진 모습."

이건 제법 진심이었다. 늘 반듯한 태왕 폐하의 모습만 보이는 담덕이 제대로 풀어지는 모습을 한 번쯤은 보고 싶었다. 나만 술에 취해 완전히 풀어진 모습을 보여 준 게 억울하기도 했다.

"이 아가씨가 무서운 줄도 모르고 그런 소리를 잘도 하네."

담덕이 빈 술병을 내게 건네며 자리에서 일어섰다.

"이대로 방에 들어가서 자. 내일 사냥제는 이른 새벽부터 시작하니, 일찍 눈을 붙이는 게 좋을 거야."

❖ ❖ ❖

사냥제는 이른 새벽부터 시작해 하늘이 붉게 물들기 시작하는 시간까지 계속된다. 그 안에 가장 많은 사냥감을 잡아 제단에 바친 사람이 사냥제의 우승자가 되어 태왕에게 소원을 하나 청할 수 있었다.

비록 실력은 모자라지만, 나 역시 활을 들고 당당히 사냥제에 참가했다.

"절노부의 명예를 걸고 한 마리라도 반드시 잡아 오겠어요."

전의를 불태우는 나를 보며 하가 웃음을 터트렸다.

"그것참 현실적인 목표로구나."

"제가 주제 파악은 참 잘하거든요."

나는 미간을 찌푸리며 손에 든 활을 내려다보았다. 움직이지 않는 과녁을 맞히는 건 이제 제법 익숙해졌지만, 움직이는 동물을 맞히는 건 무리였다.

"그래, 자신의 실력을 파악하는 것도 중요하지. 너무 사나운 짐승은 노리지 말고 토끼처럼 작고 순한 짐승만 노리거라. 괜히 사나운 짐승을 어설프게 건드렸다가 위험해질 수 있으니 말이다."

나는 하의 조언에 진지한 얼굴로 고개를 끄덕였다. 어설프게 건드렸다가 낭패를 본다는 건 이미 값비싼 수업료를 주고 배웠다. 담덕을 향해 달려들려는 늑대에게 활을 쏘았다가 거의 죽을 뻔하지 않았던가.

내가 조언을 진지하게 듣는 것같이 보였는지 하의 잔소리가 점점 길어졌다. 제단에서 너무 먼 곳까지는 가지 마라, 화살이 반쯤 떨어지면 다시 보충하러 돌아와라, 사나운 짐승을 만나면 소리를 질러 자신을 불러라…….

"하 오라버니, 누가 보면 오라버니께서 제 아버지인 줄 알겠어요."

나는 도무지 끝날 줄 모르는 하의 잔소리를 겨우 끊고서는, 그가 다시 입을 열기 전에 재빨리 주변을 물색했다. 하의 잔소리를 피하기 위해서라면 그가 쉽게 다가올 수 없는 사람의 옆으로 가야 했다. 내 인맥 안에서 그런 사람은 해운 하나뿐이었다. 나는 재빨리 해운의 옆에 붙어 섰다.

내 예상대로 내가 운의 옆에 서자마자 하가 입을 꾹 다물고 딴청을 피우기 시작했다. 소노부 해씨의 장남 앞에서 유치하게 투덕대는 모습은 보여 주고 싶지 않다는 뜻이었다.

나는 승리의 미소를 지으며 자신도 모르는 사이 하의 잔소리를 퇴
치해 준 운을 바라보았다.

"그쪽이 이리 쓰이네요. 하 오라버니의 잔소리에서 겨우 벗어났
습니다."

"상대를 이용했다는 걸 너무 자랑스럽게 공개하는 거 아냐?"

"이상한 거짓말을 하는 것보다는 솔직하게 말해 주는 것이 낫지 않
습니까? 그게 억울하시면 그쪽도 절 한번 이용하시든가요."

"너를 이용해서 뭐에 써? 특히 오늘 같은 날에."

운이 미심쩍은 눈으로 내 손에 들린 활을 바라보았다. 단지 손에 들
고만 있을 뿐인데도 어설픈 실력이 티가 나는 모양이었다.

"한동안 특훈을 했으니 웬만한 것은 모두 맞힐 수 있을 겁니다."

"야생에서 사는 짐승을 잡을 때는 웬만한 실력으로는 곤란하다. 너
도 알지 않느냐?"

"……너무 사실을 말하지 마십시오. 시작도 하기 전부터 제 의욕을
모두 꺾을 생각입니까?"

나는 불만스럽게 입을 비죽이며 다시 한번 속으로 다짐했다.

무슨 일이 있어도 한 마리는 꼭 잡는다!

마음속으로 굳은 다짐을 하는 것과 동시에 사냥제의 시작을 알리
는 뿔 나팔 소리가 들려왔다.

❖ ❖ ❖

시작과 동시에 사람들이 사방으로 흩어졌다. 제한된 시간 안에 많
은 짐승을 잡는 사람이 우승하는 방식이다 보니 다른 사람과 겹치지

않는 곳으로 가 근처의 사냥감을 독식하는 것이 우승에 유리했다.

하지만 나의 목적은 우승자가 되는 것이 아니었다. 어떻게든 한 마리만 잡으면 목표를 달성할 수 있으니, 사냥감을 잘 찾을 것 같은 사람을 따라가는 편이 좋았다.

나는 고민할 것도 없이 운의 뒤를 따랐다. 어차피 바로 옆에 서 있기도 했고, 그러면 내가 뒤따라도 크게 눈치를 주지 않을 것 같았다. 예상대로 운은 뒤따르는 나를 보고서도 별말이 없었다.

"우승을 노리는 게 아닙니까?"

"이왕 참가했으니 우승을 하면 좋겠지."

"그런데 어찌 제가 그냥 따라오게 두세요?"

내 질문에 운이 몰라서 묻느냐는 듯 코웃음을 쳤다.

"내가 작정하고 노리는 사냥감을, 네가 뺏어 갈 수 있을 것 같으냐?"

"……불가능하겠죠."

"그러니 그냥 두는 것이다. 어디 할 수 있으면 재주를 부려 내 사냥감을 빼앗아 보든지."

운은 그렇게 말하고는 산길에 난 짐승들의 발자국과 배설물이 가리키는 길을 따라 사냥감을 찾기 시작했다.

그의 감은 상당히 정확했다. 산길에 남은 흔적을 보고 '근처에 멧돼지가 있네'라고 중얼거리면 얼마 지나지 않아 정말 멧돼지가 나타났다. 잡는 것도 순식간이었다. 활을 쏘았다 하면 백발백중 급소에 적중해 한 방에 산짐승들이 죽어 나갔다.

"이리 사냥을 잘했습니까?"

"제신이에 비하면 실력이 못한 편이야. 네 오라비가 왔다면 다른 사람들은 감히 우승은 생각도 하지 못했을 거다. 당연히 그 녀석이 우승을 차지할 테니까. 제신이가 네게는 요령을 가르쳐 주지 않았어?"

그럴 리가 없었다. 제신은 어렸을 때부터 누구보다 열심히 내게 사냥을 가르쳤으나, 지지부진한 내 궁술 실력처럼 사냥 역시 늘 기미가 보이지 않았다.

"사람은 잘하는 것이 다들 다르니까요."

괜히 찔려 변명부터 내뱉었더니 운이 알 만하다는 듯 씨익 웃었다.

"그런 말은 보통 상대 쪽에서 위로해 주겠다고 하는 말 아닌가? 그런 말을 스스로……."

운이 말을 하다 말고 입을 꾹 다물었다. 그의 시선이 바닥에 난 동물의 발자국을 심각하게 살피고 있었다.

"……무슨 동물의 발자국인데 이리 커요?"

잘 모르는 내가 보기에도 보통 큰 발자국이 아니었다. 본능적으로 긴장해 어깨가 굳었다.

"아무래도 호랑이 발자국 같은데."

"호랑이라고요!"

운은 차분하게 말했지만 나는 놀라서 소리를 질렀다. 그 와중에도 목소리 낮추는 것은 잊지 않았다. 아직 호랑이가 근처에 있다면 소리를 듣고 우리를 공격할지도 모르니까.

긴장한 내 모습에 운이 설명을 조금 더 덧붙였다.

"생긴 지 얼마 되지 않은 발자국이야. 아직 근처에 호랑이가 있을 가능성이 높으니 조심해서 움직여야겠다."

운이 답지 않게 진중한 말투로 내게 조언했다. 늘 여유로운 말투로 사람을 놀리던 운이 진지해지자 상황이 얼마나 심각한지 느껴졌다.

그의 말처럼 호랑이가 근처에 있다면 아주 위험한 상황이었다. 검을 잘 다루는 용사들도 서넛이 붙어야 겨우 때려잡는다는 호랑이를 나와 운 둘뿐인 지금 마주친다면…….

나는 소리 내어 대답하는 대신 고개를 끄덕였다. 설마 정말 호랑이가 나타날까 싶은 생각이었지만 그래도 조심해서 나쁠 것은 없었다.

"발자국은 저쪽으로 나 있으니 그 반대 방향으로 돌아서……."

발자국으로 호랑이가 향한 곳을 가늠한 운이 손가락으로 서쪽을 가리켰다. 나의 시선이 자연스레 운의 손끝을 따라 움직였다. 그렇게 움직인 시선이 한 지점에 우뚝 멈추었을 때, 나는 내 눈을 의심할 수밖에 없었다.

"저기…… 지금…… 제가 보고 있는 것이……."

"호랑이네."

더듬거리며 현실을 부정하려는 내 말을 운이 한마디로 정리했다.

우리의 눈앞에 커다란 호랑이가 있었다.

"호랑이…… 호랑이가 왜 여기 있어요?"

내가 당황해서 묻자 운도 상황을 모르겠다는 듯 미간을 찌푸리며 고개를 저었다.

사냥제에 참가하는 사람들은 모두 유력 귀족가의 자제들이었다. 그런 사람들을 위험한 곳에 몰아넣을 수는 없으니 사냥제가 열리는 사냥터는 사전에 병사들의 철저한 점검을 거치게 되어 있었다. 점검 과정에서 너무 위험한 짐승이 있으면 쫓아내거나 죽여 안전을 확보하는데, 당연하게도 호랑이는 경계 대상 일순위였다.

특히 이번 사냥제는 태왕인 담덕이 직접 참관하는 행사였다. 다른 때보다 점검을 철저하게 했을 것이다.

"원래 이런 애들은 없어야 하는 거 아니에요?"

내가 운의 팔을 붙잡으며 속삭이는 동안 호랑이가 느린 걸음으로 우리를 향해 다가오고 있었다. 우리를 주시하는 호랑이의 형형한 눈빛 때문일까. 그저 여유롭게 걸음을 옮기고 있을 뿐인데도 온몸에서 위협적인 기운이 느껴졌다.

"우선 뒤로 물러나."

운이 나를 자신의 뒤로 보내며 검을 빼 들었다. 호랑이를 바라보며 대치하고 있는 모습에 긴장감이 가득했다.

"싸우려고요?"

내가 놀라서 펄쩍 뛰었다. 운은 여전히 호랑이에게 시선을 고정한 채 고개를 저었다.

"싸워서는 승산이 없어."

"그럼 역시 도망쳐야 하는 거죠? 하지만……."

나는 호랑이를 바라보며 침을 꿀꺽 삼켰다. 도망치는 속도보다 호랑이가 우리를 따라잡는 속도가 더 빠를 것이 분명했다.

운은 내가 차마 입 밖으로 내지 못한 이야기가 무엇인지 금세 알아챘다.

"그러니까 방법은 하나야. 시선을 다른 쪽으로 돌리고 도망간다."

운이 검을 고쳐 쥐며 긴장된 숨을 들이마셨다.

"내가 시선을 끌 테니 넌 그사이에 도망가."

"예?"

"한 사람에게 집중하면 다른 쪽은 신경 쓰지 않을 거다."

시선을 끈다는 말로 순화했지만, 결국 내가 도망갈 시간을 벌기 위해 호랑이와 싸우겠다는 뜻이었다. 말도 안 되는 소리에 얼굴이 단번에 구겨졌다.

"말도 안 되는 소리 하지 마세요. 시선을 끌면 호랑이가 금방 달려들 텐데 혼자 뭘 어쩌려고요? 싸워서는 승산이 없다면서요? 싸울 생각이면 같이해야죠."

"어차피 넌 크게 도움이 안 돼. 차라리 내가 싸우고 있는 동안 다른 사람을 찾아서 도움을 청하는 것이 더 낫다."

크게 도움이 안 된다는 말에 할 말이 없었다. 검은 어설프게 쥐는 것이 전부고, 그나마 활을 다룰 줄 알지만 그조차도 뛰어난 편은 아니었다. 그렇다고 운의 말에 따라 그를 두고 도망칠 수도 없었다.

"제가 바보인 줄 아십니까? 다들 뿔뿔이 흩어져서 가까운 거리에 도울 만한 사람은 없습니다."

나는 활시위에 화살을 걸며 호랑이를 주시했다.

"싸울 생각이라면 저도 같이 있을 겁니다. 손이 하나라도 더 있어야 이길 가능성이 조금이라도 높아지죠."

"도망가라 했어."

"저도 싫다고 했습니다."

"넌 무섭지도 않으냐?"

"안 무서우면 제 손이 이렇게 떨리겠어요?"

화살을 잡은 손이 덜덜 떨리고 있었다. 의식하지 않으려고 해도 어쩔 수가 없었다. 그 말에 내 손을 힐끗 쳐다본 운이 다시 호랑이를 응시하며 긴 한숨을 내쉬었다.

"그러니 도망가라고."

"제가 도망가면 그쪽은요?"

"둘 다 위험해지는 것보다 한 사람이라도 안전한 게 낫잖아. 내가 알아서 할 테니 도망가."

"알아서 하긴 뭘 알아서 해요? 그렇게 말도 안 되는 소리 계속할 시간에 어떻게 하면 저놈을 잡을 수 있을지나 고민하는 게 어때요?"

자신을 이기겠다는 내 말을 듣기라도 한 것처럼 호랑이가 낮게 으르렁거렸다. 목 아래에서 깊게 울리는 그 소리에 그렇지 않아도 굳은 어깨에 더 힘이 들어갔다.

나는 화살을 쥔 손에 힘을 주며 몸과 함께 굳어 버린 머리를 굴리려고 애썼다. 호랑이에게 뛰어난 신체적 능력이 있다면, 인간에게는 그걸 이겨 낼 머리가 있다. 그러니 고민하면 분명 답이 나올 거야.

하지만 답을 쉽게 알아낼 수 있다면 호환(虎患)을 당하는 사람도 없었을 것이다.

"먼저 공격하는 게 좋을까요?"

내 질문에 운이 한숨을 내쉬며 작게 고개를 저었다. 무슨 말을 해도 내가 자신을 혼자 두고 가지 않을 것이란 사실을 깨달았는지 더 이상 도망가라는 말은 하지 않았다.

"직접 공격하는 건 좋지 않아. 우선 천천히 뒷걸음질을 치다가 어느 정도 거리가 벌어졌다 싶으면 화살을 저쪽으로 날려."

그가 턱 끝으로 호랑이의 옆쪽을 가리켰다.

"호랑이가 그쪽으로 시선을 돌리면 우린 도망친다."

"……도망칠 수 있어요?"

"그럴 수 있기를 바라야지."

그렇게 말한 운이 천천히 뒷걸음질을 치기 시작했다. 나도 그를 따라 조심스럽게 걸음을 옮겼다. 타고 온 말은 호랑이가 나타난 방향에 있었으므로 도망 역시 두 다리에 의지할 수밖에 없었다.

하지만 호랑이도 함께 우리를 향해 다가오고 있어 거리가 멀어지지 않았다.

"조금 더 빠르게 뒤로 움직일게."

운이 작게 속삭였다. 나는 고개를 끄덕이며 조금 빨라진 그의 걸음에 맞춰 발을 재게 놀렸다. 그러자 조금씩이지만 호랑이와의 거리가 멀어지기 시작했다.

이대로 조금만 더 멀어지면 무사히 도망칠 수도 있지 않을까?

그런 안일한 생각을 비웃기라도 하듯 무엇인가 발에 밟혔다. 마른 나뭇가지였다. 내 무게를 못 이긴 나뭇가지가 뚝 하는 소리를 내며 부러졌다. 놀란 내가 걸음을 멈추는 것과 동시에 호랑이의 눈빛이 변했다.

"지금, 화살!"

운의 외침에 나는 반사적으로 화살을 날렸다. 호랑이의 머리가 제 옆을 스쳐 가는 화살을 따라 움직이는 것을 보며 운이 내 손목을 잡아끌었다.

그때부터 우리는 뒤도 돌아보지 않고 달음박질치기 시작했다. 호랑이가 따라오는지 뒤를 돌아볼 여유도 없었다. 그저 우리는 앞을 향해 달리고 또 달렸다. 주변의 풍경이 빠르게 지나갔다. 나뭇가지에 몸이며 얼굴이 쓸려 생채기가 났지만 호랑이로부터 도망칠 수만 있다면 이런 상처쯤이야 몇 개가 나도 상관없었다.

그렇게 한참을 달려 숨이 턱 끝까지 차올랐을 때, 운이 정신없이 다리를 움직이는 나를 아래로 끌어당겼다. 몸이 그대로 무너져 땅에 엉덩이가 바닥에 닿았다. 반사적으로 주위를 두리번거리니 위로는 조금 전까지 죽어라 달리던 길이, 양옆으로는 굵은 나무뿌리가 보였다.

나는 다시 도망치기 위해 몸을 일으켰다. 하지만 제대로 자리에서 일어서기도 전에 옆에 있던 운의 손이 내 어깨를 눌렀다.

"왜 그러는……."

영문을 몰라 운을 보니 그가 한 손으로 내 입을 틀어막으며 다른 손으로는 손가락을 입술에 가져가 조용히 하라는 신호를 보냈다. 입을 꾹 다물고 고개를 끄덕이자 운이 내 입을 틀어막고 있던 손을 뗐다.

그의 손이 떨어지자마자 머리 위에서 묵직한 발걸음 소리와 함께 호랑이의 그르릉거림이 들려왔다. 덕분에 나는 우리가 호랑이에게 따라 잡혔다는 것을 깨달았다. 손도 못 쓰고 공격당할 수는 없으니 최후의 수단으로 길 아래에 몸을 숨긴 것이다.

여기에 있는 걸 들키면 끝이야.

나는 숨을 죽이고 머리 위의 기척에 온 신경을 기울였다. 호랑이의 기척이 점점 우리 쪽으로 가까워지고 있었다.

이대로 호랑이가 우릴 알아채지 못하고 지나가는 걸 기다려야 하나?

그런 불확실함에 기댈 수는 없었다. 나는 최대한 조심스럽게 내가 가지고 있는 것들을 살피기 시작했다.

활과 화살. 그리고 가방에는 작은 수통과 사냥제에 나서며 혹시 몰라 준비해 온 약들이 몇 가지 있었다. 지혈에 쓰는 황단산(黃丹散), 예리한 것에 당한 상처에 쓰는 일념금(一捻金), 그리고 상처가 깊을 때 마취를 위해 쓰는 초오산…….

"초오산?"

나도 모르게 튀어나온 말에 운이 놀라서 내 입을 틀어막았다. 동시에 머리 위에서 여유롭게 움직이던 호랑이의 발소리가 뚝 그쳤다. 호랑이가 우리의 위치를 알아차린 것이 틀림없었다.

나는 내 입을 막고 있는 운의 손을 치우고 가방에서 수통과 초오산이 든 병을 꺼내 들었다. 초오산 전부를 수통에 털어 넣고, 초오산이 섞인 물로 내 화살과 운의 검을 적셨다.

"뭐 하느냐? 지금 이럴 때가 아니야."

운이 초조하게 속삭이며 내 팔을 잡아끌었다. 다시 도망을 칠 생각인 것 같았다. 하지만 이렇게 거리가 가까워진 이상 도망은 무리였다. 나는 운의 손을 뿌리치고 자리에서 벌떡 일어섰다.

몸을 일으키자마자 우리가 숨어 있는 곳을 응시하고 있던 호랑이와 눈이 마주쳤다. 호랑이는 눈을 빛내며 망설임 없이 나를 향해 달려들었다. 나는 재빨리 활시위에 화살을 걸어 호랑이를 향해 날렸다. 호랑이와 눈을 마주하고 있으니 심장이 두근거려 터질 것만 같았다.

빠르게 날아간 화살은 호랑이의 몸통 곳곳에 꽂혔다. 급소는 전부 비껴갔지만, 화살이 꽂힐 때마다 호랑이가 고통스러운 소리를 내며 몸을 뒤틀었다.

나는 멈추지 않고 계속 화살을 쏘았다. 하지만 호랑이도 마찬가지였다. 상처를 입은 호랑이는 분노에 들끓어 나를 향해 몸을 날렸다. 공중으로 붕 떠오른 몸이 순식간에 나를 덮쳤다.

"연우희!"

운의 경악에 찬 목소리와 함께 화살을 쏘려던 몸이 호랑이와 함께 그대로 뒤로 넘어갔다.

등이 아팠다. 하지만 고통에 신경 쓸 새가 없었다. 호랑이의 머리가 바로 코앞에 있었다. 호랑이의 입에서 쏟아져 나온 뜨거운 입김에 모골이 송연해졌다. 덜덜 떨리는 손으로 화살을 쥐자마자 호랑이가 입을 쩍 벌리며 큰 소리로 포효했다.

나는 그 틈을 놓치지 않고 손에 쥔 화살을 호랑이의 혓바닥에 찔러 넣었다. 동시에 운이 호랑이의 등에 검을 박았다.

날카로운 고통에 호랑이가 난동을 부리며 나를 쳐 냈다. 호랑이의 커다란 발에 맞은 몸이 힘없이 날아갔다.

"윽!"

종잇장처럼 날아간 몸은 그대로 나무에 부딪혔다. 등에 엄청난 충격이 전해지며 숨이 턱 막혔다. 호랑이에게 맞은 팔도 상태가 좋지 않았다. 날카로운 발톱에 제대로 긁힌 것인지 팔 전체가 화끈거리며 뜨끈한 피가 쏟아지는 것이 느껴졌다.

"연우희! 너 제정신이야?"

어느새 내 곁으로 다가온 운이 내 팔을 꽉 눌러 지혈하며 무서운 목소리로 외쳤다.

"후, 그래도…… 호랑이를…… 잡았잖아요."

나는 몸을 일으켜 나무에 기대며 운의 등 뒤를 가리켰다. 그제야 자신이 호랑이를 두고 등을 보였다는 사실을 깨달은 운이 서둘러 뒤를 바라보았다.

"호랑이가……."

운이 말을 잇지 못하고 멍하니 제 눈 앞에 펼쳐진 풍경을 바라보았다. 온몸에 화살과 검이 꽂힌 호랑이가 비틀거리더니 바닥에 쿵 하고 쓰러진 것이다.

"이 정도 상처로 죽을 리가 없는데……."

운이 믿을 수 없다는 듯 중얼거렸다. 화살로 입힌 상처야 자잘했고, 등에 꽂은 검도 급소는 찌르지 못했다. 오히려 상처 입은 호랑이가 더 날뛰어야 할 상황이었다.

"죽은 게 아니에요."

차분한 설명에 운이 나를 바라보았다.

"마취가 된 겁니다. 제 화살과 그쪽의 검에 초오산을 발랐거든요."

"마취?"

"예, 한동안 깨어나지 못할 거예요. 장정 열 명은 족히 마취할 양을 전부 털어 넣었으니까요."

멍한 얼굴로 호랑이와 나를 번갈아 보던 운의 입에서 결국 헛웃음이 흘러나왔다.

"허, 겨우 그걸 믿고 호랑이에게 덤볐다고?"

"겨우라뇨. 효과가 확실하다고요. 보세요, 호랑이가 완전히 늘어졌잖아요."

"그게 제대로 통하지 않았다면 넌 이미 호랑이의 먹이가 되었을 거다!"

"그렇게 되지 않았으니 된 것이 아닐까 하는 생각이……."

운이 내 말을 끊으며 버럭 소리쳤다.

"그러지 않았으니 되었다고? 엉망인 네 꼴을 봐라! 겁이 없는 녀석인 줄은 알았지만 설마 이 정도인 줄은 몰랐다!"

운이 미간을 찌푸리며 나를 바라보았다. 눈을 굴려 내 꼴을 보니 확실히 엉망이기는 했다. 바닥을 구르는 바람에 온몸이 흙투성이에다 팔은 쏟아진 피로 붉게 물들어 있었다.

"이 꼴을 보면 놀라서 달려들 사람이 도대체 몇 명인지."

담덕은 물론이고 사촌인 하까지 놀라서 나를 다그치겠지. 나는 어색하게 웃으며 늘어진 호랑이를 가리켰다.

"……호랑이를 잡았는데 그래도 혼이 날까요? 잘했다고 칭찬을 받을지도 몰라요."

"잘도 그러겠구나."

내 말에 운이 택도 없다는 듯 코웃음을 치며 제 옷을 찢어 내 팔을
감았다.

◆ ◆ ◆

"호랑이를…… 잡았다고?"

커다란 호랑이를 앞에 두고 사람들은 모두 말을 잃었다. 사냥터에
호랑이가 나타난 것도 놀랍지만, 그걸 잡아 온 사람이 있다는 것이 더
놀라운 듯했다.

"운이 네가?"

소노부의 고추가가 운에게 물었다. 그렇게 묻는 고추가의 얼굴에
묘한 뿌듯함이 담겨 있었다. 혼자서도 호랑이를 때려잡는 아들이라
니. 당연히 뿌듯하긴 할 것이다. 하지만 그의 기대와 달리 운은 단호
하게 고개를 저었다.

"아뇨, 호랑이를 잡은 건 제가 아니라 이쪽입니다."

운의 말에 사람들의 시선이 그 옆에 선 내게 꽂혀 들었다. 호랑이
를 볼 때부터 놀란 얼굴을 하고 있던 사람들은 내 얼굴을 보며 숫제
경악에 찼다.

"……연씨의 딸이 호랑이를 잡았다고?"

소노부의 고추가가 믿을 수 없다는 듯 나를 훑었다. 다른 사람들의
시선도 크게 다르지 않았다. 누구보다도 나를 잘 아는 절노부 사람들
이 가장 놀란 듯했다.

사냥제 참가 명단에 이름을 올리기는 하였으나 평양성 원행에 동행

하기 위한 형식적 절차였을 뿐이다. 그런 내가 대단한 사냥 실력을 보여 주리라 기대한 사람은 아무도 없었을 것이다. 그런데 내가 떡하니 호랑이를 잡아 왔다.

나는 얼빠진 사람들의 얼굴을 보며 다친 팔이 아픈 것도 잊고 활짝 웃었다. 사람들의 기대를 뒤엎는 건 언제나 짜릿한 일이었다.

"정말 우희 네가 잡은 것이냐?"

하가 얼떨떨한 얼굴로 물었다. 나는 고개를 끄덕이며 자랑스럽게 호랑이를 가리켰다.

"말했잖습니까. 하나는 반드시 잡아 온다고."

"그래, 그리 말했지. 작은 토끼나 잡아 오면 다행이다 싶었더니 호랑이를……. 게다가 네 꼴이 이게 뭐야."

멍하니 호랑이를 보던 하가 곧 내 상처를 살피며 길게 한숨을 내쉬었다.

"이리 다쳐 올 바에야 아무것도 안 잡아 오는 것이 더 낫다. 어찌 제 몸 챙길 줄을 몰라? 아프지 않으냐?"

"조금 아프긴 하지만…… 그래도 함께 있던 운 도련님이 지혈도 서둘러 해 주셨고, 상처도 의원에게 보이면 큰 문제가 없을 정도일 겁니다."

내 말에 하의 시선이 운을 향했다. 하는 잠시 어색한 얼굴로 운을 보다 그를 향해 가볍게 고개를 숙였다.

"……제 사촌 누이를 도와주셔서 고맙습니다."

"아닙니다. 덕분에 호랑이를 만나고도 무사했으니 오히려 제가 감사할 일이죠."

두 사람이 어색하게 인사하는 사이 주변이 소란스러워지기 시작했다. 고개를 돌려 소란의 중심을 바라보니 담덕이 태림과 함께 다급한 걸음으로 다가오고 있었다. 사람들은 빠르게 옆으로 비켜서 담덕에게 길을 터 주었다. 덕분에 그는 순식간에 나와 호랑이 앞에 설 수 있었다.

다른 사람들처럼 얼빠진 담덕의 시선이 호랑이와 나를 차례로 훑었다. 그의 눈동자가 나를 향하는 순간 나는 차마 그 두 눈을 마주하지 못하고 옆으로 슬쩍 시선을 돌렸다.

"이게 무슨……."

담덕이 말을 잇지 못하고 머리를 짚었다. 그로서도 눈앞에 보이는 이 풍경을 쉽게 믿기 힘든 모양이었다.

"호랑이를 잡아? 네가?"

"……예."

주변을 둘러싼 사람들을 보며 예의 바르게 대답했더니 담덕이 긴 한숨을 내쉬었다.

"따라와라."

나는 돌아서는 담덕의 뒤를 쭈뼛대며 따랐다. 함께 고생한 운을 두고 가도 될지 몰라 슬쩍 그를 보았더니, 그가 괜찮다는 듯 고개를 끄덕여 주었다. 나는 한결 편안해진 마음으로 담덕을 따라나섰다.

담덕과 함께 도착한 곳은 조금 전까지 그가 머무르고 있었을 것으로 보이는 작은 막사였다.

"태림, 태의를 불러와라."

"예."

담덕이 나와 함께 뒤따르던 태림에게 명령하고 막사 안으로 들어섰다. 그 뒤를 따라 안으로 걸음을 옮기니 참가자들이 사냥을 하는 그 잠깐 사이도 쉬지 못하고 일을 했는지 곳곳에 문서들이 널려 있었다.

"여기까지 와서도 일이야?"

문서 하나를 집어 들며 담덕을 힐책했더니 여태까지 말이 없던 그가 어이가 없다는 듯 장목했다.

"지금 그런 말을 할 때야? 태림을 함께 보냈어야 했는데."

"사냥제에 참여하는데 어찌 태림과 함께 다녀? 태림이 네 호위인 것을 모르는 사람이 없는데. 보기에 좋지 않아."

"뒤에서 수군거리고 말겠지. 그게 뭐 그리 대수라고."

"귀족들에게 약점이 될 만한 것을 만들고 싶지 않다고 했잖아. 그런 사소한 일이 커져서 약점이 되는 거랍니다, 폐하."

"말이나 못 하면. 이만 됐으니 상처나 좀 보자. 어서 자리에 앉아 봐."

담덕이 나를 의자에 앉히고 피로 범벅된 팔을 살피기 시작했다. 상처 부위는 운의 옷을 찢어 만든 천으로 단단히 묶여 있는 상태였다. 고급스러운 천의 재질을 확인한 담덕이 슬쩍 미간을 찌푸렸다.

"이건 누가 해 줬어?"

"그건 해운이 옷을 찢어…… 그러고 보니 나 때문에 좋은 옷을 버렸네. 나중에 한 벌 사 줘야겠다."

"아, 그와 함께 있었다고 했던가?"

"바로 내 옆에 있었는데, 못 보았어?"

"다른 사람을 볼 정신이 있었겠어?"

깊은 한숨을 내쉰 담덕이 조심스럽게 천을 풀었다. 압박되어 있던 곳에 다시 피가 통하면서 아릿한 고통이 느껴졌다.

"으."

내 신음에 담덕의 손이 잠시 멈추었다.

"아파?"

"아파."

"그러게 나서길 왜 나서? 도망이나 열심히 칠 것이지 뭘 믿고 호랑이를 잡겠다고……."

"그래도 잡았잖아."

"누가 너한테 호랑이 잡아 달랬어?"

"어쨌든 나도 사냥제 참가자야. 잘 잡아 왔다고 칭찬을 해 줘야지."

어서 칭찬해 달라는 의미로 담덕 앞에 머리를 들이댔더니 그가 기가 찬다는 듯 헛웃음을 흘렸다.

"칭찬? 칭찬은 무슨."

담덕의 손가락이 이마를 때렸다. 가볍게 툭 건드린 것 같았는데 머리가 띵하게 울렸다.

"환자를 때리기까지 하는 거야?"

이마를 문지르며 입을 비죽 내밀었다. 때마침 밖에서 태림의 목소리가 들려왔다.

"폐하, 태의를 데려왔습니다."

"들여보내."

담덕의 허락에 막사의 장막이 걷히고 태의가 안으로 들어섰다.

전쟁에 나설 때가 아니면 태의를 대동하지 않는 담덕이지만, 이번에는 사냥제가 열리니 다른 사람들을 위해 일부러 태의를 데려왔다. 물론 그 태의의 치료를 내가 받게 되리란 것은 누구도 예상하지 못한 일이었다.

"미련하게도 호랑이와 맞서다 다쳤다는군. 상처를 살펴봐라."

태의가 깊게 허리를 숙여 제대로 인사말을 꺼내기도 전에 담덕이 그를 재촉했다.

"예, 폐하."

담덕의 독촉에 태의가 인사를 하다말고 허리를 펴 다급한 걸음으로 내 앞에 섰다. 피로 젖은 내 옷을 본 태의가 손에 든 나무 상자를 내려놓으며 허락을 구했다.

"아가씨, 먼저 상처 부위를 씻어 내 얼마나 다치셨는지 확인해야 합니다. 그러려면 옷을 잘라야 하는데 괜찮으시겠습니까?"

치료에 있어 당연한 절차였다. 나는 고민 없이 고개를 끄덕이며 팔을 내밀었다. 아릿한 통증이 밀려왔지만 움직이지 못할 정도는 아니었다.

"내가 하지."

내가 내민 팔을 붙잡은 사람은 태의가 아닌 담덕이었다. 그는 품 안에서 단검을 꺼내더니 능숙하게 손을 놀려 상의의 소매를 잘라냈다.

팔이 드러나자 태의가 곧장 물을 부어 상처 부위를 씻어 냈다. 피가 씻겨 나가니 다친 곳이 선명하게 보였다. 천으로 가려졌을 때는 그다지 심각하다는 생각이 들지 않았는데, 두 눈으로 확인하니 생각보다 상처가 깊었다.

상처가 깊다는 사실을 깨닫자마자 간사한 몸이 대놓고 고통을 호소했다. 곁에 고통을 돌봐 줄 사람도 있으니 아프다는 걸 참을 이유가 없었다. 순식간에 내 얼굴이 일그러지는 것을 본 태의가 슬쩍 웃으며 고개를 숙였다.

"상처 부위를 씻어 내느라 자극이 가서 통증이 심하실 겁니다. 성으로 돌아가면 통증을 줄여 주는 약을 지어 드리겠습니다."

아마 방풍(防風)이 들어간 약일 것이다. 방풍은 통증을 줄이고 파상풍에도 효과가 있어 지금 상황에 쓰기 좋은 약재였다.

내가 고개를 끄덕이자 태의가 조금 더 자세히 내 상처를 살피기 시작했다.

"그런데 상처가 상당히 깊군요. 우선 지혈이 제대로 되어 다행입니다만……."

물기를 닦아 낸 태의가 말끝을 흐렸다. 나와 담덕의 눈치를 살피고 있는 것이었다. 그는 나무 상자에서 꺼낸 하얀 가루를 상처 위에 뿌리며 설명을 덧붙였다.

"검에 베였다면 더 빨리 나았을 겁니다. 하지만 동물에게 당한 상처는 단면이 거칠어 아무래도 아무는 속도가 느리지요. 흉터가 심하게 남을 수도 있습니다. 그러지 않도록 최선을 다해 보겠지만……."

뒤에 생략된 말이 무엇일지는 뻔했다. 그러기는 힘들다는 뜻이었다.

"괜찮아요. 다쳤을 때부터 흉터는 남겠다고 생각했거든요."

내 말에 태의의 얼굴이 조금 풀어졌다. 그는 약을 꼼꼼하게 뿌린 뒤 깨끗한 천으로 내 상처를 감싸 치료를 마무리했다.

"치료는 이것으로 되었습니다. 혹 불편한 것이 있으시면 언제든 저를 찾아 주십시오."

그렇게 말한 태의가 인사하고 막사를 떠났다. 그가 떠난 후에도 한참이나 침묵을 지키던 담덕이 곧 두 손으로 얼굴을 쓸어내리며 한숨을 내쉬었다.

"너와 함께 있으면 어찌 마음 놓을 새가 없는 것 같다. 정말 흉터가 크게 남아도 괜찮은 거야?"

"흉터가 어때서? 호랑이를 잡고 얻은 상처니 오히려 영광이지."

무를 숭상하는 고구려에서는 흉터가 큰 흠이 아니었다. 특히 전쟁에 나서는 용사들은 흉터를 적과 당당히 맞서 싸운 용감함의 상징으로 여겼다. 물론 귀족가 아가씨들은 조금 사정이 다르지만…….

나는 담덕이 그 부분을 지적하기 전에 웃으며 그의 팔을 잡아끌었다. 그의 옷소매를 조금 걷어 올리니 금세 크고 작은 흉터들이 보였다.

"네게도 흉터가 많잖아? 그에 비해 난 겨우 하나인걸. 게다가 팔에 난 흉터라면 평소에는 보이지도 않아. 전부 옷으로 가리니까."

여름이면 반팔 옷을 입는 현대에서라면 팔의 흉터가 신경 쓰였겠지만, 이 시대에는 사시사철 소매가 긴 옷을 입어 몸을 가린다. 남자든 여자든 얼굴에 난 상처가 아니라면 다른 사람이 알아차리기 어려웠다.

담덕만 해도 그랬다. 전쟁터에서 얻은 흉터가 몸 곳곳에 있었지만, 평소에는 옷에 가려져 누구도 흉터를 보지 못했다.

"그게 중요한 게 아니잖아. 귀족가 아가씨들은 작은 흉터에도 속상해한다던데 넌 어찌 이리 태연해?"

"음…… 담덕, 귀족가 아가씨들이 작은 흉터에도 속상해하는 건 혹여나 혼인할 때 흠이 잡히지 않을까 걱정해서거든……."

조심스럽게 흘러나온 내 말에 한바탕 잔소리를 쏟아 낼 기세이던 담덕이 입을 꾹 다물었다.

"그러니까 이미 혼처가 정해진 내게 흉터는 그리 큰 문제가 아니야. 아, 네가 흠 있는 여인이 꺼려진다면 문제가 되겠다. 넌 내게 흠이 있다면 부인으로 맞아들이기 싫어?"

내 질문에 담덕이 할 말을 잃은 듯 가만히 나를 바라보았다. 긴 침묵이 대신 전하는 답은 명확했다.

"괜찮다는 거지? 그러니 내가 흉터에 크게 상심하지 않아도 되는 거 맞지?"

"……상황을 이리 빠져나가기도 하는구나."

담덕이 앓는 소리를 내며 머리를 짚었다. 나는 또다시 담덕의 말이 길어지기 전에 웃으며 그의 팔에 난 흉터를 매만지며 화제를 돌렸다.

"이 흉터는 어디에서 얻은 거야?"

"글쎄, 모든 흉터를 기억하지는 못해. 한 번 전투가 벌어지면 새로운 상처가 몇 개씩 생겨나니까."

"이런 상처가 몇 개씩이나?"

대수롭지 않은 담덕의 말에 오히려 마음이 무거워졌다. 그의 상처가 말해 주는 치열한 전쟁의 흔적들이 안타깝고 두려웠다.

"네가 너무 나서지 않았으면 좋겠어. 얻어 오는 상처가 언제나 이렇게 작으리란 법은 없잖아."

"넌 내가 걱정돼?"

담덕이 의외라는 듯 물었다. 그 반응에 나는 어이가 없어졌다.

"당연하잖아. 매번 전쟁에 나가서 다쳐 오는 사람이니 걱정하지!"

"그래?"

담덕이 어색하게 웃으며 고개를 갸웃거렸다.

"여태까지 난 진 적이 없잖아. 그러니 다들 내가 이기는 것이 당연하다고 생각하나 봐. 누구도 내 걱정을 않더라고."

지금까지 담덕은 전쟁에서 이겨 살아남는 쪽이었다. 하지만 언제까지 승리만 이어 나갈 수는 없었다. 아무리 전쟁에 강한 담덕이라고 해도 그 역시 인간이었고, 인간은 실수와 실패를 하기 마련이었다.

역사는 광개토대왕의 승리를 기록했지만 고대의 기록은 완벽하지 않을 것이었다. 오히려 기록되지 않은 일들이 더 많을 수도 있었다. 혹 그중에 담덕의 패배가 있다면, 그래서 담덕이 크게 다치기라도 한다면…….

나는 어쩐지 마음이 무거워져 담덕의 손을 강하게 붙잡았다.

"내가 걱정해. 난 전쟁의 승리보다 네 안전을 바라. 그러니 너무 나서지 말고 몸을 아껴."

"어째 내가 네게 늘 하던 소리 같은데."

"사람이 진지한 이야길 하는데 그런 소리나 하기야?"

내가 강하게 반박하며 발을 굴렀더니 담덕이 소리 내어 웃으며 내 머리를 토닥였다.

"걱정 마. 제대로 혼인도 못 해 보고 죽을 생각은 없으니까."

"……그런 생각이라면 평생 혼인해 주지 않을 거야. 그럼 평생을 조심하며 살겠지."

"뭐라고?"

경악에 찬 담덕의 목소리에 이번에는 내 웃음이 터졌다. 내가 낄낄대며 웃는 것을 보고서야 내 말이 농담이라는 것을 깨달았는지 담덕이 헛웃음을 흘렸다.

"아주 날 놀리는 데 재미를 들였구나."

❖ ❖ ❖

막사 안에 오래 머물러 있을 수는 없었다. 하늘이 붉게 물들어 오늘 사냥제를 마무리할 시간이 다가온 것이다.

담덕은 해가 완전히 떨어지기 전 사냥제의 주최자로서 결과를 발표하고 우승자에게 상을 내려야 했다. 제단 아래에 도열한 참가자들은 제 앞에 잡아 온 사냥감들을 쌓아 둔 채 그의 발표를 기다리고 있었다.

참가자들이 잡아 온 사냥감들은 대체로 비슷했다. 토끼나 새, 조금 크다면 늑대나 노루 정도였다. 그런 와중에 내가 호랑이를 앞에 두었으니 사람들이 시선이 쉴 새 없이 나를 힐끗거렸다.

"오늘 사냥제 우승은 제단에 가장 많은 짐승을 바치는 사람이 차지하기로 되어 있었다. 그에 따르자면 새 다섯, 늑대 하나를 잡아 온 순노부의 대명에게 우승이 돌아가야 마땅하나……."

제단 앞에 선 담덕이 대명을 바라보며 말끝을 흐렸다. 그의 시선을 받은 대명이 난처한 얼굴로 고개를 숙였다.

"폐하께서 가장 많은 짐승을 잡아 온 자가 우승이라 공언하셨으나, 홀로 호랑이를 잡아 온 용사가 있습니다. 비록 한 마리라고는 하지만 짐승 열 마리를 잡는 것보다 더 대단한 무용을 보여 주었으니 제가 우승자가 된다 해도 떳떳하지 못할 겁니다. 부디 절노부의 우희에게 우승을 내리시어 제가 용사로서 부끄럽지 않도록 해 주십시오."

"대명이 이리 청한다. 그대들의 생각은 어떠한가? 이의가 있는 자는 앞으로 나서서 말하라."

담덕이 도열한 사람들을 바라보며 물었으나 한참의 시간이 지나도 누구 하나 나서는 이가 없었다. 이의를 제기할 충분한 시간을 주었다 여겼는지 곧 담덕이 나를 불렀다.

"절노부의 우희."

"예, 폐하."

"대명이 네게 우승을 돌리는 것이 옳다고 말한다. 어찌 생각하느냐?"

나는 여전히 고개를 숙이고 있는 대명을 쳐다본 뒤 나를 주시하고 있는 운을 슬쩍 보았다. 눈이 마주치자 그가 의아한 듯 살짝 고개를 옆으로 기울였다.

"대명은 제가 홀로 호랑이를 잡았다 하였으나, 실은 그 자리에 다른 사람이 있었습니다. 소노부의 운입니다."

내가 이런 말을 할 줄은 몰랐다는 듯 운이 눈을 크게 떴다. 그건 다른 사람들도 마찬가지였다. 모두의 시선이 운과 나를 오갔다.

"호랑이를 잡은 것은 저 혼자가 아닌 소노부의 운과 함께 세운 성과입니다. 제게 우승을 돌리시려거든 운에게도 같은 상을 내리셔야 마땅하고, 그것이 아니라면 원칙대로 대명에게 상을 내리심이 옳습니다."

"아닙니다. 저는 도망치고자 하였으나, 절노부의 우희가 용감히 맞서호랑이를 잡았습니다. 저는 생각지 마시고 우희에게 상을 내리십시오."

묘하게 흘러가는 상황을 보며 담덕이 난처하게 웃었다.

"다들 내가 내리는 상을 거부하니 이를 어찌하면 좋을까."

담덕의 말에 대명이 화들짝 놀라 한쪽 무릎을 꿇었다.

"폐하께서 내리시는 상을 거부하다니 당치 않습니다. 저는 그저 부끄럽지 않은 자가 우승자가 되어 귀한 상을 받기를 바랄 뿐입니다."

대명의 말에 잠시 고민하던 담덕이 고민 끝에 입을 열었다.

"나는 처음의 원칙에 따라 그대에게 우승의 자격이 있다고 생각해. 하지만 동시에, 호랑이를 잡아 온 절노부의 우희와 소노부의 운도 그에 필적하는 대단한 무용을 보여 주었다고 생각한다."

이번 사냥제의 우승자에게는 태왕에게 원하는 것을 하나 요구할 수 있는 대단한 상이 걸려 있었으므로 모두가 담덕의 결론에 귀를 기울였다.

그렇게 이어지는 말의 끝자락에 드디어 결론이 흘러나왔다.

"하여 나는 순노부의 대명에게 우승자의 명예를 돌리고, 절노부의 우희와 소노부의 운에게는 무용을 칭송하는 상을 내리겠다. 세 사람모두 원하는 때에 내게 한 가지 청을 올릴 수 있어. 그것이 무엇이든내가 할 수 있는 일이라면 기쁜 마음으로 들어줄 것이다."

결론은 파격적이었다. 한 사람에게 주는 것만으로도 부담스러운 권리를 세 사람 모두에게 준 것이다.

　"너그러우신 판단에 감사드립니다."

　무릎을 꿇고 있던 대명은 더욱 깊이 고개를 숙였고, 자리에 서 있던 나와 운은 그처럼 한쪽 무릎을 꿇어 감사를 표했다.

　평양성에서 열린 사냥제는 그렇게 마무리되었다.

第十六章

## 겨울을 닫고 봄을 열다

올해 겨울은 쏟아지는 눈과 함께였다. 아무리 활동적이고 추위에 익숙한 고구려 사람들이라도 이 시기에는 조용하게 시간을 보냈다.

나는 우희로 다시 태어난 후 사계절 중 겨울을 가장 좋아하게 되었다. 평소의 떠들썩함과는 다른 고요함이 마음을 편안하게 해 주는 것이 좋기도 했지만, 그보다 더 큰 이유가 있었다. 겨울에는 전쟁이 일어나지 않기 때문이었다.

이 시대의 전쟁은 보급이 무척이나 중요해서, 현지에서 식량을 조달하기 쉬운 수확 직후의 가을 무렵이 가장 싸우기 좋은 시기였다. 그에 비해 겨울은 어딜 가나 말라비틀어진 풀밖에 없어 식량 조달이 어려운 데다 견디기 힘든 추위에 병사들의 사기가 꺾였다. 때문에 겨울은 암묵적인 휴전기로, 사람들에게는 회복의 시기였다. 올해처럼 눈이 많이 쏟아지는 해는 더욱 그랬다.

이곳 사람들은 눈을 반겼다. 이 시기에 눈이 많이 내려야 봄에 눈이 녹으며 가뭄을 피할 수 있었기 때문이었다. 당장 길을 오가는 것이 불편해도 사람들은 다가올 새해의 촉촉한 땅을 기대하며 눈을 견뎠다.

하지만 춥다고 집 안에만 처박혀 있을 수는 없었다. 나는 초서피(貂鼠皮:담비의 모피)로 만든 외투를 두르고 겨울 놀이에 나섰다. 제신이나 담덕에게 제안했다면 추운 날씨에 무슨 외출이냐고 타박할 것이 분명했기 때문에, 나는 죽이 잘 맞을 것 같은 다로를 꼬드겼다.

다로는 사람을 대할 때 주눅 드는 법이 없는 당당한 여인이었다. 대단한 신분의 사람들을 마주하면서도 한 치의 물러섬이 없었다. 할 말은 모두 했고, 자신이 틀렸다면 흔쾌히 받아들였다.

이 땅에는 신분이 있지만 다로는 그에 구애받지 않고 사람을 대했다. 대원들의 출신이 다양한 비로에서 그녀가 어찌 사람을 대하는지 지켜보면 쉽게 알 수 있는 사실이었다.

아직까지도 현대인의 사고를 품고 있는 나로서는 다로의 그런 점이 썩 마음에 들었다. 친구란 서로 동등해야 마음을 나눌 수 있는 법인데, 귀족 아가씨들은 예의를 생각하며 몸을 사렸고 평민 아가씨들은 내가 귀족이라며 어려워했다. 때문에 나는 진정 마음을 나눌 친구가 많지 않았는데, 다로라면 그런 친구가 될 수도 있을 것 같았다.

다로는 같이 겨울 놀이를 하지 않겠냐는 나의 제안에 흔쾌히 따라나섰다. '겨울 놀이'라는 말에 제법 흥미를 끈 것 같았다.

이 시대의 놀이란 계절에 상관없이 뻔했다. 투호나 윷놀이를 즐겼고 사내들은 축국을 하기도 했다. 여름이면 특별히 목욕을 하며 물놀이를 즐기기는 했지만 이를 제외하면 계절에 맞는 놀이가 없었다.

하지만 나는 겨울 하면 제일 먼저 스키와 썰매, 스케이트가 떠올랐다. 스키나 스케이트는 특별한 장비가 필요하지만 썰매는 달랐다.

"이걸 타고 내려간다고요?"

나와 함께 언덕에 오른 다로가 짚으로 엮은 돗자리를 바라보며 눈을 크게 떴다. 나는 우리와 함께 온 달래의 손에도 돗자리를 쥐여 주며 고개를 주억거렸다.

"그렇다니까요. 내가 먼저 내려갈 테니까 잘 봐요."

나는 시범을 보일 요량으로 언덕 꼭대기에 자리를 잡고 앉았다. 돗자리의 앞부분을 틀어쥐어 몸을 살짝 뒤로 눕힌 뒤 발을 크게 구르자, 돗자리가 눈길에 미끄러져 엄청난 속도를 내며 아래로 향하기 시작했다.

머리카락이 바람에 휘날리며 눈발이 얼굴에 들이쳤다. 나는 엄청난 속도감에 비명을 지르며 언덕 아래까지 미끄러졌다. 평지에 이르러 속도가 줄어들며 몸이 눈밭을 굴렀다.

나는 씩씩하게 자리에서 일어서며 언덕 위의 두 사람을 바라보았다. 그들은 입을 쩍 벌린 채 멍한 얼굴로 나를 보고 있었다.

"이렇게 하면 돼요!"

내 외침에 다로가 미심쩍은 얼굴로 내 꼴을 살폈다.

"이게 재미있어요?"

"날 믿고 한번 해 봐요!"

다로와 달래가 서로 시선을 교환하더니, 다로가 먼저 자리를 잡았다. 그녀는 머뭇거리며 내가 했던 것처럼 조심스럽게 발을 굴러 돗자리를 밀었다.

천천히 언덕 아래로 미끄러지던 돗자리는 중간쯤에 이르러 제대로 속도가 붙었다. 갑자기 빨라진 속도에 다로가 비명을 질렀다.

"꺄아아아!"

속도를 주체하지 못하고 좌우로 흔들리던 다로가 결국 중심을 잃고 언덕을 굴렀다. 데구르르 굴러 언덕 아래편에 엎어진 다로가 한동안 움직이지 않았다.

"다로!"

나는 놀라서 다로의 이름을 부르며 그녀 곁으로 뛰어갔다. 몸을 숙이고 걱정스럽게 다로를 살피려는 순간 그녀가 벌떡 상체를 일으켰다. 얼굴 전체에 눈이 묻은 다로는 활짝 웃고 있었다.

"하, 하하. 이거 뭐예요?"

즐거워 보이는 그녀의 얼굴에 나도 덩달아 미소가 걸렸다.

"재미있죠?"

"아래로 떨어지면서 속도가 붙으니 기분이 이상해요. 말을 탈 때와는 또 다른 느낌인걸요."

"그렇죠? 눈썰매라는 거예요. 눈 오는 겨울에만 할 수 있는 놀이니 계절이 가기 전에 실컷 즐겨야죠."

"그게 바로 오늘이겠죠?"

다로가 웃으며 눈이 쏟아지는 하늘을 바라보는 순간.

"으아아아아!"

달래가 엄청난 비명을 지르며 우리 옆을 지나갔다. 달래가 일으킨 바람에 나와 다로의 머리카락이 휘날릴 정도였다. 가속도가 제대로 붙었는지 평지에 도착해서도 멈추지 않고 한참이나 더 가던 달래는 그대로 중간에 쌓인 눈 더미에 처박혔다. 엉덩이만 비죽 튀어나온 그 모습에 멍하니 굳어 있던 나와 다로의 입에서 웃음이 터졌다.

"아가씨!"

버둥거리며 눈 더미에서 벗어난 달래가 불만스럽게 외쳤다. 하지만 한번 터진 웃음은 쉽게 가라앉지 못했다. 다로와 나는 서로를 붙잡고 웃으며 눈 바닥을 뒹굴었다.

❖ ❖ ❖

우리는 셀 수 없을 만큼 언덕을 오르내리며 어린아이들처럼 눈 속을 뒹굴었다. 덕분에 몇 시진쯤 지난 후에는 완전히 눈에 젖어 꼴이 엉망이 되었다.

신나게 썰매를 탈 때는 느끼지 못 했지만 몸이 지치니 금세 추위가 찾아왔다. 온몸이 붉어져 덜덜 떠는 나를 보며 다로가 걱정스러운 얼굴을 했다.

"이러다 한질(寒疾:감기)이 들겠습니다. 어서 돌아가는 게 좋겠어요."

그렇지 않아도 잘못하면 감기에 걸리겠다는 생각을 하고 있던 참이었다.

"그래요. 우리 어서 돌아가…… 에취!"

내가 말을 하다 말고 재채기를 하니 달래가 야단법석이었다.

"정말 병이 나시겠습니다! 예전에도 비를 맞고 크게 앓아눕지 않으셨습니까. 궁도 절노부의 저택도 먼데 어찌하면 좋을지……."

발을 동동 구르는 달래를 보며 다로가 조심스럽게 의견을 꺼냈다.

"하면 저희 집으로 가시죠. 여기에서 그리 멀지 않으니 잠시 녹이고 가세요."

"다로의 집이요?"

"예. 그리 좋은 곳은 아니지만 몸을 녹일 정도는 됩니다."

실례가 되는 것은 아닐까 고민하니 옆에 있던 달래가 나를 잡아끌며 재촉했다.

"그리하세요, 아가씨. 이 상태로는 멀리까지 움직이기 힘드십니다."

"제 생각도 같아요. 누추한 곳이라 걸음 하기 꺼려지는 것은 아니시죠?"

다로가 달래의 말을 거들었다. 내가 초대를 거절하기 힘든 요령 좋은 말이었다. 나는 픽 웃으며 고개를 저었다.

"그럴 리가요. 그럼 실례인 것은 알지만 잠시 들러 신세를 질게요."

"예, 환영입니다. 저를 따라오셔요."

그렇게 말한 다로가 익숙한 걸음으로 앞장섰다. 그 뒤를 따라 걸으니 얼마 지나지 않아 다로의 집이 나타났다. 그녀의 집은 국내성 안에서도 외곽에 자리해 우리가 썰매놀이를 즐겼던 언덕과 그리 멀지 않았다.

다로의 집은 규모가 크지는 않았지만 정갈하고 깔끔하게 꾸며져 있었다. 작은 정원과 연못까지 있었으니 규모만 작을 뿐 웬만한 귀족가 저택이 부럽지 않았다.

다로는 손님을 맞이하는 방으로 나를 안내한 뒤 갈아입을 옷까지 빌려주었다. 평소 내가 입는 것보다 색이며 문양이 화려한 옷이었다.

"아가씨께서 입으실 만한 옷은 아니지만, 젖은 옷이 마를 때까지만 입고 계세요."

귀족가 여인들과 유녀가 입는 옷은 분위기가 많이 달랐기에, 다로는 제 옷을 건네면서도 썩 민망한 눈치였다.

나는 일부러 더 밝은 표정을 지으며 고개를 내저었다.

"아니에요. 평소에 다로가 입는 옷들을 볼 때마다 예뻐서 한번 입어 보고 싶다고 생각했는걸요. 이리 기회가 생기니 오히려 좋은데요."

"그러시다니 다행이지만……. 다 갈아입으시면 말씀해 주세요. 전 밖에 나가서 기다릴 테니까요."

다로가 웃으며 자리를 피해 주었다. 나는 젖은 옷을 벗어 바닥에 두고 다로가 건네준 옷으로 갈아입었다.

모두 차려입고 내 모습을 내려다보니, 평소에 잘 입지 않는 분위기의 옷인 탓에 스스로도 낯선 기분이었다. 나는 어색함에 주뼛대며 굳게 닫힌 문을 슬쩍 열었다.

"다로."

문밖에서 기다리고 있는 다로를 부르니 그녀가 내 모습을 보며 활짝 웃었다.

"화려한 옷도 잘 어울리시네요."

"그런가요? 난 영 어색한데."

"이 다로가 장담하는 것이니 틀림없어요. 국내성에서 저만한 심미안을 가진 사람은 드물답니다."

다로의 안목이라면 유명했다. 그녀가 걸치는 옷이며 장신구는 여지없이 국내성의 유행을 휩쓸었다. 하지만 지금의 말은 내 기분을 맞춰 주기 위한 감언(甘言)일 것이다. 스스로에게 관대한 내가 보기에도 나는 화려한 것이 썩 어울리는 편은 아니었다.

어색하게 웃고 있는 나를 보며 다로가 말을 돌렸다.

"젖은 옷은 제게 주세요. 말려 드릴게요."

"아, 고마워요."

내가 서둘러 바닥에 벗어 둔 옷을 건네니 다로가 그것을 받아 들며 질문했다.

"옷이 마르려면 시간이 필요한데…… 괜찮으시다면 술이라도 따뜻하게 데워 드릴까요?"

"술을요?"

"예. 추울 때는 따뜻한 술만큼 좋은 것이 없지요. 뒤쪽 정원에 손님이 오시면 함께 술을 나누는 작은 정자가 있습니다. 내리는 눈을 보며 술 한잔하는 것도 좋을 듯하여."

그러고 보니 연못 옆에 작은 정자가 하나 있었다. 마치 그림 같던 그
곳에서 나누는 술이라면 거절할 이유가 없었다.

"눈 속에서 술 한잔이라. 그리 좋은 놀음을 거절할 수 있을 리가요."

내 대답에 다로가 고개를 끄덕이며 웃었다.

"우희 아가씨라면 그리 말씀하실 것 같았습니다. 하면 준비하지요."

❖ ❖ ❖

다로와 나는 정자 위에서 작은 상을 하나 두고 마주 앉았다. 달래
는 이른 시간부터 외출을 준비하느라 진이 빠졌는지, 옷을 갈아입자
마자 방에서 잠이 들어 이 자리에 함께하지 못했다.

나는 술잔을 꼭 쥐며 주위를 둘러보았다. 주변에는 조용히 눈이 내
리고, 나는 그 고요한 하얀 풍경 속에 앉아 있으니 더 바랄 것이 없었
다. 불어오는 바람에 코끝은 시렸지만, 불이 피어오르는 화로의 온기
가 손을 녹여 주었다. 따뜻한 술이 목구멍을 타고 넘어가자 몸 안이
따끈해졌다.

기분 좋게 풀리는 내 얼굴을 보며 다로가 빈 잔을 채워 주었다.

"사실 오늘 제게 놀이를 함께하자고 하셔서 조금 놀랐습니다."

"귀족 아가씨가 하기엔 조금 별나고 요란스러운 놀이였지요?"

"아니요, 그것 때문이 아니라……."

내 말에 다로가 놀라서 고개를 저었다.

"그럼요?"

다로는 쉽게 말을 꺼내지 못하고 술잔을 매만지다 조심스럽게 말을

꺼냈다.

"사실 아가씨께서 저를 불편해하시는 줄 알았습니다."

"……내가요?"

"저는 눈치가 빠른 편입니다. 그래야 제 일을 할 수 있거든요. 사람들의 태도를 보고, 마음을 읽어 내고, 그걸 거스르지 않고 비위를 맞춰 호감을 사는 게 제 일입니다. 제가 그 일에 능했기 때문에 비로의 다로, 국내성의 유녀 다로가 된 것이지요."

다로가 만지작거리던 술잔을 들어 술을 한 모금 마시며 가볍게 고개를 저었다.

"하지만 어쩐 일인지 아가씨께는 그게 잘 통하지 않았습니다. 처음 비로에서 만났을 때부터 경계하고 거리를 두시기에…… 저로서도 말 못 하고 고민을 하고 있었어요. 한데 오늘 이처럼 먼저 외출하자 제안을 해 주시니 제가 놀라지 않았겠어요?"

비로에서 여자 대원은 나와 다로뿐이었기 때문에, 나는 처음부터 그녀에게 상당한 호감을 품고 있었다. 사내들을 다루는 그녀의 당당한 모습을 보고서는 더욱 호감이 깊어졌다.

한데 경계하고 거리를 두다니? 내가 영문을 몰라 눈을 깜빡이니 다로가 슬쩍 미간을 찌푸렸다.

"혹 제가 착각한 것이라면……."

그 얼굴을 보고 있자니 짚이는 구석이 있었다. 언젠가 다로가 이처럼 얼굴을 찡그렸을 때, 미인은 이런 얼굴을 해도 미인이구나, 하고 감탄하는 동시에 떠올린 생각이었다.

나는 지켜보는 사람이 없다는 것을 알면서도 주변을 둘러보며 최대한 목소리를 낮추었다.

"다로, 그…… 예전부터 묻고 싶은 것이 있었는데……."

어물쩍거리는 나를 보며 다로가 의아한 얼굴로 고개를 끄덕였다.

어디 한번 말씀을 해 보시라 말하는 듯한 얼굴에 나는 가득 찬 술잔을 한 번에 비우며 입을 열었다.

"폐하와 밤을 함께 보냈나요?"

"……예?"

눈을 질끈 감고 물었더니 다로가 얼빠진 목소리로 되물었다. 하지만 그 말을 다시 한번 반복할 용기는 나지 않았다. 처음 던진 질문 역시 고즈넉한 분위기와 속을 데워 준 술이 아니었다면 엄두도 내지 못했을 말이었다.

차마 입을 열지 못하고 애꿎은 빈 잔만 매만지는 나를 보며 다로가 차분하게 물었다.

"아가씨께서는 제가 하는 일이 무엇인지 알고 계시죠?"

"……네."

"하면…… 폐하와 밤을 보냈냐는 이야기 역시 그걸 생각하시고……?"

다로의 질문에 내가 고개를 끄덕이며 스스로 술잔에 술을 따랐다. 그 모습을 가만히 보던 다로가 무심히 대답했다.

"폐하와 밤을 보낸 적은 몇 번 있습니다."

밤을 보낸 적이 있다.

차분한 어조였지만 내게는 다로의 목소리가 천둥보다 더 크게 들렸다.

"술이 넘칩니다, 아가씨."

내가 멍한 얼굴로 다로를 보는 동안 술잔에서 술이 넘치고 있었다. 다로는 손을 뻗어 내 손에서 술병을 가져가 소반 위에 돌려놓았다.

"어찌 그리 충격을 받으셨어요?"

"충격을…… 내가요?"

"예, 아가씨께서요. 제가 폐하와 밤을 보낸 것이 그리 충격이신가요? 어째서요? 게다가 이것 하나를 묻는 것도 매우 어려워하셨지요. 왜일까요?"

다로가 말간 얼굴로 질문을 던졌다. 이어지는 질문 중 내가 대답할 수 있는 것은 아무것도 없었다.

그랬다. 나는 몹시 어렵게 다로에게 질문을 건넸고, 그녀의 대답에 충격을 받았다. 그건 확실했다. 하지만 왜냐고 물으면 할 말이 없었다. 충격을 받은 건 그냥 충격을 받은 것인데, 꼭 이유를 알아야 할까?

"안일한 생각이세요, 그리 도망가시는 건."

눈치가 빠르다던 말을 증명하기라도 하듯 다로가 단호하게 고개를 저었다.

"폐하께서는 언제나 아가씨께 도망가실 길을 열어 주셨겠죠. 그러니 지금도 도망가실 궁리를 하고 계신 거고요. 하지만 전 이리 답답한 상황을 보면 가만히 있지를 못한답니다. 참으로 못된 성미지요."

다로는 내 앞에 놓인 술잔을 들어 내 손에 쥐여 주었다. 나는 반사적으로 술잔을 받아 술이 넘실거리는 술잔을 다시 한번 비웠다.

"제가 어디 한번 아가씨의 마음을 읽어 볼까요?"

목을 타고 내려오는 술기운에 불길이 이는 듯 속이 뜨거워지자 절로 미간이 찌푸려졌다. 그 모습을 보며 다로의 묘한 미소가 짙어졌다.

"폐하와 제가 밤을 보냈냐는 질문을 하기 힘드셨던 것은 제가 그렇다고 대답할 것이 두려우셨기 때문입니다. 혹여나 그런 대답을 듣는다면 충격받고 상심할 것이 분명하니까요."

다로가 내가 그랬듯 자신의 술잔에 술을 가득 따랐다. 금방이라도 넘칠 듯 한계까지 술을 따른 다로가 나를 바라보며 물었다.

"하면 제가 폐하와 밤을 보낸 것이 왜 충격적이고 상심할 만한 일일까요?"

나는 입을 꾹 다문 채 다로를 보았다. 애초에 내 대답을 바라지 않았다는 듯 그녀가 술잔을 한 번에 비우며 고개를 갸웃거렸다.

"결국은 이런 마음이시겠죠? 그 사람이 다른 여인과 밤을 보내는 것이 싫다. 그런 일을 한다면 나와 해야 한다."

다로의 한 마디, 한 마디가 바늘처럼 가슴을 찔렀다. 그녀의 입에서 나오는 말은 내가 산사에서 담덕에게 한 말이기도 했다.

하지만 그때도 나는 그런 말을 하는 스스로의 마음을 돌아보지 않았다.

마음을 돌아보는 순간 무너지게 되는 것이 있었다. 나는 본능적으로 그것이 무엇인지 알았고, 가능하면 오랫동안 지키고 싶었다.

하지만 다로는 나와 생각이 달랐다.

"스스로 인정하기 어려우시다면 다른 사람의 말을 빌려 답을 찾아보시죠. 사람들이 그런 마음을 뭐라고 부르는지 아세요?"

"몰라요. 계속 모르고 싶어요."

내 말에 다로가 쓰게 웃으며 고개를 저었다.

"그럴 수는 없습니다. 어설픈 각오로 지킬 수 있는 자리가 아니에요, 그분의 옆자리는."

"어설픈 각오가 아니에요. 나는 폐하를 지키고 싶고, 그래서 그 옆에 있기로 했어요. 하지만……."

"자신의 마음을 인정하는 건 두렵다?"

무섭지 않다면 거짓말일 것이다.

내가 아는 담덕은 역사에 길이 남을 대단한 사람이다. 그런 사람의 곁을 친구로서 지킨다는 것에도 많은 고민과 굳은 결심이 필요했다. 그런데 내가 그 이상을 바란다면 얼마나 더 큰 각오를 해야 하는 걸까? 나는 줄곧 그것이 두려웠다.

"평생 같은 관계를 유지하며 살 수는 없습니다. 세월이 지나 주변의 풍경이 변하듯이 사람의 관계도 바뀌기 마련이지요. 언제까지 친구로 폐하의 곁을 지킬 수는 없습니다. 그 이상의 각오가 없다면 양보하셔야 해요. 하루라도 빨리 그분을 놓아주셔야 합니다. 관계를 바꾸는 것과 그분을 놓는 것, 아가씨는 어떤 것이 더 어려우신가요?"

두 번째 생을 얻으며 내가 원한 것은 단 하나였다. 이번만은 허무하게 죽지 않고 행복하기를. 큰 행복을 바라지도 않았다. 소중한 사람이 있고, 그들과 함께 사소한 시간을 보내고, 웃음이 떠나지 않는 그런 삶이면 족했다.

그러나 정신을 차려 보니 나는 어느새 이곳까지 떠밀려 와 있었다.

외면하고 또 외면했다. 담덕의 곁에 머무를 이유를 '친구니까'라는 말로 포장하며 괜찮다고 생각했다.

하지만 모두 위선이었다. 나는 담덕을 누구와도 나누고 싶지 않았고, 그의 시선이 떠나는 것이 싫었으며, 가장 소중한 순간마다 그가 있기를 바랐다.

내가 나의 오랜 친구 담덕에게, 시대를 넘어 모두에게 길이 남을 위대한 태왕에게, 그런 우스운 사심을 품어도 되는 것일까?

"연심이지요?"

다로가 복잡한 내 마음을 한마디로 정리했다.

"아가씨께서는 폐하를 사랑하고 계세요."

사랑이었다. 어느새 내 안에 숨어 있던 감정은 연심, 경애, 사모, 혹은 말로는 표현하기도 힘든 깊은 마음.

눈이 쏟아지는 열아홉의 겨울, 나는 길고 긴 방황과 고민 끝에 비로소 현실을 인정하기로 했다. 내 마음은 사랑이었다.

"답을 찾으신 게지요?"

복잡한 내 얼굴을 보며 다로가 미소를 지었다. 나의 번잡한 마음이 다로에게는 썩 즐거운 모양이었다.

"그간 폐하께서 얼마나 고민하셨는지 모르실 겁니다. 폐하께서 가지신 걱정의 반이 고구려 때문이라면, 나머지 반은 아가씨 때문일 거예요. 그만큼 아가씨를 염려하십니다."

담덕이 내 이야기를 많이 했다는 사실에 기뻐해야 할지, 다로와 많은 시간을 함께 보낸다는 사실에 질투해야 할지 알 수 없었다.

혼란스러운 내 표정을 읽어 낸 다로가 크게 웃음을 흘렸다.

"너무 걱정 마십시오. 폐하와 밤을 지새운 적은 있으나 아가씨께서 생각하시는 그런 이유는 아니었습니다. 사람들의 눈을 피하고자 한다면 늦은 시간이 좋고, 이야기가 길어지면 동이 트기도 하지요."

"무슨 말이에요?"

"폐하께서 이곳을 찾으시는 이유는 비로의 대원인 다로를 만나기 위함이지, 국내성의 유녀 다로를 만나기 위해서가 아니라는 뜻입니다. 저는 폐하와 남녀 간의 정을 통한 적이 없습니다."

그렇게 말하는 다로의 눈에는 흔들림이 없었다. 거짓말이 아니라는 뜻이었다.

그럼 조금 전 내가 받은 충격은? 순식간에 머리를 스치고 갔던 그 많은 생각들은? 나는 억울해서 입을 쩍 벌렸다.

"……하지만 다로가 그런 적이 있는 것처럼 말했잖아요."

"어머나."

나의 항의에 다로가 과장스러운 표정으로 눈을 크게 뜨며 고개를 갸웃거렸다.

"저는 밤을 함께 보냈다고만 한걸요. 그 말에는 여러 가지 뜻이 있답니다. 해석은 아가씨께서 하셨고요."

"내가 그런 해석을 하도록 유도했잖아요."

"그것까지는 부정하지 않겠습니다. 옆에서 두 분을 지켜보는 것이 너무도 답답하여."

다로가 웃으며 나와 본인의 술잔 모두에 술을 따랐다. 뒤이어 그녀가 잔을 들어 함께 마실 것을 청했다. 나는 한숨을 내쉬며 잔을 마주 들었다.

"두 분의 새로운 관계를 위하여."

다로가 그렇게 말하며 술을 들이켰다. 나는 더는 할 말이 없어져 묵묵히 술잔을 비울 뿐이었다.

"왜 그리 복잡한 얼굴을 하세요?"

마냥 밝지만은 않은 나를 보며 다로가 쓰게 웃었다.

"좋지 않습니까? 청춘을 즐겨 마땅할 나이에, 적당한 상대와 뭇사람이 축복할 마음을 나누게 되셨으니 이보다 좋을 수 없지요. 제가 아가씨만 같다면 세상에 걱정이 없을 것입니다."

이처럼 침울한 다로는 처음이었다. 언제나 요요하게 웃으며 사람을 휘어잡는 그녀가 내 처지를 부러워하며 서글퍼할 까닭이 없었다.

의문에 찬 내 시선을 느꼈는지 다로가 황급히 손을 내저었다.

"폐하를 마음에 두어 아가씨를 부러워하는 것이 아닙니다."

"알아요. 말하는 것을 보니 그런 것 같아요. 다만 다로가 어찌 이리 슬퍼 보이는지 궁금해서요. 난 다로가 걱정이 없는 줄 알았어요. 늘 밝아 보이기에."

"제가요?"

내 말에 다로가 소녀처럼 까르르 웃었다. 양 뺨이 발그레해진 모습을 보니 적당히 술이 오른 것 같았다.

"어찌 제게 걱정이 없겠습니까. 누군가의 곁에 있기 위해 누군가를 향한 마음을 버려야 하니 참으로 얄궂은 인생인걸요."

"곁에 있고 싶은 사람이라…… 마음에 둔 사람이 있는 거군요?"

"예."

다로가 망설임 없이 대답했다. 국내성에서 제일 유명한 유녀의 마음을 훔쳐 간 자가 누구인가 싶어 다로를 빤히 보니 그녀가 내 시선을 피해 눈을 내리깔았다.

"사람에게 마음을 주면 제가 가장 괴롭습니다. 전 오래전부터 그걸 알고 있었어요. 마음에도 없는 사내들과 밤을 보내며, 가슴속에는 누군가를 향한 마음을 품고 있다면 세상이 얼마나 잔혹하겠습니까? 절 비로에 데려오신 분이 그리 조언하셨습니다. 마음을 단단히 붙잡고 있으라고. 저도 그게 정답인 걸 알았지요."

"하지만 그게 어디 쉬운가요? 나도 모르는 사이에, 가랑비에 옷 젖듯이…… 그렇게 물드는 것이 마음인데요."

"맞습니다. 마음먹은 대로 살 수 있다면 이 세상 사람들이 불행할 이유가 없지요. 저도 그런 평범한 사람일 줄은 몰랐지만요."

다로가 술병을 들었다. 가볍게 들리는 것을 보니 안이 텅 빈 것 같았다.

"술을 더 가져올까요?"

여러모로 술이 고픈 날이었다. 다로 역시 비슷한 기분인 것 같았다. 나는 거절하지 않고 고개를 끄덕였다. 다로가 웃으며 자리에서 일어섰다. 가볍게 비틀거린 그녀가 곧 중심을 잡고 정자를 벗어났다.

나는 다로가 멀어지는 모습을 지켜보았다. 그녀가 입은 붉은 옷이 하얀 눈 속으로 사라지고, 어느새 순백으로 물든 설경(雪景)만이 두 눈에 가득 찼다.

무엇에라도 홀린 듯 나는 자리에서 일어서 정자를 벗어났다. 꽁꽁 얼어붙은 조그마한 연못을 지나 정원 한쪽 구석을 지키고 선 나무 앞에 서니 계절에 어울리지 않는 꽃봉오리가 눈에 들어왔다.

"매화인가……."

눈을 뚫고 피는 꽃이라면 매화뿐이었다. 매화 봉오리가 머리를 내밀었으니 곧 새로운 계절이 다가오겠구나. 아직은 눈이 쏟아지는 겨울이지만 머지않아 봄이 오겠지.

어쩐지 싱숭생숭한 기분이었다. 겨울의 끝자락이 가지는 묘한 쓸쓸함 때문인지도 몰랐다. 이 시기에는 무엇이든 버려야만 할 것 같은 기분이 든다. 새로운 계절에는 새로운 마음으로, 미련한 과거는 이 계절에 두고 돌아서야만 할 것 같다.

이제 나는 담덕을 어떻게 대해야 하지?

나는 꽃봉오리를 바라보며 생각에 잠겼다. 마음은 인정했지만 곧바로 태도를 바꾸는 건 무리였다.

당장 담덕의 얼굴을 어찌 봐야 할지도 모르겠는걸. 평생 연애해 본 적 없는 티가 여기서 나는구나.

이른 아침 밖으로 나설 때만 하더라도 궁에 있는 처소로 돌아갈 생각이었지만 오늘은 힘들 것 같았다. 담덕의 얼굴을 마주하면 혼자 당황해 갖은 실수를 할 것이 뻔했다. 오늘은 절노부의 거처로 가야겠다.

그렇게 다짐하는 순간 뒤쪽에서 익숙한 목소리가 들렸다.

"다로, 여기 있었구나."

한숨 섞인 목소리의 주인공은 제신이었다.

오라버니가 여기에 왜? 아니, 그보다 나를 다로라고 부른 거지 지금?

나는 예상하지 못한 상황에 그대로 굳어 버렸다. 아무래도 내가 다로의 옷을 입고 있어 사람을 착각한 모양인데…….

공교롭게도 나와 다로는 체격이 비슷해 뒷모습만 보면 크게 차이가 없었다. 옷까지 다로의 것을 입었으니 제신의 착각은 어쩌면 당연했다.

임무 때문에 다로를 찾은 건가?

내가 돌아서서 정체를 밝히기도 전에 제신이 가까이 다가와 뒤에서 나를 끌어안았다.

끌어안아?!

나는 경악에 차 굳어 버렸다.

이게 뭐야. 오라버니가 다로를 왜 안아? 이게 뭐야!

머리가 빙빙 돌기 시작한 나를 알 리가 없는 제신이 긴 한숨을 내쉬며 이야기를 시작했다.

"해사을에게 간 뒤 며칠이나 내 앞에 나타나지 않으면 나는 어쩌라는 거야?"

도대체 어쩌긴 뭘 어째?

"널 그리 보낼 수밖에 없는 내 마음도 이해해 줄 수는 없는 것이냐? 나도 네 생각만 하면 머리가 터질 것 같다."

더 들어서는 안 되는 이야기였다. 나는 서둘러 정신을 다잡고 몸을 비틀었다. 하지만 제신이 어찌나 강하게 안았는지 나를 놓아주지 않았다.

"잠깐만 이러고 있자."

아니, 나하고 이러고 있어도 소용없대도! 나는 한숨을 내쉬며 제신을 불렀다.

"오라버니."

"……오라버니?"

뒤에서 나를 안은 제신의 몸이 삽시간에 굳는 것이 느껴졌다. 나는 다시 한번 긴 한숨을 내쉬며 제신의 팔을 벗어났다.

"다로는 잠시 안에 들어갔어."

돌아서서 제신을 보니 그는 얼빠진 얼굴로 나를 보고 있었다. 이게 현실이 맞는지 제 뺨을 꼬집기까지 했다. 나는 현실을 받아들이지 못하는 제신을 위해 다시 한번 단호하게 말을 꺼냈다.

"오라버니? 이건 현실이고, 난 우희야. 다로는 잠시 안에 들어갔고."

"……왜?"

제신이 입을 쩍 벌리고 실없이 되물었다.

나는 어깨를 으쓱이며 이른 아침 다로와 썰매놀이를 하기 위해 나섰던 것부터 이야기를 시작했다.

"심심해서 다로와 썰매놀이를 하러 갔어."

"……네가 어릴 때 알려 준 그 놀이?"

"응. 언덕에서 짚으로 엮은 돗자리 타고 내려오는 거."

"그걸 왜 다로랑?"

"오라버니하고 담덕은 추운 날씨에 밖으로 나돈다며 잔소리를 할 테고, 또래라고는 소노부의 영이나 다로뿐인데 영이는 몸이 약하잖

아. 그럼 남은 사람은 다로뿐이지."

"그럼 이 옷은 뭔데? 이건 다로 옷인데."

"옷이 젖었는데 궁이며 우리 집은 너무 멀잖아. 그래서 가까운 다로의 집으로 와 옷을 빌려 입었어."

막힘없는 나의 대답에 제신이 입을 꾹 다물었다. 나는 그의 어깨를 토닥이며 고개를 내저었다.

"오라버니. 부끄러운 것은 알겠는데, 그만 현실을 받아들여."

그 말이 끝나기 무섭게 멍하던 제신의 얼굴이 시뻘겋게 달아올랐다. 두 손으로 얼굴을 가린 그가 제자리에 주저앉으며 머리를 헤집었다.

"전부 들은 거지?"

"바로 뒤에서 속삭여 놓고는 내가 못 들었기를 바라는 건 너무 뻔뻔한 희망 아니야?"

"아, 젠장."

나는 민망해서 어쩔 줄을 모르는 제신을 따라 쪼그려 앉으며 그의 머리를 쓰다듬었다.

"너무 민망해하지 마. 오라버니는 성인이고, 음, 연애도 할 수 있고, 음, 그게 다로라면 난 환영이니까……. 물론 두 사람이 그렇고 그런 사이라는 건 전혀 몰랐지만……."

어설픈 내 위로에도 제신은 비관적인 태도를 벗어나지 못했다.

"그렇다고 그 꼴을 누이에게 보일 것까지는 없었는데."

"……그건 그렇지만."

"거기서 동의하면 어쩌자는 거야?"

"거짓말을 하긴 싫은데 어떡해? 게다가 나도 오라버니의 이런 모습을 봐서 당황스럽긴 마찬가지라고! 어찌 누이를 못 알아보고 그래?"

나는 부루퉁하게 입을 내밀었다. 동기(同氣)가 연애하는 모습을 이렇게 직접적으로 보게 된 나도 민망해서 당황스럽기는 마찬가지였다.

"뒷모습으로 어찌 구분해? 게다가 옷도 다로의 것이었잖아."

"그래서 잘했다는 거야?"

"내가 잘못한 것은 또 뭔데?"

"날 뒤에서 껴안고 느글거리는 말을 했잖아!"

"너인 줄 알았으면 안 했어!"

"그러니까 그걸 못 알아본 것이 잘못이라고!"

그렇게 투덕거리고 있으니 멀리서 다로가 나타났다. 손에 술병을 든 그녀는 갑작스런 제신의 등장에 놀란 눈치였다.

"수장께서 어쩐 일로 여기에 오셨어요?"

다로의 질문에 나와 제신이 시선을 교환했다. 눈빛으로 주고받은 내용이야 뻔했다. 조금 전에 있었던 일은 둘만 알고 넘어가자. 다로가 알게 되면 피차 민망한 상황이다.

그렇게 합의를 마친 우리는 자리에서 벌떡 일어서며 어색한 웃음을 터트렸다.

"아하하. 우연히 지나가다가 들렀지. 그런데 여기에 우희가 있을 줄은 몰랐네."

"아하하, 오라버니도 참. 어떻게 우연이 이렇게 겹치지?"

누가 들어도 어색한 웃음소리에 다로의 표정이 묘해졌다.

"……두 분 무슨 말씀을 하시는 거예요?"

다로는 어깨동무를 하며 우애 좋은 남매임을 과시하고 있는 우리를 향해 긴 한숨을 내쉬며 술병을 흔들었다.

"두 분 모두 정자로 가시죠. 어찌 오셨는지가 뭐 그리 중요하겠어요? 이리 오신 것이 중하지요. 함께 술이나 기울이고, 눈 오는 풍경을 즐기면 그만입니다."

그리 말하며 다로가 정자로 먼저 걸음을 옮겼다.

멍하니 어깨동무를 하고 있던 우리도 누가 먼저랄 것도 없이 서로의 어깨에 올린 팔을 내리고 정자로 향했다.

눈은 여전히 계속 쏟아지고 있었다.

❖ ❖ ❖

제신과 다로, 믿을 수 있는 사람들이 곁에 있으니 쉴 새 없이 술이 들어갔다. 그건 다른 두 사람도 마찬가지여서 우리는 밤 깊은 시간까지 술잔을 기울였다.

눈 내리는 풍경에 달빛이 내려앉으니 절경이 따로 없었다. 좋은 풍경을 안주 삼아 한 잔, 두 잔 비워 내니 금세 술이 동났다. 다로는 이미 곯아떨어져 제신의 어깨에 머리를 기대고 있었고, 제신은 정자 위를 뒹구는 빈 술병들을 바라보며 입맛을 다셨다.

"아쉬운데."

아쉽기는 나도 마찬가지였다. 술을 마시며 오늘처럼 정신이 멀쩡한 건 처음이었다. 이렇게 술이 잘 받는 날에는 응당 더 많은 술을 마셔 줘야지.

나는 자리에서 벌떡 일어서 호기롭게 외쳤다.

"내가 더 구해 올게."

"네가?"

제신이 가소롭다는 듯 픽 하고 웃었다. 술이 얼큰하게 오른 시점이었던 터라 그 비웃음에 오기가 더했다.

"그럼! 내가 호랑이도 잡았는데, 술 하나 못 구해 올까 봐?"

"왜? 이번엔 오른쪽 팔을 내주고 술을 구해 오려고?"

제신이 호랑이를 잡으며 다쳤던 왼팔을 가리키며 비죽 웃었다.

다친 팔을 붙들고 국내성에 돌아오던 날, 제신은 나를 향해 먹지도 못할 호랑이를 잡으려고 팔을 내준 미련한 녀석이라며 혀를 끌끌 찼다. 그 속에 걱정이 담겨 있음을 모르지는 않으나 제법 약이 올랐던 참이었다.

"이번엔 두 팔 멀쩡하게 돌아올 테니 두고 보라고."

나는 코웃음을 치고 자리를 벗어났다. 슬쩍 뒤를 보니 제신이 제게 기댄 다로의 머리카락을 정리해 주고 있었다.

내 저럴 줄 알았지. 나는 뿌듯한 마음으로 씨익 웃으며 다로의 집을 나섰다. 술도 구해 오고, 두 사람만의 시간도 만들어 주니 일거양득이었다.

하지만 울리는 머리를 부여잡고 대문을 나서자마자 누군가가 내 걸음을 막아섰다.

"이대로 나서면 위험하십니다."

도대체 누구인가 싶어 미간을 찌푸리며 상대를 살피니 어둠 속에서 태림의 얼굴이 드러났다.

"태림? 왜 여기 있어요? 오늘 아침에 외출하면서 호위는 필요 없다고 했잖아요."

다로와 편하게 썰매놀이를 즐기고 싶어 일부러 호위를 데려가지 않았다. 꼭 호위를 하겠다고 고집을 부리면 어떻게든 설득을 해야겠다고 생각했는데, 의외로 태림이 선선히 물러섰었다.

"어쩐지 순순히 물러나더라니. 몰래 따라붙은 거예요?"

"……죄송합니다."

태림이 멋쩍은 얼굴로 고개를 숙였다.

오전 내내 탁 트인 곳에서 시간을 보냈으니 몸을 숨기기도 어려웠을 텐데, 그가 몰래 호위를 하고 있다는 사실을 전혀 눈치채지 못했다.

"잠깐, 그럼 계속 밖에 있었다는 거예요? 이 추운 날씨에?"

나야 술을 마시고 곁에 화로도 두었다지만 태림은 아니었다. 그의 성격을 생각하면 본인이 추운 것을 챙기며 나를 호위했을 리가 없었다.

나는 놀라서 태림의 양손을 붙잡았다. 생각했던 것처럼 그의 손이 얼음장처럼 차가웠다.

"괜찮습니다. 추운 곳에서도 견딜 수 있도록 훈련을 받았습니다."

따뜻한 온기에 놀랐는지 태림이 움찔거리며 손을 빼냈다.

가만히 살피니 차가운 것은 손만이 아니었다. 옷 밖으로 드러난 살이 전부 빨갛게 얼어 있었다. 나는 답답함에 한숨을 내쉬며 입고 있던 겉옷을 벗어 태림에게 둘러 주었다.

그 옷마저도 다시 벗어 내게 돌려줄 기세이기에 나는 재빨리 손을 들어 그의 행동을 막았다.

"술기운이 올라 조금 더우니 태림이 잠깐 가지고 있어요. 태림이 추울까 봐 둘러 준 것이 아니라, 내 옷을 잠시 걸어 둔 거예요. 알았죠?"

"……그럼 잠시 가지고 있겠습니다."

나는 만족스럽게 웃으며 걷기 시작했다. 그 옆을 태림이 다급하게 따라붙었다.

"정말 술을 구하러 가실 생각입니까?"

"그럼요. 난 아직도 술이 부족하거든요."

자신감 넘치는 말에 태림이 내 얼굴을 빤히 보았다. 내가 취하지는 않았는지, 술을 더 마실 수 있는지 파악하려는 것 같았다.

"생각보다 멀쩡하시군요. 술을 그리 많이 드셨는데."

내가 술 마시는 모습을 다 지켜본 듯한 말투였다.

"다로의 집 앞에서 기다린 줄 알았더니…… 가까이에서 다 지켜보고 있었어요?"

"예. 너무 멀리 떨어져 있으면 호위를 하겠다고 나선 의미가 없으니까요."

"어디에서요? 난 전혀 못 봤는데."

"정자 지붕 위에 있었습니다."

상상도 못 한 위치에 나는 입을 쩍 벌렸다.

"거긴 어떻게 올라갔는데요?"

"어렵지 않습니다. 담벼락을 밟고 뛰면 쉽게 닿습니다."

태림의 말투가 너무 편안해서 순간 속아 넘어갈 뻔했다. 나는 겨우 정신을 차리고 고개를 저었다.

"태림, 그거 알아요? 보통 사람은 담벼락을 밟는 것부터가 어려워요."

"그렇습니까?"

태림이 의아한 얼굴로 고개를 갸웃거렸다. 보아하니 진심으로 이해가 되지 않는 듯한 얼굴이었다.

"그러니까 보통은…… 아니에요."

나는 그에게 '보통 사람에게 불가능한 일'을 설명하려다가 막막함에 곧 입을 다물었다. 어차피 중요한 문제가 아니기도 했다.

"술이나 구하러 가죠. 비로의 본부에서 파는 술이 기가 막히던데.

그쪽으로 갈까요?"

익숙하게 걸음을 옮기는 나를 보며 태림이 다시 한번 감탄했다.

"그런데 정말 멀쩡하시군요. 폐하께서 말씀하시기를, 아가씨는 술만 마시면 심하게 취해 고주망태가 된다고 하였습니다. 그래서 아가씨께서 술을 마시기 시작하셨을 때부터 상당히 긴장하고 있었습니다만……."

"전혀 걱정할 필요가 없었죠?"

나는 불만스럽게 입을 비죽이며 손을 내저었다.

"우리 폐하는 그 이야기를 어디에까지 퍼트리고 다닐 생각인지 모르겠다니까요. 다른 사람하고 마시면 늘 이렇게 멀쩡한데."

"폐하께서 거짓말을 하셨다는 겁니까?"

"폐하와 단둘이 마시면 이상하게 기억이 뚝 끊기니 완전히 틀린 말은 아니에요. 그래도 폐하를 붙잡고 구토를 했다니, 말도 안 되지 않아요? 난 사람을 붙잡고 토한 적이 단 한 번도 없거든요. 내가 기억이 없다고 하니 괜한 말을 지어내는 것이 분명해요."

"폐하께서 일부러 그러실 분은 아니신데……."

"지금 폐하 편을 드는 거예요? 지금은 날 호위하고 있으면서?"

내가 눈을 매섭게 뜨자 태림이 난처하게 웃었다.

"됐어요. 내 편을 들어줄 거라고 기대도 안 했어요."

나는 한숨을 내쉬며 하늘을 바라보았다. 검은 하늘에서 쉴 새 없이 하얀 눈송이가 떨어지고 있었다. 얼굴에 차가운 눈송이가 닿아 녹아내리자 얼굴까지 올랐던 열기가 조금이나마 가라앉는 것 같았다. 술이 적당히 취한 탓인지 그 사소한 시원함마저 기분을 들뜨게 했다.

나는 빙긋 웃으며 발걸음을 재촉했다. 조금 빨라진 걸음에 발이 꼬였는지 몸이 휘청거리자 태림이 다급하게 내 어깻죽지를 받쳤다.

"조심하십시오. 멀쩡해 보이시더니 조금 취하긴 하셨습니다. 평소보다 많이 들뜨셨어요."

누군가에게 기대어 있다는 사실에 안정감을 느낀 탓일까. 태림이 나를 단단히 붙잡자마자 속에서 눌려 있던 취기가 한꺼번에 올라왔다. 온몸에 술기운이 퍼지는 느낌이 선명하게 느껴졌다. 어지럽게 머리가 빙빙 돌고 눈을 깜빡이는 것이 느려졌다.

"우희 님?"

무엇인가 이상한 것을 느낀 태림이 걱정스럽게 물었다. 괜찮다고 말을 해야 하는데 몸이 말을 듣지 않고 휘청거리기만 했다.

"괜찮으십니까?"

정신은 멀쩡한데 몸이 말을 듣지 않으니 답답해 죽을 지경이었다. 두 다리에 힘을 주고 바로 서기 위해 태림의 손을 밀어냈지만, 그에게서 몸이 떨어지자마자 중심이 크게 흔들렸다.

"우희 님!"

태림이 놀라서 내게로 다시 손을 뻗었다. 조금 전까지 멀쩡하던 사람이 갑자기 정신을 못 차리니 그도 당황스러운 기색이 역력했다.

"아무래도 술을 더 드시는 건 안 되겠습니다. 어서 돌아가시죠. 어디로 모실까요? 다로의 집입니까? 아니면 궁으로 가시겠어요?"

바로 옆에서 떠들어 대는 태림의 목소리가 거슬렸다. 나는 손을 뻗어 그의 목을 끌어당겼다. 순식간에 내게 코앞으로 다가온 태림이 놀라서 눈을 크게 떴다.

"태림."

"……왜 이러십니까?"

"나도 몰라요. 그런데 태림이 너무 시끄러워."

그때부터 스스로가 느끼기에도 이상한 방향으로 생각이 흐르기 시작했다.

태림은 시끄럽고, 시끄러운 소리를 내는 것은 입이고, 나는 저 얄미운 입을 응징해야 한다. 결론은 단순했다.

저 못된 입을 깨물어 버릴 거야.

그렇게 결심하니 머릿속이 모두 그 생각으로 가득 찼다. 나는 입을 벌려 태림의 입술을 깨물기 위해 그에게 다가가기 시작했다. 눈을 크게 뜬 태림은 몸이 뻣뻣하게 굳어 움직이지도 못하고 있었다.

조금씩 태림의 입술이 가까워지고 있을 때. 누군가가 내 뒷덜미를 끌어당겼다. 가까워지는 것은 오래 걸렸는데 멀어지는 것은 순식간이었다.

나는 응징을 방해한 사람의 얼굴을 확인하기 위해 미간을 찌푸린 채 고개를 돌렸다.

"어?"

그곳에는 담덕이 딱딱하게 굳은 얼굴을 하고 서 있었다.

담덕이 여기에 있을 리가 없는데. 술기운이 머리를 지배한 와중에도 그것만은 분명히 알 수 있었다.

"……꿈?"

환상인지 현실인지 모를 상대를 가리키며 물었더니, 눈앞의 담덕이 한쪽 입꼬리를 끌어 올리며 내 이마에 손가락을 튕겼다.

"꿈 아니다."

"그럼 진짜 담덕인가?"

느리게 눈을 깜빡이며 물었더니 담덕이 길게 한숨을 내쉬었다.

"그래, 진짜 담덕이다. 이래서 내가 너 술 마시면 안 된다고 했지?"

"어떻게 왔어?"

"태림이 연통을 보냈다. 네가 술을 마신다기에 걱정되어서 와 봤더니 역시나……."

담덕이 다시 한번 내 이마를 두드렸다. 잘못한 것이 없다고 굳게 믿고 있는 나로서는 억울한 벌이었다.

"나 아무것도 안 했는데."

"내가 막지 않았으면 했을 거잖아. 넌 술만 취하면 왜 이렇게 사람 입술을 물어뜯으려 들어?"

"태림이 잘못했어. 머리가 윙윙 울리는데 계속 시끄럽게 말을 하잖아."

내가 불만스럽게 태림을 바라보자 담덕이 두 손으로 내 얼굴을 붙잡아 제게로 시선을 고정했다.

"다른 사람 보는 건 금지. 또 입술을 물어뜯게?"

"또라니? 난 아직 아무것도 안 했다니까."

"내가 안 말리면 할 테니까 한 것이나 마찬가지야."

"아직 안 했는데 어찌 한 것이나 마찬가지야?"

"그래서, 내가 지금 널 놓아주면 아무 짓도 안 할 거야?"

"아니."

"그러니 한 것이나 마찬가지라고."

담덕이 한숨을 내쉬며 내 머리를 헤집었다. 나는 불만스럽게 담덕의 손을 밀어내며 그를 불렀다.

"담덕."

"왜?"

시큰둥한 대답에 나는 손을 뻗어 담덕의 목을 끌어당겼다. 그가 아

무런 저항 없이 내게로 끌려왔다. 하지만 마주한 얼굴은 잔뜩 찌푸려
져 있었다.

"……뭐 하려고?"

"나도 몰라."

나는 배시시 웃으며 고개를 저었다.

"그런데 너도 시끄러워."

"야! 너 또……!"

기겁한 담덕이 목을 뒤로 뺐지만 내가 그를 끌어당기는 것이 더 빨
랐다. 나는 눈앞으로 다가온 담덕의 얼굴을 놓치지 않고 망설임 없이
그의 입술을 깨물었다. 응징은 제법 효과가 있었다. 쉴 새 없이 떠들
어 대던 담덕의 입이 꾹 다물린 것이다.

이제 조용하네. 나는 만족스럽게 웃으며 담덕의 입술을 놓아주었다.

하지만 만족스러운 기분도 잠시뿐이었다. 이처럼 늦은 시간에도 거
리를 지나는 사람이 어찌나 많은지 시끄러운 소리가 도무지 사라질
줄을 몰랐다.

나는 짜증스러운 얼굴로 삼삼오오 모여 떠들며 지나가는 사람들을
바라보았다. 그들이 입을 열 때마다 머릿속이 울려 머리가 깨질 것만
같았다.

저 사람들도 담덕처럼 입을 다물게 해야지.

나는 기세 좋게 지나가는 사람들에게로 걸음을 옮겼다. 하지만 담
덕이 뒤에서 내 허리를 한 손으로 끌어안아 앞으로 나가려는 나를
저지했다.

"우희."

조용히 이름을 부르는 담덕의 목소리와 함께 시야가 어두워졌다.

담덕의 손이 내 눈을 덮은 것이다.

"이제 그만 돌아가자. 집에 가서 잠을 자야지, 응?"

담덕이 조곤조곤한 목소리로 나를 달랬다.

"잠……."

그 목소리를 들으니 순식간에 거짓말처럼 순식간에 수마가 몸을 덮쳤다. 무엇에라도 홀린 듯 몸이 무거워지고 머리가 둔해졌다.

"응, 졸려. 잘래."

나는 고개를 주억거리며 그대로 눈을 감았다. 몸에 힘을 풀고 담덕에게 기대자마자 정신이 흐려졌다. 희미해져 가는 의식 사이로 한숨 섞인 담덕과 걱정이 묻어나는 태림의 목소리가 들려왔다.

"태림, 우희가 네게 그러기 전에 다른 사람에게도 그랬나?"

"아닙니다. 휘청거리며 넘어지실 것 같아 붙잡아 드렸더니 갑자기……. 그전까지는 너무 멀쩡하셔서 술을 마시지 않은 사람처럼 보일 정도였습니다. 아무 일 없었습니다."

"그렇다면 다행이지만…… 이 녀석은 항상 그렇다. 어느 순간 갑자기 취해서는 사람을 난처하게 해. 그리고 다음 날엔 기억이 없다며 외려 나를 거짓말쟁이로 몰아붙이지. 너도 난처한 일을 당하지 않으려면 조심해야 할 거다."

"……예, 그리하겠습니다."

❖ ❖ ❖

나는 타는 듯한 목마름과 함께 잠에서 깨어났다.

"달래야, 물 좀 줄래?"

늘 그랬던 것처럼 몽롱한 정신으로 달래를 찾았으나 어쩐 일인지 주변이 조용했다.

"달래야?"

나는 의아해져서 상체를 일으키며 다시 한번 달래를 불렀다. 하지만 몸을 일으키려는 시도는 뒤에서 나를 단단히 붙잡은 힘에 무위로 돌아갔다.

언젠가 이런 비슷한 상황이 있었는데. 나는 묘한 기시감을 느끼며 뒤로 고개를 돌렸다. 그러자 예상했던 것처럼 담덕이 눈을 감은 채 내 허리를 단단히 붙들고 있었다.

지난번에 크게 앓았을 때도 이랬지.

같은 침상에서 잠든 것이 두 번째라 이번에는 놀라지도 않았다. 나는 몸을 일으키려던 것을 포기하고 담덕의 옆에 편하게 몸을 뉘었다.

가만히 누운 채 눈동자만 굴려 방 안을 살피니 풍경이 아주 낯설었다. 내부 분위기나 어제의 상황을 고려하면 다로의 집일 가능성이 높았지만, 그렇게 생각하면 이상한 점이 있었다.

담덕이 왜 여기 있지?

나는 천천히 지난밤의 기억을 떠올렸다. 술을 구하겠다고 다로의 집을 나선 뒤 갑자기 취기가 올라 휘청거리던 것까지는 기억이 나는데 그 뒤로는 머릿속이 하얬다. 담덕은 도대체 어디서 갑자기 나타난 거야? 궁에서 일하고 있어야 하는 거 아닌가?

의문을 품은 채 몸을 돌려 담덕을 살피니 규칙적인 숨소리를 내며 잠든 그의 얼굴이 무척이나 평온해 보였다. 특별할 것 없이 평소와 비슷한 얼굴이었다. 하지만 달라진 내 마음 탓인지 가만히 담덕의 얼굴을 보기만 하는데도 기분이 이상했다.

내가 이 사람을 좋아한단 말이지.

그렇게 생각하자 가슴이 속에서부터 간질거렸다. 말로는 표현하기 힘든 묘한 감정. 우희일 때는 물론이고 소진으로서도 느껴 본 적 없는 감정이었다.

소진일 때의 내 인생은 삭막했다. 홀로 시작해 외로이 끝을 맺었으니 좋은 기억도, 나쁜 기억도 없었다. 그때의 나는 그저 하루를 견뎌 내기에 바빴다. 매일 아침을 시작하는 내 소망은 언제나 하나였다. 오늘이 빨리 끝났으면 좋겠다는 것. 나를 둘러싼 사람들은 나의 삶에 관심이 없었다. 그들 역시 그들의 시간을 견뎌내느라 분주했으니 나는 언제나 혼자였다.

하지만 우희가 되어 모든 것이 달라졌다. 소중한 사람들을 얻고 그들과 시간을 공유하는 동안 나는 더 이상 혼자가 아니었다. 하루는 이제 견뎌 내야 할 무게가 아니었고, 어느 순간 나의 소망은 오늘을 길게 살아가는 것으로 변화했다. 그 중심에 담덕이 있었다.

담덕을 볼 때마다 내 마음은 복잡했다. 우희에게 담덕은 둘도 없는 친구였지만, 소진에게 담덕은 역사에 남을 위대한 왕이었다. 그 차이는 아주 컸다.

나는 온전히 우희가 될 수도, 온전히 소진이 될 수도 없다. 머릿속에 남아 있는 각자의 기억이 하나로 뒤섞여 내가 누구인지도 알 수 없었다.

담덕을 향한 마음을 직시하지 못했던 것도 그래서였다. 내가 우희로서 담덕에게 가지는 독점욕을 소진은 옳지 못하다 나무라고, 내가 소진으로서 담덕에게 갖는 경외심을 우희는 가볍게 무시한다.

지난밤의 나는 끊임없이 부딪치는 두 가지의 마음으로도 거스를 수 없었던 진심을 인정하기로 했다.

내가 이 사람을 좋아하게 되면 무엇이 달라질까?

나는 여전히 두렵고 걱정스러웠다. 담덕에 대한 마음을 인정하는 순간을 기점으로 나의 모든 생이 완전히 달라질 것이라는 기묘한 예감이 머릿속을 가득 채웠다.

"계속 그리 쳐다본다고 어제 일을 그냥 넘어가진 않을 거야."

복잡한 심경으로 담덕을 보고 있으니 그가 눈을 감은 채로 천천히 입을 열었다.

"일어나 있었어?"

"응."

담덕이 그렇게 대답하며 천천히 눈을 떴다. 선명하게 드러난 담덕의 눈동자에는 잠의 흔적이 하나도 남아 있지 않았다.

"언제부터 깨어 있었어?"

"네가 일어나기 한참 전부터."

"뭐? 그런데 왜 자는 척을 한 거야?"

"그래야 계속 이렇게 있을 수 있으니까?"

담덕이 웃으며 내 허리를 더 강하게 끌어안았다. 덕분에 몸이 바짝 붙어 얼굴이 담덕의 가슴에 파묻혔다.

평소의 나라면 대수롭지 않게 부딪힌 얼굴이 아프다며 투덜대고 담덕의 품을 빠져나왔을 테지만 지금은 아니었다. 긴장해서 뻣뻣하게 굳어 버린 나를 보며 담덕이 의아하게 물었다.

"왜 이래?"

"……뭐가?"

"평소랑 다르잖아. 어디 아파?"

"……아닌데."

"아니긴. 확실히 이상한데."

담덕이 내 허리를 놓으며 상체를 일으켰다. 위에서 나를 내려다보는 시선에 내 눈동자가 갈 곳을 잃고 방황했다.

"뭐야, 어디 아파?"

내가 정말 아프다고 생각했는지 담덕이 걱정스럽게 물으며 내 이마에 손을 얹었다. 아픈 것이 아니었으니 열이 느껴질 리가 없었다. 이마에서 손을 떼는 담덕의 표정이 묘해졌다.

"너 혹시 어제 일이 기억나서 이러는 거야?"

"어제 일?"

"어제 네가 술에 취해서 날 붙잡고……."

담덕의 말이 채 끝나기도 전에 나는 놀라서 상체를 벌떡 일으켰다. 내가 술에 취해 담덕에게 할 행동이라면 뻔했다.

"설마…… 내가…… 또 너한테 토했어?"

나는 경악에 차서 손으로 입을 틀어막았다.

담덕을 좋아한다고 인정한 날 그에 얼굴에 대고 구토를 하다니. 아름다운 순간으로 남겨 두고 싶은 날에 크나큰 오점이 생겨 버렸다. 앞으로 이날을 떠올리면 담덕의 얼굴에 대고 토했다는 더러운 이야기도 함께 기억나겠지. 나는 절망에 휩싸여 머리를 부여잡았다.

"말도 안 돼……. 그리 중요한 날 생각하고 싶지도 않은 어이없는 짓을 했다니……."

깊게 한탄하는 나를 보며 담덕이 얼빠진 얼굴로 헛웃음을 흘렸다.

"이러는 걸 보니 어제 일이 정말 기억나지 않는 모양이구나. 네가 술에 취해 사람들을 붙잡고 구토를 했다면 내 마음이 이리 무겁지는 않을 것이다."

"……너한테 토한 게 아니야?"

"그래. 그러지 않았으니, 구토를 한 것이 걱정이라면 그럴 필요 없다."

"나 위로하려고 그냥 하는 이야긴 아니지?"

"어제 네게 그리 당했는데 뭐가 예쁘다고 위로를 해 주겠어?"

의심으로 가득 찬 내 눈빛에 담덕이 코웃음을 쳤다. 나는 거짓이 담겨 있지 않은 담덕의 눈빛과 목소리에 한시름을 놓았다가 금세 또 다른 걱정에 휩싸였다. 구토를 한 것이 아니라면 얼마나 대단한 주사를 부린 거지?

"그럼 내가 어제 너한테 무슨 짓을 했는데?"

"궁금해?"

"당연하지!"

"들으면 후회할걸."

담덕이 경고했지만 크게 와닿지는 않았다. 아무것도 모른 채로 전전긍긍하느니 듣고서 후회하는 쪽이 훨씬 나았다.

"괜찮으니 말해 봐. 내가 무슨 짓을 했는데?"

내 질문에 담덕이 대답 없이 나를 빤히 보더니 곧 고개를 숙였다. 순식간에 가까워진 거리가 부담스러워 몸을 빼려는데 담덕이 내 뒷목을 잡아 나를 제지했다.

"네가 어제 나한테 이랬어."

"이렇게 얼굴을 가까이 갖다 댔다고?"

생각보다 대수롭지 않은 일이었다. 고작 이런 일로 담덕이 어제 일을 그냥 넘어가느니 마느니 한 것이 이상해 고개를 갸웃거리니 그가 픽 웃음을 흘렸다.

"응. 그리고 이것까지."

그의 얼굴이 조금 더 가까워졌다. 담덕의 머리카락에 코끝이 간지럽다고 느끼는 순간. 그의 단단한 이가 내 아랫입술을 살짝 깨물고, 말캉한 혀가 달콤한 과편을 맛보듯 입술을 훑고 지나갔다.

나는 넋이 나간 채 서서히 멀어지는 담덕의 얼굴을 멍하니 바라보았다. 그는 얼빠진 내 얼굴이 우스운지 한쪽 입꼬리를 끌어 올린 채 웃고 있었다.

"매번 이랬어. 나와 술을 마실 때마다 한 번도 빠지지 않고."

"……내가?"

"그래, 네가."

분명한 담덕의 대답과 함께 내 얼굴은 서서히 열기가 오르더니 결국에는 스스로가 느낄 수 있을 정도로 얼굴이 뜨겁게 달아올랐다. 차마 이런 얼굴로 담덕을 볼 수 없어 나는 고개를 푹 숙였다.

"왜 진즉에 말 안 해 줬어? 너와 술을 마실 때마다 그랬다며? 말해 줬으면 더 조심했을 텐데……."

"다른 사람에게는 안 그러기에 그냥 두었지. 내게만 하는 건 상관없으니까. 하지만 어제는……."

대단찮은 이야기라는 듯 가볍게 말을 이어 가던 담덕이 말끝을 흐렸다. 슬쩍 고개를 들어 담덕을 보니 그의 미간이 찌푸려져 있었다.

"어제는 왜?"

"아니, 아무것도 아니다."

조심스러운 내 질문에 담덕이 고개를 저으며 설교를 늘어놓았다.

"아무튼 술은 적당히 해. 이기지도 못할 술을 어찌 그리 마셔? 내가 없는 곳에서는 더욱 조심하고."

의미 없는 잔소리가 아니었다. 술에 취해 사람들의 입술을 물고 빠는 건 여러모로 곤란했다.

나는 다시는 그러지 않겠다는 듯 비장한 얼굴로 고개를 끄덕였다. 그런 내 모습을 만족스럽게 바라보던 담덕이 다음 질문을 던졌다.

"네 궁금증은 해소된 듯하니 이제 내가 궁금한 것을 풀어 줄 차례지?"

"궁금한 것? 무엇이 궁금한데?"

담덕에게 지은 죄가 있으니 무엇이든 대답을 해 줄 생각이었다. 하지만 그의 입에서 흘러나온 질문이 하필 곤란한 부분을 건드렸다.

"어제가 중요한 날이었다는 건 무슨 소리야?"

조금 전 횡설수설하며 흘러나왔던 말을 담덕이 기억하고 있었다.

"어…… 그게 말이야……."

당황해 말을 잇지 못하는 나를 보며 가볍게 물었던 담덕이 미간을 찌푸렸다.

"말하기 힘든 일이야?"

나는 고개를 끄덕이며 난처하게 웃었다.

겨우 하루 전 담덕을 향한 마음을 인정했다. 그 일 하나만으로도 세상이 뒤집히는 것처럼 머리가 복잡했으니 지금 당장 내 마음을 전하는 것은 힘들었다. 언제까지 피할 수는 없겠지만…….

"지금은 힘들어."

그리 오랜 시간이 필요하지는 않을 것이다. 한번 흐르기 시작한 마음은 물과 같아서 억지로 멈추기 어려울 테니까. 다만 두려움과 걱정을 다스리고 온전히 내 마음을 전할 수 있는 순간이 오기까지 잠깐의 시간이 필요했다.

"어찌 그리 난처한 얼굴로 웃어?"

담덕이 한숨을 내쉬며 내 머리를 쓰다듬었다.

"난 네가 힘든 것을 바라지 않아. 네가 말하고 싶을 때, 네가 원하는 것을 말하면 돼."

담덕의 배려는 언제나 알기 쉬웠다. 나는 고마운 마음을 담아 그에게 활짝 웃어 보였다.

第十七章

**전야**(全夜/前夜)

매서운 겨울이 지나고 영락 4년이 밝았다.

매년 이어진 패배로 가라앉은 분위기를 반전하기 위해 백제는 연초부터 바쁘게 움직였다. 아신은 맏아들인 전지(腆支)를 태자로 삼아 후계를 굳건히 하고, 이복동생인 훙(洪)을 내신좌평(內臣佐平:백제의 고위 대신으로 왕명의 출납이나 상소 전달 등을 맡았다)에 임명해 내부의 혼란을 다스리고자 하였다.

내부를 다스린 후에는 자연스럽게 외부로 눈을 돌리게 된다. 고구려는 분주한 백제의 움직임을 주시하며 곧 다가올 전쟁을 대비했다.

담덕은 수확철에 맞춰 백제가 쳐들어올 것을 확신했다. 제가 회의의 귀족들도 비슷한 생각이었다. 여태까지 백제가 보여 준 침략 방식에 근거한 결론이었다. 그간 백제는 식량 보급에 유리한 수확철에 전쟁을 벌이는 쪽을 선호해 매년 비슷한 시기에 우리 성을 공격해 왔다. 때문에 고구려는 연초부터 별다른 이견 없이 수확철에 벌어질 전쟁에 대비한 훈련과 물자 확보에 집중하고 있었다. 이제 여름이 깊어지면 본격적인 전쟁 준비에 돌입하게 될 것이다.

조금 더 바빠지기 전에 담덕은 나와 호수에 놀러 가기로 했던 약속을 지켰다. 사월에 접어들어 날이 제법 더워질 무렵이었다.

담덕이 봐 두었다는 작은 호수는 압록강을 따라가면 나오는 곳으로, 국내성에서 얼마 떨어지지 않아 짧은 나들이를 다녀오기에는 그만이었다. 원래 물놀이란 사람이 많을수록 즐거운 법이라 호위 임무를 맡고 있는 지설과 태림은 물론이고 제신과 서까지 함께 나들이에 나섰다.

오전부터 떠들썩하게 나선 일행은 해가 중천에 떴을 무렵 호수에 도착해 자리를 잡았다. 지설과 태림은 함께 온 병사들을 시켜 호수 근처에 휴식을 취할 그늘막을 쳤고, 달래를 비롯한 시녀들은 먹거리와 갈아입을 옷을 준비했다.

나와 서는 호수를 보자마자 누가 먼저랄 것도 없이 겉옷을 벗어 던지고 곧장 물에 뛰어들었다. 그 뒤를 제신과 담덕이 따랐다. 호위를 핑계로 이리저리 내빼던 태림을 끌고 오는 것은 내 몫이었다.

"태림도 빼면 안 되죠!"

그렇게 태림까지 호수 안으로 들어오니 수영을 못하는 지설만 덩그러니 그늘막 아래에 남았다.

"지설도 들어와요. 물이 그렇게 깊지 않아서 수영을 못해도 괜찮아요."

"아닙니다. 전 물 자체를 별로 좋아하지 않아서……. 어차피 태림과 저, 둘 중 하나는 호위에 집중해야 하니 제가 그 역할을 맡으면 됩니다."

지난번 비로의 작전을 수행하다 물에 빠진 일로 크게 질린 것인지 지설은 호수 근처로는 가까이 다가오지도 않았다. 아무리 즐거운 놀이라도 본인이 싫다면 어쩔 수 없었다. 호위를 위해서라는 핑계도 더할 나위 없이 훌륭했기 때문에 나는 더 이상 지설을 설득하지 못하고 돌아섰다.

하지만 제신의 생각은 다른 것 같았다.

"태림."

장난기 가득한 얼굴을 한 제신이 태림의 귓가에 무어라고 속삭였다. 그의 말을 들은 태림은 순식간에 곤란한 얼굴이 되었지만, 끈질기게 옆에 붙어 설득하는 제신에게 넘어갔는지 마지막에는 떨떠름한 얼굴로 고개를 끄덕였다.

그렇게 의기투합한 제신과 태림의 시선이 지설을 향했다. 몇 번이나 시선을 주고받은 두 사람이 재빨리 호수 밖으로 뛰어나가 지설의 팔과 다리를 들었다.

"뭐 하시는 겁니까!"

부지불식간에 두 사람의 손에 덜렁 들린 지설이 답지 않게 당황한 목소리로 항의했다. 안타깝게도 그의 당황한 얼굴이 제신의 장난기를 더욱 부추기고 말았다.

"여기까지 와서 그늘막만 지키고 있으면 되겠습니까, 지설 님?"

"제가 그러고 싶다는데 안 될 이유는 또 뭡니까?"

"에이, 보는 사람이 재미없잖습니까."

"제가 다른 사람의 재미까지 신경 써야 할 필요는 없습니다!"

"모처럼 놀러 나왔으니 저희 재미에 협조 좀 하십시오!"

그렇게 외친 제신이 태림에게 눈짓을 보내더니 지설의 몸을 그대로 호수 쪽으로 던졌다. 공중에 붕 뜬 지설의 몸이 순식간에 호수 안으로 처박혔다. 지설이 물에 빠지는 요란한 소리에 장난을 주도한 제신은 물론이고 소란을 지켜보던 나와 담덕까지 웃음이 터졌다. 서 역시 헛기침을 하며 속으로 웃음을 삼키는 기색이 역력했다.

하지만 모두의 웃음은 오래가지 않았다. 금세 물 위로 올라와야 할 지설이 한참이 지나도 떠오르지 않았던 것이었다.

"지설?"

가장 먼저 이상한 것을 알아챈 사람은 담덕이었다. 걱정이 섞인 그의 목소리에 배를 잡고 웃던 제신의 얼굴이 굳었다.

"지설 님?"

제신이 지설을 부르며 천천히 그가 빠진 곳으로 걸어갔다. 하지만 제신의 부름에도 수면은 고요했다.

"지설 님!"

확실히 상황이 이상하다는 것을 알아차린 제신의 걸음이 조금 더 빨라졌다. 첨벙거리며 다급하게 지설이 빠진 곳으로 향하는 그의 모습에 다른 사람들도 하나둘 그 근처로 몰려들었다.

제신의 발이 지설이 빠진 곳에 닿았을 때, 고요하던 수면이 요동치더니 물속에서 야차 같은 얼굴을 한 지설이 불쑥 튀어나왔다.

"제, 신, 님!"

이를 바드득 갈며 등장한 지설이 놀란 제신에게로 손을 뻗었다. 갑작스럽게 튀어나온 지설의 얼굴에 놀란 제신은 방어할 새도 없이 그의 손에 뒤통수가 붙들렸다.

"꼭 이런 장난을 쳐야 속이 시원합니까?"

지설은 제신의 얼굴을 물속에 처박으며 주변을 둘러보았다.

"이게 재미있다고 웃은 여러분도 마찬가지입니다!"

제신을 시원하게 응징한 지설이 이번에는 우리를 향해 물을 퍼부었다. 두 손으로 어찌나 요령 좋게 물을 퍼붓는지 눈이며 코로 물이 들어가 숨을 쉬기 힘들 정도였다.

"그만, 좀, 숨 좀 쉽시다!"

서가 허우적대며 지설의 팔에 매달렸다. 얼굴을 향해 쏟아지던 물줄기가 멈추고 겨우 숨이 돌아왔다.

거기에서 모두 멈추었다면 평화로운 결말이 찾아왔겠으나, 안타깝게도 이 자리에 있는 모두가 지고는 못 사는 성격들이었다. 아마 모두의 머릿속에 같은 생각이 스쳐 갔을 것이다.

너 죽고 나 죽자. 아니, 너 죽고 나 살자!

그때부터는 누가 먼저랄 것도 없이 서로의 얼굴을 향해 물을 퍼부어 댔다. 누구에게 물을 뿌리는지는 상관없었다. 제 얼굴을 사수하기 위해 서로가 서로를 공격했다. 나도 그 분위기에 휩쓸려 사방으로 물을 뿌렸다. 팔이 아파 잠깐 손을 멈추면 곧장 얼굴로 물이 쏟아져 숨을 쉴 수 없으니 도무지 팔을 멈출 수가 없었다.

"이제 그만합시다! 예?"

이러다 팔이 빠지겠다 싶을 때쯤 서가 지친 목소리로 외쳤다. 다들 비슷한 생각을 하고 있었는지 허공을 쉴 새 없이 오가던 물줄기가 뚝 그쳤다.

쏟아지던 물줄기가 사라지니 그제야 엉망이 되어 버린 서로의 꼴이 눈에 들어오기 시작했다. 물에 젖은 것이야 당연했지만 요란하게 물을 맞은 터라 하나같이 머리가 엉망이었다.

허공에서 눈이 마주치는 순간 누군가의 입에서 바람 빠지는 것 같은 웃음소리가 흘러나왔고, 기다렸다는 듯 다른 사람들의 입에서도 차례로 웃음이 터져 나왔다.

"어찌 다들 적당히 하는 법을 모르십니다."

서가 투덜거리는 소리에 지설이 씨익 웃으며 고개를 한쪽으로 기울였다.

"그러니 시작을 마셨어야지요. 저는 한번 시작하면 끝을 보는 사람이거든요."

지설의 말에 불안한 기색을 느낀 서가 당황해서 손을 내저었다.

"잠깐, 시작을 한 사람은 제가 아니라……."

하지만 서의 말이 마무리되기도 전에 지설이 다시 사방으로 물을 뿌리기 시작했다. 그때부터는 또다시 전쟁이었다.

나는 본격적인 물세례가 시작되기 전 조용히 호수를 빠져나왔다. 나 역시 시작을 하면 끝장을 보는 성격이지만, 때로는 현실을 직시하고 물러설 줄도 알아야 하는 법이다. 기세 좋은 사내들과 싸우느라 벌써부터 팔이 얼얼했다. 저 사이에서 끝장을 보자면 내가 제일 먼저 지쳐서 쓰러질 판이었다.

호수를 빠져나오며 눈치를 살피니 자신들만의 전쟁에 몰두한 사내들은 내가 그 틈에서 빠져나온 것을 눈치채지 못한 듯했다.

물놀이를 가자고 할 때는 다들 시큰둥하더니…… 정작 호수에 와서는 나보다 더 즐겁게 놀고 있잖아? 특히 물놀이는 무슨 물놀이냐며 핀잔을 주었던 지설이 제일 열심이었다. 정말 알다가도 모를 사람이라니까.

호수 밖으로 나오며 피식 웃는 내 곁으로 달래가 달려왔다.

"아가씨, 춥지 않으세요?"

"춥긴. 오히려 시원해서 좋은데."

"지금이야 그러셔도 물 밖에 나오셨으니 곧 추워지실 거예요."

달래가 잔소리를 하며 내 어깨에 마른 수건을 둘러 주었다. 내 몸이 폭 싸일 정도로 커다란 수건이었다.

"달래도 걱정이 참 많다니까."

"아가씨께서 하도 몸을 안 챙기시니 저라도 걱정이 많아야지요!"

"걱정도 적당히 많아야 걱정인 법이다. 너무 그러면 다들 호들갑이라고 할걸."

"호들갑 소리를 들어도 챙길 건 챙겨야 합니다. 그게 제 일이거든요."

내 투덜거림에도 달래는 물러서지 않고 제 할 일을 했다.

"따뜻한 차라도 드릴까요? 요깃거리는 필요 없으시고요?"

이어지는 달래의 질문을 듣고 보니 조금 허기가 지는 것도 같았다.

"그럼 간단히 뭐라도 먹을까."

"그렇게 하세요. 잠시 기다리시면 차와 간식을 내오겠습니다."

달래가 그럴 줄 알았다는 듯 웃으며 멀어졌다.

나는 달래가 간식을 준비하는 동안 주변을 둘러보기로 했다. 호수에 오자마자 물에 뛰어드느라 정작 풍경을 구경할 새가 없었다.

풍경은 훌륭했다. 해모수와 유화가 만났다는 웅심연(熊心淵)의 모습이 이러할까. 앞으로는 맑은 호수가, 뒤로는 수려한 산세가 펼쳐지니 가만히 풍경을 감상하는 것만으로도 마음이 평온해지는 것 같았다.

주변 풍경에 집중하며 조금씩 발걸음을 옮기다 보니 걸음이 점차 산 쪽으로 가까워졌다.

그렇게 호수에서 요란한 물놀이를 벌이고 있는 일행의 소리도 서서히 사라지고 완벽한 고요 속에 남겨졌다는 생각이 들었을 때쯤, 멀리서 불안한 소리가 들려왔다.

쿠구구궁. 희미한 소리였지만 정체는 분명했다. 천둥소리였다.

비가 오려나?

나는 고개를 들어 걱정스러운 마음으로 하늘을 살폈다. 멀리서부터 빠르게 먹구름이 밀려들고 있었다. 맑았던 하늘이 순식간에 어둠으로 뒤덮였다. 날씨가 이리도 급변하나 싶어 멍하니 하늘을 보고 있으니 곧 얼굴에 빗방울이 하나둘 떨어지기 시작했다.

"나들이 날을 잘못 잡았네."

아쉬운 마음에 중얼거렸더니 그 말을 기다리기라도 했다는 양 가는 빗방울이 금세 굵어졌다. 쏟아지는 빗줄기에 얼마 지나지 않아 사방이 빗소리로 가득 찼다.

나는 어깨에 두르고 있던 수건으로 올려 머리 위를 가리고 몸을 돌렸다. 그만 일행들에게로 돌아가야 할 시간이었다.

"소나기일 거야. 금방 그칠 테니 날을 완전히 잘못 잡은 건 아니지."

차분한 목소리가 다급하게 걸음을 옮기려는 내 발목을 붙잡았다. 고개를 들어 앞을 보니 쏟아지는 빗속에서 담덕의 모습이 보였다.

"어찌 여기에 있어?"

"네가 엉뚱한 곳으로 가기에 혹 사고라도 칠까 봐 뒤따라왔다."

"내가 여기에서 무슨 사고를 쳐?"

"글쎄. 넌 워낙 생각지도 못한 사고를 많이 쳐서 말이야."

담덕이 웃으며 내 앞으로 다가왔다.

"잠시 비를 피하자. 물놀이를 하느라 이미 흠뻑 젖었지만…… 그래도 비를 맞는 건 싫잖아."

담덕이 그리 말하며 산 입구를 바라보았다. 그를 따라 눈을 돌리니 커다란 나무 아래에 너와 지붕을 얹은 집 한 채가 외롭게 자리를 지키고 있었다.

"사람이 사는 곳인가?"

어울리지 않게 덩그러니 놓인 집이 이상해 눈을 크게 떴더니 담덕이 고개를 저었다.

"아마 사냥꾼들이 만들어 둔 집일 거야. 입산하기 전에 활과 검을 정비하고, 잠시 쉬어 가며 체력을 비축하기도 하는…… 그럴 용도로 만들어 두는 곳이지."

"어쨌든 주인이 있는 곳이라는 거잖아."

"산에서는 지나가는 사람 모두가 주인이지. 아마 문도 잠겨 있지 않을걸. 걱정 말고 따라와."

❖ ❖ ❖

담덕의 말 그대로였다. 가까이 다가간 너와 지붕 집은 흔한 잠금장치 하나 걸려 있지 않았다.

담덕은 익숙한 듯 문을 열고 집 안으로 들어가더니 능숙하게 중앙에 놓인 화로에 불을 붙였다. 이곳에 몇 번이나 와 본 사람처럼 자연스러운 태도였다.

"전에 와 본 적이 있어?"

"이곳은 처음이지만…… 사냥꾼들이 만들어 둔 집들이야 다들 비슷하니까. 사냥을 나섰다가 생각보다 해가 빨리 떨어지면 이런 곳에서 하룻밤 묵어갈 때도 있거든."

불을 밝히자 창 하나 없이 어두웠던 내부가 어렴풋이 모습이 드러냈다. 집 안은 방이라기보다는 창고에 가까웠다. 그래도 주변이 깔끔하게 정돈된 데다 바닥에 바싹 마른 짚까지 폭신하게 깔려 있어 휴식에는 문제가 없을 것 같았다.

"이쪽으로. 화로 앞에 앉아."

먼저 화로 앞에 자리를 잡고 앉은 담덕이 손으로 제 옆자리를 두드렸다. 나는 그의 옆에 털썩 주저앉으며 푹 젖은 머리카락의 물기를 털어 냈다.

"다른 사람들도 무사히 비를 피했을까?"

문을 닫았는데도 빗소리가 안까지 요란하게 들릴 정도로 대단한 비였다. 나와 담덕이야 운 좋게 사냥꾼들의 쉼터를 발견했지만, 호숫가에 있는 사람들은 비 피할 곳이 마땅치 않을 것이다. 그늘막이 있기는 해도 햇빛을 가리는 용도라 비를 막는 데는 한계가 있었다.

하지만 나와 달리 담덕은 걱정 하나 없이 태평했다.

"지설과 제신이 있으니 문제없어. 그 두 사람이라면 알아서 상황을 정리하고 있을 거다."

"태림과 서의 이름은 쏙 빠졌네."

"사실이 그렇잖아. 태림이야 머리보다는 몸을 쓰는 쪽이고, 서는 비 맞는 게 좋다고 오히려 빗속으로 뛰어들 사람처럼 보이는걸."

"……그건 그렇지만."

나는 키득거리며 화롯불 가까이 손을 뻗었다. 그새 얼어 버린 손이 따뜻한 온기에 기분 좋게 녹아내렸다.

"이러고 있으니 예전 생각이 나."

"예전 생각"

"기억 안 나? 이렇게 나란히 물에 젖었던 적이 꽤 많잖아. 열두 살 때 막 친구가 되었던 그즈음에도 그렇고, 성문사에서도 그랬고……."

"도압성에 가던 길에도 함께 물에 빠졌지."

"그건 상황이 다르지! 네가 날 물에 집어 던진 거였으니까."

"집어 던지다니. 네 몸에 묻은 늑대 피를 씻어 주려는 좋은 마음으로 한 일이었는데."

"퍽이나."

나는 코웃음을 흘리며 두 다리를 끌어안았다. 무릎 위에 턱을 괴고 타오르는 화롯불을 보고 있으니 어쩐지 나른한 기분이었다.

"어쨌든 너와 난 물과 참 인연이 깊은 것 같아."

"그런가?"

"이렇게 물에 흠뻑 젖어서 함께 시간을 보내고 나면 항상 무엇인가가 달라졌거든. 그러니 인연이 깊지."

물고기를 잡으려다 강물에 빠졌던 열두 살의 나는 담덕을 친구로 받아들였다. 따지고 보면 우리의 인연은 물과 함께 시작된 셈이었다.

도압성에 가던 길, 냇가에 내던져진 열여섯에는 담덕과 나의 신체적 차이를 실감했고, 성문사에서 함께 비를 맞은 열아홉에는 담덕을 누군가와 나누기 싫은 나의 마음을 깨달았다.

그렇다면 오늘, 스물의 내게는 어떤 변화가 찾아올까?

"피곤해?"

생각에 빠져 멍하니 화롯불을 바라보는 내게 담덕이 물었다. 피곤해서 멍하니 앉아 있었던 것은 아니지만, 몸이 나른한 것도 사실이었다.

"조금."

"누울래?"

담덕이 그렇게 말하며 제 다리를 두드렸다. 다리를 베개로 내주겠다는 뜻이었다.

"응."

나는 사양하지 않고 고개를 끄덕였다. 고민도 없이 곧장 그의 다리 위에 머리를 뉘었더니 담덕의 표정이 묘하게 일그러졌다.

"너는 어찌 거절을 몰라?"

"거절하라고 한 말이었어?"

"그건 아니지만…… 한두 번은 거절해야 하는 거 아니야? 원래 사내의 제안은 쉽게 받아들이면 안 되는 거야. 무슨 흑심이 있을 줄 알고 대뜸 머리를 뉘어?"

"왜? 흑심을 가지고 누우라고 한 거였어?"

눈을 동그랗게 뜨고 물으니 담덕이 말이 없었다. 할 말을 잃은 그를 보며 나는 픽 웃음을 흘렸다.

"넌 사내지만 담덕이잖아. 네 제안은 한 번에 받아들여도 괜찮아."

"어째서?"

"네가 내게 나쁜 제안을 할 리 없으니까."

"날 너무 믿는 거 아니야?"

"믿으면 안 돼? 경계하고 의심할까? 무엇이든 네가 하라는 대로 할게. 오늘의 나는 네 말을 잘 듣는 우희거든."

"내 말을 잘 듣는 우희?"

담덕이 별 우스운 소리를 다 듣는다는 듯 장난스럽게 웃으며 손가락으로 내 이마를 두드렸다.

"세상에 그런 우희도 있나? 나는 날 곤란하게 하는 우희밖에 모르는데?"

나는 내 이마를 두드리는 담덕의 손가락을 붙잡으며 입을 부루퉁하게 내밀었다.

"그러니 '오늘은' 말 잘 듣는 우희가 되어 주겠다는 거야. 바쁜 시간을 쪼개 물놀이를 함께하자는 약속을 지켜 주었으니 오늘은 무엇이든 네 말대로 할게."

"정말로?"

"정말로."

진심을 담은 대답에 담덕이 미간을 찌푸리며 내 머리를 헤집었다.

아니, 원하는 것을 해 주겠다는데 도대체 왜 이래! 나는 담덕의 손목을 붙잡아 그를 저지하며 불만을 토로했다.

"뭐가 문제야? 무엇이든 해 주겠다는데 좋아해야 하는 거 아니야?"

"넌 항상 이래. 내가 뭘 해 달라고 할 줄 알고 다 해 주겠대? 날 너무 믿지 말라고. 나도 나를 못 믿겠는데, 네가 뭐라고 날 믿어?"

"내가 널 경계하길 바라면 진즉에 그리 말하지 그랬어. 네가 그걸 바라는 거라면 그렇게 할게. 이제부터 널 너무 믿지 않으면 되는 거지?"

그걸 원한다기에 그렇게 해 주마 약속했는데도 담덕의 표정은 여전히 어두웠다.

"하지만 네가 날 믿지 않는 건 싫어."

"……그럼 믿어?"

"그런데 네가 날 너무 믿는 것도 싫어."

"……담덕, 지금 네가 무슨 소리를 하는지는 알고 있니?"

어이가 없어 웃음을 터트리자 담덕이 머쓱한 얼굴로 엉망이 된 내 머리카락을 정돈해 주었다.

"내 말이 이상하다는 건 알아. 하지만 그게 내 마음이야. 난 네가 날 마냥 믿기만 하는 것이 싫어. 그렇다고 네가 날 경계하고 의심하는 것도 견딜 수 없지. 어느 순간에는 너의 가장 믿음직한 버팀목이 되어 주고 싶다가도, 어느 순간에는 널 뒤흔드는 바람이 되고 싶어져."

머리카락을 매만지는 손은 다정하고 조심스러웠지만, 나를 똑바로 향하는 눈동자는 흔들림이 없어서 기분이 묘해졌다.

"알겠어? 널 생각할 때마다 내 마음이 이리 복잡하다고, 연우희. 아마 내 생에 너보다 큰 골칫거리는 없을걸."

진지한 담덕의 눈에 내 얼굴에서도 덩달아 웃음기가 사라졌다. 서서히 굳어 가는 나를 향해 담덕이 고개를 숙여 가까이 다가왔다.

"내가 원하는 걸 말하라고 했지."

"응."

"너와 한 공간에 단둘이 있을 때마다 내가 하는 생각은 하나뿐이야."

내 두 눈을 향하던 담덕의 눈동자가 점점 아래로 떨어졌다.

"네 손을 잡고 싶어. 널 끌어안고 싶고, 너와 입을 맞추고 싶어. 네 몸을 만지고 싶고, 세상 누구보다도 너와 가까워지고 싶어."

코를 지나 입술로, 입술을 지나 가슴으로, 가슴을 지나 발끝까지. 전신을 훑은 담덕의 시선이 다시 내 두 눈으로 돌아왔다.

"이걸 들으니 경계심이 생겨?"

담덕의 시선이 스치는 곳마다 몸이 서늘하게 식는 기분이었다. 그 때문인지 몸이 가볍게 떨렸다. 담덕은 그런 작은 떨림을 놓치지 않았다.

"그러니 원하는 걸 다 해 주겠다는 말은 함부로 하지 마. 특히 나와 단둘이 있을 때는. 알겠어?"

담덕이 길게 한숨을 내쉬며 상체를 세웠다. 다시 멀어지는 담덕의 얼굴을 멀거니 바라보며 나는 조심스럽게 입을 뗐다.

"그래서…… 안 할 거야?"

"뭘?"

"손잡고, 끌어안고, 입 맞추고, 만지고, 세상 누구보다도 가까워지는 거. 그런 거 하고 싶다며."

내 말에 담덕의 얼굴이 딱딱하게 굳었다. 나를 똑바로 바라보던 눈이 순식간에 혼란에 휩싸이는 것을 보며 나는 슬쩍 미소를 지었다.

"오늘은 네 말을 잘 듣는 우희가 될 거라고 했잖아. 그러니 하자. 네가 하고 싶은 거."

가만히 내 얼굴을 내려다보던 담덕이 이를 바드득 갈았다. 혼란이 가득 찼던 그의 눈에 어느새 노여움이 채워져 있었다.

"연우희. 나 장난하는 거 아니야."

"그래? 잘됐네. 나도 장난하는 거 아닌데."

"장난이 아니라고? 마음에도 없는 소리 하지 마."

"내가 마음에도 없는 소리로 널 놀리는 것 같아?"

"그게 아니면 뭔데?"

담덕이 헛웃음을 흘리며 물었다. 그는 나와 나누고 있는 이 대화가 영 우스운 모양이었다. 그 눈을 보면 볼수록 말을 꺼내기가 어려워졌다. 나는 눈을 질끈 감고 속에서 맴도는 말을 툭 던졌다.

"나도 네가 말한 것을 하고 싶다고 생각했어. 그래서 그렇게 말한 거야."

담덕은 대답이 없었다. 나는 조심스럽게 눈을 떠 그의 얼굴을 살폈다. 담덕은 혼이 나간 듯 얼빠진 얼굴로 입을 쩍 벌리고 있었다.

"……너, 그, 뭐라고?"

한참의 침묵 끝에 겨우 돌아온 대답도 형편없었다. 얼빠진 질문에 나는 담덕의 눈을 슬쩍 피하며 웅얼거렸다.

"그러니까…… 나도 너랑 그런 걸 하고 싶다고. 손잡고, 끌어안고, 입 맞추고, 만지고, 세상 누구보다도 가까워지는 거."

"그……."

담덕은 말문이 막힌 듯 입을 꾹 다물었다. 심경이 복잡한 듯 손으로 얼굴을 쓸어내린 그가 미간을 찌푸리며 내게 물었다.

"……왜 나와 그런 것들이 하고 싶은데? 내가 너와 그런 걸 하고 싶은 이유는 단순한 흥미 때문이 아냐. 하지만 넌? 넌 왜 나와 그런 것들이 하고 싶은 건데?"

이제 진지해져야 할 순간이었다. 나는 담덕의 눈을 피하지 않고 그의 질문에 대한 대답을 시작했다.

"기억해? 지난겨울에 내가 다로의 집에서 중요한 날을 맞았다고 했던 거."

"기억해."

"넌 왜 그날이 중요한 날이냐 물었고, 나는 나중에 때가 되면 말해준다고 했잖아. 아마 그게 오늘인 것 같아."

이 공간에 들어오는 순간부터 이상한 기분이 들었다. 밖에는 비가 쏟아지고, 나와 담덕은 흠뻑 젖었다. 무엇인가 변화할 시점이 드디어 온 것인지도 모르겠다고 생각했다.

지난겨울부터 봄을 거쳐 이제 선연한 여름이었다. 고민은 길었고 그 사이 단 한 번도 나의 마음은 바뀌지 않았다. 이제 마음을 털어놓아야 할 시간이었다.

"그날 나는…… 내가 친구인 담덕뿐만이 아니라 사내인 담덕도 원한다는 걸 인정하기로 했어."

옆에서 지켜보고 돕는 것만으로는 만족할 수 없었다. 나는 담덕에게 누구보다 가까운 사람이 되고 싶었고 그러고자 한다면 친구로는 부족했다.

나는 담덕과 연인이, 더 나아가 평생을 함께할 가족이 되고 싶었다.

"친구인 담덕뿐만이 아니라, 사내인 담덕도 내게 달라고 하면 너무 무리한 요구일까?"

나는 손을 뻗어 담덕의 뺨을 매만졌다. 화롯불에 익은 탓인지 담덕의 뺨은 따뜻했지만, 오랜 침묵 끝에 흘러나온 그의 목소리는 손끝에 닿은 온기와 달리 차가웠다.

"우습네. 네가 내게 그런 것을 물을 줄은 몰랐어."

피식 웃음을 흘린 담덕이 고개를 숙여 내게 가까워졌다.

"난 이미 열여섯에 내 모든 것을 너에게 주었어. 그날 이후로 난 줄곧 네 것인데 어째서 그런 걸 묻지? 말했잖아. 난 무엇이든 네가 원하는 대로 할 거라고. 친구로든 사내로든 상관없이 난 이미 네 사람이야. 그러니 무엇이든 네 뜻대로 해, 우희."

마지막 말에는 따뜻한 미소가 섞여 있었다.

"그럼……."

나는 웃으며 담덕에게 손을 내밀었다.

"먼저 손잡는 것부터 할까?"

담덕의 커다란 손이 내 손을 꽉 쥐었다. 담덕의 손가락과 내 손가락이 얽혀들어 단단히 깍지가 끼워졌다.

"그리고 그다음에는……."

다음 할 일을 찾기 위해 입을 뗐지만 말이 채 끝나기도 전에 담덕이 입을 맞춰 왔다. 가볍게 닿았다 떨어지는 담덕의 입술에 내가 불만스럽게 미간을 찌푸렸다.

"무엇이든 내 뜻대로 하라더니."

"그러려고 했는데 그게 내 마음대로 안 돼."

당당하게 웃은 담덕이 내게 물었다.

"그러니 우희, 지금부터는 내 마음대로 하라고 해 줄래?"

"그러지 말라고 해도 멋대로 할 거면서."

"허락한 거지?"

"아직 허락은 안 했……"

이번에도 말이 채 끝나기도 전에 담덕의 입술이 내 입을 막았다.

담덕과의 입맞춤은 처음이 아니었다. 하지만 지금의 입맞춤은 여태 껏 나누었던 것들과는 느낌이 달랐다. 담덕의 움직임은 지난 기억보다 더 깊고, 끈질기고, 농염했다. 온몸에 밀려드는 이상한 기분에 정신이 아득해졌다.

누구도 닿지 않았던 곳에 담덕의 손이 닿을 때마다 나는 두려움에 몸을 파르르 떨었다. 그가 내게 해가 될 일을 하지 않을 것은 알았지만, 아직까지도 내 안에는 겪어 보지 못한 일에 대한 본능적인 두려움이 남아 있었다.

"괜찮아, 우희."

그럴 때마다 담덕은 내 눈과 뺨에 입을 맞추며 나를 달랬다. 하지만 맞닿는 곳이 깊고 은밀해졌을 때 나는 결국 눈물이 터트리고 말았다.

"거짓말이잖아. 이게 뭐가 괜찮아! 하나도 안 괜찮은데! 네 일이 아니라고 다 괜찮다는 거지! 정말 쓸데없이 커서는! 으엉!"

아프고 무서워 이런 걸 괜히 한다고 했나 싶을 정도였다. 거의 통곡하는 나를 앞에 두고 담덕이 난처한 얼굴로 물었다.

"많이 아파? 하지 말까? 네가 힘들면……."

나는 그렇게 말하며 정말 떨어져 나가려는 담덕의 어깨를 붙잡으며 고개를 휘휘 내저었다.

"무슨 소리야. 여기까지 했는데! 다음에 또 이렇게 아프라고? 그냥 지금 해. 한 번에 해치우자."

"해치운다니……."

담덕이 한숨을 내쉬며 나의 납작한 배를 쓸어내렸다. 다정한 손길에 서글픈 마음이 조금 줄어드는 듯했지만 아픈 건 여전했다.

"너무 아프면 참지 마. 네가 안 아프게 노력할게. 이건 너와 내가 함께 좋아야 하는 거니까."

그렇게 말하던 담덕의 손이 조금 더 아래로 떨어졌다. 그때부터는 기분이 이루 말할 수 없이 이상해졌다. 아픔과 동시에 기묘하고 야릇한 감각이 몸을 덮쳐 왔다.

나는 정신없이 소리치고 울며 담덕에게 매달렸다. 담덕은 아프다고, 기분이 이상하다고 횡설수설하는 나의 말에 일일이 대답해 주며 다정히 몸 곳곳을 어루만졌다.

하지만 언제부턴가 담덕도 나도 말을 잃었다. 서로의 숨과 체온만이 몸을 가득 채웠다. 아픈 것은 이미 잊은 지 오래였다.

마지막 기억은 나를 껴안는 담덕의 단단한 두 팔과 이마에 내려앉는 부드러운 입술이었다.

말로 표현할 수 없는 기이한 기분에 지쳐 버린 나는 나른한 몸을 이기지 못하고 그대로 잠에 빠져들었다.

❖ ❖ ❖

다시 눈을 뜨니 멀리서 사람의 말소리가 들려오고 있었다. 나는 깜짝 놀라서 몸을 일으켰다가 두들겨 맞기라도 한 것처럼 온몸을 때리는 동통에 제자리에 주저앉고 말았다. 주저앉는 소리가 제법 요란했던지 밖에서 소곤거리던 소리가 뚝 끊겼다.

잠시 후 짧게 이야기를 나누는 소리가 들려오더니 곧 문이 열리고 담덕이 안으로 들어섰다.

"일어났어?"

담덕은 옷을 모두 갖춰 입은 단정한 모습이었다. 이곳에 올 때 입고 있던 물놀이 복장이 아니었다.

"밖에 누구였어?"

그렇게 물었더니 목소리가 말이 아니었다. 갈라지는 소리에 미간을 찌푸리자 담덕이 재빨리 수통을 내게 건넸다.

"우선 물부터 마셔."

나는 사양하지 않고 수통을 받아 물을 마셨다. 목이 말라 단숨에 수통에 든 물을 비워 내니 담덕이 기다렸다는 듯 내 앞에 옷을 내밀었다.

"옷은 이걸로 갈아입어."

"이게 갑자기 어디서 났어?"

"달래가 네 옷을 준비해 왔던데. 물놀이를 왔으니 갈아입을 옷이 필요하겠다 생각했겠지."

"그럼 방금 다녀간 사람이 달래야?"

내가 문밖을 힐끗거리자 담덕이 문을 가로막으며 고개를 저었다.

"태림이 다녀갔어. 비가 그친 뒤 우리를 찾아왔다가 이곳을 발견해서……."

담덕이 머쓱한 얼굴로 볼을 긁적였다. 그 말의 의미를 깨달은 내 얼굴이 순식간에 벌겋게 달아올랐다.

"……태림이 우리가 잠들어 있는 걸 봤다고?"

"설마 내가 그렇게 두었으려고. 사람이 오는 기척이 느껴지기에 내가 먼저 일어났지. 밖으로 나가서 이야기를 나눴으니 아무도 널 보진 못했다."

"그렇다면 다행이지만……. 어쨌든 우리가 뭘 했는지는 다 알 거 아냐!"

아마 우리가 있는 곳을 찾은 태림뿐만 아니라, 오늘 물놀이에 동행한 사람들 모두가 나와 담덕 사이의 일을 짐작했을 것이다.

민망해서 어쩔 줄 모르는 나를 보며 담덕이 피식 웃음을 흘렸다.

"그것까지 모르길 바라는 건 욕심이십니다, 아가씨."

장난스럽게 내 머리를 쓰다듬은 담덕이 다시 한번 옷을 내밀며 나를 재촉했다.

"부끄러워하는 것까지는 막지 않겠지만 그 전에 옷부터 입자. 밤이 되어 서늘해졌으니 그러고 있다간 또 병에 걸려."

나는 그제야 고개를 숙여 내 상태를 확인했다. 속옷 하나 걸치지 않아 훤히 드러난 몸 곳곳에 붉은 자국들이 선명하게 남아 있었다. 선명한 자국과 함께 떠오른 조금 전의 일들에 얼굴이 터져 버릴 것만 같았다.

"그래. 옷…… 옷 입어야지."

나는 황급히 담덕이 건넨 옷을 꿰입었다. 민망한 흔적들을 가리자 조금이나마 마음이 진정되는 것 같았다.

하지만 겨우 가라앉은 마음은 고개를 들어 담덕의 얼굴을 보는 순간 다시 요동치기 시작했다.

"왜 나를 못 봐?"

"민망해서 못 보겠어."

내 말에 담덕이 웃음을 터트렸다.

"네가 민망할 때도 있어?"

"넌 민망하지도 않아?"

"민망하긴 왜 민망해? 좋기만 한데."

"좋기는 뭐가 좋다고."

"넌 좋지 않았어? 내가 보기엔 좋아하는 것 같았는데."

"그······ 나중에는 그랬지만······."

나는 눈을 굴리며 빠져나갈 구석을 찾다 결국 다른 쪽으로 화제를 돌렸다.

"다른 사람들은? 모두 돌아갔어?"

"그럼. 밤이 깊었으니 한참 전에 돌아갔지. 태림만 남아서 이곳을 지키고 있다."

"우린 오늘 돌아가지 않는 거야?"

"궁으로 돌아가 안전한 곳에서 편히 쉬는 것이 좋긴 하겠지만······ 당장은 네가 힘들지 않겠어?"

"아."

나는 자리에서 일어서려다 동통에 주저앉았던 것을 떠올리며 입을 벌렸다. 담덕은 그럴 줄 알았다는 듯 어깨를 으쓱거리고는 내 옆에 다가왔다.

"그러니 오늘 밤은 이곳에서 보내고 돌아갈 거야."

먼저 자리를 잡고 누운 담덕이 나를 빤히 보았다. 무엇인가를 바라는 것 같은 눈빛에 내가 고개를 갸웃거렸다.

"······왜 그렇게 봐?"

"왜 그렇게 보긴. 옆에 누우라고 그렇게 보지."

담덕이 당연한 것을 묻는다는 양 태연하게 제 팔을 두드렸다.

"팔베개해 줄게. 편하게 누워."

"······네가 팔베개를 해 주는 게 편할 것 같아? 지금 상황에서?"

"오늘은 담덕의 말 잘 듣는 우희가 되어 주기로 한 거 아니었어? 아직 '오늘'이 다 지나기 전인데."

담덕이 눈을 가늘게 뜨며 말했다. 스스로 내뱉은 말을 거스르지도 못하고 입을 오물거리니 담덕이 웃으며 내 어깨를 눌러 제 옆에 눕혔다.

나는 길게 한숨을 내쉬며 담덕의 팔을 베고 누웠다. 너무 피곤해서 담덕과 실랑이를 벌일 힘이 없었다.

"오늘 하루가 언제 끝나려나."

도대체 왜 그런 말을 해서 스스로 무덤을 파니, 연우희.

황망히 중얼거리는 나를 향해 담덕이 묘한 미소를 지었다.

"우희, 오늘은 아직 많이 남았어. 네 생각보다 밤은 길거든."

나는 그날 몇 가지 사실을 깨닫게 되었다.

하나, 밤은 내가 생각하는 것보다 훨씬 길다.

둘, 담덕은 생각보다 음흉한 구석이 있다.

셋, 말은 함부로 내뱉는 것이 아니다.

몇 가지 교훈을 남긴 그날 이후 나를 바라보는 주변의 시선이 조금 달라졌다. 궁의 시녀들은 나를 더욱 조심스럽게 대했고, 지설의 까칠함은 반 정도로 줄어들었으며, 그에 반비례해 태림의 깍듯함은 두 배로 늘어났다. 눈에 띄게 달라진 사람들의 태도를 볼 때마다 나는 민망해서 어쩔 줄을 몰랐다.

하지만 가장 곤란한 것은 역시 담덕의 태도였다.

"왜 또 내 방으로 오는데?"

나는 읽고 있던 의서를 덮으며 길게 한숨을 내쉬었다. 그날 이후 한 달, 담덕은 매일같이 내 방으로 와 잠을 자고 있었다.

"네가 있는 곳이 좋아. 잠이 잘 오거든."

내 방에 온다고 해서 특별한 일을 하는 게 아니었다. 담덕은 그저 침상에 누워 서책을 읽는 나를 바라보다 그대로 잠이 들었고, 나는 담덕이 잠이 든 것을 확인한 후 등불을 끄고 그의 옆에 누웠다. 그것이 전부였다.

"와서 잠만 잘 거면서 왜 매일 여기에 와? 내 방은 침상도 작은데. 불편하지도 않아?"

나의 투덜거림에 담덕이 턱을 매만지며 물었다.

"도대체 어떤 부분이 불만인 거야? 내가 여기 와서 잠만 자는 것? 네 방의 침상이 작은 것?"

"난 내 방 침상의 크기에 아주 만족해. 너만 오지 않는다면 아주 적당한 크기라고."

"흠."

내 말에 담덕이 침상에 드러누워 침음을 흘렸다.

"내가 매일 와야 하니 침상을 좀 더 큰 걸로 바꾸는 게 좋겠네."

"……네가 오지 않는다는 선택지는 없니?"

"있을 리가 없잖아?"

단호한 담덕의 대답에 어이가 없어져 입을 쩍 벌렸다.

그때 마침 창틀에 새가 한 마리 날아들었다. 나는 단번에 새의 정체를 알아챘다. 비로의 전령새. 내게 전령새가 날아올 만한 일은 몇 개 없었다. 대부분은 작전을 수행하던 대원이 다쳐 치료가 필요한 경우였다.

나는 담덕의 눈치를 살피며 자리에서 일어섰다. 다행히 그는 침상에 누워 눈을 감고 있었다. 담덕은 아직까지 내가 비로의 대원이라는 사실을 몰랐다. 운을 대원으로 받아들였다는 것조차 담덕에게 알렸던 제신이 내 존재를 비밀에 부친 이유는 간단했다.

*"폐하께선 네 안전에 예민하시지. 네가 비로의 대원이 되는 것을 납득하지 못하실 거야. 그러니 너에 대해서는 보고하지 않으마. 하지만 폐하께서 네 존재를 눈치채고 널 내보내라고 하신다면…… 난 그리할 수밖에 없어."*

결국 비로의 대원으로 일하는 것이 담덕에게 들키기 전까지의 시한부라는 의미였다.

나는 비로에서 동료들을 치료하고 작전에 필요한 약을 제조하며 한 사람의 의원으로 능력을 발휘할 수 있었다. 이 시대에 이런 일을 할 수 있는 자리는 흔치 않았으므로, 나는 비로의 대원으로 오래도록 남고 싶었다. 그러니 조심, 또 조심해야지.

나는 최대한 자연스럽게 창가로 걸어가 새의 다리에 묶여 있는 종이를 풀어냈다. 적혀 있는 말은 짧았다.

「내일 오전 본부로.」

지금 당장이 아니라 내일 본부로 오라고? 어째서?

나는 의아해져 고개를 갸웃거렸다. 급한 환자가 생긴 거라면 지금 당장 나를 불렀어야 했다. 작전에 쓸 약이 필요하다면 그것을 만들어 달라는 연통이 왔을 것이다. 이런 식의 연통은 처음이었다.

도대체 무슨 일일까? 전에 없던 전언에 괜한 불안감이 밀려왔다. 나쁜 일이 아니었으면 좋겠는데.

나는 전언이 적혀 있던 종이를 씹어 삼키며 어느새 저만치 멀어진 새를 바라보았다.

◆ ◆ ◆

본부에 도착하니 분위기가 무거웠다. 나는 본능적으로 좋지 않은 일이 일어났음을 깨달았다.

"무슨 일이야?"

자리를 지키고 있는 사람은 제신과 운, 다로, 단 세 사람뿐이었다. 많은 사람을 불러 모을 수 없는 비밀스러운 일이라는 뜻이었다. 지금까지 나는 그런 작전에 포함된 적이 없었다. 내 역할을 후방 지원에 한정한 제신의 뜻 때문이었다.

"우선 앉아서 이야기하자."

제신이 웃으며 내게 자리를 권했다. 하지만 그 미소가 그리 밝지만은 않았다. 나는 여전히 불안한 마음을 품은 채 자리에 앉았다.

"우선 다로가 가져온 정보부터 들어야겠구나."

제신의 눈짓에 다로가 고개를 끄덕이며 입을 열었다.

"아가씨께서도 알고 계시겠지만…… 저는 요즘 백제 출신 사람들이나 백제에 자주 드나드는 상인들을 만나고 있습니다."

나도 익히 알고 있는 사실이었다. 수확기가 가까워져 오자 예상대로 백제의 움직임이 심상치 않아 얼마 전부터 비로는 물밑에서 전쟁 준비에 돌입했다. 대원들은 각자의 위치에서 분주하게 움직였다. 개중에서도 다로는 백제와의 전쟁에서 쓸 만한 정보를 얻기 위해 백제와 관련된 이들을 만나고 있었다.

"한데 백제에 드나드는 상인들이 하나같이 묘한 소문을 입에 올리더군요."

"묘한 소문이라니요?"

"이번 전쟁의 선봉에 태왕의 전략을 잘 아는 고구려 귀족 출신의 외눈박이 장군이 나설 것이라 했답니다. 하여 이번 전쟁은 백제가 승리할 가능성이 높다고요."

"그 표현…… 어딘가……."

다로의 입에서 흘러나온 묘사가 어딘가 익숙했다. 그렇게 생각한 사람은 나뿐만이 아니었다.

"태왕의 전략을 잘 아는 고구려 귀족 출신의 외눈박이 장군. 꼭 우리 아버지를 말하는 것 같지 않으냐?"

"하지만 아버지의 마지막은 운 도령이 지켰다고 했어."

확인하듯 자신을 바라보는 시선에 운이 심각한 얼굴로 고개를 끄덕였다.

"확실해. 내가 그분의 마지막을 지켰다. 내 두 손으로 화장하고 유품까지 거두었으니 소문 속 외눈박이 장군이 연 장군일 리가 없는데……."

그럼에도 운은 강하게 확신하지 못하고 말끝을 흐렸다. 그로서도 무엇인가 마음에 걸리는 구석이 있는 걸까?

"소문이 상당히 구체적인 것을 보면 마냥 근거 없는 이야기를 꾸며낸 것은 아닌 것 같은데요."

"그러니 우리가 오늘 이 자리에 모인 것이지."

한숨을 내쉰 운이 제신에게 눈을 돌렸다.

"나는 직접 가서 상황을 살펴보고 싶다. 도대체 왜 그런 소문이 도는 것인지 알아봐야 할 것 같아. 네 생각은 어때?"

운의 말에 제신이 고개를 끄덕였다.

"나 역시 그 방법이 가장 좋다고 생각해. 하지만 백제 땅에 무슨 수로 들어가겠어? 전쟁을 앞둔 시기라 안팎으로 경계가 삼엄해. 안에 심어 둔 밀정들도 몸을 사리고 있는 상황이다."

가만히 제신의 말을 듣고 있으니 떠오르는 것이 있었다. 오래전 아신에게 받은 옥패였다.

그동안 나는 의식적으로 아신이 준 패를 잊고 지냈다. 사람을 구해 주고 좋은 뜻으로 받은 선물을 사람을 해하는 전쟁을 위해 쓰는 것이 꺼려졌기 때문이다. 하지만 백제의 성에 들어가 소문을 확인하는 일 정도라면 이 옥패를 써도 마음이 무겁지 않을 것 같았다.

나는 그렇게 생각을 정리하고 제신에게 옥패의 존재를 알리기로 했다.

"오라버니, 내게 아신왕이 준 옥패가 있어. 그가 태자였던 시절 석현성에서 목숨을 구해 주고서 받은 건데, 그게 있으면 백제 어느 성이든 무사히 들어갈 수 있을 거야. 석현성에 붙잡혀 있다가 국내성으로 돌아올 때 그 옥패를 사용했으니 효과는 확실해."

"아신왕이 준 옥패라고?"

내 말에 제신은 물론이고 운과 다로까지 놀라서 눈을 크게 떴다.

"처음 듣는 이야기인데. 왜 진즉에 말하지 않았어? 여러모로 우리에게 도움이 되었을 패잖아."

"머리 쓰는 사람들은 어찌 이리 반응이 한결같아? 그때 지설도 오라버니와 비슷한 말을 했었어. 이 패를 쓰면 전쟁에 큰 도움이 되겠다고."

"나와 지설만 그런 생각을 하는 게 아냐. 고구려의 용사라면 누구나 같은 궁리를 할걸. 우리에게는 전쟁의 승리보다 더 중요한 명분은 없으니까."

"아쉽게도 난 용사가 아닌 의원이야. 사람을 살리고 좋은 뜻으로 받은 패를 전쟁의 도구로 쓴다니…… 그런 식으로는 생각할 수 없어."

내 대답에 제신이 미묘한 표정을 했다. 다로와 운도 마찬가지였다.

"우희 너는 선인(善人)이 되고 싶은 거냐? 모두에게 좋은 사람으로 살아갈 수는 없다. 언젠가 모두가 선인이 되어도 좋은 날이 오겠지. 하지만 지금은 아니야."

제신의 얼굴은 상당히 복잡해 보였다. 누이에게 선인이 되지 말라 설득하는 꼴이니 그의 심경이 복잡하기도 할 터였다.

전쟁으로 삶과 죽음이 교차하는 이 시대에는 살아남기 위해 누군가를 죽이는 것이 당연했다. 나 역시 그걸 알고 있었다. 하지만 이 세상 모두가 그리 생각하며 살아도 나는 그럴 수가 없었다. 내게는 평화로운 시대의 기억이 만들어 낸 윤리관과 의술을 배운 자로서의 사명감이 있었다.

"난 선인이 되고 싶은 게 아냐. 그저 내게 주어진 사명을 다하고 싶을 뿐이지."

"네게 주어진 사명?"

"오라버니를 비롯한 용사들은 전쟁에서 승리해 이 땅에 평화를 가져오는 것이 사명이겠지. 하지만 나의 사명은 달라."

의술을 배운 자의 사명이란 생명을 구하고 지키는 것. 그러니 이 세상에 허무하게 죽는 자가 없도록 나의 능력을 다하는 것이 소진과 우희의 사명이었다.

"누구나 자신의 사명이 있지. 모두가 그걸 위해 살아가는 것이고, 나는 오라버니의 사명을 존중해."

"……그러니 나 역시 네 사명을 존중해 달라?"

내가 대답 대신 살짝 웃어 보이자 제신이 한숨을 내쉬며 고개를 저었다.

"너의 사명은 이해하기 어렵다. 특히 백제는 우리 고구려의, 또한 나의 철천지원수기도 해. 하지만 네가 그리 말한다면…… 그래. 나 역시 네 사명을 존중해 주는 수밖에."

제신의 한숨에 분위기가 무거워졌다. 이런 상황에서 분위기를 환기하는 건 언제나 다로의 몫이었다. 눈치를 살피던 그녀가 요령 좋게 이야기를 다른 쪽으로 틀었다.

"아무튼 잘 되었어요. 백제 성을 문제없이 드나들 수 있는 옥패가 생겼으니 일이 쉽게 풀리겠습니다."

"소문이 퍼지고 있는 곳이 어디라 했지?"

"미추홀(彌鄒忽)입니다."

"미추홀이라. 비사성 아래의 땅이로군."

다로의 대답에 제신이 손가락으로 탁자를 두드리며 생각에 빠졌다.

"나는 국내성을 비울 수 없어. 각지에서 들어오는 첩보를 폐하께 전달하는 역할을 하고 있으니까. 미추홀에는 운이 네가 다녀와야겠다."

"네가 그러지 말라고 해도 그럴 생각이었다. 연 장군님과 관련된 일이라면 무엇이든 내가 나서야지."

"네 아버지가 순순히 너를 보내시겠어?"

"이미 내 쪽은 포기하셨다. 문제는 영인데……. 내가 없는 사이 아버지가 이상한 술수를 벌이지 않도록 비로에서 잘 살펴 줘."

"그건 걱정하지 마라. 평소에도 그 부분은 신경 써서 경계하고 있으니까."

제신이 그렇게 말하며 다로를 바라보았다. 해사을이 다로에게 푹 빠져 온갖 정보를 다 쏟아 내고 있었으니 해씨 집안의 동향 파악은 문제없었다. 그럼에도 제신이 못마땅한 듯 미간을 찌푸리고 있는 건 역시 개인적인 이유 때문이겠지.

얄궂은 눈으로 자신을 보는 나의 시선을 느꼈는지 제신이 헛기침을 하며 다로에게서 눈을 뗐다.

"그럼 미추홀에는 운이가 다녀오는 것으로……"

"한데 해씨 도련님 혼자서 괜찮으실까요?"

다로가 서둘러 이야기를 마무리하려는 제신의 말을 가로챘다. 모두의 의아한 시선을 받은 그녀가 턱을 매만지며 고개를 갸웃거렸다.

"아신왕이 아가씨께 주었다는 그 옥패는 보통 물건이 아니잖습니까. 분명 자신이 옥패를 준 사람을 모두 기억하고 있을 것인데, 생전 처음 보는 자가 옥패를 사용했다는 이야기가 아신왕의 귀에 들어가면 해씨 도련님께서 곤란해지지 않을까요?"

"확실히 그렇군. 대단한 옥패를 보였으니 아신왕에게도 분명 보고가 올라갈 것이고, 옥패를 내민 사람에 관한 이야기도 그에게 전해지겠지."

미처 생각하지 못한 문제에 제신이 고민에 빠졌다. 하지만 그 이야기를 듣자마자 아주 쉬운 답을 떠올린 나는 그의 길고 긴 고민을 이해할 수 없었다.

"뭘 그리 고민해? 간단한 해결책이 있잖아."

"네가 직접 미추홀에 가겠다는 것이라면 곤란해."

제신이 내가 입 밖에 내지도 않은 해결책을 단번에 기각했다.

"그냥 다녀오기만 하는 것인데 뭐가 문제야?"

"미추홀에 다녀오려면 장기간 국내성을 떠나 있어야 해. 폐하께서 분명 이유를 물으실 터인데 무슨 핑계를 댈 것이냐? 비로의 일로 다녀온다는 소리는 당연히 못 할 것이고, 웬만한 이유가 아니라면 허락을 받기도 힘들 거다."

"지설이 말하길 그런 이유를 생각해 내는 것은 머리 쓰는 자들의 일이라던데."

"그러니 핑곗거리는 내가 생각해 내라고?"

태평한 내 말에 제신이 황당하다는 듯 헛웃음을 흘리며 내 이마를 툭 쳤다.

"완전한 폐하의 여인이 되었다고 이제는 오라버니도 마구 부려 먹겠다 이것이냐?"

제신의 말에 얼굴이 붉게 달아올랐다.

"갑자기 폐하 얘기를 왜 꺼내?"

"네가 너무 당당히 사람을 부리니 하는 말 아니냐."

"사람을 부리긴 누가 부렸다고! 그러는 오라버니는 내가 다……"

입에서 다로의 이름이 나오기 직전에 제신이 내 입을 틀어막았다.

"아하하. 우리 누이도 참, 무슨 쓸데없는 소리를 하려고!"

갑작스러운 제신의 태도에 다로와 운이 놀라서 눈을 크게 뜨자 그가 어색하게 웃으며 거칠게 내 머리를 쓰다듬었다.

"그래. 이유야 내가 생각해 내야지! 그게 머리 굴리는 자들이 할 일인 것을!"

◆ ◆ ◆

"잠시 남쪽에 다녀오겠다고?"

담덕이 장계를 읽으며 물었다. 그렇게 묻는 목소리가 가벼운 것을 보니 제신이 대신 전해 준 핑계를 듣고 납득을 한 모양이었다.

"응, 그리 오래 걸리지는 않을 거야."

"태림을 붙여 줄게. 함께 다녀와."

다른 사람이라면 거절했겠지만 태림은 어차피 비로의 사람이었다. 나는 순순히 고개를 끄덕였다.

"알았어."

"이리 고분고분 대답하는 것을 보니 날 홀로 두고 국내성을 떠나는 것이 미안하기는 한 모양이다?"

"최대한 일찍 돌아올 거야. 내가 없으면 잠을 못 자는 사람이 있으니 서둘러야지."

나의 너스레에 담덕이 장계를 내려놓으며 픽 웃었다. 하지만 미소가 오래가지는 못했다.

"아직 전쟁이 벌어지진 않았지만 분위기가 심상치 않다. 너무 나서지 말고 조심해야 해. 연 장군의 유해가 묻힌 곳을 보러 간다니 내가 막을 수는 없지만……."

제신이 생각해 낸 핑계는 아버지였다. 아버지와 관련된 소문을 확인하러 가는 길이니 아버지의 핑계를 댄 것이다. 실제로 나는 아버지가 묻혔다는 도압성 인근의 땅을 방문할 계획이었다. 아버지가 묻힌 장소는 운만이 알고 있으니, 자연스럽게 그의 동행에 대해서도 설명할 수 있었다.

물론 나는 거기에서 멈추지 않고 더 아래로 내려가 백제의 미추홀에 퍼져 있다는 괴이한 소문의 정체를 알아볼 작정이었다.

머릿속으로 앞으로의 계획을 생각하고 있으니 담덕이 조용히 내 이름을 불렀다.

"연우희."

담덕이 내 손목을 잡아 나를 끌어당겼다. 가까이 다가가니 그가 허리를 끌어안아 내 품에 얼굴을 묻었다.

"내게는 너 말고도 걱정거리가 많아. 나를 조금이라도 안쓰럽게 여긴다면, 너까지 날 너무 걱정시키지 마라."

"알았어. 위험한 일에 나서지 않도록 노력할게."

"이 가여운 사내를 너무 오랫동안 외롭게 하지도 말고."

"……그것도 노력해 볼게."

품 안에 번지는 온기와 함께 담덕의 마음이 전해지는 듯했다. 간지러우면서도 어딘가 안타까운 기분이 들었다. 나는 가만히 담덕을 마주 안았다.

〈낙화유수〉 3권에서 계속